Honoré de Balzac Der Pfarrer von Tours

Honoré de Balzac

Der Pfarrer von Tours

Drei Erzählungen

1989
Gustav Kiepenheuer Verlag
Leipzig und Weimar

Aus dem Französischen übertragen
von Gisela Etzel und Johannes Schlaf
Neu durchgesehen von Christina Mansfeld
Mit Anmerkungen versehen von Erika Wesemann

ISBN 3-378-00315-4

Gustav Kiepenheuer Verlag
Leipzig und Weimar
Erste Auflage
Lizenz Nr. 396/265/56/89 LSV 7351
Gesamtherstellung: Grafischer Großbetrieb
Völkerfreundschaft Dresden
Schrift: Garamond
Reihengestaltung: Gerhard Bunke
Printed in the German Democratic Republic
Bestell-Nr. 8122840
00500

Das Haus zur ›Ballspielenden Katze‹

Für Mademoiselle Marie de Montheau

Mitten in der Rue Saint-Denis, unweit der Ecke Rue Petit-Lion, stand unlängst noch eines von jenen kostbaren Häusern, die den Historikern eine Handhabe bieten, das alte Paris wiedererstehen zu lassen. Die drohend überhängenden Wände der alten Bruchbude schienen gleichsam kunterbunt mit Hieroglyphen bemalt worden zu sein. Denn welch sonstige Bedeutung hätte der Spaziergänger den X und V beimessen können, die die transversal und diagonal sich über die Fassade hinziehenden Hölzer mit kleinen parallelen Rissen in den Putzmörtel hineinzeichneten? Deutlich war zu erkennen, wie sich beim Vorüberfahren selbst der leichtesten Kutsche jeder Balken in seinen Zapfenlöchern bewegte. Das ehrwürdige Gebäude wurde von einem Winkeldach gekrönt, dergleichen in Paris nicht so schnell wieder zu finden sein wird. Diese von den Unbilden des Pariser Wetters verbogene Bedachung ragte drei Fuß über die Straße hinaus, einerseits, um der Türschwelle Regenwasser zu gewähren, andererseits, um die Wand eines Speichers und dessen brüstungslose Luke zu schützen. Das letzte Stockwerk bestand, zweifellos um das gebrechliche Haus nicht zu belasten, aus Planken, die wie Schieferziegel übereinander genagelt waren.

An einem regnerischen Märzmorgen stand ein sorgsam in seinen Mantel gehüllter junger Mann unter dem Schutzdach eines dem alten Wohnhaus gegenübergelegenen Krämerladens und betrachtete es mit der leidenschaftlichen Aufmerksamkeit eines Altertumsforschers. Tatsächlich gab dieses Überbleibsel vom Bürgertum des sechzehnten Jahrhunderts dem Beobachter mehr als ein Rätsel auf. In jedem Stockwerk eine Eigentümlichkeit: Im ersten hatten vier lange, schmale, dicht nebeneinanderliegende Fenster im unteren Teil Holzvierecke, die jenes Halblicht erzeugten, dank dessen ein geschickter Kaufmann den Stoffen die von seinen Kunden gewünschte Farbe verleiht. Der junge Mann schien diesen wesentlichen Teil des Hauses zu verachten, sein Blick hatte sich ihm noch nicht zugewandt. Auch die

Fenster des zweiten Stockwerks, deren geöffnete Jalousien durch große Scheiben böhmischen Glases kleine rote Musselinvorhänge sehen ließen, fesselten ihn nicht weiter. Seine Aufmerksamkeit richtete sich vornehmlich auf das dritte Stockwerk, auf niedrige Fensterkreuze, deren plump bearbeitetes Holz verdient hätte, stellvertretend für die ersten Bemühungen der französischen Tischlerei im Gewerbemuseum gezeigt zu werden. Diese Fensterkreuze faßten Scheiben von so tiefem Grün, daß der junge Mann, hätte er nicht so ausgezeichnete Augen besessen, die blaukarierten Leinenvorhänge nicht erblickt haben würde, welche die Geheimnisse des Wohnraumes dem zudringlichen Auge verbargen. Manchmal ließ unser Beobachter, von seiner ergebnislosen Betrachtung ermüdet oder auch von dem Schweigen, in das sich das Haus wie das ganze Viertel hüllte, seinen Blick zu den unteren Teilen schweifen. Ein unwillkürliches Lächeln umspielte dann seine Lippen, wenn er erneut den Laden betrachtete, wo sich in der Tat Dinge befanden, die ziemlich lächerlich waren. Ein gewaltiges Stück Holz, das waagerecht auf vier Pfeilern ruhte, die sich unter dem Gewicht des altersschwachen Hauses zu krümmen schienen, war immer wieder mit ebenso vielen Schichten verschiedener Anstriche aufgefrischt worden, wie die Wange einer alten Herzogin Rouge aufgetragen bekommen hat. In der Mitte des zierlich gearbeiteten Balkens aber befand sich ein altes Bild, das eine ballspielende Katze darstellte. Dieses Bild verursachte die Heiterkeit des jungen Mannes. Aber man muß dazusagen, daß selbst der geistreichste moderne Maler keine lustigere Karikatur hätte erfinden können. Das Tier hielt in der einen seiner Pfoten vor sich einen Ballschläger, der so groß war wie es selbst, stand auf den Hinterpfoten und visierte einen ungeheuren Ball, den ihm ein Edelmann in gestickter Kleidung zuwarf. Zeichnung, Farben, Accessoires, alles war in einer Weise behandelt, daß man annehmen mußte, der Künstler habe sich über den Händler wie die Passanten lustig machen wollen. Die Zeit hatte diese naive Malerei entstellt und sie durch gewisse Undeutlichkeiten, die Spaziergängern, welche es genau nahmen, zu schaffen machen mußten, noch grotesker gestaltet. So war der gesprenkelte Schwanz der Katze in einer Weise zerbrochen, daß man ihn für einen Zuschauer halten konnte; so dicht, hoch und füllig waren die Schwänze der Katzen unserer Vorfahren. Zur Rechten des Gemäldes lasen die Vorübergehenden auf einem azurblauen Feld, das die Fäulnis nicht ganz überdecken konnte: *Guillaume*, und zur Linken: *Nachfolger des Sieur Chevrel.** Sonne und Regen hatten den größten Teil der sparsam vergoldeten Buchstaben dieser Inschrift weggenagt, in welcher nach den Gesetzen unserer alten Rechtschreibung die U die V ersetzen und umgekehrt. Um den Hochmut derer zu dämpfen, die meinen, die Welt werde von Tag zu Tag geistreicher und die neuzeitliche Scharlatanerie übersteige alles, muß darauf aufmerksam gemacht werden, daß diese Schilder, deren Etymologie mehr als einem Pariser Geschäftsmann bizarr erscheint, die toten Abbilder der Lebewesen sind, mit deren Hilfe es unseren schelmischen Vorfahren gelang, die Kunden in ihre Häuser zu locken. So waren die ›Spinnende Sau‹, der ›Grüne Affe‹ und so weiter Tiere in Käfigen, deren Bestimmung die Passanten in Staunen versetzte und deren Abrichtung einen Beweis für die Geduld des kleinen Geschäftsmannes im fünfzehnten Jahrhundert lieferte. Ähnliche Kuriositäten brachten ihre glücklichen Besitzer sehr schnell zu Wohlstand, so die der ›Vorsehung‹, der ›Ehrlichkeit‹, der ›Gottesgnade‹ und der ›Enthauptung

* Im vorliegenden Text wurden die französischen Anreden und Titel verwendet: Monsieur (Herr, mein Herr), Messieurs (meine Herren), Sieur (Herr, Senior), Madame (Frau, meine Dame), Mademoiselle (Fräulein, mein Fräulein), Demoiselle (Fräulein, Jungfer), Monsieur l'Abbé (Herr Abbé), Baronne (Baronin), Madame la Baronne (Frau Baronin), Comte (Graf), Vicomte (Vizegraf), Duc (Herzog), Duchesse (Herzogin), Grand-Duc (Großherzog), Marquis (Markgraf), Marquise (Markgräfin), Prince (Fürst, Prinz).

des heiligen Johannes des Täufers‹, die man noch in der Rue Saint-Denis sehen kann. Doch verweilte der Unbekannte sicherlich nicht hier, um diese Katze zu bewundern, die sich ins Gedächtnis einzuprägen eine kurze Aufmerksamkeit genügt haben würde. Auch dieser junge Mann hatte seine Eigentümlichkeiten. Der im Geschmack der Antike gehaltene Faltenwurf seines Mantels ließ ein elegantes Schuhwerk sehen, was inmitten des Pariser Schmutzes um so auffälliger war, als er weißseidene Strümpfe trug, deren Spritzer seine Ungeduld bewiesen. Ohne Zweifel kam er von einem Gelage oder einem Ball, denn er trug zu dieser frühen Morgenstunde weiße Handschuhe, und die Locken seines in Unordnung geratenen, auf die Schultern herabhängenden schwarzen Haares verrieten die Caracallafrisur, die durch die Schule Davids wie durch Vorliebe der ersten Jahre dieses Jahrhunderts für die griechischen und römischen Formen aufgekommen war. Trotz des Lärms, den einige verspätete Gemüsehändler verursachten, die im Trab vorüberfuhren, um zur Markthalle zu gelangen, lag diese sonst so belebte Straße noch in einer Stille, deren Zauber nur derjenige kennt, der das ausgestorbene Paris zu einer Zeit durchirrt hat, wo das für einen Augenblick gestillte Getöse wiedererwacht und sich von fern anhört wie die gewaltige Stimme des Meeres. Dieser seltsame junge Mann mußte den Kaufleuten der ›Ballspielenden Katze‹ ebenso wunderlich erscheinen wie die ›Ballspielende Katze‹ ihm. Eine glänzendweiße Halsbinde machte sein unruhiges Gesicht noch bleicher, als es in Wirklichkeit war. Das abwechselnd düstere und auflodernde Feuer, das aus seinen schwarzen Augen flammte, stand in Einklang mit den bizarren Linien seines Gesichts, dem üppig gebogenen Mund, der sich beim Lächeln zusammenzog. Seine von heftigem Ärger gefurchte Stirn hatte etwas Drohendes. Offenbart uns nicht die Stirn einen Menschen am ehesten? Wenn die Stirn des Unbekannten Leidenschaft ausdrückte, konnten die Falten, die sich auf ihr bildeten, gewissermaßen erschrecken durch das Ungestüm, mit dem sie hervortraten; doch wenn sie ihre so leicht zu störende Ruhe wiedergewann, offenbarte sie eine strahlende Anmut, die dieses Gesicht anziehend machte, auf dem sich Freude, Schmerz, Liebe, Zorn, Verachtung auf eine so mitteilsame Weise abzeichneten, daß selbst der frostigste Mensch davon hätte beeindruckt sein müssen. Unser Unbekannter war in dem Augenblick, wo sich die Luke des Speichers öffnete, sehr verärgert, keine drei fröhlichen, rundlichen, weißen und roten und alltäglichen Gesichter auftauchen zu sehen, wie die Gesichter des Handelsstandes auf gewissen Monumenten waren. Diese drei von der Luke eingerahmten Gesichter erinnerten an die pausbäckigen Engelsköpfe, die aus den Gottvater umgebenden Wolken hervorhängen. Die Kommis sogen den Dunst der Straße mit einer Gier ein, die verriet, wie heiß und verpestet die Luft ihres Speichers war. Nachdem er auf die seltsame Schildwache gezeigt hatte, verschwand der Kommis, der der lustigste zu sein schien, um gleich darauf, in der Hand ein Instrument, dessen starres Metall kürzlich durch ein biegsames Leder ersetzt worden ist, wieder zu erscheinen; dann betrachteten alle mit arglistiger Miene den Gaffer und besprühten ihn mit einem feinen, weißlichen Regen, dessen Duft verriet, daß die drei Kinne soeben rasiert worden waren. Auf den Fußspitzen stehend und, um dort den Zorn ihres Opfers zu genießen, in den Hintergrund ihres Speichers geflüchtet, hörten die Kommis auf zu lachen, als sie geringschätzige Unbekümmertheit wahrnahmen, mit welcher der junge Mann seinen Mantel schüttelte, und die tiefe Verachtung, die sich auf seinem Gesicht abzeichnete, als er zu der leeren Luke aufblickte.

In diesem Augenblick zog eine zarte, weiße Hand den unteren Teil eines der ungestalten Fenster des dritten Stockwerkes vermittels jener Schiebefenster gegen das Gesims empor, deren Wirbel bisweilen unversehens die schwere Verglasung, die er halten soll, fallen läßt. Jetzt sah sich der Passant für sein langes Warten belohnt. Frisch wie einer der weißen Blumenkelche, die am Rand eines Gewässers blühen, zeigte sich, von einer zerknitterten Musselinrüsche gekrönt, die ihrem Kopf einen Hauch von bewunderungswürdiger Unschuld verlieh, das Gesicht eines jungen Mädchens. Obgleich in einen braunen Stoff gehüllt, traten dank leichter, durch Bewegungen im Schlafe verursachter Verschiebungen Hals und Schultern hervor. Keinerlei Ausdruck von Gezwungenheit störte die Naivität dieses Gesichts, die Ruhe dieser vormals in erhabenen Schöpfungen von Raffael unsterblich gemachten Augen: Ja, das war die Anmut, die Ruhe dieser sprichwörtlich gewordenen Jungfrauen. Entzückend war der Gegensatz, den die jugendlichen Wangen dieses Gesichts, auf dem der Schlaf sozusagen eine Überfülle von Leben hervorgebracht hatte, zu dem Verfall des massiven Fensters mit seinen plumpen Konturen und seiner schwarzen Brüstung bildeten. Jenen Tagesblumen vergleichbar, die am Morgen ihr von der Nachtkälte zusammengerolltes Gewand noch nicht entfaltet haben, ließ das junge, kaum erwachte Mädchen seine blauen Augen über die Nachbardächer schweifen und betrachtete den Himmel, um sie dann aus einer Art Gewohnheit auf die düstere Region der Straße zu richten, wo sie sogleich den Augen ihres Anbeters begegneten. Offenbar war es ihrem Wunsch zu gefallen peinlich, im Negligé erblickt zu werden, denn sie zog sich lebhaft zurück, der abgenutzte Wirbel drehte sich, und mit jener Geschwindigkeit, die in unseren Tagen dieser naiven Erfindung unserer Väter einen furchtbaren Namen eingebracht hat, fiel das Fenster herab, und die Erscheinung verschwand. Für unseren jungen Mann schien der strahlendste der Morgensterne plötzlich von einer Wolke verdunkelt worden zu sein.

Während dieser kleinen Vorgänge waren die schweren Innenläden, die das leichte Fensterglas des Ladens der ›Ballspielenden Katze‹ schützten, wie durch einen Zauber weggenommen worden. Die alte Pforte mit Türklopfer wurde von einem dem Ladenschild vermutlich gleichaltrigen Diener, der daran mit zittriger Hand das viereckige Tuchstück befestigte, auf dem mit gelber Seide der Name *Guillaume, Nachfolger Chevrels,* gestickt war, nach der inneren Hauswand hin zurückgeschlagen. Es wäre für mehr als einen Vorübergehenden schwierig gewesen, zu erraten, womit Monsieur Guillaume handelte. Durch das dicke Eisengitter, das seinen Laden nach außen hin abschirmte, nahm man, ebenso zahlreich wie den Ozean durchstreifende Heringe, allenfalls in braune Leinwand eingeschlagene Pakete wahr. Ungeachtet der augenfälligen Einfachheit dieser gotischen Fassade, war Monsieur Guillaume von allen Pariser Tuchhändlern derjenige, dessen Lagerräume stets am besten versehen, dessen Verbindungen die weitreichendsten waren und dessen geschäftliche Rechtschaffenheit nicht den geringsten Zweifel duldete. Wenn einige seiner Kollegen mit der Regierung Kaufverträge abschlossen, ohne über die verlangte Tuchmenge zu verfügen, war er, so beträchtlich auch die submittierte Stückzahl sein mochte, stets bereit, sie ihnen zu liefern. Der schlaue Geschäftsmann verstand es auf tausenderlei Art, den größten Gewinn auf seine Seite zu bringen, ohne sich wie sie gezwungen zu sehen, zu Gönnern zu laufen, dort zu katzbuckeln oder reiche Geschenke zu machen. Konnten ihm seine Kollegen nur mit sehr günstigen, ein wenig langlaufenden Wechseln zahlen, so benachrichtigte er als ein umgänglicher Mann seinen Notar und wußte dank diesem geschickten Beihelfer, von dem es unter den Händlern der Rue Saint-Denis, um einen besonders hohen Diskont zu bezeichnen, sprichwörtlich hieß: »Gott bewahre uns vor dem Notar Monsieur Guillaumes!«, noch doppelten Profit zu ziehen. Wie durch ein Wunder stand der alte Händler gerade in dem Augenblick auf der Türschwelle seines Ladens, als sich der alte Diener zurückzog. Monsieur Guillaume betrachtete die Rue Saint-Denis, die Nachbarläden und den Himmel wie ein Mann, der in Le Havre das Schiff verläßt und nach langer Reise Frankreich wiedersieht. Nachdem er davon überzeugt war, daß sich während seines Schlummers nichts verändert hatte, bemerkte er den postenstehenden Passanten, der seinerseits auf eine Weise, wie wohl Humboldt in Amerika den ersten Zitteraal untersucht haben mochte, den Patriarchen des Tuchhandels betrachtete. Monsieur Guillaume trug schwarzsamtene weite Hosen, schinierte Strümpfe und viereckige Schuhe mit Silberschnallen. Sein leicht gekrümmter Körper stak in einem eckig-steifschößigen, grünlichen Tuchrock, der einen eckigen Kragen und große, weiße, vom Gebrauch aber schon rötlich gewordene Metallknöpfe hatte. Seine grauen Haare waren dem gelben Schädel so sorgsam glatt angekämmt, daß er einem furchigen Feld glich. Die wie mit einem Zwickbohrer eingestochenen kleinen grünen Augen funkelten unter zwei in Ermangelung von Brauen schwach geröteten Bogen. Die Sorgen hatten über seine Stirn Querfalten gezogen, die so zahlreich waren wie die seines Rockes. Das bleiche Gesicht verriet die Geduld, die geschäftliche Umsicht und den Grad gerissener Geldgier, den die Geschäfte erfordern. In dieser Epoche sah man weit weniger selten als heute die alten Familien, in denen sich wie kostbare Überlieferungen die Sitten, die ihren Beruf kennzeichnenden Trachten bewahrten und die inmitten der neuen Zivilisation wie jene von Cuvier in den Steinbrüchen aufgefundenen vorsintflutlichen Reste überdauerten. Das Haupt der Familie Guillaume war einer dieser angesehenen Hüter altertümlicher Bräuche: Man konnte ihn dabei überraschen, daß er den ›Vorstand der Kaufmannschaft‹ vermißte, und niemals sprach er von einer Entscheidung des Handelsgerichts, ohne sie den ›Spruch der Konsuln‹ zu nennen. Da er seiner Gewohnheit nach sicherlich als der erste im Hause aufgestanden war, erwartete er stehenden Fußes die Ankunft seiner drei Kommis, um sie, falls sie sich verspäteten, auszuschelten. Diese jungen Schüler Merkurs kannten nichts Schrecklicheres als die stumme Beflissenheit, mit der ihr Herr jeden Montagmorgen ihre Gesichter und Bewegungen nach den Beweisen und Spuren ihrer Eskapaden ausforschte. Doch in diesem Augenblick schenkte der alte Tuchhändler seinen Gehilfen keine weitere Aufmerksamkeit: Er war damit beschäftigt, hinter den Beweggrund des lebhaften Interesses zu kommen, mit welcher der junge Mann in Mantel und Seidenstrümpfen abwechselnd auf das Schild und in das Innere seines Warenlagers sah. Das heller gewordene Tageslicht gestattete den Blick auf den vergitterten, mit alten grünen Seidenvorhängen eingefaßten Zahltisch, in dem sich die gewaltigen Bücher befanden, des Hauses stummes Orakel. Der allzu neugierige Fremdling schien es mit einer wahren Gier auf diesen kleinen Raum abgesehen zu haben und ein seitliches Speisezimmer abmessen zu wollen, das sein Licht von einem bei der Tür angebrachten Fenster empfing, durch welches die zur Mahlzeit vereinigte Familie mühelos das Geringste wahrnahm, was sich etwa am Ladeneingang ereignete. Eine so große Vorliebe für sein Haus erschien einem Geschäftsmann, der das Regime des Maximums überstanden hatte, verdächtig. Monsieur Guillaume dachte also, daß diese düstere Gestalt es auf die Kasse der ›Ballspielenden Katze‹ abgesehen hatte. Nachdem er insgeheim das stumme Duell zwischen seinem Herrn und dem Unbekannten genossen hatte, faßte sich der älteste Kommis ein Herz und stellte sich auf die Steinplatte neben Monsieur Guillaume, wo er sah, wie der junge Mann verstohlen nach den Fenstern des dritten Stockwerkes hinaufblickte. Er tat zwei Schritte auf die Straße hinaus, hob den Kopf und glaubte Mademoiselle Augustine Guillaume wahrzunehmen, die sich hastig zurückzog. Unzufrieden mit dem Scharfblick seines ersten Kommis, sah ihn der Tuchhändler scheel an; plötzlich aber beruhigten sich die beiderseitigen Befürchtungen, die die Gegenwart des Passanten im Innersten des Händlers und des verliebten Kommis hervorrief. Der Unbekannte winkte einen Fiaker heran, der nach einem benachbarten Platz unterwegs war, und stieg schnell mit scheinbar gleichgültiger Miene ein. Dieser Aufbruch war ein Balsam für das Herz der anderen Kommis, die über die Anwesenheit des Opfers ihres Scherzes ziemlich beunruhigt waren.

»Na, Messieurs, was halten Sie hier mit untergeschlagenen Armen Maulaffen feil?« wandte sich Monsieur Guillaume an seine drei Neophyten. »Wahrhaftig, damals, als ich noch bei Sieur Chevrel war, hätte ich schon mehr als zwei Stücke Tuch inspiziert.«

»Es ist wohl damals zeitiger hell geworden?« sagte der zweite Kommis, auf den sich der Tadel bezog.

Der alte Händler konnte sich eines Lächelns nicht enthalten. Obgleich zwei von diesen drei jungen Leuten, die von ihren Vätern, reichen Fabrikbesitzern aus Louviers und Sedan, seiner Fürsorge anvertraut worden waren und an dem Tage, wo sie sich selbständig machten, nicht weniger als hunderttausend Francs zu erwarten hatten, hielt es Monsieur Guillaume dennoch für seine Pflicht, sie unter der Zuchtrute eines antiken Despotismus zu halten, der heutzutage in unseren glänzenden Läden, deren Kommis danach trachten, mit dreißig Jahren reich zu sein, unbekannt ist: Er ließ sie schuften wie Negersklaven. Was diese drei Kommis anbetraf, so wären sie einer Arbeitslast gewachsen gewesen, die zehn von den Angestellten zuschanden gerichtet hätte, deren Sybarismus heute die Ziffern des Budgets anschwellen läßt. Kein Geräusch störte den Frieden dieses ernsten Hauses, dessen Türangeln stets geölt zu sein schienen und dessen geringstes Möbelstück jene achtbare Sauberkeit zeigte, die ein Zeichen von Ordnung und strenger Sparsamkeit ist. Oft hatte sich der übermütigste der Kommis den Spaß gemacht, auf den Schweizer Käse, den man ihnen zum Essen überließ und den sie zu verschonen beliebten, das Datum seiner Erstauftragung zu verzeichnen. Dieser und einige ähnliche Schelmenstreiche entlockten der jüngsten der beiden Töchter Guillaumes, der hübschen Jungfrau, die soeben dem verzückten Passanten erschienen war, bisweilen ein Lächeln. Obgleich jeder der Gehilfen, selbst der älteste, eine gehörige Pension zahlte, wäre doch keiner von ihnen so verwegen gewesen, in dem Augenblick, wo der Nachtisch aufgetragen wurde, noch an der Tafel des Hausherrn zu verweilen. Wenn Madame Guillaume davon sprach, daß es Salat geben werde, sank den armen jungen Leuten der Mut bei dem Gedanken, mit welcher Knausrigkeit ihre besonnene Hand das Öl darüberzusprenkeln wußte. Nie kam es vor, daß sie sich herausnahmen, eine Nacht außer Haus zu verbringen, ohne lange vorher einen glaubwürdigen Grund für diese Ungehörigkeit angegeben zu haben. Jeden Sonntag begleiteten der Reihe nach zwei Kommis die Familie Guillaume zur Messe von Saint-Leu und zur Vesper. Die Demoisellen Virginie und Augustine nahmen, bescheiden in Kattun gekleidet, jede den Arm eines Kommis und marschierten unter den scharfen Blicken ihrer Mutter voraus, die diesen kleinen häuslichen Zug mit ihrem Mann abschloß, dem sie es zur Gewohnheit gemacht hatte, zwei dicke, in schwarzen Saffian gebundene Gebetbücher zu tragen. Der zweite Kommis erhielt kein Gehalt. Was aber denjenigen anbetraf, der durch zwölf Jahre verschwiegener Ausdauer in die Geheimnisse des Hauses eingeweiht worden war, so bekam er als Entschädigung für seine Bemühungen achthundert Francs. Zu bestimmten Familienfesten wurde er mit Gaben belohnt, denen einzig die dürre, faltige Hand Madame Guillaumes Wert verlieh: gestrickte Geldbeutel, die sie, um deren Durchbruchmuster zur Geltung zu bringen, sorgsam mit Wolle füllte; kräftige Hosenträger oder sehr grobe Seidenstrumpfpaare. Bisweilen, doch selten, durfte dieser erste Diener die Vergnügungen der Familie teilen, sei es, wenn man sich aufs Land begab, sei es, wenn man sich nach Monaten des Abwartens entschloß, von seinem Recht Gebrauch zu machen, eine Loge zu mieten und ein Stück zu besuchen, das Paris vergessen hatte. Was die drei anderen Kommis anbetraf, so war die Respektschranke, die sich einst zwischen einem Tuchhändlerchef und seinen Gehilfen erhob, zwischen ihnen und dem alten Geschäftsmann so unverrückbar, daß es ihnen leichter gefallen wäre, ein Stück Tuch zu stehlen als diese erhabene Etikette zu verletzen. Eine solche Zurückhaltung könnte heute lächerlich erscheinen, aber diese alten Häuser waren Schulen der Sitte und der Rechtschaffenheit. Die Herren adoptierten ihre Lehrlinge. Die Herrin des Hauses wusch die Wäsche eines jungen Mannes, besserte sie aus, erneuerte sie zuweilen. Erkrankte ein Kommis, so wurde er der Gegenstand einer wahrhaft mütterlichen Fürsorge. Drohte Gefahr, scheute der Chef keine Ausgabe, um die berühmtesten Doktoren herbeizurufen; denn er war ihren Eltern nicht nur für die Sittenführung und Kenntnisse der jungen Leute verantwortlich. Wenn einen von ihnen, der achtbaren Charakters war, ein geschäftlicher Unfall traf, so wußten diese alten Geschäftsleute die Intelligenz, die sie entwickelt hatten, zu würdigen und zögerten nicht, ihm das Lebensglück ihrer Tochter anzuvertrauen, wie zuvor lange Jahre hindurch ihr Vermögen. Guillaume war einer von diesen altmodischen Leuten, und wenn er ihre lächerlichen Eigenschaften besaß, so hatte er auch all ihre guten Eigenschaften; deshalb dachte er sich auch schon Joseph Lebas, seinen ersten Kommis, eine vermögenslose Waise, als den künftigen Gatten Virginies, seiner älteren Tochter. Doch Joseph teilte nicht den geradlinigen Gedankengang seines Herrn, der für ein Kaiserreich seine zweite Tochter nicht vor der ersten verheiratet haben würde. Der unglückliche Kommis fühlte sein Herz ganz im Banne Mademoiselle Augustines, der jüngeren. Um diese Leidenschaft, die im stillen in ihm immer stärker geworden war, zu verstehen, ist es erforderlich, noch tiefer in die Bereiche der unbeschränkten Herrschaft einzudringen, die das Haus des alten Tuchhändlers regierte.

Guillaume hatte zwei Töchter. Die ältere, Mademoiselle Virginie, war ganz das Abbild ihrer Mutter. Madame Guillaume, die Tochter des Sieur Chevrel, stand so steif hinter ihrem Ladentisch, daß sie mehr als einmal die spaßige

Wette vernommen hatte, daß sie dort aufgepfählt sei. Ihr langes, hageres Gesicht verriet eine übertriebene Frömmigkeit. Jeder Anmut und liebenswürdigen Eigenschaft bar, krönte Madame Guillaume ihr beinahe sechzigjähriges Haupt mit einer Haube, deren Form stets die gleiche blieb und die wie die Kopfbedeckung einer Witwe mit Spitzenbändern besetzt war. Von der ganzen Nachbarschaft wurde sie die ›Klosterschwester‹ genannt. Sie sprach nicht viel, und ihre Bewegungen hatten etwas Ruckartiges, wie die Stöße eines Telegrafen. Ihr glasiger Katzenblick schien aller Welt einen Vorwurf daraus zu machen, daß sie häßlich war. Mademoiselle Virginie, wie ihre junge Schwester unter dem despotischen Gesetz der Mutter erzogen, hatte ein Alter von achtundzwanzig Jahren erreicht. Die Jugend milderte das ungefällige Aussehen, das die Ähnlichkeit mit der Mutter ihrem Gesicht bisweilen gab; doch die Strenge der Mutter hatte sie mit zwei vortrefflichen Eigenschaften ausgestattet, die alles wiedergutmachten: Sie war sanft und geduldig. Mademoiselle Augustine, kaum achtzehnjährig, glich weder ihrem Vater noch ihrer Mutter. Sie gehörte zu den Mädchen, die infolge des Fehlens jeglicher physischer Verbindung zu ihren Eltern an jenes prüde Sprichwort denken lassen: ›Die Kinder kommen von Gott.‹ Augustine war klein oder, um sie besser zu schildern, niedlich. Anmutig und voller Treuherzigkeit, wie sie war, hätte ein Mann von Welt an diesem lieblichen Wesen nichts auszusetzen gehabt als ungeschickte Gesten oder diese und jene hausbackene und manchmal gezwungene Haltung. Ihr stilles, unbewegliches Gesicht atmete zuweilen jene Schwermut, die alle jungen Mädchen überkommt, die zu schwach sind, um gegen die Gebote der Mutter Widerstand zu wagen. Stets bescheiden gekleidet, konnten die beiden Schwestern dem jeder Frau eigenen Trieb zu gefallen nur durch jene außergewöhnliche Sauberkeit genügen, die ihnen bestens stand und welche mit diesen spiegelnden Ladentischen, diesen Regalen, auf denen der alte Diener nicht ein Stäubchen duldete und mit jener altertümlichen Schlichtheit, die sie um sich her erblickten, harmonierte. Da sie durch ihre Lebensweise gezwungen waren, eine Art von Glück in beständiger Arbeit zu suchen, hatten Augustine und Virginie bisher ihrer Mutter, die sich im stillen zum vortrefflichen Charakter ihrer Töchter beglückwünschte, nur Zufriedenheit verursacht. Man kann sich die Ergebnisse der Erziehung, die sie genossen hatten, leicht vorstellen. Für den Handel erzogen, gewohnt, nichts anderes zu hören als nüchterne kaufmännische Überlegungen und Berechnungen, hatten sie nur die Grammatik gelernt, die Buchführung, etwas jüdische Geschichte, die französische Geschichte im ›Le Ragois‹, hatten nichts gelesen als die Schriftsteller, die ihnen ihre Mutter gestattete, und so war ihre Vorstellungswelt nicht sehr erweitert worden; sie konnten einen Haushalt vortrefflich führen, sie kannten die Preise, sie wußte zu würdigen, wie schwierig es war, Geld anzuhäufen, sie waren sparsam und besaßen eine große Achtung vor den kaufmännischen Leistungen. Ungeachtet des Vermögens ihres Vaters, verstanden sie sich ebensogut darauf, Sachen auszubessern, als sich zu schmücken; oft sprach ihre Mutter davon, sie das Kochen zu lehren, damit sie eine ordentliche Mahlzeit anzurichten und sachkundig eine Köchin auszuschelten verständen. Da sie keine Vergnügungen kannten und vor Augen hatten, wie mustergültig sich das Leben ihrer Eltern abspielte, richteten sich ihre Blicke nur selten über die Schranken dieses alten, ererbten Hauses hinaus, das ihrer Mutter die Welt war. Die Gesellschaften, die anläßlich einer Familienfeier stattfanden, bildeten den Inbegriff ihrer irdischen Freuden. Wenn der im zweiten Stockwerk gelegene große Salon Madame Roguin empfangen sollte; eine Demoiselle Chevrel, die fünfzehn Jahre jünger als ihre Cousine war und Diamanten trug; den jungen Rabourdin, Vizedirektor im Finanzamt; Monsieur César Birotteau, einen reichen Parfümeriehändler, und dessen Frau, die Madame César genannt wurde; Monsieur Camusot, den reichsten

Seidenwarenhändler der Rue des Bourdonnais, und dessen Schwiegervater, Monsieur Cardot; zwei, drei alte Bankiers und Frauen tadellosen Rufes: Dann war das Auspacken des Silberzeugs, des Meißener Porzellans, der Kerzen und der Kristallgläser eine willkommene Abwechslung im eintönigen Leben der drei Frauen, die so geschäftig hin- und herliefen wie Nonnen beim Empfang ihres Bischofs. Danach aber, wenn in später Stunde allen dreien die Kräfte schwanden vom Abwaschen, Abtrocknen, Auspacken, der Anordnung des Festschmucks und die Mädchen ihrer Mutter beim Zubettgehen behilflich waren, sagte Madame Guillaume zu ihnen: »Kinder, wir haben heute nichts getan!« Wenn anläßlich dieser festlichen Zusammenkünfte die ›Klosterschwester‹ die Boston-, Whist- und Tricktrackpartien in ihr Schlafzimmer verbannte und ein Tänzchen gestattete, so wurde dieses Entgegenkommen zu den unverhofften Freuden gerechnet und verursachte eine Glückseligkeit, die dem Besuch der zwei, drei großen Bälle gleichkam, auf die Guillaume seine Töchter zur Karnevalszeit führte. Und schließlich gab der ehrbare Tuchhändler einmal im Jahr ein Fest, bei dem er nicht knauserte. So reich und elegant auch die eingeladenen Personen sein mochten, sie hüteten sich abzusagen; denn die ansehnlichsten Häuser der Kaufmannschaft mußten gelegentlich auf den unbeschränkten Kredit, das Vermögen oder die Geschäftserfahrung Monsieur Guillaumes zurückgreifen. Doch die beiden Töchter des würdigen Händlers zogen aus den Auszeichnungen, welche die Welt jungen Seelen erweist, nicht den Vorteil, den man vermuten sollte. Sie trugen auf diesen Gesellschaften, die übrigens auf die Geschäftsrechnung gesetzt wurden, einen Putz, dessen Dürftigkeit sie erröten ließ. Ihre Art zu tanzen hatte nichts Bemerkenswertes, und die mütterliche Überwachung gestattete ihnen nicht, die Unterhaltung mit ihren Kavalieren über Ja und Nein hinausgehen zu lassen. Außerdem gebot ihnen die althergebrachte Lebensordnung der Firma zur

›Ballspielenden Katze‹, sich um elf Uhr, dem Augenblick, wo sich Bälle und Feste erst beleben, zurückzuziehen. So verliefen die äußerlich dem Reichtum ihres Vaters durchaus angemessenen Vergnügungen infolge der familiären Prinzipien und Gepflogenheiten für sie oft recht reizlos. Was ihr Alltagsleben betraf, so soll es mit einer Bemerkung umfassend beschrieben sein. Madame Guillaume verlangte, daß sich die beiden Mädchen in aller Herrgottsfrühe angezogen hatten, daß sie jeden Morgen zur selben Stunde herunterkamen, und unterstellte ihre Beschäftigung einer klösterlichen Ordnung. Doch Augustine war vom Schicksal mit einer Seele ausgestattet worden, die erhaben genug war, um die Leere dieses Daseins zu empfinden. Zuweilen richtete sie ihre blauen Augen fragend auf das Dunkel des düsteren Treppenganges und der feuchten Magazine. Und wenn sie in diese Klosterstille hineingelauscht hatte, schien sie unbestimmte, ferne Offenbarungen jenes leidenschaftlichen Erlebens zu vernehmen, das die Gefühle höher wertet als die Dinge. In solchen Augenblicken bekam ihr Gesicht Farbe, und ihre untätigen Hände ließen das weiße Musselin auf den polierten, eichenen Ladentisch sinken; sogleich sagte aber ihre Mutter mit einer Stimme, die selbst im sanftesten Ausdruck herb blieb, zu ihr:

»Augustine, mein Liebling, woran denkst du denn?«

Vielleicht hatten ›Hippolyte, Comte de Douglas‹ oder der ›Comte de Comminges‹, zwei Romane, die Augustine im Schrank einer kürzlich von Madame Guillaume entlassenen Köchin gefunden und in den langen Nächten des vergangenen Winters heimlich verschlungen hatte, ihr übriges zu den Vorstellungen dieses jungen Mädchens beigetragen. Der Ausdruck unbestimmten Verlangens, die sanfte Stimme, die blütenweiße Haut und die blauen Augen Augustines hatten also in der Seele des armen Lebas eine ebenso heftige wie ehrerbietige Liebe entzündet. Infolge einer leichtbegreiflichen Laune war der verwaiste Mensch nicht nach Augustines Geschmack: vielleicht weil sie nichts von seiner Liebe zu ihr wußte. Dafür hatten die langen Beine, die kastanienbraunen Haare, die großen Hände und die kräftige Statur des ersten Kommis in Mademoiselle Virginie, die ungeachtet ihrer fünfzigtausend Taler Mitgift von niemandem zur Gattin begehrt wurde, eine heimliche Bewunderin gefunden. Nichts war natürlicher, als daß diese beiden entgegengesetzt gerichteten Neigungen im Schweigen dieser düsteren Geschäftsräume erblühten wie Veilchen im dunklen Gehölz. Die beständige stumme Betrachtung, welche die Blicke dieser jungen Leute im lebhaften Bedürfnis nach Zerstreuung inmitten harter Arbeit und eines klösterlichen Friedens vereinte, mußte früher oder später Liebesempfindungen hervorrufen. Der gewohnte Anblick eines Gesichts führt unmerklich zur Entdeckung seiner seelischen Eigenschaften und übersieht schließlich dessen Mängel.

»Treibt es dieser Mensch so weiter, werden sich unsere Töchter schließlich noch vor einem Bräutigam auf die Knie werfen!« sagte sich Monsieur Guillaume, als er das erste Dekret las, mit welchem Napoleon die Jahrgänge der Rekruten ankündigte.

Von diesem Tage an dachte der alte Kaufmann, der mit verzweifelter Unruhe dem Verblühen seiner älteren Tochter zusah, wieder daran, daß er Mademoiselle Chevrel unter ähnlichen Umständen geheiratet hatte, wie sie nun bei Joseph Lebas und Virginie vorlagen. Was war es für eine schöne Sache, wenn er seine Tochter verheiratete und eine geheiligte Schuld beglich, indem er einer Waise eine Wohltat zuteil werden ließ, die ihm einst von seinem Vorgänger in der gleichen Situation zugefallen war! Dreiunddreißig Jahre alt, erwog Joseph Lebas die Schwierigkeiten der fünfzehn Jahre Unterschied zwischen Augustine und ihm. Und da er im übrigen zu scharfblickend war, als daß er die Absichten Monsieur Guillaumes nicht geahnt hätte und mit dessen unerschütterlichen Grundsätzen nicht hinreichend vertraut gewesen wäre, wußte er, daß die jüngere sich niemals vor der älteren verheiraten würde. So hatte der arme Kommis, dessen Herz so vortrefflich wie seine Beine lang und sein Oberkörper gedrungen war, im stillen seinen Kummer.

Das war der Stand der Dinge in diesem kleinen Freistaat, der inmitten der Rue Saint-Denis etwa einer trappistischen Filialkirche glich. Um aber über die äußeren Ereignisse eine ebenso genaue Rechenschaft zu geben wie über die Gefühlsangelegenheiten, ist es notwendig, um einige Monate vor Beginn dieser Erzählung zurückzugehen. Bei Einbruch der Nacht war ein junger Mann, als er an dem unbeleuchteten Laden der ›Ballspielenden Katze‹ vorüberging, für einen Moment von der Betrachtung eines Bildes gefesselt stehengeblieben, das alle Maler der Welt zum Stehenbleiben veranlaßt haben würde. Der Laden, in dem noch kein Licht angezündet worden war, bildete eine dunkle Fläche, in deren Hintergrund man das Speisezimmer des Kaufmanns sah. Eine Astrallampe verbreitete jenes gelbe Licht, das den Gemälden der Holländischen Schule so viel Anmut verleiht. Das weiße Linnen, das Silberzeug, die Kristallgläser bildeten funkelnde Requisiten, die den lebhaften Gegensatz zwischen Dunkel und Licht noch verschönten. Das Gesicht des Familienvaters und seiner Frau, die Gesichter der Kommis und die jungfräuliche Gestalt Augustines, von der zwei Schritte entfernt ein dickes, pausbäckiges Mädchen stand, bildeten eine so merkwürdige Gruppe, diese Köpfe waren derart einmalig, jeder Charakter kam so freimütig zum Ausdruck, und man konnte sich den Frieden, die Stille und das bescheidene Leben dieser Familie derart gut vorstellen, daß es für einen an die Nachahmung der Natur gewöhnten Künstler ein beinahe hoffnungsloses Unterfangen gewesen wäre, diese vom Zufall gebotene Szene wiedergeben zu wollen. Der Vorübergehende war ein junger Maler, der sieben Jahre zuvor den Großen Preis der Akademie bekommen hatte. Er kam von Rom zurück. Seine poesiegetränkte Seele, seine von Raffael und Michelangelo gesättigten Augen dürsteten nach einem langen Aufenthalt in dem glänzenden Land, wo alles in der Verklärung der Kunst steht, nach wahrer Natur. Ob richtig oder falsch, dies war sein persönliches Empfinden. Nachdem er so lange dem Feuer der italienischen Leidenschaften ausgesetzt war, verlangte sein Herz nach einer der schlichten, in sich gesammelten Jungfrauen, die er in Rom unglücklicherweise nur auf Gemälden hatte finden können. Die Begeisterung seiner hingerissenen Seele für das natürliche Gemälde, das er da betrachtete, ging selbstverständlich in eine tiefe Bewunderung für die Hauptgestalt über: Augustine schien traumverloren und aß nicht; so, wie die Lampe angebracht war, deren Licht ihr Gesicht traf, schien sich ihr Oberkörper in einem Strahlenkranz zu bewegen, der die Konturen ihres Hauptes noch lebhafter zur Geltung brachte und es gleichsam übernatürlich erhellte. Unwillkürlich verglich der Künstler sie mit einem verbannten Engel, der an den Himmel zurückdenkt. Eine nie gekannte Empfindung, die Wallung einer klaren Liebe, überflutete sein Herz. Nachdem er, von der Wucht seiner Gedanken niedergeschmettert, einen Augenblick verweilt hatte, riß er sich los von seiner Beglükkung, begab sich nach Hause, aß nicht und schlief nicht. Am nächsten Tag betrat er sein Atelier, um es nicht eher zu verlassen, als bis er den Zauber jenes Anblicks, dessen Erinnerung ihn gewissermaßen fanatisierte, auf eine Leinwand gebannt hatte. Doch ihm fehlte etwas zu seinem Glück, solange er nicht ein getreues Porträt seines Götterbildes besaß. Mehrere Male ging er an dem Haus der ›Ballspielenden Katze‹ vorüber; unter dem Schutz einer Verkleidung wagte er es sogar, ein-, zweimal dort einzutreten, um das entzükkende Geschöpf, das Madame Guillaume unter ihrem Flügel barg, aus der Nähe zu sehen. Ganze acht Monate blieb er, sich seiner Liebe, sich seiner Malerei widmend, Welt, Poesie, Theater, Musik, seine treuesten Gewohnheiten vergessend, seinen vertrautesten Freunden unsichtbar. Eines Morgens erzwang sich Girodet wider alle Verbote, welche

Künstlern bekannt sind und die sie zu umgehen wissen, Einlaß, drang bis zu ihm vor und weckte ihn mit der Frage:

»Was wirst du ausstellen?«

Der Künstler ergriff die Hand des Freundes, zog ihn in sein Atelier und enthüllte ein kleines Staffeleibild und ein Porträt. Nachdem er die beiden Meisterwerke lange und hingebungsvoll betrachtet hatte, fiel Girodet seinem Kameraden um den Hals und umarmte ihn wortlos. Seine Empfindungen waren außerstande, sich anders zu geben, als er sie erfuhr: von Seele zu Seele.

»Du liebst?« sagte Girodet.

Beiden war bekannt, daß man die schönsten Bildnisse von Tizian, Raffael und Leonardo da Vinci gesteigerten Empfindung verdankte, aus denen heraus unter verschiedenen Umständen überdies alle Meisterwerke entstehen. Anstelle einer Antwort senkte der junge Künstler das Haupt.

»Wie glücklich bist du, daß du hier lieben darfst, wo du doch gerade aus Italien zurückgekehrt bist! Ich rate dir nicht, solche Werke in die Ausstellung zu schicken«, fügte der große Maler hinzu. »Sieh, man würde die beiden Gemälde dort nicht zu würdigen wissen. Die Wahrheit dieser Farbgebung, diese wunderbare Arbeit können noch gar nicht geschätzt werden, das Publikum ist eine solche Tiefe nicht mehr gewohnt. Die Bilder, die wir malen, liebster Freund, sind Ofenschirme, Wandschirme. Wir wollen lieber Verse machen, die Alten übersetzen! Wir dürfen davon mehr Ruhm erwarten als von unseren unglückseligen Bildern.«

Ungeachtet dieses wohlwollenden Rates wurden die beiden Bilder ausgestellt. Das Interieur revolutionierte die Malerei. Es gab Veranlassung zum Entstehen jener Genrebilder, deren erstaunliche, auf all unseren Ausstellungen präsentierte Vielzahl glauben lassen könnte, daß sie lediglich auf mechanischem Wege hergestellt werden. Was das

Porträt betrifft, so gibt es wenige Künstler, die nicht die Erinnerung an dieses sprechende Bild bewahren, welchem die Öffentlichkeit, manchmal geradezu in Scharen, den Lorbeer zukommen ließ, mit welchem Girodet es selbst gekrönt hatte. Eine ungeheure Menschenmenge umstand die beiden Gemälde. Man brachte sich deswegen um, wie die Frauen sagen. Spekulanten, große Herren überhäuften die beiden Bilder mit Doppelnapoleons: Doch der Künstler weigerte sich hartnäckig, die Werke zu verkaufen oder Kopien davon anzufertigen. Eine ungeheuere Summe bot man ihm, damit er Stiche davon herstellen ließe; doch die Händler hatten nicht mehr Glück als die Kunstliebhaber. Obgleich die Sache alle Welt beschäftigte, war sie doch nicht dazu angetan, bis in die Tiefe des kleinen Thebais der Rue Saint-Denis zu dringen; trotzdem sprach die Frau des Notars während eines Besuches, den sie Madame Guillaume abstattete, im Beisein Augustines, der sie sehr zugetan war, von der Ausstellung und schenkte ihr reinen Wein ein. Das Geplapper Madame Roguins ließ in Augustine natürlich den Wunsch aufkommen, die Gemälde zu sehen, und gab ihr die Kühnheit, ihre Cousine heimlich zu bitten, sie in den Louvre begleiten zu dürfen. Die Verhandlung der Cousine mit Madame Guillaume um die Erlaubnis, die kleine Cousine für zwei Stunden ihrer tristen Beschäftigung zu entreißen, glückte. Und so drang das junge Mädchen durch die Menge zu dem preisgekrönten Gemälde vor. Ein Schauer ließ sie erzittern wie ein Birkenblatt, als sie sich erkannte. Ihr war bang, sie sah sich ängstlich nach Madame Roguin um, von der sie durch einen Strom von Menschen getrennt war. In diesem Augenblick begegneten ihre erschreckten Augen dem liebeentbrannten Gesicht des jungen Malers. Sie entsann sich sofort der Physiognomie eines Spaziergängers, den sie oft gesehen, der ihre Neugier erregt und von dem sie geglaubt hatte, daß er ein neuer Nachbar wäre.

»Sie sehen, wozu mich die Liebe inspiriert hat!« sagte der

Künstler dem schüchternen Geschöpf ins Ohr, das bei diesen Worten erstarrte.

Sie fand den übernatürlichen Mut, die Sperre zu durchbrechen und wieder zu ihrer Cousine zu gelangen, die sich eben bemühte, sich durch die Menschenmenge hindurch zu dem Gemälde vorzuarbeiten.

»Sie werden ja erdrückt werden«, rief Augustine. »Lassen Sie uns gehen!«

Doch es gibt im Salon gewisse Momente, die zwei Frauen nicht immer gestatten, ungehindert in den Galerien zu wandeln. Infolge der unsteten Bewegungen, die ihnen der Menschenstrom aufnötigte, wurden Mademoiselle Guillaume und ihre Cousine in die Nähe des zweiten Gemäldes gedrängt. Der Zufall wollte, daß sie sich dieser von der Mode gehuldigten Leinwand, die jedoch auch dem Talent alle Ehre machte, bequem zusammen nähern konnten. Der Ausruf des Erstaunens, den die Frau des Notars vernehmen ließ, verlor sich in dem Getöse und Gemurmel der Menge; was Augustine betraf, so kamen ihr beim Anblick dieser wunderbaren Szene unwillkürlich die Tränen, und unter dem Zwang eines kaum erklärbaren Gefühls hob sie, als sie zwei Schritte von sich entfernt das verzückte Gesicht des jungen Künstlers gewahrte, den Finger an den Mund. Der Unbekannte antwortete mit einem Kopfnicken und deutete auf Madame Roguin wie auf einen Störenfried, um Augustine zu zeigen, daß er sie verstanden hatte. Dieses Gebärdenspiel brannte dem armen Mädchen auf der Seele, das sich wie eine Verbrecherin vorkam, wenn sie sich vorstellte, daß sie im Begriff war, zwischen sich und dem Künstler ein Einverständnis herzustellen. Die erstickende Hitze, der beständige Anblick der glänzenden Toiletten und der Rausch der mannigfaltigen Farben, der lebenden und der gemalten Gestalten, der prunkvollen Goldrahmen versetzte sie in einen Taumel, der ihre Besorgnisse verdoppelte. Vielleicht wäre sie in Ohnmacht gefallen, wenn in ihrem tiefsten Herzen, ungeachtet dieses Durcheinanders von Empfindungen, nicht ein noch nie gekanntes Wohlgefühl aufgekommen wäre, das ihr ganzes Wesen belebte. Nichtsdestoweniger glaubte sie sich in der Gewalt des Dämons, dessen fürchterliche Schlingen ihr durch das Donnerwort der Prediger vorausgesagt worden waren. Sie empfand diesen Augenblick wie einen plötzlichen Wahnsinn. Sie sah sich von diesem vor Glück und Liebe strahlenden jungen Mann bis zur Kutsche ihrer Cousine geleitet. Einer ganz neuen Erregung ausgeliefert, einer Trunkenheit, die sie in gewisser Weise ihrem Naturtrieb preisgab, vernahm Augustine die beredte Stimme ihres Herzens und sah den jungen Maler mehrere Male mit einem Blick an, der ihre Verwirrung verriet. Niemals hatte das Rot ihrer Wangen in einem so lebhaften Gegensatz zu ihrer weißen Haut gestanden. Der Künstler nahm jetzt diese Schönheit in ihrer vollen Blüte wahr, diese Keuschheit in ihrer ganzen Herrlichkeit. Augustine empfand eine Art ängstliche Freude, wenn sie daran dachte, daß ihre Gegenwart das Glück dessen verursachte, dessen Name auf aller Lippen war, dessen Begabung vergänglichen Bildern Unsterblichkeit verlieh. Sie wurde geliebt! Sie konnte daran nicht zweifeln. Als sie den Künstler nicht mehr sah, hallten noch diese schlichten Worte in ihrem Herzen wider: ›Sie sehen, wozu mich die Liebe inspiriert hat!‹ Und das stürmischer gewordene Klopfen ihres Herzens schien ihr ein Schmerz, derart heftige und unbekannte Gewalten entfesselte ihr in Hitze geratenes Blut in ihrem Innersten. Sie schützte heftiges Kopfweh vor, um nicht auf die Fragen ihrer Cousine bezüglich der Bilder antworten zu müssen; doch nach ihrer Rückkehr konnte Madame Roguin sich nicht enthalten, Madame Guillaume gegenüber von der Berühmtheit zu sprechen, zu der die ›Ballspielende Katze‹ gelangt war, und Augustine zitterte am ganzen Leibe, als sie sie zu ihrer Mutter sagen hörte, daß sie zum Salon gehen solle, um dort ihr Haus zu sehen. Das junge Mädchen brachte von neuem ihr Unwohlsein vor und erhielt die Erlaubnis, zu Bett zu gehen.

»Da sieht man, was man von solchen Schaustellungen hat«, rief Monsieur Guillaume. »Kopfschmerzen! Ist es denn ein so großes Vergnügen, das gemalt zu sehen, was man jeden Tag in unserer Straße antreffen kann? Geht mir mit diesen Künstlern, die, samt euren Schriftstellern, Hungerleider sind. Warum zum Teufel mußten sie gerade mein Haus nehmen, um es auf ihren Gemälden zu verunglimpfen?«

»Das kann dazu beitragen, daß wir einige Ellen Tuch mehr absetzen«, äußerte Joseph Lebas.

Diese Bemerkung verhinderte nicht, daß die Künste und der Geist vor dem Handelstribunal noch einmal abgeurteilt wurden. Wie man sich vorstellen kann, gaben diese Erörterungen Augustine, die während der ganzen Nacht zum ersten Mal über die Liebe nachdachte, nicht gerade Anlaß zu besonderer Hoffnung. Die Ereignisse dieses Tages waren wie ein Traum, den sie in Gedanken gern wieder heraufbeschwor. Sie wurde vertraut mit dem Bangen, den Hoffnungen, Gewissensbissen, mit all den Aufwallungen des Gefühls, die ein schlichtes, ängstliches Herz wie das ihre bewegen mußten. Zu dem Bewußtsein welcher Leere in diesem düsteren Haus gelangte sie, und welchen Schatz entdeckte sie in ihrer Seele! Die Frau eines Mannes von Talent zu sein, seinen Ruhm zu teilen! Welche Verheerung mußte diese Vorstellung in dem Herzen eines Kindes anrichten, das im Schoße einer solchen Familie aufgewachsen war? Welche Hoffnung mußte sie in einem jungen Wesen wecken, das, sich bislang von hausbackenen Grundsätzen genährt, nach einem eleganten Leben sehnte! Ein Sonnenstrahl war in dieses Gefängnis gefallen. Plötzlich liebte Augustine. Sie wurde von einer solchen Fülle schmeichlerischer Empfindungen überwältigt, daß sie ohne weitere Erwägung erlag. Wirft die Liebe, wenn man achtzehn Jahre alt ist, nicht ihr Prisma zwischen die Welt und das Auge eines jungen Mädchens? Außerstande, etwas von den herben Erschütterungen zu ahnen, die die Verbindung einer liebenden Frau mit einem Mann der Einbildungskraft zur Folge hat, glaubte sie sich berufen, sein Glück zu werden, ohne zwischen sich und ihm auch nur die geringste Mißhelligkeit zu gewahren. Für sie war die Gegenwart die ganze Zukunft. Als am nächsten Tag ihr Vater und ihre Mutter von der Ausstellung zurückkehrten, sprach aus ihren bekümmerten Gesichtern eine gewisse Enttäuschung. Erstens hatte der Maler die beiden Gemälde zurückgezogen; und dann hatte Madame Guillaume ihren Kaschmirschal verloren. Zu vernehmen, daß die Gemälde nach ihrem Besuch im Salon verschwunden waren, bedeutete für Augustine die Offenbarung eines Zartgefühls, das die Frauen ganz instinktiv stets zu schätzen wissen.

An dem Morgen, als Théodore de Sommervieux, dies war der Name, den der Ruhm in Augustines Herz getragen hatte, von den Kommis der ›Ballspielenden Katze‹ bespritzt worden war, als er auf dem Heimweg vom Ball auf das Erscheinen seiner kindlichen Freundin gewartet hatte, die sicherlich von seiner Anwesenheit nichts wußte, hatten sich die beiden Liebenden seit dem Salon erst zum viertenmal gesehen. Die Hindernisse, die das Regime des Hauses Guillaume dem feurigen Wesen des Künstlers in den Weg stellte, ließen seine Leidenschaft für Augustine begreiflicherweise noch heftiger werden. Wie sich einem jungen Mädchen nähern, das in einem Geschäftsraum zwischen zwei Frauen wie Virginie und Madame Guillaume saß? Wie sich mit ihr in Verbindung setzen, wenn ihre Mutter niemals von ihr wich? Da er wie alle Liebhaber das Geschick hatte, sich Schwierigkeiten zu bereiten, schuf Théodore sich einen Nebenbuhler in einem der Kommis und stellte die anderen auf die Seite seines Rivalen. Wenn er so vielen Argusaugen entschlüpfte, scheiterte er an den strengen Blicken des alten Händlers oder Madame Guillaumes. Überall Hindernisse, zum Verzweifeln! Und gerade die Heftigkeit seiner Leidenschaft hinderte den jungen Maler, jene geschickten Mittel ausfindig zu machen, die bei Gefangenen wie bei Liebenden die äußerste Anstrengung des durch ein unbändiges Freiheitsbedürfnis oder das Feuer der Liebe angeregten Verstandes zu sein scheinen. Théodore durchstreifte das Viertel damals mit der Unermüdlichkeit eines Wahnsinnigen, als ob ihn die Bewegung auf Einfälle hätte bringen können. Nachdem er sich hinlänglich mit Überlegungen zermartert hatte, verfiel er darauf, die pausbäckige Magd zu bestechen. Und so wurden im Laufe der vierzehn Tage, die dem unglücklichen Morgen folgten, da Monsieur Guillaume und Théodore einander so aufmerksam betrachtet hatten, dann und wann ein paar Briefe gewechselt. Gegenwärtig waren die beiden jungen Leute übereingekommen, daß sie sich zu einer bestimmten Stunde am Sonntag in Saint-Leu während der Messe und der Vesper sehen wollten. Augustine hatte ihrem teuren Théodore das Verzeichnis der Verwandten und Freunde der Familie geschickt, bei denen der junge Mann Zutritt zu erlangen suchte, um womöglich eine von diesen vom Geld und dem Handel erfüllten Seelen, denen eine echte Leidenschaft als die ungeheuerlichste Spekulation, als eine geradezu unerhörte Spekulation erscheinen mußte, für seine verliebten Absichten zu interessieren. Im übrigen änderte sich in den Gewohnheiten der ›Ballspielenden Katze‹ nichts. Wenn Augustine zerstreut war, wenn sie sich, jeglichem Gehorsam gegenüber den Gesetzen der häuslichen Ordnung zuwider, auf ihr Zimmer hinaufbegab, um dort vermittels eines Blumentopfes ein Zeichen zu geben; wenn sie seufzte und wenn sie grübelte, so nahm davon niemand etwas wahr, selbst ihre Mutter nicht. Dieser Umstand wird denjenigen einige Überraschungen bereiten, die den Geist dieses Hauses begriffen haben, in dem jeder poesiebefleckte Gedanke zu den Lebewesen und Dingen einen Kontrast erzeugen mußte, wo niemand sich auch nur einen Schritt und einen Blick erlauben konnte, der nicht gesehen und geprüft wurde. Doch es ging durchaus mit natürlichen Dingen zu: Das Schiff, das unter der Flagge der ›Ballspielenden Katze‹

so still auf dem stürmischen Meer von Paris steuerte, war einem der Stürme ausgesetzt, die man ihrer periodischen Wiederkehr wegen äquinoktial nennen dürfte. Seit vierzehn Tagen widmeten sich die fünf Menschen der Besatzung, auch Madame Guillaume und Virginie, jener Arbeit, die unter die Bezeichnung Inventuraufnahme fällt. Man setzte jeden Ballen in Bewegung und prüfte das Ellenmaß der Stücke, um sich des genauen Wertes jedes Restpostens zu vergewissern. Sorgfältig wurde der jedem Paket angehängte Zettel nachgesehen, um festzustellen, zu welcher Zeit die Tücher gekauft worden waren. Man setzte den gegenwärtigen Preis fest. Beständig auf den Beinen, seine Elle in der Hand und den Federhalter hinter dem Ohr, glich Monsieur Guillaume einem Kapitän, der ein Manöver kommandiert. Seine scharfe Stimme, die durch ein Sprachrohr das Dunkel der zu den tiefer gelegenen Magazinen führenden Treppenluken befragte, ließ jene sprachwidrigen Redewendungen des Handels vernehmen, die so rätselhaft sind. Zum Beispiel: »Wieviel von H-N-Z?« – »Aufgekauft!« – »Wieviel übrig von Q-X?« – »Zwei Ellen!« – »Welcher Preis?« – »Fünf-fünf-drei!« – »Legen Sie zu drei A alle I-I, alle M-P und den Rest von V-D-O!« Tausend andere, ähnlich verständliche Sätze schnarrten durch die Ladenräume wie Verse der modernen Poesie, welche, um die Begeisterung für einen ihrer Dichter zu nähren, Romantiker zitiert haben würden. Am Abend schloß sich Guillaume mit seinem Kommis und seiner Frau ein, saldierte die Rechnungen, setzte neue auf, schrieb an die Rückständigen und stellte Fakturen auf. So bewältigten die drei diese immense Arbeit, deren Ergebnis auf einem Bogen Tellierpapier Platz fand und dem Hause Guillaume anzeigte, wieviel an Geld vorhanden war, wieviel an Waren, an Wechseln und Verschreibungen; ferner, daß es nicht einen Sou schuldete, daß ihm hundert- oder zweihunderttausend Francs geschuldet wurden; daß sich das Kapital vermehrt hatte, daß die Pachthöfe, die Häuser, die Renten entweder vergrößert, ausgebessert oder verdoppelt werden würden. Und daraus ergab sich die Notwendigkeit, mit mehr Eifer denn je neue Taler zu häufen, ohne daß es diesen fleißigen Ameisen eingefallen wäre zu fragen: »Wozu?« Dank dieser alljährlichen Unruhe entschlüpfte die glückselige Augustine den Nachforschungen ihrer Argusse. Endlich, eines Sonnabendabends, war die Inventuraufnahme abgeschlossen. Die Zahlen des Aktivbestandes zeigten hinreichend viele Nullen, so daß Guillaume unter diesen Umständen die peinlich strenge Formalität, die das ganze Jahr über bezüglich des Nachtisches herrschte, aufhob. Der zurückhaltende Händler rieb sich die Hände und gestattete seinen Kommis, bei Tisch zu bleiben. Kaum hatte jedes Mannschaftsmitglied sein bescheidenes Gläschen hausgemachten Likör geleert, als sich das Rollen einer Kutsche vernehmen ließ. Die Familie brach auf, um im Varieté ›Cendrillon‹ zu sehen, während die zwei jüngsten Kommis einen Sechsfrancs-Taler erhielten und ferner die Erlaubnis, zu gehen, wohin ihnen der Sinn stand, vorausgesetzt, daß sie um Mitternacht wieder zu Hause waren.

Ungeachtet dieser Ausschweifung rasierte sich am Sonntagmorgen der alte Tuchhändler bereits um sechs Uhr, legte seinen kastanienbraunen Rock an, dessen prächtiger Glanz ihn stets mit derselben Befriedigung erfüllte, befestigte die Goldschnallen in den Laschen seiner weiten Seidenhose; darauf begab er sich gegen sieben Uhr, zu einer Zeit, wo noch alles im Hause schlief, in das kleine, an das Magazin im ersten Stockwerk angrenzende Geschäftsbüro. Das Tageslicht drang hier durch ein mit dicken Eisenstäben geschütztes Fenster herein, welches auf einen kleinen quadratischen Hof führte, der so schwarze Mauern hatte, daß er einem Brunnen ähnelte. Eigenhändig öffnete der alte Händler die ihm so gut vertrauten, mit Eisenblech beschlagenen Fensterläden, schob eine Fensterhälfte nach oben und ließ sie in den Schieber einrasten. Die eisige Luft des Hofes erfrischte die stickige Atmosphäre des Raumes, der die Arbeitszimmern eigene Ausdünstung hatte. Der Kaufmann verharrte stehend, eine Hand ruhte auf der speckigen Seitenlehne eines mit verblichenem Maroquinleder gepolsterten Rohrsessels, als zögere er, sich hineinzusetzen. Mit gerührter Miene betrachtete er das Büro mit den beiden Schreibpulten, in welchem sich auch der Arbeitsplatz seiner Frau, dem seinen gegenüber, in einer kleinen Wandnische befand. Er blickte auf die numerierten Pappschachteln, auf die Bindfäden, die Geräte, die Blechmarken, mit denen das Tuch bezeichnet wurde, die Kasse, auf all die Gegenstände eines unvordenklichen Ursprungs, und glaubte den heraufbeschworenen Schatten des Sieur Chevrel vor sich zu sehen. Er rückte denselben Schemel hervor, auf dem er sich ehemals seinem verstorbenen Chef gegenüber niedergelassen hatte. Diesen mit schwarzem Leder beschlagenen Schemel, dessen Polsterhaare schon längst an den Ecken heraussahen, ohne herauszufallen, rückte er mit zitternder Hand an denselben Platz, wohin ihn sein Vorgänger gestellt hatte; und innerlich unsagbar bewegt, zog er dann die Klingel, welche zu dem Kopfende von Joseph Lebas' Bett hinaufführte. Nachdem er diesen entscheidenden Zug getan hatte, nahm der Greis, den diese Erinnerungen offenbar bedrückten, drei, vier Wechselbriefe zur Hand, die ihm präsentiert worden waren, und sah sie an, ohne sie zu sehen, als plötzlich Joseph Lebas erschien.

»Setzen Sie sich hierher«, sagte Guillaume zu ihm und zeigte auf den Schemel.

Da der alte Chef seinen Kommis noch niemals in seiner Gegenwart sich hatte setzen lassen, erbebte Joseph Lebas.

»Wie denken Sie über diese Wechsel?« fragte Guillaume.

»Sie werden nicht eingelöst werden.«

»Wie?«

»Aber ich weiß, daß Etienne & Co. vorgestern in Gold Zahlung geleistet haben.«

»Oh, oh!« rief der Tuchhändler. »Man müßte schon krank

sein, wenn man sich darüber aufregen wollte. Sprechen wir von etwas anderem, Joseph, die Inventur ist ja abgeschlossen.«

»Ja, Monsieur, und die Dividende ist eine der schönsten, die Sie je hatten.«

»Gebrauchen Sie doch nicht diese neumodischen Ausdrücke; nennen Sie das Gesamtergebnis, Joseph. Wissen Sie, lieber Junge, daß ein wenig Sie es sind, dem wir dies alles verdanken? Und deshalb möchte ich auch nicht mehr, daß Sie noch Gehalt beziehen. Madame Guillaume hat mir den Gedanken nahegelegt, Ihnen eine Teilhaberschaft anzubieten. Nun, Joseph, ›Guillaume & Lebas‹! Würde das nicht gut klingen? Man könnte ja, um das Schriftbild abzurunden, hinzufügen: ›Und Kompanie‹.«

Joseph Lebas traten Tränen in die Augen, nur mit Mühe verbarg er sie. »Oh, Monsieur Guillaume, womit habe ich soviel Glück verdient? Ich tue doch nur meine Pflicht. Es war schon so viel, daß Sie sich einer armen Waise ...«

Er bürstete den Aufschlag seines linken Ärmels mit dem rechten Ärmel und wagte den Greis nicht anzublicken, der bei dem Gedanken lächelte, daß dieser bescheidene junge Mann offenbar das Bedürfnis hatte, wie ehemals er selbst, zu einer vollständigen Erklärung ermutigt zu werden.

»Ja«, fuhr der Vater Virginies fort. »Eigentlich hätten Sie diese Gunst nicht verdient, Joseph! Sie haben nicht das Vertrauen zu mir, das ich zu Ihnen habe.« (Jäh hob der Kommis den Kopf.) »Sie sind im Besitz des Kassengeheimnisses. Seit zwei Jahren habe ich Sie in all meine Angelegenheiten eingeweiht. Sie durften zu den Einkäufen fahren. Ich habe vor Ihnen also kein Geheimnis. Aber Sie? ... Sie haben eine heimliche Neigung und haben mir nie ein Wort davon gesagt.« (Joseph Lebas errötete.) »Ah, ah!« rief Guillaume. »Denken Sie denn, einen alten Fuchs wie mich hinters Licht führen zu können? Mich, der, wie Sie wissen, den Bankrott Lecoq voraussah?«

»Wie, Monsieur?« antwortete Joseph Lebas, indem er seinen Chef ebenso aufmerksam betrachtete wie dieser ihn. »Wie? Sie wissen, daß ich liebe?«

»Alles weiß ich, Schelm!« sagte der achtbare, gerissene Kaufmann und zog ihn am Ohrläppchen. »Und ich entschuldige es, habe es ebenso gemacht.«

»Und Sie bewilligen sie mir?«

»Ja, mit fünfzigtausend Talern, und ebensoviel werde ich dir hinterlassen, und wir sehen einer neuen Firma und neuen Unkosten entgegen. Was für Geschäfte wir noch abwickeln werden, Junge!« rief der alte Kaufmann, indem er sich gestikulierend aufrichtete. »Siehst du, Schwiegersohn, der Handel ist alles! Diejenigen, die fragen, was er denn für Annehmlichkeiten biete, sind Einfaltspinsel. Geschäfte aufspüren, sich darauf verstehen, den Platz zu beherrschen, wie beim Spiel unter Zittern und Zagen auf den Bankrott von Etienne & Co. gefaßt zu sein, ein in unser Tuch gekleidetes Regiment der Kaiserlichen Garde vorbeimarschieren zu sehen, dem Nachbarn – natürlich, ohne dabei mit dem Gesetz in Konflikt zu geraten – ein Bein zu stellen, billigere Ware zu produzieren als die anderen; verfolgen, wie ein Geschäft, das man eingeht, anfängt, vorankommt, schwankt, glückt; wie ein Polizeiminister mit allen Ressorts der Handelshäuser vertraut zu sein, um einen Fehlschlag zu vermeiden; sich inmitten aller Schiffbrüche aufrecht halten; in allen Fabrikstädten Freunde haben, mit denen man in Korrespondenz steht; ist das nicht ein beständiges Vabanquespiel, Joseph? Aber das heißt leben! Ich werde in diesem Gewerbe hier sterben wie der alte Chevrel, ohne jedoch mehr von den Einkünften verbraucht zu haben, als ich für mein Wohlergehen bedurfte.«

Im Eifer seiner lebhaften Stegreifrede hatte Vater Guillaume seinem Kommis, der heiße Tränen weinte, kaum Beachtung geschenkt.

»Aber Joseph, mein armer Junge, was ist dir?«

»Ach, ich liebe so sehr, so sehr, Monsieur Guillaume, daß ich nicht den Mut habe; ich glaube ...«

»Nun gut, Junge!« sagte der Kaufmann gerührt. »Zum Donnerwetter, du bist glücklicher, als du glaubst; denn sie liebt dich. Ich weiß es!«

Und er zwinkerte seinem Kommis mit den kleinen grünen Augen zu.

»Mademoiselle Augustine! Mademoiselle Augustine!« rief Joseph Lebas in seiner Begeisterung.

Er war im Begriff hinauszueilen, als er sich von einem eisernen Arm zurückgehalten fühlte, und sein verdutzter Chef zog ihn brüsk zu sich heran.

»Was hat denn Augustine damit zu tun?« fragte Guillaume, dessen Stimme den unglücklichen Joseph Lebas auf der Stelle zu Eis erstarren ließ.

»Aber ... aber – sie ist es ja – die ich liebe!« stammelte der Kommis.

Über seinen Mangel an Scharfsinn bestürzt, nahm Guillaume wieder Platz und barg seinen Spitzkopf in beide Hände, um über die seltsame Lage, in der er sich befand, nachzudenken. In Scham und Verzweiflung stand Joseph Lebas da.

»Joseph«, ergriff der Händler mit frostiger Würde wieder das Wort, »ich meinte Virginie. Die Liebe läßt sich nicht befehlen, ich weiß. Ich kenne Ihre Verschwiegenheit, vergessen wir die Sache. Niemals werde ich Augustine vor Virginie verheiraten. Ihr Anteil wird zehn Prozent ausmachen.«

Der Kommis, dem die Liebe ich weiß nicht welchen Grad von Mut und Beredsamkeit verlieh, faltete die Hände, begann zu sprechen und redete eine Viertelstunde lang mit einer derartigen Wärme und Empfindsamkeit auf Guillaume ein, daß sich die Situation änderte. Hätte es sich um eine käufmännische Angelegenheit gehandelt, würden dem alten Händler Kriterien für einen Entschluß zu Gebote gestanden haben; doch tausend Meilen vom Handelswesen hinausgeschleudert auf das Meer der Gefühle und ohne Kompaß, kreuzte er unentschlossen vor einem derartig einmaligen Vorkommnis, wie er sich sagte. Von seiner angeborenen Gutherzigkeit hingerissen, redete er etwas um den heißen Brei herum.

»Aber, zum Teufel, Joseph! Du weißt doch, daß mir meine beiden Kinder in einem Abstand von zehn Jahren geboren wurden! Mademoiselle Chevrel war keine Schönheit, und doch hat sie sich über mich nicht zu beklagen gehabt. Mach es doch so wie ich! Na, weine doch nicht, du bist wohl nicht gescheit? Was denn? Vielleicht läßt es sich einrichten, wir werden sehen. Es gibt ja immer ein Mittel, um sich aus der Affäre zu ziehen. Wir Männer sind für unsere Frauen auch nicht immer Céladons. Verstehst du? Madame Guillaume ist fromm, und ... Also, zum Kuckuck, mein Junge, reiche heute morgen Augustine den Arm und führe sie zur Messe.«

Das waren die Redewendungen, die Guillaume aufs Geratewohl hinwarf. Die letzten Sätze gaben dem verliebten Kommis neues Leben: Er dachte bezüglich Mademoiselle Virginies schon an einen seiner Freunde, als er, nachdem er seinem künftigen Schwiegervater die Hand gedrückt und ihm mit einer gewissen Zuversicht gesagt hatte, daß sich alles bestens fügen werde, das verräucherte Büro verließ.

»Was wird Madame Guillaume denken?« Diese Vorstellung setzte dem wackeren Geschäftsmann, als er allein war, sehr nachdrücklich zu.

Beim Frühstück sahen Madame Guillaume und Virginie, die der Tuchhändler vorläufig noch in Unkenntnis über seinen Mißerfolg gelassen hatte, Joseph Lebas, der sich in äußerster Verlegenheit befand, ziemlich schelmisch an. Die Scham des Kommis brachte ihm die Zuneigung seiner Schwiegermutter ein. Die Matrone wurde derart aufgeräumt, daß sie Monsieur Guillaume lächelnd anblickte und sich einige kleine Scherze erlaubte, die in diesen harmlosen Familien so gut wie niemals vorkommen. Sie stellte in Frage, daß Virginie und Lebas gleich groß seien, und forderte sie auf, sich zu messen. Bei diesen einleitenden Narrheiten zogen sich einige Schatten auf der Stirn des Familienoberhauptes zusammen, und er legte besonderen Wert auf die Schicklichkeit, so daß er anordnete, Augustine solle, wenn sie nach Saint-Leu ginge, den Arm des ersten Kommis nehmen. Die über diese männliche Feinfühligkeit erstaunte Madame Guillaume belohnte ihren Gatten mit einem zustimmenden Kopfnicken. Der Zug verließ das Haus also in einer Reihenfolge, die nicht geeignet war, den Nachbarn Anlaß zu irgendeiner bösen Auslegung zu geben.

»Finden Sie nicht, Mademoiselle Augustine«, sagte der bebende Kommis, »daß die Frau eines Kaufmanns, der über einen so guten Kredit verfügt wie zum Beispiel Monsieur Guillaume, sich ein wenig mehr Freude gönnen könnte als Ihre Frau Mutter, daß sie Diamanten tragen und in einer Kutsche fahren könnte? Oh, ich meinerseits würde, wenn ich mich verheiratete, gleich von vornherein alle Mühe auf mich nehmen und mich freuen, meine Frau glücklich zu sehen. Ich würde sie nicht in mein Kontor stecken. Im Tuchhandel werden die Frauen ja nicht mehr so gebraucht wie früher. Monsieur Guillaume hat ja recht gehabt, so zu handeln, und überdies war es ja auch nach dem Geschmack seiner Gemahlin. Aber wenn eine Frau in der Buchführung, in der Korrespondenz, im Detail, bei den Aufträgen und in ihrer Wirtschaft ein wenig mit Hand anlegt, damit sie nicht ganz müßig bleibt, so ist das genug. Um sieben Uhr, wenn der Laden geschlossen ist, würde ich mich vergnügen, würde ins Schauspiel und in Gesellschaft gehen … Aber Sie hören mir ja gar nicht zu?«

»Doch, Monsieur Joseph. Was halten Sie von der Malerei? Das ist ein schöner Beruf.«

»O ja! Ich kenne einen Baumalermeister, Monsieur Lourdois, der hat Taler.«

Unter solch vertraulichem Geplauder erreichte die Familie die Kirche Saint-Leu. Dort machte Madame Guillaume wieder ihre Ansprüche geltend, und erstmalig mußte sich Augustine direkt neben sie setzen. Virginie nahm auf dem vierten Stuhl neben Lebas Platz. Während der Predigt ging zwischen Augustine und Théodore, der, hinter einem Pfeiler stehend, sein Madonnenbild inbrünstig anbetete, alles gut; doch bei der Erhebung der Hostie nahm Madame Guillaume ein wenig zu spät wahr, daß ihre Tochter Augustine ihr Gebetbuch verkehrt herum hielt. Schon schickte sie sich an, sie nachdrücklichst auszuschelten, als sie, den Schleier lüftend, ihre Lektüre unterbrach und nach der Richtung sah, wo etwas die Blicke ihrer Tochter fesselte. Durch ihre Brille gewahrte sie den jungen Künstler, dessen modische Eleganz eher einen Rittmeister auf Urlaub als einen Geschäftsmann des Viertels verriet. Nur schwerlich wird man sich die innere Erregung Madame Guillaumes vorstellen können, die sich schmeichelte, ihren Töchtern eine vollendete Erziehung gegeben zu haben, als sie Augustine von einer heimlichen Liebe besessen sah, deren Gefahr sie in ihrer Prüderie und Unwissenheit übertrieb. Sie glaubte ihre Tochter bis ins Innerste hinein verdorben.

»Halten Sie zunächst einmal Ihr Buch richtig, Mademoiselle«, sagte sie leise, doch mit zornbebender Stimme.

Hastig entriß sie ihr das verräterische Gebetbuch und gab es ihr so zurück, daß die Buchstaben wieder zu lesen waren. »Lassen Sie sich ja nicht einfallen, anderswohin zu sehen als auf die Gebete«, fügte sie hinzu, »sonst bekommen Sie es mit mir zu tun. Nach der Messe werden Ihr Vater und ich ein Wörtchen mit Ihnen zu reden haben.«

Diese Worte trafen die arme Augustine wie ein Blitzschlag. Sie fühlte sich einer Ohnmacht nahe; doch im Widerstreit des Leides, das sie empfand, und der Furcht, in der Kirche ein öffentliches Ärgernis zu erregen, brachte sie den Mut auf, ihre Herzensangst zu verbergen. Doch war ihre heftige Gemütserregung leicht zu erkennen, wenn man sah, wie ihr Beichtbuch zitterte und auf jede Seite, die sie umschlug, Tränen fielen. An dem flammenden Blick, den ihm Madame Guillaume zuschleuderte, erkannte der Künstler die Gefahr, die seiner Liebe drohte, und verließ, das

Herz voll rasender Leidenschaft und entschlossen, alles zu wagen, die Kirche.

»Gehen Sie auf Ihr Zimmer, Mademoiselle!« sagte Madame Guillaume zu ihrer Tochter, als sie zu Hause waren. »Wir werden Sie rufen lassen; und lassen Sie sich ja nicht einfallen, es zu verlassen.«

Die gemeinsame Besprechung der beiden Gatten war so geheim, daß zunächst nichts davon ruchbar wurde. Doch Virginie, die ihrer Schwester unter tausend liebevollen Darlegungen Mut zugesprochen hatte, ging in ihrer Gefälligkeit so weit, daß sie sich an die Tür zum Schlafzimmer ihrer Mutter schlich, wo die Erörterung vor sich ging, um hier dieses oder jenes Wort aufzuschnappen. Beim ersten Gang vom dritten Stockwerk zum zweiten hörte sie ihren Vater ausrufen:

»Madame, wollen Sie Ihre Tochter denn umbringen?«

»Armes Kind!« sagte Virginie zu ihrer in Tränen aufgelösten Schwester, »Papa verteidigt dich.«

»Und was wollen sie Théodore tun?« fragte das unschuldige Geschöpf.

Die neugierige Virginie stieg erneut hinab; doch dieses Mal blieb sie länger: Sie erfuhr, daß Lebas Augustine liebte. Es stand geschrieben, daß an diesem denkwürdigen Tag dieses für gewöhnlich so stille Haus eine wahre Hölle sein sollte. Monsieur Guillaume versetzte Joseph Lebas in Verzweiflung, als er ihm die Liebe Augustines zu einem Fremden anvertraute. Lebas, der seinem Freund gesagt hatte, er solle um Virginies Hand anhalten, sah seine Hoffnungen zunichte gemacht. Mademoiselle Virginie, von dem Wissen überwältigt, daß Joseph sie gewissermaßen abgelehnt hatte, bekam Migräne. Die Zwietracht, hervorgerufen durch die Auseinandersetzung, die Monsieur und Madame Guillaume miteinander gehabt hatten und wobei sie zum drittenmal in ihrem Leben verschiedener Meinung waren, äußerte sich auf erschreckende Art und Weise. Endlich, nachmittags um vier Uhr, erschien Augustine bleich, zitternd und mit rotgeweinten Augen vor ihrem Vater und ihrer Mutter. In aller Offenherzigkeit erzählte das arme Kind die allzu kurze Geschichte ihrer Liebe. Durch das Zureden ihres Vaters, der ihr versprochen hatte, sie stillschweigend anzuhören, beruhigt, faßte sie einen gewissen Mut und nannte vor ihren Eltern den Namen ihres teuren Théodore de Sommervieux, wobei sie nicht ohne eine kleine Bosheit die adlige Partikel betonte. Während sie sich dem ungewohnten Entzücken überließ, von ihren Empfindungen zu sprechen, fand sie so viel Kühnheit, mit unschuldsvoller Entschiedenheit zu erklären, daß sie Monsieur de Sommervieux liebe, daß sie es ihm geschrieben habe, und fügte, mit Tränen in den Augen hinzu: »Es hieße mich ins Unglück stürzen, wenn ich einem anderen geopfert werden sollte.«

»Aber Augustine, weißt du denn nicht, was das ist, ein Maler?« rief ihre Mutter entsetzt.

»Madame Guillaume!« sagte der alte Vater, indem er seiner Frau Stillschweigen gebot. – »Augustine«, sagte er dann, »die Künstler sind im allgemeinen Hungerleider. Sie sind viel zu verschwenderisch, als daß sie nicht immer Taugenichtse wären. Ich habe den seligen Monsieur Joseph Vernet, den seligen Monsieur Lekain und den seligen Monsieur Noverre beliefert. Oh, wenn du wüßtest, wie übel dieser Monsieur Noverre, Chevalier de Saint-Georges, und besonders Monsieur Philidor, dem armen Vater Chevrel mitgespielt haben! Es sind sonderbare Käuze, ich weiß das; sie verstehen einem alle etwas vorzuschwatzen, haben Manieren … Ah, niemals ist dein Monsieur Sumer … Somm …«

»De Sommervieux, lieber Vater!«

»Nun gut, meinetwegen, de Sommervieux! Niemals kann er so liebenswürdig zu dir gewesen sein, wie der Chevalier de Saint-Georges an dem Tage zu mir, als ich eine gerichtliche Entscheidung der Konsuln gegen ihn erwirkt hatte. Die Leute von einst waren eben Leute von Adel.«

»Aber, Vater, Monsieur Théodore ist ein Edelmann und

hat mir geschrieben, daß er reich ist. Sein Vater nannte sich vor der Revolution Chevalier de Sommervieux.«

Bei diesen Worten sah Monsieur Guillaume seine schreckliche Ehehälfte an, die verärgert mit der Fußspitze auf den Fußboden pochte und finsteres Schweigen bewahrte; sie vermied es sogar, ihre zornentflammten Blicke auf Augustine zu richten, und schien, da auf ihre Meinung nicht gehört wurde, Monsieur Guillaume alle Verantwortung für eine so ernste Angelegenheit zu überlassen; nichtsdestoweniger und trotz ihres augenscheinlichen Phlegmas rief sie, als sie ihren Gatten einer Katastrophe gegenüber, die nichts Kaufmännisches hatte, derart zaghaft Partei ergreifen sah:

»Wahrhaftig, Monsieur, Sie zeigen Ihren Töchtern gegenüber eine Schwäche … aber …«

Plötzlich wurde diese Strafpredigt, die der alte Händler schon vorausgesehen hatte, von dem Geräusch einer vor der Haustür haltenden Kutsche unterbrochen. Im nächsten Augenblick befand sich auch schon Madame Roguin mitten im Zimmer und sagte, während sie die drei Spieler dieses häuslichen Auftrittes anblickte, mit gönnerhafter Miene: »Ich weiß alles, liebe Cousine.«

Madame Roguin hatte einen Fehler: Sie glaubte, daß die Frau eines Pariser Notars die Rolle einer kapriziösen Dame spielen könne.

»Ich weiß alles«, wiederholte sie, »und ich komme in die Arche Noah als die Taube mit dem Olivenzweig. Ich habe diese Allegorie im ›Geist des Christentums‹ gelesen«, wandte sie sich an Madame Guillaume, »der Vergleich muß dir gefallen, liebe Cousine. Wißt ihr«, fügte sie hinzu, während sie Augustine zulächelte, »daß dieser Monsieur de Sommervieux ein reizender Mann ist? Er hat mir heute morgen mein meisterlich getroffenes Porträt geschickt. Es ist mindestens sechstausend Francs wert.«

Bei diesen Worten klopfte sie Monsieur Guillaume sanft auf den Arm. Der alte Händler konnte sich nicht enthalten, auf eine ihm eigentümliche Weise die Lippen aufzuplustern.

»Ich bin gut mit Monsieur de Sommervieux bekannt«, fuhr die Taube fort. »Seit vierzehn Tagen kommt er zu meinen Abendgesellschaften, er ist ihre Zier. Er hat mir all seinen Kummer erzählt und mich zu seinem Sachwalter gemacht. Ich weiß seit heute morgen, daß er Augustine anbetet, und er soll sie haben. Ah, Cousine, schütteln Sie nicht so ablehnend den Kopf. Hören Sie, daß er Baron werden soll und daß er vom Kaiser selbst im Salon zum Ritter der Ehrenlegion ernannt worden ist. Roguin ist sein Notar geworden und ist mit seinen Angelegenheiten vertraut. Nun, Monsieur de Sommervieux hat einen Grundbesitz von zwölftausend Livres Rente. Wissen Sie, daß der Schwiegervater eines solchen Mannes es zu etwas bringen kann, zum Beispiel zum Bürgermeister seines Arrondissements? Haben Sie nicht erlebt, daß Monsieur Dupont Graf des Kaiserreiches und Senator geworden ist, weil er in seiner Eigenschaft als Bürgermeister den Kaiser bei seinem Einzug in Wien begrüßt hat? Oh, diese Hochzeit wird gefeiert werden. Ich vergöttere diesen jungen Mann. Ein Benehmen wie das seiner Augustine gegenüber gibt es nur in Romanen. Ja, meine Kleine, du wirst glücklich werden, und jede möchte wohl an deiner Stelle sein. Auf meine Abendgesellschaften kommt die Duchesse de Carigliano, die in Monsieur de Sommervieux vernarrt ist. Es gibt ja böse Zungen, die behaupten, sie käme nur seinetwegen zu mir, als ob eine Duchesse von gestern sich etwas vergäbe bei einer Chevrel, deren Familie auf eine Gutbürgerlichkeit von hundert Jahren zurückblickt. »Augustine«, fuhr Madame Roguin nach einer kleinen Pause fort, »ich habe das Porträt gesehen. Gott, ist es schön! Weißt du, daß der Kaiser es hat sehen wollen? Er hat gelacht und zum Vize-Konnetable gesagt: Wenn er, da so viele Könige zu ihm kommen, viele solcher Frauen an seinem Hof hätte, so würde er sich anheischig machen, den Frieden von Europa für immer aufrechtzuerhalten. Ist das nicht schmeichelhaft?«

Die Stürme, mit denen der Tag begonnen hatte, sollten denen in der Natur gleichen: Sie brachten stilles, heiteres Wetter. Madame Roguin entfaltete in ihrer Rede so viel Verführungskünste, sie wußte in den trockenen Herzen von Monsieur und Madame Guillaume so viele Saiten zugleich anzuschlagen, daß sie schließlich eine fand, aus der sie Vorteil zog. In dieser eigentümlichen Zeit hatten der Handel und die Finanz mehr denn je die närrische Manie, sich mit den großen Herren zu verschwägern, und die Generäle des Kaiserreichs nutzten diese Geneigtheit weidlich. Einzig Monsieur Guillaume war gegen diese bedauernswerte Leidenschaft aufgetreten. Seine Lieblingsgrundsätze liefen darauf hinaus, daß eine Frau, um ihr Glück zu finden, einen Mann ihres Standes heiraten müsse; man sah sich stets früher oder später dafür gestraft, wenn man zu hoch hinaus wollte; die Liebe widerstehe den Verdrießlichkeiten eines Haushalts so wenig, daß einer im anderen hinreichend solide Eigenschaften finden müsse, um glücklich zu sein; es sei nicht nötig, daß der eine der beiden Gatten mehr wisse als der andere: weil man sich vor allen Dingen verstehen müsse; ein Ehemann, der Griechisch, und eine Frau, die Lateinisch spräche, liefen Gefahr, Hungers zu sterben. Diese Art Sprichwort stammte von ihm. Er verglich solcherweise geschlossene Ehen mit jenen alten Stoffen aus Seide und Wolle, bei denen die Seide schließlich der Wolle stets schadete. Indessen fand sich auf dem Grund des Mannesherzens doch so viel Eitelkeit, daß die Klugheit des Piloten, der die ›Ballspielende Katze‹ so gut zu lenken verstand, der vereinnahmenden Zungenfertigkeit Madame Roguins unterlag. Und die strenge Madame Guillaume fand als erste in der Neigung ihrer Tochter Gründe, die sie ihren Grundsätzen untreu werden und sie einwilligen ließen, Monsieur de Sommervieux zu empfangen, den sie einer genauen Prüfung unterziehen wollte.

Der alte Händler suchte Joseph Lebas auf und unterrichtete ihn vom Stand der Dinge. Sechs Uhr dreißig vereinte der bemalte Speisesaal unter seinem Glasdach Madame und Monsieur Roguin, den jungen Maler und seine reizende Augustine, Joseph Lebas, der sein Glück mit Ergebung trug, und Mademoiselle Virginie, deren Migräne verschwunden war. Monsieur und Madame Guillaume sahen ihre Kinder untergebracht und das Schicksal der ›Ballspielenden Katze‹ in guten Händen. Ihre Zufriedenheit erreichte den Höhepunkt, als ihnen Théodore beim Nachtisch das erstaunliche, ihnen noch unbekannte Gemälde zum Geschenk machte, welches das Innere dieses alten Hauses darstellte und welchem sein Schöpfer ein so großes Glück verdankte.

»Wie nett!« rief Guillaume. »Zu denken, daß man dreißigtausend Francs dafür zahlen wollte.«

»Wie genau meine Spitzenbänder getroffen sind!« sagte Madame Guillaume.

»Und diese ausgebreiteten Stoffe!« fügte Lebas hinzu. »Man könnte sie in die Hand nehmen.«

»Gewandung wirkt immer sehr gut«, bestätigte der Maler. »Wir heutigen Maler würden uns glücklich schätzen, könnten wir die Vollendung der griechischen Gewandung erreichen.«

»Sie lieben also das Tuch?« rief Vater Guillaume. »Wohlan, hier, schlagen Sie ein, junger Mann. Da Sie den Handel ehren, sind wir Freunde. Eh, warum wird er mißachtet? Die Welt begann mit ihm, hat doch Adam das Paradies für einen Apfel verkauft. Was freilich keine berühmte Spekulation war.«

Und angeregt von dem Champagner, den er großzügig herumreichen ließ, brach der alte Händler in ein freimütiglautes Lachen aus. Die Binde vor den Augen des jungen Künstlers war so dicht, daß er seine künftigen Schwiegereltern liebenswürdig fand. Er verschmähte es nicht, sie durch ein paar geschmackvoll gezeichnete Karikaturen zu erheitern. So gefiel er allgemein. Am späten Abend, als der, wie Guillaume sagte, großartig möblierte Salon verlassen war, zog der wackere Händler, der, wenn es sich um Geschäfte oder Geld handelte, immer sofort klar sah, während Madame Guillaume vom Tisch zum Kamin, vom Kronleuchter zu den Leuchtern ging und eilig die Kerzen auspustete, seine Tochter Augustine an sich und hielt ihr, nachdem er sie auf die Knie genommen hatte, folgende Rede:

»Liebes Kind, du sollst, da du es willst, deinen Sommervieux heiraten; magst du dein Glückskapital aufs Spiel setzen. Allein ich lasse mich von diesen dreißigtausend Francs, die man verdient, wenn man gute Leinwand bepinselt, nicht blenden. Schnell verdientes Geld wird ebenso schnell wieder ausgegeben. Habe ich heute abend nicht diesen leichtsinnigen jungen Menschen äußern hören, daß das Geld rund sei, damit es rolle! Wenn es für verschwenderische Leute rund ist, so ist es flach für die Sparsamen, die es zusammenscharren. Gut, Kind! Dieser hübsche Bursche spricht davon, daß er dir Equipagen, Diamanten geben will. Er hat Geld; wenn er es für dich ausgibt: *bene sit!* mich geht es nichts an. Aber was das betrifft, was du von mir bekommst, so will ich nicht, daß so sauer eingesackte Taler in Karossen und Flitterkram aufgehen. Wer zuviel ausgibt, ist niemals reich. Für die hunderttausend Taler deiner Mitgift kauft man doch nicht ganz Paris. Du wirst zwar eines Tages einige hunderttausend Francs erben; doch ich werde dich, meiner Treu, so lange wie möglich darauf warten lassen. Ich habe deinen Bräutigam also beiseite genommen und einem Mann, der den Bankrott Lecoq geleitet hat, fiel es nicht schwer, die Zustimmung eines Künstlers zu erlangen, daß er eine Frau ohne Nutznießung ihres Vermögens heiratet. Ich werde ein Auge darauf haben, daß im Kontrakt die Schenkungen, die er dir auszusetzen beabsichtigt, genau vereinbart werden. Ich hoffe also, liebes Kind, Großvater zu werden, und bei Gott! ich werde mich schon um meine Enkelkinder kümmern. Schwöre mir hier also in die Hand, ohne meinen Rat in Geldangelegenheiten niemals irgend etwas zu unterschreiben; und sollte ich mich etwa vor der Zeit zu Vater Chevrel hinüber verfügen, so schwöre mir, den jungen Lebas, deinen Schwager, zu konsultieren. Versprich es mir.«

»Ja, Vater, ich schwöre es Ihnen.«

Während sie mit sanfter Stimme diese Worte vernehmen ließ, küßte der Greis seine Tochter auf beide Wangen. Diese Nacht schliefen alle Liebenden fast so friedlich wie Monsieur und Madame Guillaume.

Einige Monate nach diesem denkwürdigen Sonntag war der Hauptaltar von Saint-Leu Zeuge von zwei recht verschiedenartigen Trauungen. Augustine und Théodore boten sich in allem Glanz ihres Glücks, liebestrahlenden Auges, in eleganten Toiletten, eine glänzende Equipage wartete auf sie. Mit ihrer Familie in einem anständigen Mietswagen angelangt, folgte Virginie, auf den Arm ihres Vaters gestützt, ihrer jungen Schwester bescheiden in schlichtestem Staat, gleich einem für die Harmonie dieses Bildes unentbehrlichen Schatten. Monsieur Guillaume hatte sich bei der Kirchenbehörde die erdenklichste Mühe gegeben, um durchzusetzen, daß Virginie vor Augustine getraut würde; allein es wurde ihm der Schmerz zuteil, daß der hohe wie der niedere Klerus in jedem Fall der eleganteren der beiden Trauungen den Vortritt gab. Er hörte einige seiner Nachbarn ausdrücklich den gesunden Verstand Mademoiselle Virginies loben, die, wie sie sagten, die solidere der beiden Ehen einginge und dem Viertel treu bliebe; während sich gegen Augustine einige vom Neid eingegebene bissige Scherze richteten, weil sie einen Künstler, einen Adligen heiratete; mit einem gewissen Schrecken fügten sie hinzu, daß der Tuchhandel, wenn es die Guillaumes mit dem Ehrgeiz bekämen, verloren sei. Als ein alter Fächerhändler sagte, daß dieser Verschwender bald an den Bettelstab gelangen werde, beglückwünschte sich Vater Guillaume *in petto* zu seiner Vorsicht hinsichtlich des Ehevertrages. Am Abend, nach einem glänzenden Ball, dem sich eine von jenen üppigen Mahlzeiten angeschlossen hatte, deren Erinnerung sich in der gegenwärtigen Generation zu verlieren beginnt, blieben Monsieur und Madame Guillaume in ihrem Haus in der Rue Colombier, wo die Hochzeit stattgefunden hatte, während Monsieur und Madame Lebas in ihrer Mietskutsche zu dem alten Hause in der Rue Saint-Denis zurückkehrten, um hier das Schiff der ›Ballspielenden Katze‹ zu steuern; der glücksberauschte Künstler schloß seine geliebte Augustine in die Arme, nahm sie, als ihr Coupé in der Rue Trois-Frères angelangt war, und trug sie in ein von allen Künsten ausgeschmücktes Gemach.

Im Feuer der Leidenschaft, die Théodore beherrschte, verloderte dem jungen Ehepaar fast ein ganzes Jahr, ohne daß das kleinste Wölkchen den blauen Himmel, unter dem sie lebten, getrübt hätte. Für diese beiden Liebenden hatte das Dasein nichts Beschwerliches. Jeden Tag breitete Théodore einen Blumenteppich der Freuden aus, er fand Gefallen daran, das Entrücktsein der Leidenschaft mit der weichen Abspannung jener Ruhepausen wechseln zu lassen, welche die Seele derart berauscht, daß sich in ihr die körperliche Vereinigung vergißt. Außerstande nachzudenken, überließ sich die glückliche Augustine der aufwallenden Woge ihrer Seligkeit: Sie glaubte noch nicht genug zu tun, wenn sie sich ganz der erlaubten, geweihten Gattenliebe hingab; einfach und naiv, wie sie war, wußte sie im übrigen nichts von dem Kunstgriff des Sichverweigerns, noch von der Herrschaft, die eine junge Dame der großen Welt sich über ihren Gatten durch eine geschickte Launenhaftigkeit verschafft; ihre Liebe war zu groß, als daß sie die Zukunft berechnet hätte, und sie konnte sich nicht vorstellen, daß ein so köstliches Leben jemals ein Ende haben könnte. Beglückt, daß sie gegenwärtig ihrem Mann der Inbegriff aller Wonne war, meinte sie, daß diese unauslöschliche Liebe stets ihr schönster Schmuck sein werde, wie ihre willfährige

Hingabe ein immerwährender Reiz. Schließlich hatte ihr Liebesglück ihr eine so strahlende Schönheit verliehen, daß sie stolz darauf und dessen gewiß war, einen derart leicht zu entflammenden Mann wie Monsieur de Sommervieux stets in ihrem Bann halten zu können. So kam es aber, daß sie sich als Frau nur in der Liebe bildete. Am Busen dieses Glücks blieb sie das dumme kleine Mädchen, das in der Verborgenheit der Rue Saint-Denis gelebt hatte, und dachte nicht daran, die Manieren, das Wissen und den Ton der Welt anzunehmen, in der sie zu leben hatte. Ihre Worte waren Worte der Liebe, und sie entwickelte hier auch eine gewisse Art von geistiger Geschmeidigkeit und eine gewisse Feinheit des Ausdrucks; doch sie bediente sich der Sprache, die ja allen Frauen gemäß ist, wenn sie in der Leidenschaft, die ihr eigentliches Element zu sein scheint, aufgehen. Wenn Augustine zufällig einen Gedanken zum Ausdruck brachte, der mit Théodores Anschauungen nicht im Einklang stand, lachte der junge Künstler, wie man über die anfänglichen Sprachfehler eines Ausländers lacht, die schließlich aber, falls er sich nicht vervollkommnet, langweilen. Trotz aller Liebesfülle spürte Sommervieux gegen Ende dieses ebenso bezaubernden wie schnell dahingegangenen Jahres eines Morgens die Notwendigkeit, seine Arbeiten und Gepflogenheiten wieder aufzunehmen. Seine Frau war überdies schwanger. Er sah seine Freunde wieder. Während der langwierigen Beschwerlichkeiten des Jahres, in dem eine junge Frau zum erstenmal ein Kind stillt, arbeitete er zweifellos mit Eifer; doch gab er zuweilen auch dem Trieb nach, in der großen Welt einige Zerstreuung zu suchen. Er bevorzugte das Haus der Duchesse de Carigliano, der es schließlich geglückt war, den berühmten Maler an sich zu fesseln. Als Augustine wiederhergestellt war, als ihr Sohn nicht mehr jene unablässige Fürsorge in Anspruch nahm, die einer Mutter die Vergnügungen der Gesellschaft versagen, war Théodore dahin gelangt, jenen Genuß der Eigenliebe auskosten zu wollen, den uns die Gesellschaft gewährt, wenn wir dort mit einer schönen Frau erscheinen, die Gegenstand des Neides und der Bewunderung ist. Die Salons zu durchstreifen und sich dort in dem Glanz zu zeigen, der vom Ruhm ihres Mannes auf sie überstrahlte, und von allen Frauen beneidet zu werden, dies war für Augustine eine neue Freudenernte; doch es war auch der letzte Lichtstrahl ihres verlöschenden Eheglücks. Sie verletzte die Eitelkeit ihres Mannes, wenn sie, trotz vergeblicher Bemühungen, ihre Unwissenheit durchblicken ließ, ihre unbeholfene Redeweise und ihre kleinlichen Anschauungen. Nachdem er fast zweieinhalb Jahre von den ersten Entrückungen der Liebe in Bann gehalten war, verfiel Sommervieux mit der Unbekümmertheit abgeflauten Besitzerstolzes wieder seinen Neigungen und nahm seine vorübergehend aus ihrem Fahrwasser geratenen Gewohnheiten wieder auf. Die Dichtung, die Malerei und die erlesenen Freuden der Einbildungskraft besitzen über einen erhabenen Geist unverjährbare Rechte. Jene Bedürfnisse einer starken Seele waren bei Théodore im Verlauf dieser zwei Jahre nicht unbefriedigt geblieben, sie hatten nur neue Nahrung gefunden. Als die Gefilde der Liebe durcheilt waren, als der Künstler, wie ein Kind, die Rosen und Kornblumen mit einer solchen Gier gepflückt hatte, daß er nicht wahrnahm, daß seine Hände sie nicht mehr fassen konnten, änderte sich das Bild. Wenn der Maler seiner Frau die Entwürfe seiner schönsten Kompositionen zeigte, hörte er sie wie Vater Guillaume ausrufen: »Sehr hübsch!« Diese kühle Bewunderung entsprang nicht einer gewissenhaften Empfindung, sondern dem Glauben an die Sprache der Liebe. Augustine zog einen Blick dem schönsten Gemälde vor. Die einzige Erhabenheit, die sie kannte, war die des Herzens. Schließlich konnte sich Théodore aber nicht der Augenscheinlichkeit einer grausamen Wahrheit entziehen: Seine Frau war nicht für Poesie empfänglich, sie wohnte nicht in seiner Sphäre, sie folgte ihm nicht in alle Gebiete seiner Einfälle, seiner Phantasie, seiner Freuden, seiner Schmerzen; sie schritt auf der Ebene der Wirklichkeit, während er das Haupt im Himmel hatte. Geister von gewöhnlichem Schlage können die Leiden nicht verstehen, die für ein Wesen, das einem anderen durch die innigste aller Empfindungen geeint ist, dadurch entstehen, daß es sich gezwungen sieht, die ihm teuersten Entäußerungen seiner Gedankenwelt unaufhörlich zu verdrängen und jene Bilder in das Nichts zurücktreten zu lassen, die ihm von einer magischen Macht zur Gestaltung eingegeben werden. Es empfindet diese Pein um so grausamer, als das vornehmlichste Gesetz der Empfindungen, die es seinem Gefährten entgegenbringt, gebietet, daß man sich gegenseitig niemals irgend etwas verbirgt, sondern den Ausstrom des Gedankens ebenso teilt wie den Erguß der Seele. Man betrügt den Willen der Natur nicht ungestraft: Sie ist unerbittlich wie die Notwendigkeit, die fürwahr eine Art sozialen Wesens ist. In der Hoffnung, daß die Gewohnheit, mit Künstlern zu leben, seine Frau noch bilden und in ihr die schlummernden Keime einer höheren Intelligenz zum Durchbruch gelangen lassen möge, von denen einige höhere Geister meinen, daß sie allen Wesen eigen wären, flüchtete sich Sommervieux in das stille Schweigen seiner Werkstatt; doch war Augustine zu strenggläubig, als daß der Ton der Künstler sie nicht erschreckt hätte. Beim ersten Essen, das Théodore gab, hörte sie einen jungen Maler mit jener kindlichen Leichtigkeit, für die sie kein Verständnis aufbringen konnte und die einen noch so unfrommen Scherz verzeihbar macht, äußern:

»Aber, Madame, Ihr Paradies kann doch nicht schöner sein als die Verklärung Raffaels? Wahrhaftig, mich langweilt es, es zu betrachten.«

Augustine brachte also dieser geistigen Geselligkeit ein Mißtrauen entgegen, das niemandem entging, sie setzte in Verlegenheit. Verlegene Künstler kennen kein Mitleid: sie fliehen oder sie spotten. Madame Guillaume hatte unter anderen lächerlichen Seiten die, daß sie die Würde, die sie für das Privileg einer verheirateten Frau hielt, übertrieb; und obgleich sie sich oft darüber lustig gemacht hatte, wußte Augustine sich doch nicht anders als mit einer leichten Nachahmung der mütterlichen Sprödigkeit zu wehren. Diese übertriebene Züchtigkeit, welche tugendhafte Frauen nicht immer zu vermeiden wissen, hatte einige spöttische Bleistiftzeichnungen zur Folge, deren harmloser Scherz viel zu guten Geschmack zeigte, als daß Sommervieux darüber hätte erzürnt sein können. Diese Späße hätten sogar noch grausamer sein können; sie wären trotzdem weiter nichts gewesen als Repressalien seiner Freunde. Doch eine Seele wie die Théodores, die so leicht fremden Eindrücken zugänglich war, sollte es nicht verwinden? Und so zeigte er eine immer größer werdende Gefühlskälte. Um zum Eheglück zu gelangen, gilt es einen Berg zu erklimmen, dessen kleines Gipfelplateau unmittelbar zur ebenso abschüssigen wie glatten Rückseite führt, und die Liebe des Malers befand sich auf dem Abstieg. Er hielt seine Frau für unfähig, die moralischen Erwägungen zu würdigen, die in seinen Augen die Eigenheit seines Benehmens ihr gegenüber rechtfertigten, und sah keinerlei Verbrechen darin, ihr Ansichten zu verbergen, die ihr unverständlich waren, und die vor dem Gerichtshof eines bürgerlichen Gewissens kaum zu rechtfertigenden Seitensprünge. Augustine zog sich in den Trübsinn eines stummen Schmerzes zurück. Diese geheimen Empfindungen setzten zwischen die beiden Gatten einen Schleier, der von Tag zu Tag dichter werden sollte. Obgleich es ihr Mann ihr gegenüber nicht an Rücksicht fehlen ließ, konnte Augustine sich eines Zagens nicht enthalten, als er ihr die Schätze des Geistes und der Anmut, die er ihr ehemals zu Füßen gelegt hatte, nun zugunsten der Gesellschaft vorenthielt. Und bald gelangte sie zu einer verhängnisvollen Auslegung der geistreichen Erörterungen, die in der Gesellschaft über die Unbeständigkeit der Männer geführt werden. Sie beklagte sich nicht, doch ihr Verhalten kam einem Vorwurf gleich. Drei Jahre nach ihrer Hochzeit wurde diese junge reizende Frau, die so glänzend in ihrer glänzenden Equipage vorüberfuhr, die in einer Sphäre des Ruhms und eines von so vielen sorglosen und die Situationen des Lebens falsch beurteilenden Leuten beneideten Reichtums lebte, von heftigem Kummer gepeinigt, ihre Farbe verblich, sie grübelte, verglich; dann rollte ihr das Unglück die ersten Texte der Erfahrung auf. In der Hoffnung, daß solch hochherziges Verhalten ihr früher oder später die Liebe ihres Mannes wiedergewinnen werde, entschloß sie sich, mutig gefaßt im Kreis ihrer Pflichten zu verharren; doch es kam anders. Wenn Sommervieux, von seiner Arbeit abgespannt, aus dem Atelier trat, verbarg Augustine ihre Arbeit nicht so geschickt, daß der Maler nicht wahrgenommen hätte, wie seine Frau mit der peinlichen Genauigkeit einer guten Hausfrau die Wäsche des Hauses und seine Wäsche ausbesserte. Hochherzig und ohne Murren gab sie das für die Verschwendungssucht ihres Mannes nötige Geld; aber im Bestreben, das Vermögen ihres geliebten Théodore zusammenzuhalten, zeigte sie sich ebenso sparsam, was sie selbst betraf, als auch bei gewissen Kleinigkeiten der Haushaltsführung. Dieses Verhalten ist unvereinbar mit der Nachlässigkeit von Künstlern, die am Ende ihrer Laufbahn das Leben in einer Weise genossen haben, daß sie niemals nach der Ursache ihres Ruins fragen. Es ist nicht erforderlich, jede Nuance zu kennzeichnen, mit der der strahlende Glanz ihres Honigmondes erlosch und tiefe Finsternis sie umgab. Eines Abends erhielt die niedergeschmetterte Augustine, die ihren Mann schon seit langem mit Begeisterung von der Duchesse de Carigliano reden hörte, durch das boshafte Mitleid einer Freundin einige Hinweise über die Natur der Zuneigung, die Sommervieux dieser berühmten Koketten des Kaiserlichen Hofes bekundete. Mit einundzwanzig Jahren und in allem Glanz der Jugend und der Schönheit sah Augustine sich wegen einer Frau von sechsunddreißig Jahren verraten. Da sie sich in der vornehmen Welt und auf ihren für sie öden Festen unglücklich fühlte, begriff die arme Kleine nichts von der Bewunderung, die sie hervorrief, nichts von dem Neid, den sie erweckte. Ihr Gesicht nahm einen neuen Ausdruck an. Die Schwermut goß in ihre Züge den Schmerz der Entsagung und die Blässe der verschmähten Liebe. Ihr wurde von den verführerischsten Männern der Hof gemacht; doch sie blieb einsam und tugendhaft. Einige Worte der Verachtung, die ihrem Mann entschlüpften, versetzten sie in unglaubliche Verzweiflung. Mit verhängnisvoller Klarheit erkannte sie, wie tief die Kluft war, die infolge ihrer engherzigen Erziehung die vollständige Einigung ihrer Seele mit der Théodores verhinderte; ihre Liebe war stark genug, daß sie ihn freisprach und sich verurteilte. Sie weinte heiße Tränen, als sie zu spät erkannte, daß es ebenso wie Mißverbindungen der Sitten und des Standes auch Mißverbindungen des Geistes gab. Bei dem Gedanken an die Wonnen ihres Liebesfrühlings begriff sie, wie groß ihr vergangenes Glück gewesen war, und gestand sich selbst ein, daß eine so reiche Liebesernte ein ganzes Leben ausmachte, das nur mit Unglück bezahlt werden konnte. Doch war ihre Liebe zu aufrichtig, als daß sie jede Hoffnung verloren hätte. Deshalb wagte sie es, sich mit einundzwanzig Jahren bilden zu wollen, um das nachvollziehen zu können, was sie bewunderte.

›Wenn ich kein Dichter bin‹, sagte sie sich, ›so werde ich es zumindest zum Verständnis der Poesie bringen.‹

Und so versuchte Madame de Sommervieux unter Aufbietung jener Willenskraft, die jeder liebenden Frau eigen ist, ihr Wesen, ihre Sitten und Gewohnheiten zu ändern; doch wenn sie ganze Bände verschlang und tapfer lernte, gelang es ihr nur, weniger unwissend zu werden. Geistige Beweglichkeit und eine anmutige Unterhaltungsgabe sind ein Geschenk der Natur oder die Frucht einer Erziehung, die von der Wiege an eingesetzt hat. Sie vermochte den Genuß der Musik zu würdigen, doch nicht mit Geschmack zu singen. Sie verstand die Literatur und die Schönheiten der Poesie, doch es war zu spät, daß sie ihr widerstrebendes Gedächtnis damit hätte zieren können. Mit Vergnügen hörte sie der gesellschaftlichen Unterhaltung zu, doch sie trug nichts Glänzendes dazu bei. Ihre religiösen Vorstellungen und die Vorurteile ihrer Kindheit bildeten ein Hindernis für die vollständige Verselbständigung ihres Intellekts. Schließlich hatte sich in Théodores Seele eine Voreingenommenheit gegen sie eingenistet, die sie nicht zu besiegen vermochte. Der Künstler spottete über diejenigen, die seine Frau ihm gegenüber rühmten, und seine Scherze waren nur zu begründet: Er flößte diesem rührenden jungen Geschöpf so große Furcht ein, daß sie zitterte, wenn sie mit ihm sprach oder er nur zugegen war. Von ihrem zu großen Wunsch, ihm zu gefallen, gehemmt, fühlte sie, wie ihr Geist und ihre Kenntnisse ihrer einzigen Empfindung gegenüber erlagen. Sogar die Treue Augustines mißfiel diesem untreuen Ehemann, der sie dazu anzuhalten schien, sich Fehltritte zuschulden kommen zu lassen, um an ihnen einen Maßstab für seine Gefühllosigkeit zu haben. Vergeblich zwang sich Augustine, ihrer Vernunft zu entsagen, um sich den Launen und Einfällen ihres Gatten anzupassen und sich seiner selbstsüchtigen Eitelkeit zu widmen: Sie erntete die Frucht ihres Opfers nicht. Vielleicht hatten sie den Augenblick versäumt, wo ihre Seelen sich hätten verstehen können. Eines Tages empfing das zu empfindliche Herz der jungen Gattin einen von jenen Schlägen, welche das Band der Empfindung so stark biegen, daß man es für gebrochen halten könnte. Sie sonderte sich ab. Doch bald gab ihr ein unglücklicher Gedanke ein, Trost und Ratschläge bei ihrer Familie zu suchen.

Eines Morgens schritt sie also auf die wunderliche Fassade des stillen, bescheidenen Hauses zu, in dem ihre Kindheit dahingegangen war. Sie seufzte, als sie das Fenster wiedersah, von welchem sie eines Tages dem den ersten Kuß zugeworfen hatte, der heute über ihr Leben ebensoviel Glanz wie Unglück breitete. Nichts hatte sich in dieser Höhle verändert, in der sich der Tuchhandel immerhin verjüngt hatte. Im alten Kontor nahm Augustines Schwester den Platz ihrer Mutter ein. Die bekümmerte junge Frau traf ihren Schwager mit der Feder hinter dem Ohr an, er schien so beschäftigt, daß er sie kaum anhörte; um ihn herum machten sich die gefürchteten Anzeichen einer Generalinventur bemerkbar, deshalb bat er sie, ihn zu entschuldigen, und ließ sie allein. Von ihrer Schwester wurde sie ziemlich kühl empfangen, sie zeigte sogar einen gewissen Groll. Tatsächlich hatte Augustine, bei solchen Gelegenheiten glänzend einer hübschen Equipage entsteigend, ihre Schwester immer nur im Vorübergehen besucht. Die Frau des vorsichtigen Lebas dachte, der Hauptgrund dieses Morgenbesuches sei das Geld, und sie versuchte eine Reserviertheit zu behaupten, die Augustine mehr als einmal lächeln ließ. Die Frau des Malers sah, daß, abgesehen von den Bändern an der Haube, ihre Mutter mit Virginie eine Nachfolgerin gefunden hatte, die die alte Ehre der ›Ballspielenden Katze‹ aufrechterhielt. Beim Essen nahm sie in der Hausordnung gewisse Veränderungen wahr, die dem gesunden Menschenverstand Joseph Lebas' alle Ehre machten: Die Kommis erhoben sich nicht mehr beim Nachtisch, man ließ ihnen die Freiheit zu sprechen, und der reichlich gedeckte Tisch verriet gemäßigten Wohlstand. Die elegante junge Dame sah die Billette zu einer Loge im ›Français‹, und sie erinnerte sich, ihre Schwester dort hin und wieder gesehen zu haben. Madame Lebas trug über den Schultern einen Kaschmir, dessen Pracht die Generosität bezeugte, mit der ihr Mann sie bedachte. Kurz, die beiden Gatten gingen mit der Zeit. Augustine fühlte sich die zwei Drittel dieses Tages über von Rührung ergriffen, als sie das zwar von Hochgefühlen, aber auch von Stürmen freie beständige Glück wahrnahm, das dieses gleichartige Paar genoß. Sie waren auf das Leben wie auf eine kaufmännische Unternehmung eingegangen, bei der es sich vor allem darum handelte, dem Geschäft Ehre zu machen. Als sie bei ihrem Mann keine besondere Liebe wahrnahm, hatte die Frau es sich angelegen sein lassen, sie zu wecken. Nachdem er unmerklich dahin gebracht war, Virginie zu achten, sie in Ehren zu halten, war die Zeit, die ihr Glück zum Erblühen brauchte, für Joseph Lebas und seine Frau ein Pfand für dessen Dauer. Also hatte Augustine, als sie ihre leidvolle Lage klagte, die Flut der Gemeinplätze über sich ergehen zu lassen, die die Moral der Rue Saint-Denis ihrer Schwester in die Hand gab.

»Da haben wir das Unglück, liebe Frau«, sagte Joseph Lebas, »man muß sehen, wie man unserer Schwester Rat schafft.« Darauf setzte der gewandte Geschäftsmann umständlich die Hilfsmittel auseinander, welche die Gesetze und die Sitten Augustine bieten konnten, um über diese Krise hinwegzukommen; er numerierte sozusagen seine Erwägungen, ordnete sie ihrer Wirksamkeit nach in Kategorien ein, als hätte es sich um Waren verschiedener Qualität gehandelt; dann wog er sie gegeneinander ab und schloß damit, seiner Schwägerin auseinanderzusetzen, daß es in ihrer Lage erforderlich wäre, einen rigorosen Entschluß zu fassen, der jedoch die Liebe, die sie noch für ihren Gatten empfand, gänzlich außer acht ließ; und als sie Joseph Lebas von gerichtlichen Wegen sprechen hörte, erlag sie daher wieder dieser machtvollen Empfindung. Augustine dankte ihren beiden Freunden und kehrte, noch unentschlossener, als sie es vor ihrer Konsultation gewesen war, heim. Dann wagte sie sich mit dem Vorsatz, ihr Unglück ihrem Vater und ihrer Mutter anzuvertrauen, in das alte Haus in der Rue Colombier; denn sie glich jenen Kranken, um die es so verzweifelt steht, daß sie es mit jedem Mittel versuchen und selbst Altweiberrezepten vertrauen. Die beiden alten Leute empfingen ihre Tochter mit einer Wärme, die sie rührte. Dieser Besuch brachte ihnen eine Zerstreuung, die ihnen mehr wert war als viel Geld. Seit vier Jahren trieben sie im Leben wie Seefahrer ohne Ziel und Kompaß. In ihrem Kaminwinkel erzählten sie einander von allen Schrecknissen des Maximums, von ihren früheren Tucheinkäufen, der Art und Weise, wie sie Bankrotte vermieden hatten, und besonders über jenen berühmten Bankrott Lecoq, Vater Guillaumes Schlacht von Marengo. Wenn sie aber den Gegenstand ihrer alten Prozesse erschöpft hatten, gingen sie noch einmal die Rechnungen ihrer einträglichsten Inventuren durch, um sich dann noch die alten Geschichten des Viertels Saint-Denis zu erzählen. Um zwei Uhr machte sich Vater Guillaume auf, um einen Blick in das Anwesen der ›Ballspielenden Katze‹ zu werfen; auf dem Heimweg verweilte er bei allen Läden seiner ehemaligen Konkurrenz, deren junge Inhaber den alten Händler dann in eine abenteuerliche Spekulation zu ziehen hofften, die er, seiner Gewohnheit gemäß, auch tatsächlich niemals ablehnte. Zwei schöne normannische Pferde erstickten im Stall des Hauses in ihrem Fett. Madame Guillaume benutzte sie einzig dazu, sich sonntags von ihnen zur Hauptmesse ihrer Pfarrgemeinde ziehen zu lassen. Dreimal in der Woche hielt das ehrbare Paar offene Tafel. Dank des Einflusses seines Schwiegersohnes Sommervieux war Vater Guillaume zum Mitglied des Beratenden Komitees für die Truppenbekleidung ernannt worden. Seit ihr Gatte auf solche Weise zu einer hohen Stellung in der Verwaltung gelangt war, hatte sich Madame Guillaume entschlossen, zu repräsentieren: Ihre Räume waren mit so viel Gold- und Silberzierat und geschmacklosen, aber teuren Möbeln überhäuft, daß das einfachste Zimmer einer Kapelle glich. Sparsamkeit und Verschwendungssucht schienen in allem Zubehör dieses Hauses miteinander im Widerstreit zu liegen. Man hätte meinen können, daß es Monsieur Guillaume auch bei der Anschaffung eines Leuchters auf eine Kapitalanlage abgesehen gehabt hätte. Inmitten dieses Basars, dessen Fülle den Müßiggang der beiden Gatten verriet, nahm Sommervieux' berühmtes Gemälde den Ehrenplatz ein und gewährte Monsieur und Madame Guillaume Trost, wenn sie sich zwanzigmal am Tag mit brillenentstellten Augen diesem Abbild ihres früheren, für sie so arbeitsreichen und kurzweiligen Lebens zuwandten. Der Anblick dieses Hauses und dieser Räume, wo alles nach Alter und Mittelmäßigkeit roch, das Schauspiel, das diese beiden Wesen boten, die fern der Welt und der Anschauungen, die zum Leben gehören, auf eine goldene Klippe aufgelaufen zu sein schienen, überraschte Augustine; sie betrachtete in diesem Augenblick den anderen Teil des Bildes, das sie bei Joseph Lebas angetroffen hatte: ein bewegtes und doch stockendes Leben, eine Art von Existenz, die der mechanischen, instinktmäßigen von Bibern glich; sie war nun in gewisser Weise stolz auf ihren Kummer, wenn sie daran dachte, daß er der Quelle eines achtzehn Monate langen Glücks entsprang, das in ihren Augen tausend Existenzen wie diese aufwog, deren Leere ihr verabscheuungswürdig vorkam. Doch sie verbarg diese so wenig mitleidige Empfindung und entfaltete vor ihren alten Eltern die neuerworbene Anmut ihres Geistes und die zärtliche Koketterie, die die Liebe in ihr entwickelt hatte, so daß sie sie günstig stimmte, ihre ehelichen Klagen anzuhören. Alte Leute haben für derartige vertrauliche Mitteilungen eine Schwäche. Madame Guillaume wollte über die geringsten Einzelheiten dieses fremdartigen Lebens unterrichtet sein, das für sie etwas Märchenhaftes hatte. Die Reisebeschreibungen des Barons de La Hontan, die sie immer wieder anfing, ohne sie jemals zu Ende zu lesen, lehrten sie nichts Unerhörteres über die Wilden Kanadas.

»Wie, Kind, dein Mann schließt sich mit nackten Frauen ein, und du bist dumm genug zu glauben, daß er sie malt?«

Bei diesem Ausruf legte die alte Frau ihre Brille auf das Arbeitstischchen, schüttelte ihren Rock und legte die gefalteten Hände auf die durch einen Fußwärmer, ihre Lieblingsfußbank, in die Höhe gehobenen Knie.

»Aber, Mutter, jeder Maler braucht doch Modelle.«

»Er hat sich schön gehütet, uns all das zu sagen, als er um dich anhielt. Hätte ich das gewußt, so hätte ich meine Tochter nicht einem Mann gegeben, der einen solchen Beruf ausübt. Die Religion verbietet solche Greuel, das ist unsittlich. Wann, sagtest du, kommt er nach Hause?«

»Oh, um eins, zwei ...«

Die beiden Gatten sahen sich tieferstaunt an.

»Er spielt also?« sagte Monsieur Guillaume. »Nur Spieler trieben sich zu meiner Zeit noch so spät herum.«

Augustine wies diese Anschuldigungen durch einen kleinen Schmollmund zurück.

»Da mußt du ja schreckliche Nächte verbringen, wenn du auf ihn wartest«, fuhr Madame Guillaume fort. »Aber du gehst doch wohl schlafen, nicht wahr? Und wenn er verloren hat, weckt dich das Scheusal?«

»Nein, Mutter; er ist im Gegenteil manchmal sehr lustig. Sehr oft schlägt er mir bei schönem Wetter sogar vor, aufzustehen und mit ihm in den Wald zu gehen.«

»In den Wald? Zu solcher Zeit? Deine Wohnung ist ihm also zu eng, daß er an seinem Zimmer, an seinen Salons nicht genug hat und daß er so davonlaufen muß, in den ... Doch wohl bloß, damit du dich erkältest, schlägt dir der Ruchlose solche Ausflüge vor. Er will sich deiner entledigen. Hat man jemals einen verheirateten Mann, der ruhig seinen Handel treibt, wie einen Werwolf umherrasen sehen?«

»Aber, liebe Mutter, verstehst du denn nicht, daß er, um sein Talent zu entwickeln, Anregung braucht? Er liebt so sehr die Szenen, die ...«

»Ah, ich werde ihm schon Szenen machen!« unterbrach Madame Guillaume ihre Tochter. »Wie kannst du so einen Mann noch entschuldigen! Zunächst gefällt es mir nicht, daß er nur Wasser trinkt. Das ist nicht gesund. Warum widerstrebt es ihm, Frauen essen zu sehen? Was für eine Sonderbarkeit! Das ist doch ein Verrückter. Alles, was du uns von ihm erzählst, ist doch unmöglich. Ein Mann kann nicht, ohne ein Wort zu verlieren, sein Haus verlassen und erst nach zehn Tagen wiederkommen. Er hat dir gesagt, daß er in Dieppe gewesen sei, um das Meer zu malen: Malt man denn das Meer? Das sind alles nur Ammenmärchen.«

Augustine öffnete den Mund und wollte ihren Mann verteidigen; aber Madame Guillaume gebot ihr mit einer Handbewegung Schweigen, der sie aus einer Art alter Gewohnheit gehorchte, und ihre Mutter rief in barschem Ton: »Genug, sprich mir nicht mehr von diesem Menschen, der seinen Fuß nur in die Kirche gesetzt hat, um dich zu sehen und sich mit dir trauen zu lassen. Menschen ohne Religion sind zu allem fähig. Hat Guillaume sich etwa einfallen lassen, mir irgend etwas zu verheimlichen, mir drei Tage kein Sterbenswörtchen zu sagen und dann wieder wie eine Elster zu schwatzen?«

»Liebe Mutter, Sie beurteilen die hervorragenden Menschen zu hart. Wenn sie so dächten wie die anderen, wären sie ja keine Leute von Talent mehr.«

»Nun gut, dann mögen die Leute von Talent bleiben, wo sie sind, und sich nicht verheiraten. Wie! Ein Mann von Talent muß seine Frau also unglücklich machen! Und weil er Talent hat, soll das gut sein? Talent! Talent! Es braucht nicht so viel Talent, um, wie er, jeden Augenblick Schwarz und Weiß zu sagen, einem das Wort abzuschneiden, zu Hause das Zepter zu schwingen, einen nicht aus noch ein wissen zu lassen, eine Frau zu zwingen, nicht eher lustig zu sein, als bis Monsieur bei Laune ist, und traurig zu sein, wenn er traurig ist.«

»Aber, liebe Mutter, das Eigentümliche dieser Einfälle ...«

»Was sind das für Einfälle?« unterbrach Madame Guillaume erneut ihre Tochter. »Schöne Einfälle, die er da hat, wahrhaftig! Was ist das für ein Mensch, der sich mit einemmal, ohne den Arzt zu fragen, einfallen läßt, nur Gemüse zu essen? Wenn er es aus Frömmigkeit täte, würde ihm seine Diät noch zu etwas nützen; aber er ist ja nicht viel mehr als ein Hugenotte. Hat man jemals erlebt, daß ein Mensch, wie er es tut, die Pferde mehr liebt als seinen

Nächsten, sich die Haare wie ein Heide frisieren läßt, Statuen mit Musselin bedeckt, seine Fenster vor dem Tageslicht verschließt, um bei der Lampe zu arbeiten! Nein, geh mir! Wenn er nicht so ungeheuer unsittlich wäre, so wäre er reif für das Irrenhaus. Frage Monsieur Loraux, den Vikar von Saint-Sulpice, frage ihn nur, was er zu alledem meint: Er wird dir sagen, daß dein Mann sich nicht wie ein Christ aufführt ...«

»Oh, liebe Mutter, wie können Sie glauben ...«

»Jawohl, ich glaube es! Du hast ihn geliebt, du siehst nichts von alledem. Aber ich, ich entsinne mich, daß ich ihn in der ersten Zeit seiner Ehe in den Champs-Elysées gesehen habe. Zu Pferde. Nun, manchmal galoppierte er wie rasend, und dann hielt er an, um im Schritt zu reiten. Ich sagte mir damals: ›Das ist ein Mensch, der keinen Verstand hat.‹«

»Ah«, rief Monsieur Guillaume und rieb sich die Hände. »Wie gut tat ich daran, daß ich dich diesen Sonderling da unter Zurückbehaltung deines Vermögens heiraten ließ!«

Als Augustine so unvorsichtig war, die eigentlichen Beschwerden zu erzählen, die sie gegen ihren Mann vorzubringen hatte, verharrten die Alten in entrüstetem Schweigen. Bald darauf sprach Madame Guillaume das Wort Scheidung aus. Bei diesem Wort wurde der Händler, der bis dahin passiv geblieben war, lebendig. Die Liebe, die er für seine Tochter hegte, auch die Bewegung, die ein Prozeß in sein ereignisloses Leben bringen würde, ließen Vater Guillaume das Wort ergreifen. Er nahm die Einreichung der Scheidungsklage in die Hand, leitete sie, plädierte fast, bot seiner Tochter an, alle Kosten auf sich zu nehmen, die Richter, die Anwälte, die Verteidiger aufzusuchen, Himmel und Erde in Bewegung zu setzen. Madame de Sommervieux wies das Hilfsangebot ihres Vaters entsetzt zurück, sagte, daß sie sich nicht von ihrem Mann trennen wolle, und sollte sie noch zehnmal unglücklicher werden, und sprach nicht mehr von ihrem Kummer. Niedergeschlagen von all den kleinen stummen und trostzusprechenden Bemühungen, mit denen die beiden Alten, freilich vergeblich, ihr Herzeleid zu beschwichtigen suchten, zog sich Augustine zurück, denn sie fühlte, daß es unmöglich war, so enge Geister zu einem richtigen Urteil über hervorragende Menschen zu bringen. Sie begriff, daß eine Frau aller Welt, selbst ihren Eltern, ein Unglück verbergen muß, das so selten einer Sympathie begegnet. Die Stürme und Leiden der höheren Sphären können einzig von den edlen Geistern gewürdigt werden, die ihnen angehören. Daher können wir im allgemeinen nur durch Ebenbürtige beurteilt werden.

Allem Schrecknis ihrer Gedanken preisgegeben, fand sich die arme Augustine also in der frostigen Atmosphäre ihres Ehelebens wieder. Ihre Studien galten ihr nichts mehr, hatten sie ihr doch das Herz ihres Mannes nicht wiedergewinnen können. Eingeweiht in die Geheimnisse dieser Feuerseelen, doch ohne über deren Lebenskraft zu verfügen, hatte sie willfährig an ihren Leiden Anteil, ohne ihre Freuden zu teilen. Die Welt war ihr zuwider, sie erschien ihr angesichts der Erlebnisse der Leidenschaft armselig und klein. Schließlich war ihr Leben verfehlt. Eines Abends kam ihr ein Gedanke, der ihren trübseligen Kummer mit einem himmlischen Lichtstrahl erhellte. Diese Überlegung konnte nur einem so reinen und tugendhaften Herzen wie dem ihren nicht anstößig erscheinen. Sie beschloß, sich zur Duchesse de Carigliano zu begeben, nicht um das Herz ihres Mannes von ihr zurückzufordern, sondern um sich dort über die Künste zu unterrichten, die es ihr genommen hatten, um diese hochmütige Weltdame für die Mutter der Kinder ihres Freundes zu interessieren, sie zu führen und zur Komplizin ihres zukünftigen Glücks zu machen, da sie das Werkzeug ihres gegenwärtigen Unglücks war. Eines Tages also bestieg zwei Uhr nachmittags die schüchterne Augustine mit einem übermenschlichen Mut gewappnet die Kutsche, um den Versuch zu wagen, bis zu dem Boudoir der berühmten Koketten, die sie bislang noch niemals gesehen hatte, vorzudringen. Madame de Sommervieux waren die prächtigen alten Privathäuser des Faubourg Saint-Germain noch unbekannt. Als sie diese majestätischen Vorhallen, diese gewaltigen Treppen, diese ungeachtet der Winterkälte blumengeschmückten, riesigen Salons gewahrte, ausgestattet mit dem besonderen Geschmack der Frauen, die im Überfluß oder mit den vornehmen Gewohnheiten des Adels aufgewachsen sind, krampfte sich Augustines Herz schmerzlich zusammen: Sie beneidete die Geheimnisse dieser ihr bisher unvorstellbaren Eleganz, sie atmete einen Hauch von Größe, der ihr den Reiz erklärte, den dieses Haus auf ihren Mann ausübte. Als sie in die Privatgemächer der Duchesse gelangte, empfand sie, als sie die wollüstige Anordnung der Möbel, die Draperien und seidenen Tapeten bewunderte, eine Art von verzweiflungsvoller Eifersucht. Hier war die Unordnung Grazie, gab sich der Luxus mit einer Art von Verachtung des Reichtums. Jeder Duft in dieser lieblichen Atmosphäre schmeichelte dem Geruchssinn, ohne ihn zu beleidigen. Die Einzelheiten des Raumes standen im Einklang mit dem Blick, der sich in der geschickten Perspektive durch unverzinnte Glasscheiben auf die Grasplätze eines mit grünen Bäumen bepflanzten Gartens bot. Alles war verführerisch, ohne daß die bewußte Absicht zu spüren war. Der Geist der Herrin dieser Räume atmete ganz in dem Salon, wo Augustine wartete. Sie versuchte sich aus dem Anblick all dieser Gegenstände eine Vorstellung von dem Charakter ihrer Nebenbuhlerin zu bilden; aber es war da in der Unordnung wie in der Übereinstimmung irgend etwas Undurchdringliches, das für die schlichte Augustine ein versiegelter Brief war. Alles, was sie hier sah, zeugte davon, daß ihr die Duchesse als Frau überlegen war, und ihr kam ein schmerzlicher Gedanke.

»Ach!« sagte sie zu sich selbst, »sollte es denn wirklich wahr sein, daß ein einfaches, liebendes Herz einem Künstler nicht genügt; und sollte es, um diese starken Geister auszugleichen, wirklich nötig sein, daß sie sich weiblichen

Seelen einen, deren Macht der ihren entspricht? Wäre ich erzogen worden wie diese Sirene, so wären wenigstens im Augenblick des Kampfes unsere Waffen gleich gewesen.«

»Aber, ich bin nicht zu sprechen!« Obwohl diese schroffen Worte im benachbarten Boudoir geflüstert worden waren, wurden sie von Augustine vernommen, der das Herz heftig zu klopfen begann.

»Die Dame ist hier«, versetzte die Kammerjungfer.

»Sie sind nicht gescheit! Lassen Sie sie also eintreten«, antwortete die Duchesse, deren sanft gewordene Stimme den Tonfall einer einnehmenden Höflichkeit bekommen hatte. Offenbar wünschte sie jetzt gehört zu werden.

Schüchtern trat Augustine ein. Im Hintergrund dieses kühlen Boudoirs sah sie die Duchesse üppig auf einer grünsamtenen Ottomane hingestreckt, die in der Mitte eines von den straff gespannten Falten eines auf einen gelben Rahmen gezogenen Musselinstoffes gebildeten Halbkreises aufgestellt war. Verzierungen aus vergoldeter, mit erlesenem Geschmack angeordneter Bronze hoben den Thronhimmel, unter welchem die Duchesse wie eine antike Statue lag, noch mehr hervor. Die dunkle Samtfarbe kam ihrem verführerischen Reiz zustatten. Ein ihrer Schönheit vorteilhaftes Halblicht schien eher ein Widerschein als ein Licht. Einige seltene Blumen hoben ihre balsamischen Kelche aus den kostbarsten Sèvresvasen. In dem Augenblick, wo sich dieses Bild den Augen der staunenden Augustine bot, konnte sie, da sie sehr leise hereingekommen war, den Blick einer Zauberin auffangen. Dieser Blick schien einer Person, welche von der Frau des Malers anfangs nicht bemerkt wurde, zu sagen: ›Bleiben Sie doch, Sie sehen eine hübsche Frau und machen mir ihren Besuch weniger langweilig.‹

Beim Anblick Augustines erhob sich die Duchesse und lud sie ein, sich zu ihr zu setzen.

»Welchem Grund verdanke ich die Freude dieses Besuches, Madame?« sagte sie mit einem anmutigen Lächeln.

›Weshalb soviel Falschheit?‹ dachte Augustine, die nur mit einem Kopfnicken antwortete.

Dieses Schweigen gebot sich. Die junge Frau sah einen überflüssigen Zeugen vor sich. Dieser Mitspieler war der jüngste, eleganteste und bestaussehendste aller Obersten der Armee. Das Halbzivil, das er trug, hob die Anmut seiner Erscheinung. Sein lebendiges und schon sehr ausdrucksvolles Jugendgesicht wurde noch durch ein aufgezwirbeltes, pechschwarzes Schnurrbärtchen belebt, durch einen dichten Zwickelbart, einen sorgfältig gekämmten Backenbart und einen ziemlich wilden, schwarzen Haarwald. Er spielte ungezwungen mit einer Reitpeitsche, was gut zu seinem selbstzufriedenen Gesichtsausdruck wie zu seiner auserlesenen Toilette paßte; die Ordensbänder am Knopfloch waren nachlässig geknüpft, und er schien eitler auf seine hübsche Figur als auf seinen Mut zu sein. Augustine sah die Duchesse de Carigliano mit einem Blick an, der sich auf den Obersten bezog und der all ihr Anliegen einschloß.

»Also dann, adieu, d'Aiglemont! Wir treffen uns im Bois de Boulogne.«

Die Sirene hatte diesen Worten eine Betonung gegeben, als seien sie das Ergebnis einer Verabredung, die vor Augustines Ankunft getroffen worden war; sie begleitete sie mit einem drohenden Blick, den der Offizier vielleicht der Bewunderung wegen verdiente, die er beim Anblick dieser bescheidenen Blume verriet, die so anders als die stolze Duchesse war. Der junge Geck verneigte sich schweigend, drehte sich auf seinen Stiefelabsätzen herum und verließ in graziöser Haltung das Boudoir. Als Augustine in diesem Augenblick ihre Nebenbuhlerin genau betrachtete, die mit den Augen dem glänzenden Offizier zu folgen schien, erkannte sie in deren Blick eine Empfindung, deren flüchtige Anzeichen jeder Frau bekannt sind. Mit der tiefsten Bekümmernis dachte sie, daß ihr Besuch sicher fruchtlos wäre: Diese arglistige Duchesse war zu versessen auf Huldigungen, als daß sie nicht ein mitleidloses Herz haben mußte.

»Madame«, sagte Augustine mit stockender Stimme. »Das, was ich in diesem Augenblick von Ihnen erbitte, muß Ihnen sehr seltsam erscheinen; doch die Verzweiflung hat so ihre Torheit, die alles entschuldigen muß. Ich kann sehr wohl verstehen, weshalb Théodore Ihr Haus jedem anderen vorzieht und wie es kommt, daß Ihr Geist eine derartige Macht über ihn besitzt. Ach, ich brauche mich nur selbst zu befragen, um mehr als hinreichende Gründe dafür zu finden. Aber ich vergöttere meinen Gatten, Madame. Zwei kummervolle Jahre haben sein Bild in meinem Herzen nicht auslöschen können, obwohl ich das seine verloren habe. In meiner Torheit habe ich den vermessenen Entschluß gefaßt, mit Ihnen den Kampf aufzunehmen; und ich komme zu Ihnen, Sie zu fragen, mit welchen Mitteln ich über Sie triumphieren kann. Oh, Madame!« rief die junge Frau, indem sie ungestüm die Hand ihrer Nebenbuhlerin ergriff, die ihr diese überließ, »ich könnte zu Gott nicht mit solcher Inbrunst für mein eigenes Glück bitten, als ich ihn um das Ihrige anflehen würde, wenn Sie mir beistehen, ich will nicht sagen die Liebe, aber doch die Freundschaft Sommervieux' wiederzugewinnen. Nur auf Sie setze ich noch meine Hoffnung. Ach, sagen Sie mir, wie Sie es gemacht haben, ihm zu gefallen und daß er sie vergaß, die ersten Tage des …«

Bei diesen Worten mußte sich Augustine unterbrechen, da sie fast an ihrem nicht zu unterdrückenden Schluchzen erstickte. Vor Scham über ihre Schwäche verbarg sie ihr Gesicht in einem Taschentuch, das sich von ihren Tränen näßte.

»Was sind Sie doch für ein Kind, meine liebe, schöne Kleine!« sagte die Duchesse, die, von der Eigenartigkeit dieser Szene verführt und unwillkürlich gerührt, als sie die Huldigung entgegennahm, die ihr das vielleicht tugendhafteste Wesen von Paris erwies, das Taschentuch der jungen

Frau ergriff und sich anschickte, ihr eigenhändig die Augen zu trocknen, während sie mit anmutiger Teilnahme einige Trostworte murmelte.

Nach einem kurzen Schweigen umschloß die Kokette die reizenden Hände der armen Augustine mit den ihren, die einen seltenen Ausdruck von adliger Schönheit und Macht hatten, und sagte ihr mit sanfter, zärtlicher Stimme: »Vor allen Dingen rate ich Ihnen, nicht so zu weinen. Tränen entstellen. Man muß sich darauf verstehen, seinen Kummer in der Gewalt zu haben; denn er macht krank, und die Liebe hält sich nicht lange an einem Leidenslager auf. Die Schwermut verleiht wohl zunächst eine gewisse Anmut, die gefällt, aber sie verlängert die Züge und läßt das hinreißendste Gesicht schließlich verblühen. Und ferner sind unsere Tyrannen so egoistisch, ihre Sklaven immer heiter sehen zu wollen.«

»Ach, Madame, ich kann ja nichts für meine Empfindungen. Wie soll man denn, ohne tausend Tode zu sterben, ein Gesicht finster, blaß, gleichgültig sehen, das ehedem vor Liebe und Freude strahlte! Ich kann meinem Herzen nicht gebieten.«

»Um so schlimmer, meine Schöne! Aber ich glaube schon Ihre ganze Geschichte zu kennen. Zunächst bedenken Sie wohl, daß, wenn Ihr Mann Ihnen untreu gewesen ist, ich nicht daran schuld bin. Wenn mir daran lag, ihn in meinem Salon zu sehen, so geschah es, wie ich gestehen will, aus Eigenliebe: Er war berühmt und zeigte sich nirgends. Ich habe Sie schon viel zu lieb, als daß ich Ihnen alle Narrheiten erzählen würde, die er um meinetwillen angestellt hat. Nur eine einzige will ich Ihnen offenbaren, weil sie vielleicht dazu beitragen kann, ihn wieder zu Ihnen zurückzuführen und ihn für die Kühnheit zu bestrafen, die er in seinem Verhalten mir gegenüber an den Tag gelegt hat. Er hat mich schließlich kompromittiert. Ich kenne die Welt zu gut, meine Liebe, als daß ich der Verschwiegenheit eines hervorragenden Menschen vertrauen würde. Wissen Sie, man läßt sich von ihnen den Hof machen, aber sie heiraten! Wir Frauen müssen die genialen Männer bewundern, sie genießen wie ein Schauspiel, doch mit ihnen leben? Niemals! Pfui doch! Es hieße, sein Vergnügen in der Betrachtung der Maschinerie der Oper finden zu wollen, anstatt in der Loge zu bleiben und hier ihre glänzenden Täuschungen zu kosten. Aber Ihnen, armes Kind, ist das Unglück widerfahren, nicht wahr? Nun gut, so muß man versuchen, Sie gegen die Tyrannei zu wappnen.«

»Ach, Madame! Schon ehe ich hier eintrat, sind mir bei Ihrem Anblick einige Kunstgriffe aufgegangen, von denen ich nichts ahnte.«

»Nun gut, besuchen Sie mich bisweilen, und Sie werden sich bald mit diesen übrigens sehr wichtigen Kleinigkeiten auskennen. Die Äußerlichkeiten sind für die Narren die Hälfte des Lebens; und deshalb erweist sich mehr als ein Mann von Talent ungeachtet seines ganzen Geistes als ein Narr. Aber ich wette, daß Sie niemals imstande waren, Théodore etwas zu versagen?«

»Wie ist es möglich, Madame, dem, den man liebt, irgend etwas zu verweigern?«

»Arme Unschuld, ich möchte Sie um Ihrer Unerfahrenheit willen anbeten. Begreifen Sie doch, daß, je stärker wir lieben, wir einen Mann, besonders einen Ehemann, um so weniger den Umfang unserer Leidenschaft merken lassen dürfen. Wer am meisten liebt, wird tyrannisiert und, was noch schlimmer ist, früher oder später verlassen. Wer herrschen will, muß ...«

»Wie, Madame! man muß also verheimlichen, berechnen, falsch sein, seinen Charakter verstellen, und für immer? Oh, wie ist es möglich, so zu leben? Können Sie ...«

Sie stockte. Die Duchesse lächelte.

»Meine Liebe«, fuhr die große Dame bedeutungsvoll fort, »das Eheglück war zu allen Zeiten eine Spekulation, eine Angelegenheit, die eine ganz besondere Aufmerksamkeit erfordert. Wenn Sie weiterhin von der Leidenschaft sprechen, während ich vom Heiraten rede, werden wir uns bald nicht mehr verstehen. Hören Sie mir zu«, fuhr sie fort, während sie einen vertraulichen Ton annahm. »Ich habe einige hervorragende Männer unserer Zeit kennenlernen können. Diejenigen, die sich verheirateten, haben, mit nur wenigen Ausnahmen, unbedeutende Frauen in die Ehe geführt. Nun gut, und diese Frauen beherrschen sie, wie uns der Kaiser beherrscht, und wurden von ihnen, wenn nicht geliebt, so doch geachtet. Ich habe eine besondere Vorliebe für Geheimnisse, besonders für solche, die uns betreffen, um mich damit zu unterhalten, den Schlüssel für dieses Rätsel zu suchen. Also, mein Engel: Diese guten Frauen hatten die Gabe, den Charakter ihrer Gatten zu analysieren; ohne sich, wie Sie, von ihrer Größe einschüchtern zu lassen, hatten sie geschickt die Eigenschaften herausgefunden, die ihnen fehlten; und sei es, daß sie sie besaßen oder vorgaben, sie zu besitzen, fanden sie das Mittel, sie in einem Grade vor den Augen ihrer Männer zur Schau zu stellen, daß sie ihnen schließlich imponierten. Zum Schluß aber merken Sie sich noch, daß diese Geister, die so groß erscheinen, alle ihren Gran von Narrheit haben, den wir uns zunutze machen müssen. Wenn wir den festen Willen haben, sie zu beherrschen; wenn wir niemals von diesem Ziel abweichen, all unser Handeln, all unsere Gedanken, unsere Koketterien darauf abstimmen, beherrschen wir diese höchst kapriziösen Geister, die uns gerade durch die Beweglichkeit ihrer Gedanken eine Handhabe bieten, sie zu beeinflussen.«

»Oh Himmel!« rief die junge Frau entsetzt. »Das ist also das Leben! Ein Kampf ...«

»In dem man fortwährend drohen muß«, versetzte die Duchesse lachend. »Wir ahmen die Macht nur nach. Deshalb darf man sich von einem Mann auch niemals verachten lassen: Man erhebt sich von einem solchen Sturz nur durch verabscheuungswürdige Methoden. Kommen Sie«, fügte sie hinzu, »ich will Ihnen ein Mittel geben, um Ihren Mann an die Kette zu legen.«

Sie erhob sich, um den jungen, unschuldigen Lehrling der ehelichen Listen lächelnd durch das Labyrinth ihres kleinen Palastes zu führen. Sie gelangten schließlich zu einer Geheimtür, die mit den Empfangsräumen in Verbindung stand. Als die Duchesse das Vexierschloß betätigte, unterbrach sie sich und sah Augustine mit einer unbeschreiblich verschmitzten und anmutigen Miene an. »Sehen Sie, der Duc de Carigliano vergöttert mich! Nun gut, er wagt es ohne meine Erlaubnis nicht, durch diese Tür einzutreten. Und er ist ein Mann, der es gewohnt ist, Tausende von Soldaten zu befehligen. Er kann Batterien die Stirn bieten, doch vor mir ... fürchtet er sich.«

Augustine seufzte. Sie gelangten zu einer prächtigen Galerie, in der die Frau des Malers von der Duchesse vor das Porträt geführt wurde, das Théodore von Mademoiselle Guillaume angefertigt hatte. Augustine stieß bei diesem Anblick einen Schrei aus.

»Ich wußte wohl, daß es nicht mehr zu Hause war«, sagte sie, »aber ... hier!«

»Meine liebe Kleine, ich habe es nur gefordert, um zu sehen, bis zu welchem Grad von Dummheit ein Mann von Genie gehen kann. Früher oder später würde ich es Ihnen zurückgegeben haben, denn ich hatte nicht damit gerechnet, das Vergnügen zu haben, das Original hier vor dem Abbild stehen zu sehen. Während wir unsere Unterhaltung zu Ende führen, werde ich es Ihnen in die Kutsche tragen lassen. Wenn Sie mit diesem Talisman gewappnet nicht auf hundert Jahre hinaus die Herrin ihres Mannes sein werden, sind Sie keine Frau und verdienen Ihr Schicksal.«

Augustine küßte der Duchesse die Hand, von der sie ans Herz gedrückt und mit einer Zärtlichkeit umarmt wurde, die um so lebhafter war, als sie den Tag darauf schon vergessen sein sollte. Diese Szene würde vielleicht die Lauterkeit einer weniger tugendhaften Frau als Augustine für immer vernichtet haben; ihr konnten die Geheimnisse, die ihr die Duchesse enthüllt hatte, gleicherweise heilsam wie verderblich sein, denn die verschlagene Politik der höheren Sphären war für Augustine ebensowenig angemessen wie der beschränkte Verstand Joseph Lebas' oder die einfältige Moral von Madame Guillaume. In welch seltsame Verlegenheiten bringen uns die geringsten Fehler, die wir im Leben begehen! Augustine glich in jenem Augenblick einem von einer Lawine überraschten Alpenhirten: Wenn er zaudert, auf die Schreie seiner Gefährten hört, geht er in den meisten Fällen zugrunde. In diesen großen Krisen bricht das Herz entweder, oder es stählt sich.

In einer kaum beschreiblichen Aufregung kehrte Madame de Sommervieux nach Hause zurück. Ihr Gespräch mit der Duchesse de Carigliano weckte in ihrem Geist eine Fülle widerstreitender Gedanken. Es verhielt sich mit ihr wie mit den Schafen im Märchen: In Abwesenheit des Wolfes sehr beherzt, traute sie sich alles zu und legte sich bewunderungswürdige Verhaltenspläne zurecht; sie ersann tausend Kunstgriffe der Koketterie; sie sprach zu ihrem Gatten, fand, fern von ihm, alle Hilfsmittel jener wahren Beredsamkeit, welche die Frauen nie im Stich läßt; doch wenn sie an Théodores festen, klaren Blick dachte, zitterte sie bereits. Als sie fragte, ob Monsieur zu Hause sei, versagte ihr die Stimme. Nachdem sie vernommen hatte, daß er zur Mahlzeit zurück sein werde, empfand sie eine unerklärliche Freude. Wie ein Verbrecher, der gegen das über ihn verhängte Todesurteil Berufung eingereicht hat, erschien ihr ein Aufschub, so kurz er auch sein mochte, ein ganzes Leben. Sie stellte das Porträt in ihrem Zimmer auf und erwartete, allen Ängsten der Hoffnung hingegeben, ihren Mann. Sie empfand nur zu sehr, daß dieser Versuch ihre ganze Zukunft entschied, als daß sie nicht bei jedem Geräusch erschauert wäre, selbst beim Ticken der Uhr, die ihr mit jedem Pendelschlag unerträglichere Qualen zuzumessen schien. Durch tausend Kunstgriffe suchte sie sich die Zeit zu verkürzen. Sie hatte den Einfall, eine Toilette anzulegen, die sie auf das genaueste dem Porträt ähnlich machte. Dann ließ sie, mit dem unruhigen Wesen ihres Mannes vertraut, auf eine ungewohnte Weise ihr Zimmer beleuchten, so war sie sicher, daß ihn, wenn er heimkam, die Neugier zu ihr führen würde. Es schlug zwölf, als sich auf den Ruf des Reitknechts hin das Tor öffnete. Die Kutsche des Malers rollte über das Pflaster des stillen Hofes.

»Was hat diese Beleuchtung zu bedeuten?« fragte Théodore gut aufgelegt, als er das Zimmer seiner Frau betrat.

Augustine nutzte den äußerst günstigen Augenblick, warf sich ihrem Mann an den Hals und zeigte ihm das Porträt. Der Künstler stand starr wie ein Fels, und seine Augen richteten sich abwechselnd auf Augustine und die anklagende Leinwand. Die furchtsame, halb entseelte Gattin, die das Wechselspiel seiner Stirn beobachtete, der schrecklichen Stirn ihres Mannes, sah, wie sich dort allmählich beredte Falten wie ein Gewölk zusammenzogen; dann glaubte sie zu fühlen, wie ihr das Blut in den Adern erstarrte, als sie mit flammendem Blick und fast tonloser Stimme gefragt wurde:

»Wie sind Sie zu diesem Gemälde gekommen?«

»Die Duchesse de Carigliano hat es mir zurückgegeben.«

»Sie haben es von ihr gefordert?«

»Ich wußte nicht, daß es bei ihr war.«

Die Sanftheit oder vielmehr die hinreißende Melancholie der Stimme dieses Engels würde Kannibalen gerührt haben, doch nicht einen Künstler, der auf so peinliche Weise in seiner Eitelkeit verletzt worden war.

»Das sieht ihr ähnlich!« rief der Künstler mit Donnerstimme. »Aber ich werde mich rächen«, sagte er, während er mit großen Schritten auf und ab ging, »sie soll vergehen vor Scham! Ich werde sie malen, ja, als Messalina werde ich sie malen, die nachts den Palast des Claudius verläßt.«

»Théodore! ...« hauchte eine ersterbende Stimme.

»Ich bringe sie um!«

»Lieber!«

»Sie ist in diesen kleinen Kavallerieoberst verliebt, weil er gut reitet ...«

»Théodore!«

»Ah, laß mich!« sagte der Maler in einem Ton zu seiner Frau, der beinahe schon Wutgeschrei war.

Es wäre zu peinlich, diesen Auftritt zu schildern, bei dem sich der Maler zuletzt in seinem blinden Zorn zu Worten und einer Handlungsweise hinreißen ließ, die eine weniger junge Frau als Augustine außer sich gebracht hätten.

Am nächsten Tag überraschte Madame Guillaume ihre Tochter um acht Uhr morgens, wie sie leichenblaß, mit roten Augen und ungeordnetem Haar, das von Tränen durchfeuchtete Taschentuch in der Hand, auf den Fußboden auf die verstreuten Überreste eines zerfetzten Gemäldes und eines zerbrochenen großen Goldrahmens niederstarrte. Augustine, die der Schmerz fast unempfindlich machte, deutete mit einer verzweiflungsvollen Handbewegung auf diese Trümmer hin.

»Ein Verlust ist es schon«, rief die alte Regentin der ›Ballspielenden Katze‹. »Es war sehr ähnlich, das ist wahr; aber ich habe gehört, daß es auf dem Boulevard einen Mann gibt, der für fünfzig Taler entzückende Porträts macht.«

»Ach, Mutter! ...«

»Arme Kleine, du hast ganz recht!« antwortete Madame Guillaume, die den Ausdruck des Blickes, den ihre Tochter ihr zuwarf, mißverstand. »Sieh, mein Kind, man wird doch von niemand so zärtlich geliebt wie von seiner Mutter. Mein Liebling, ich ahne alles; aber komm, vertraue mir deinen Kummer an, ich werde dich trösten. Habe ich dir nicht gleich gesagt, daß dieser Mensch ein Verrückter ist? Deine Kammerjungfer hat mir schöne Sachen erzählt ... Wirklich ein Scheusal!«

Augustine legte den Finger an die blassen Lippen, als wolle sie ihre Mutter anflehen, einen Augenblick still zu sein. In dieser schrecklichen Nacht hatte das Unglück sie jenen geduldigen Verzicht finden lassen, der bei Müttern und liebenden Frauen in seiner Entäußerung die menschliche Energie übersteigt und in den Herzen solcher Frauen vielleicht das Vorhandensein von gewissen Saiten offenbart, die Gott dem Manne versagt hat.

Eine Inschrift auf einem Gedenkstein des Friedhofs Montmartre besagt, daß Madame de Sommervieux im Alter von siebenundzwanzig Jahren gestorben ist. In den schlichten Zeilen dieser Grabschrift sieht ein Freund dieses schüchternen Geschöpfes die letzte Szene eines Dramas. Jedes Jahr, am ehrwürdigen Tag des zweiten November, geht er niemals an diesem frischen Marmorstein vorüber, ohne sich zu fragen, ob es für die machtvolle Umarmung des Genies nicht stärkerer Frauen bedarf als Augustine.

»Die einfachen und bescheidenen Blumen aus den Tälern sterben vielleicht«, sagte er sich, »wenn sie zu nahe am Himmel eingepflanzt werden, in Regionen, wo sich die Unwetter ballen und die Sonne glühend niederbrennt.«

Maffliers, Oktober 1829

Der Pfarrer von Tours

Für den Bildhauer David

Die Beständigkeit des Werkes, dem ich Ihren in diesem Jahrhundert zweifach berühmten Namen voranstelle, ist äußerst ungewiß; wohingegen Sie den meinen in Bronze prägen, die, wenn nur der gewöhnliche Hammer des Geldmünzers sie traf, die Nationen überdauert. Werden die Numismatiker nicht angesichts der vielen, in Ihrem Atelier gekrönten Häupter in Verwirrung geraten, wenn sie diese Existenzen, die Sie über das Leben der Völker hinweg verewigten und in denen sie Dynastien vermeinen, in der Asche von Paris finden werden?
Ihnen gebührt dieses göttliche Privileg, mir der Dank.

De Balzac

Anfang Herbst 1826 wurde Abbé Birotteau, die Hauptperson dieser Erzählung, als er von dem Haus, wo er den Abend in Gesellschaft verbracht hatte, zurückkehrte, von einem Platzregen überrascht. Er überschritt also so eilig, wie es ihm seine Wohlbeleibtheit gestattete, den kleinen, einsamen, Le Cloître genannten Platz, der sich in Tours hinter dem Chorende von Saint-Gatien befindet.

Abbé Birotteau, ein kleiner, ungefähr sechzig Jahre alter, untersetzter Mann von apoplektischer Konstitution, hatte schon mehrere Gichtanfälle erlitten. Also hatte der brave Priester, was die kleinen Leiden des menschlichen Lebens betraf, die größte Abneigung gegen das plötzliche Naßwerden seiner mit breiten Silberschnallen besetzten Schuhe und ihrer Sohlen. Dabei wurden jedesmal seine Füße, trotz der Flanellsocken, in die er sie zu jeder Jahreszeit mit priesterlicher Selbstfürsorge verpackte, ein wenig feucht; und dann gab ihm am anderen Tag die Gicht unweigerlich einige Proben ihrer Beharrlichkeit. Nichtsdestoweniger ertrug Abbé Birotteau, da das Pflaster des Cloître immer trokken war und er bei Madame de Listomère im Whist drei Livres zehn Sous gewonnen hatte, vom Platz des erzbischöflichen Hauses an, wo es begonnen hatte loszugießen, den Regen mit Ergebung. In diesem Augenblick hing er überdies seinem Lieblingsgedanken nach, einem Wunsch, der schon zwölf Jahre alt war, einem echten Priesterwunsch! Einem Wunsch, der, jeden Abend von neuem gewünscht, damals seiner Erfüllung nahe schien; ja, es hüllte sich zu gut in den Pelzmantel eines Kanonikats, als daß er die Unbilden der Witterung empfunden hätte: denn die während des Abends gewöhnlich bei Madame de Listomère versammelten Personen hatten ihm seine Ernennung zum Kanonikus, dessen Stelle damals im erzbischöflichen Kapitel freigeworden war, geradezu garantiert und ihm dargelegt, daß niemand sie eher verdiene als er, dessen lange verleugneten Rechte unbestreitbar wären. Wenn er im Spiel verloren, wenn er erfahren hätte, daß Abbé Poirel, sein Nebenbuhler, Kanonikus würde, dann hätte der gute Mann den Regen als äußerst kalt empfunden. Vielleicht hätte er das Leben vermaledeit. Doch er befand sich in einer jener seltenen Lebenslagen, in der glückliche Empfindungen alles vergessen machen. Obgleich er es eilig hatte, gehorchte er einer mechanischen Bewegung, und die in einer Sittengeschichte erforderliche Wahrhaftigkeit gebietet zu sagen, daß er weder an den Platzregen noch an die Gicht dachte.

Ehemals gab es am Cloître nach der Grand' Rue hin mehrere, durch eine Einfriedung miteinander verbundene Häuser, die zur Kathedrale gehörten und in denen einige Würdenträger des Kapitels wohnten. Nach der Veräußerung des klerikalen Besitzes hatte die Stadt einen Durchgang gebaut, der diesen Häusern eine Straße abgewann, die Rue de Psalette hieß und durch welche man vom Cloître in die Grand' Rue gelangte. Der Name bezeichnet hinlänglich, daß dort ehemals der Großkantor, Schüler und diejenigen, die von ihm abhängig waren, wohnten. Die linke Seite dieser Straße wird von nur einem Haus eingenommen, dessen Mauern von den Strebebögen Saint-Gatiens durchschnitten werden, die in seinem schmalen, kleinen Gärtchen auf eine Weise eingepflanzt sind, daß es zweifelhaft bleibt, ob die Kathedrale vor oder nach diesem altertümlichen Gebäude errichtet wurde. Doch wenn ein Archäologe die Arabesken und die Form der Fenster prüft, den Torbogen und das Äußere dieses wettergebräunten Hauses, sieht er, daß es stets ein Teil des herrlichen Baudenkmales war, dem es vermählt ist. Wenn es in Tours, einer der am wenigsten literarischen Städte Frankreichs, einen Altertumsforscher gäbe, würde er am Eingang der Passage zum Cloître sogar einige Spuren der Wölbung erkennen, die vordem das Portal dieser alten priesterlichen Wohnungen bildete und mit dem allgemeinen Gepräge des Gebäudes im Einklang gestanden haben mußte. An der Nordseite von Saint-Gatien gelegen, befindet sich dieses Haus beständig im Schatten der großen Kathedrale, auf die die Zeit ihren schwärzlichen Mantel gelegt,

Furchen gegraben, ihre kühle Feuchte, Moos und hochgeschossene Kräuter ausgesät hat. Deshalb ist diese Wohnstätte immer in tiefes Schweigen gehüllt, das einzig von dem Schall der Glocken, dem Gesang der Gottesdienste, der die Mauer durchdringt, oder dem Geschrei der Dohlen, die oben in den Türmen nisten, unterbrochen wird. Dieser Ort ist eine Steinwüste, eine Einöde, die eine reiche Physiognomie besitzt, und kann nur von Wesen bewohnt werden, die zu einer vollkommenen Bedeutungslosigkeit gelangt oder mit einer erstaunlichen Seelenkraft begabt sind. Das Haus, um das es sich handelt, war immer von Abbés bewohnt worden und gehörte einer alten Jungfer, die Mademoiselle Gamard hieß. Obwohl das Grundstück zur Zeit der Schreckensherrschaft von der Nation durch Mademoiselle Gamards Vater erworben worden war, ließ sich, da jene alte Jungfer hier seit zweiundzwanzig Jahren an Priester vermietete, während der Restauration kein Mensch einfallen, es unrecht zu finden, daß eine Fromme ein nationales Besitztum behielt: Vielleicht legten ihr die Frommen nahe, es dem Kapitel zu vermachen, und die Weltlichen erblickten darin keine Änderung seiner Bestimmung.

Abbé Birotteau ging also auf dieses Haus zu, in dem er seit zwei Jahren wohnte. Wie nun das Kanonikat, war seine Wohnung zwölf Jahre hindurch der Gegenstand seines Verlangens und sein *hoc erat in votis* gewesen. Der Pensionär Mademoiselle Gamards zu sein und Kanonikus zu werden, dies waren die beiden größten Angelegenheiten seines Lebens; und vielleicht erschöpften sie genau den Ehrgeiz eines Priesters, der, da er sich ja auf dem Weg zur Ewigkeit sah, in dieser Welt nach nichts weiter Verlangen tragen konnte als nach einem guten Nachtlager, einem guten Mahl, sauberer Kleidung und Schuhen mit Silberschnallen, Dingen, welche für die tierischen Bedürfnisse hinreichten, und nach einem Kanonikat, um der Selbstachtung Genüge zu leisten, diesem unaussprechlichen Gefühl, das uns, wie man sagt, bis zu Gott hin verfolgt, da es ja sogar unter den Heiligen noch

Graduierungen gibt. Aber das Begehren nach der Wohnung, die Abbé Birotteau nunmehr innehatte, dies in den Augen der Weltleute kleinliche Gefühl, war für ihn eine Leidenschaft gewesen, der viele Hindernisse entgegengestanden hatten, war, wie die verbrecherischsten Leidenschaften, an Hoffnungen, Freuden und Gewissensbissen reich gewesen.

Bei der gegebenen Innenausstattung und Größe des Hauses hatte Mademoiselle Gamard lediglich an zwei Pensionäre vermieten können. Nun, ungefähr zwölf Jahre vor dem Tag, an welchem Birotteau der Pensionär der alten Jungfer geworden war, hatte sie es übernommen, Monsieur l'Abbé Troubert und Monsieur l'Abbé Chapeloud Stimmung und Gesundheit zu erhalten. Abbé Troubert war am Leben, Abbé Chapeloud war tot, und Birotteau war sein unmittelbarer Nachfolger geworden.

Der selige Monsieur l'Abbé Chapeloud, zu Lebzeiten Kanonikus von Saint-Gatien, war Abbé Birotteaus engster Freund gewesen. Jedesmal, wenn der Vikar bei dem Kanonikus eingetreten war, hatte er die Wohnung, die Möbel und die Bibliothek bewundert. Aus dieser Bewunderung aber entsprang eines Tages das Begehren, diese schönen Dinge zu besitzen. Es war Abbé Birotteau unmöglich gewesen, diesen Wunsch zu unterdrücken, unter dem er manchmal entsetzlich litt, wenn er daran dachte, daß einzig der Tod seines besten Freundes diese heimliche, doch ständig wachsende Begierde stillen konnte.

Abbé Chapeloud und sein Freund waren nicht reich. Beide waren Bauernsöhne und verfügten nur über die spärlichen Priestereinkünfte; außerdem hatten sie ihre bescheidenen Ersparnisse darauf verwendet, die unglückseligen Zeiten der Revolution zu überstehen. Als Napoleon den katholischen Gottesdienst wieder zuließ, wurde Abbé Chapeloud zum Kanonikus von Saint-Gatien ernannt, und Birotteau wurde Domvikar. Chapeloud ging damals bei Mademoiselle Gamard in Pension. Als Birotteau den Kanonikus in seinem neuen Domizil besuchen kam, fand er die Wohnung äußerst vorteilhaft, doch ansonsten hatte sie für ihn nichts Verführerisches. Der Anfang jenes Sehnens glich dem einer wahren Leidenschaft, die bei einem jungen Mann manchmal mit einer kühlen Bewunderung für die Frau beginnt, die er später für immer lieben wird.

Diese Wohnung, zu der eine steinerne Treppe hinaufführte, befand sich in einem Nebentrakt in Südlage. Abbé Troubert hatte das Erdgeschoß inne und Mademoiselle Gamard das erste Stockwerk des Hauptgebäudes nach der Straße hin. Als Chapeloud seine Wohnung bezog, waren die Zimmer leer und die Decken verräuchert. Die Simse der ziemlich schlecht ausgemeißelten Kamine waren niemals gestrichen worden. Als einziges Mobiliar stellte der arme Kanonikus zuerst ein Bett auf, einen Tisch, ein paar Stühle und die wenigen Bücher, die er besaß. Die Wohnung glich einer schönen Frau in Lumpen. Doch zwei, drei Jahre später hatte eine alte Dame Abbé Chapeloud zweitausend Francs hinterlassen, und er verwandte diese Summe für den Kauf eines Bücherschrankes aus Eichenholz, der aus einem von der Schwarzen Bande zerstückelten Schloß stammte und sich durch Schnitzereien auszeichnete, die der Beachtung eines Künstlers wert waren. Nicht der niedrige Preis hatte den Abbé zum Erwerb dieses Möbels verleitet, sondern die Abmessungen des Schrankes, der sich vorzüglich in die Galerie einpaßte. Seine Verhältnisse gestatteten ihm dann, die bis dahin dürftige und vernachlässigte Galerie instand zu setzen. Das Parkett wurde sorgfältig gebohnert, die Decke geweißt und die Holztäfelung in Eichenmaserung überstrichen. Ein Marmorkamin trat an die Stelle des früheren. Der Kanonikus besaß genug Geschmack, alte geschnitzte Nußbaumsessel zu suchen und ausfindig zu machen. Schließlich trugen ein langer Ebenholztisch und zwei Boulle-Möbel dazu bei, den Charakter der Galerie zu prägen. In einem Zeitraum von zwei Jahren füllten die kleinen Freigebigkeiten mehrerer frommer Personen und die kleinen Vermächtnisse seiner gottesfürchtigen Beichtkinder immerhin die Regale der damals noch leeren Bibliothek. Schließlich vermachte ein Onkel, ein alter Oratorianer, Chapeloud seine Foliosammlung der Kirchenväter und mehrere andere große, für einen Priester wertvolle Werke. Der über die suksessive Wandlung dieser ehemals kahlen Galerie erstaunte Birotteau geriet allmählich in den Sog einer zwanghaften Wunschvorstellung. Er sehnte sich danach, dieses mit dem Ernst der priesterlichen Sitten so gut in Einklang stehende Arbeitszimmer selbst zu besitzen. Diese Leidenschaft wuchs von Tag zu Tag. Da er ganze Tage hindurch in diesem Asyl zu arbeiten hatte, wußte der Vikar, nachdem er anfangs lediglich dessen vorteilhafte Ausstattung bewundert hatte, die Stille und Abgeschiedenheit des Ortes zu schätzen. Im Laufe der folgenden Jahre machte Abbé Chapeloud aus der Zelle ein Betzimmer, das seine frommen Freunde auszustatten beliebten. Später spendete eine Dame dem Kanonikus für seinen Schlafraum Möbel mit einer Stickerei, an der sie lange Zeit unter den Augen des liebenswerten Mannes gearbeitet hatte, ohne daß er geahnt hatte, wofür sie bestimmt war. Es verhielt sich damals mit der Schlafstätte wie mit der Galerie: Sie betörte den Vikar. Schließlich hatte drei Jahre vor seinem Tode Abbé Chapeloud die Behaglichkeit seiner Wohnung dadurch vervollständigt, daß er den Salon ausschmückte. Obgleich schlicht mit rotem Utrechter Samt besetzt, war Birotteau hingerissen von dem Mobiliar. Von dem Tage an, als der Kamerad des Kanonikus die Vorhänge aus roter chinesischer Seide sah, die Mahagonimöbel, den Aubussonteppich, jene Gegenstände, die dieses geräumige frischgestrichene Zimmer zierten, wurde Chapelouds Wohnung für ihn der Gegenstand einer heimlichen Monomanie. Hier wohnen, sich in das Bett mit den großen Seidenvorhängen, in dem der Kanonikus schlief, schlafen legen und um sich her all die Bequemlichkeit finden, wie Chapeloud sie fand, das war für Birotteau der Inbegriff des Glücks: Darüber hinaus gab es nichts mehr. Aller Neid und aller Ehrgeiz, den die Dinge der Welt im Herzen der anderen Menschen hervorrufen, konzentrierte sich bei Abbé Birotteau in dem innigen, heimlichen Wunsch, mit dem er eine ähnliche Einrichtung ersehnte, wie sie sich Abbé Chapeloud geschaffen hatte. Als sein Freund krank wurde, besuchte er ihn gewiß aus einer aufrichtigen Zuneigung heraus; doch wenn er vom Unwohlsein des Kanonikus hörte oder jenem Gesellschaft leistete, kamen ihm unwillkürlich im Innersten seiner Seele tausend Gedanken, die immer auf diese einfache Schlußfolgerung hinausliefen: ›Wenn Chapeloud stürbe, könnte ich seine Wohnung haben.‹ Da Birotteau jedoch ein vortreffliches Herz hatte, einen engen Gedankenkreis und einen beschränkten Verstand, ging er nicht soweit, auf Mittel zu sinnen, sich die Bibliothek und die Möbel seines Freundes vermachen zu lassen.

Abbé Chapeloud, ein liebenswürdiger und nachsichtiger Egoist, ahnte, was nicht schwer war, die Leidenschaft seines Freundes und verzieh sie ihm, was bei einem Priester weniger leicht erscheinen mag. Doch auch der Vikar, dessen Freundschaft unverändert die gleiche blieb, ging weiterhin mit seinem Freunde jeden Tag auf derselben Promenadenstraße in Tours spazieren, ohne ihm auch nur ein einziges Mal in der seit zwanzig Jahren diesem Spaziergang gewidmeten Zeit ein unrechtes Wort zu sagen. Birotteau, der seine unwillkürlichen Wünsche als Verfehlungen ansah, wäre reumütig Abbé Chapeloud gegenüber der größten Aufopferung fähig gewesen. Letzterer zahlte seine Schuld an eine so naiv-aufrichtige Brüderlichkeit damit, daß er einige Tage vor seinem Tode zu dem Vikar, der ihm gerade die ›Quotidienne‹ vorlas, sagte:

»Diesmal wirst du die Wohnung bekommen. Ich fühle, daß es mit mir zu Ende geht.«

Tatsächlich vermachte Abbé Chapeloud Birotteau in seinem Testament die Bibliothek und sein Mobiliar. Der Besitz dieser so lebhaft begehrten Dinge und die Aussicht, von Mademoiselle Gamard in Pension genommen zu werden, linderten den Schmerz, den Birotteau der Verlust seines Freundes, des Kanonikus, verursachte, beträchtlich: Er würde ihn vielleicht nicht wieder von den Toten erweckt haben, aber er beweinte ihn. Für einige Tage glich er Gargantua, der, als seine Frau an der Niederkunft mit Pantagruel gestorben war und er nicht wußte, ob er sich über die Geburt des Sohnes freuen oder sich über das Begräbnis seiner guten Badbec betrüben sollte, dahingehend irrte, daß er sich über den Tod seiner Frau freute und die Geburt Pantagruels beklagte. Abbé Birotteau verbrachte die ersten Tage seiner Trauer damit, die Werke *seiner* Bibliothek zu untersuchen, sich *seiner* Möbel zu bedienen, sie zu prüfen und in einer Tonart, die leider nicht wiedergegeben werden kann, zu sagen: »Armer Chapeloud!« Schließlich nahmen ihn seine Freude und sein Schmerz derart in Anspruch, daß er ohne jegliche Rührung zusah, wie die Kanonikusstelle, bezüglich deren der verstorbene Chapeloud gehofft hatte, daß Birotteau sein Nachfolger werden würde, einem anderen gegeben wurde. Mademoiselle Gamard hatte den Vikar recht gern in Pension genommen, und dieser hatte seitdem an all den Glückseligkeiten des materiellen Lebens teil, von denen der verstorbene Kanonikus geschwärmt hatte. Unschätzbare Vorteile! Nach Meinung des seligen Abbé Chapeloud konnte keiner von all den Priestern, die in Tours wohnten, selbst den Erzbischof nicht ausgenommen, der Gegenstand einer so feinfühlenden, einer so betulichen Fürsorge sein, mit der Mademoiselle Gamard ihre beiden Pensionäre verwöhnte. Die ersten Worte, die der Kanonikus an seinen Freund richtete, wenn sie auf dem Mail spazierengingen, bezogen sich fast immer auf das schmackhafte Essen, das er soeben genossen hatte; und es ereignete sich während der sieben wöchentlichen Spaziergänge selten, daß er nicht mindestens vierzehnmal gesagt hätte: »Dies ausgezeichnete Mädchen ist sicher für den geistlichen Dienst berufen!«

»Bedenken Sie doch«, sagte Abbé Chapeloud zu Birotteau, »zwölf volle Jahre hat es mir niemals an reiner Wäsche, an Meßhemden, Chorhemden, Halskragen gefehlt. Stets find ich jedes Ding an seinem Platz, in hinreichender Anzahl, nach Schwertlilien duftend. Meine Möbel sind poliert und stets so gut abgewischt, daß ich längst nicht mehr weiß, was Staub ist. Haben Sie jemals ein Körnchen bei mir gesehen? Niemals! Dann ist das Brennholz gut ausgewählt, die geringsten Sachen sind vortrefflich; kurz, es scheint, daß Mademoiselle Gamard beständig auf mein Zimmer achtet. Ich entsinne mich nicht, in zehn Jahren zweimal geschellt zu haben, um irgend etwas zu verlangen. Das ist ein Leben! Nichts muß man suchen, nicht einmal seine Pantoffeln. Immer ein warmes Zimmer, ein gutes Mahl vorfinden! Und als mich mein Blasebalg ungeduldig machte, als er nicht richtig zog, ich brauchte mich nicht zweimal zu beklagen. Brst! Am nächsten Tag hat mir Mademoiselle Gamard einen sehr hübschen Blasebalg gegeben und die kleine Feuerzange, mit der Sie mich das Feuer schüren sehen.«

Birotteau sprach als Antwort nur vor sich hin: »Nach Schwertlilien duftend!« Dieses ›nach Schwertlilien duftend‹ berührte ihn immer ganz besonders. Die Worte des Kanonikus verrieten dem armen Vikar ein Glück, das märchenhaft war; ihm, dem seine Halskragen und Meßhemden Kopfzerbrechen bereiteten; denn er hatte keinerlei Ordnung und vergaß sogar ziemlich oft, sein Mittagessen zu bestellen. So kam es denn auch, daß er, sei es, wenn er kollektierte, sei es, wenn er die Messe las und Mademoiselle Gamard in Saint-Gatien bemerkte, niemals verfehlte, ihr einen sanften, wohlwollenden Blick zuzuwerfen, einen Blick, wie ihn die heilige Therese gen Himmel gerichtet haben mag. Obgleich ihm das einzige Wohlbefinden, nach welchem sich jedes Geschöpf sehnt und das er so oft erträumt hatte, zugefallen war, war es für jedermann, selbst für einen Priester, schwierig, ohne eine Wunschvorstellung zu leben, und daher trat bei Abbé Birotteau anstelle der seit achtzehn Monaten befriedigten beiden Leidenschaften das Verlangen nach einem Kanonikat. Der Kanonikustitel war für ihn das geworden, was die Pairswürde für einen bürgerlichen Minister sein mußte. Und so verdrehten ihm die Wahrscheinlichkeit seiner Ernennung, die Hoffnungen, die ihm eben bei Madame de Listomère gemacht worden waren, so gehörig den Kopf, daß er sich erst erinnerte, seinen Regenschirm vergessen zu haben, als er zu Hause anlangte. Und vielleicht würde er, wenn es jetzt nicht in Strömen gegossen hätte, noch immer nicht daran gedacht haben, so sehr war er von der Freude in Anspruch genommen, mit welcher er all das wiederkäute, was ihm über seine Beförderung im Kreise Madame de Listomères, einer alten Dame, bei welcher er den Mittwochabend verbrachte, gesagt worden war. Der Vikar klingelte heftig, wie um dem Dienstmädchen zu sagen, sie solle ihn nicht warten lassen. Dann drückte er sich in den Türwinkel, um sowenig wie möglich naß zu werden; doch das vom Dach plätschernde Wasser lief ausgerechnet auf seine Schuhspitzen, und der Wind trieb hin und wieder Regenstöße, die Sturzbächen glichen, gegen ihn an. Nachdem er die Zeit berechnet hatte, die man brauchte, um von der Küche an die Tür zu kommen und den Klinkenzug zu betätigen, schellte er noch einmal, auf eine Weise, daß ein sehr bezeichnendes Glockengeläut daraus wurde. ›Sie können doch nicht ausgegangen sein‹, sagte er sich, als er keinen Laut im Inneren des Hauses vernahm. Und zum drittenmal erhob er sein Geläut, das so scharf das Haus durchgellte und so oft von allen Echos der Kathedrale wiederholt wurde, daß es unmöglich war, von solch aufrührerischem Lärm nicht aufzuwachen. So hörte er denn auch einige Augenblicke später, nicht ohne in seinem Mißmut eine gewisse Freude zu empfinden, die Holzschuhe der Magd auf dem Kieselpflaster klappern. Nichtsdestoweniger ging es mit der Unbehaglichkeit der Gicht nicht so schnell zu Ende, wie er glaubte. Anstatt nur den Türklinkenzug zu betätigen, mußte Marianne erst mit dem großen Schlüssel das Schloß aufschließen und die Riegel zurückschieben.

»Was lassen Sie mich denn bei solch einem Wetter dreimal läuten?« sagte er zu Marianne.

»Aber Sie sehen ja, Monsieur, daß die Tür verschlossen war. Alles ist schon lange zu Bett, es hat dreiviertel zehn geschlagen. Mademoiselle wird gedacht haben, Sie wären nicht ausgegangen.«

»Aber Sie haben mich doch weggehen sehen! Übrigens weiß Mademoiselle sehr wohl, daß ich jeden Mittwoch zu Madame de Listomère gehe.«

»Wahrhaftig, Monsieur, ich habe getan, was Mademoiselle mir aufgetragen hat«, entgegnete Marianne und schloß die Tür.

Diese Worte versetzten Abbé Birotteau einen Stoß, der für ihn um so empfindlicher war, da seine Träumerei ihn so vollständig beglückt hatte. Er schwieg, folgte Marianne zur Küche, um seinen Handleuchter zu nehmen, von dem er meinte, daß er dort hingestellt worden war. Doch anstatt in die Küche zu gehen, führte Marianne den Abbé in sein Zimmer, wo der Vikar seinen Leuchter auf einem Tisch wahrnahm, der sich an der Tür zum roten Salon befand, in einer Art Vorzimmer, das durch den Treppenabsatz gebildet wurde, welchen der verstorbene Kanonikus mit großen Scheiben hatte verglasen lassen. Stumm vor Überraschung, trat er schnell in sein Zimmer ein, sah kein Feuer im Kamin und rief Marianne, die noch nicht Zeit gefunden hatte, wieder hinunterzugehen.

»Entschuldigen Sie, Monsieur«, antwortete sie. »Es wird ausgegangen sein.«

Birotteau besah sich den Kamin abermals und gelangte zu der Gewißheit, daß das Feuer seit dem Morgen nicht wieder angezündet worden war.

»Ich muß mir die Füße trocknen«, sagte er, »machen Sie mir Feuer.«

Marianne gehorchte mit der Eilfertigkeit einer Person,

die gern schlafen gehen wollte. Während er sich selber seine Pantoffeln suchte, die er nicht mitten auf seinem Bettvorleger fand, wo sie sonst immer gewesen waren, machte der Abbé an der Art, wie Marianne gekleidet war, gewisse Beobachtungen, die ihm anzeigten, daß sie nicht, wie sie ihm gesagt hatte, aus dem Bett kam. Er erinnerte sich jetzt, daß er seit ungefähr vierzehn Tagen all diese kleinen Aufwartungen, die ihm achtzehn Monate hindurch das Leben so angenehm gestaltet hatten, hatte entbehren müssen. Also gab er sich plötzlich, da es in der Natur beschränkter Geister liegt, die geringsten Kleinigkeiten zu erahnen, äußerst umfassenden Überlegungen über diese, für jeden anderen unauffälligen Ereignisse hin, die für ihn aber vier Katastrophen bedeuteten. Was das Vergessen der Pantoffeln, die Lüge Mariannes wegen des Feuers, die ungewohnte Versetzung seines Handleuchters auf den Tisch des Vorraums und den Aufenthalt, den man ihm im Regen auf der Schwelle der Haustür aufgezwungen hatte, anbetraf, ging es augenscheinlich darum, daß nun sein Lebensglück dahin war.

Als die Flamme im Kamin loderte, die Nachtlampe angezündet worden war und Marianne ihn, ohne sich, wie sie es sonst getan hatte, zu erkundigen: ›Benötigt Monsieur noch irgend etwas?‹, verlassen hatte, ließ sich Abbé Birotteau behutsam in den schönen, bequemen Lehnsessel seines verstorbenen Freundes gleiten; doch die Bewegung, mit der er hineinsank, hatte etwas Trauriges. Der gute Mann litt unter der Vorahnung eines schrecklichen Unglücks. Er sah nacheinander auf die schöne Wanduhr, auf die Kommode, die Sessel, die Vorhänge, die Teppiche, auf das Himmelbett, den Weihwasserkessel, das Kruzifix, auf eine Muttergottes von Valentin, einen Christus von Lebrun, auf alle Einzelheiten des Zimmers schließlich; und der Ausdruck seines Gesichtes offenbarte dabei den Schmerz des zärtlichsten Lebewohls, das je ein Liebhaber seiner ersten Geliebten geboten hat oder ein Greis den letzten von seiner Hand gepflanzten Bäumen. Der Vikar hatte soeben, allerdings zu spät, die Zeichen einer heimlichen Verfolgung erkannt, die Mademoiselle Gamard seit ungefähr drei Monaten gegen ihn ins Werk gesetzt hatte, deren bösartige Absichten von einem hellgeistigen Menschen sicher viel früher bemerkt worden wären. Besitzen die alten Jungfern nicht alle ein gewisses Talent, die Handlungen und Worte, die ihnen der Haß eingibt, zu akzentuieren? Wie die Katzen kratzen sie. Und sie verwunden nicht nur, sondern empfinden Freude daran, zu verwunden und ihren Opfern zu zeigen, daß sie sie verwundet haben. Da, wo ein Mann von Welt sich nicht zum zweitenmal eins würde haben auswischen lassen, bedurfte es bei dem wackeren Birotteau mehrerer Tatzenhiebe ins Gesicht, ehe er an böswillige Absicht glaubte.

Als ob es sich dabei um eine religiöse Kontroverse gehandelt hätte, stellte Abbé Birotteau sogleich mit dem fragesüchtigen Scharfsinn, den Priester bekommen, die gewohnt waren, den Leuten ins Gewissen zu reden und in der Tiefe des Beichtstuhls über ein Nichts zu recherchieren, folgende Behauptung auf:

›Angenommen, daß Mademoiselle Gamard nicht mehr an die Abendgesellschaften von Madame de Listomère gedacht, daß Marianne vergessen hat, Feuer anzumachen, daß man geglaubt hat, ich sei schon zurück; in Anbetracht dessen, daß ich heut morgen, ich selbst! meinen Handleuchter!!! hinuntergetragen habe, ist es unmöglich, daß Mademoiselle Gamard, als sie ihn im Salon sah, hat annehmen können, ich hätte mich schlafen gelegt. Ergo, Mademoiselle hat mich im Regen vor der Tür stehenlassen wollen; und indem sie den Leuchter zu mir hat herauftragen lassen, hat sie die Absicht gehabt, mir anzudeuten ...‹ – »Was nur?« sagte er, von dem Ernst der Lage hingerissen, laut und erhob sich, um seine durchnäßten Kleider abzulegen, seinen Schlafrock anzuziehen und sich für die Nacht herzurichten. Dann begab er sich von seinem Bett zum Kamin, gestikulierte und stellte folgende, jeweils im Falsett abgestuften Sätze exklamatorisch in den Raum:

»Was zum Teufel habe ich getan? Warum ist sie mir böse? Marianne hat mein Feuer nicht vergessen können! Mademoiselle Gamard wird ihr geheißen haben, es nicht anzuzünden! Man müßte ein unmündiges Kind sein, um an ihrem Ton und ihrem Benehmen mir gegenüber nicht zu merken, daß ich das Unglück gehabt habe, ihr zu mißfallen. Niemals ist Chapeloud etwas Derartiges passiert! Es wird mir unmöglich sein, es inmitten solcher Quälereien auszuhalten ... In meinem Alter! ...«

In der Hoffnung, am nächsten Morgen über die Ursache des Hasses Klarheit zu gewinnen, der dieses so lange ersehnte Glück, das er zwei Jahre hindurch genossen hatte, für immer zerstören sollte, legte er sich schlafen. Ach, die geheimen Beweggründe der Mißgunst, die Mademoiselle Gamard gegen ihn hegte, sollten ihm ewig unbekannt bleiben, nicht weil sie schwer zu erraten gewesen wären, sondern weil es dem guten Mann an der Ehrlichkeit fehlte, mit welcher große Seelen und Schurken auf sich selbst zu reagieren und sich zu beurteilen verstehen. Nur ein genialer Mensch oder ein Intrigant sagt sich: ›Ich habe unrecht.‹ Der Eigennutz und das Talent sind die einzig gewissenhaften und klaren Ratgeber. Nun, Abbé Birotteau, dessen Güte bis zur Dummheit ging, dessen Bildung gewissermaßen nur eine schwer erarbeitete Fassade war, der keinerlei Erfahrung mit der Welt und ihren Sitten besaß und der zwischen Messe und dem Beichtstuhl lebte, in seiner Eigenschaft als Beichtvater der städtischen Pensionate und einiger schönen Seelen, die ihn schätzten, reichlich damit beschäftigt, die leichtesten Gewissensfälle zu entscheiden: Abbé Birotteau konnte als ein großes Kind betrachtet werden, dem der größte Teil der gesellschaftlichen Praktiken gänzlich unbekannt war. Nur daß der natürliche, jedem menschlichen Wesen eigene Egoismus, noch verstärkt durch den besonderen Egoismus des Priesters und demjenigen des beschränkten Lebens, das man in der Provinz führt, unwillkürlich bei ihm zur Ausbildung gelangt war, ohne daß er sich dessen bewußt war. Wenn jemand soviel Anteil hätte nehmen wollen, die Seele des Vikars zu erforschen, um ihm darzutun, daß es ihm in den unzähligen kleinen Einzelheiten seines Daseins und den geringsten Pflichten seines Privatlebens wesentlich an jener Hingabe fehle, die er zu praktizieren meinte, so würde er sich selbst gestraft und im besten Glauben kasteit haben. Doch diejenigen, die wir, selbst ohne unser Wissen, beleidigen, halten uns kaum unsere Unschuld zugute, sondern sie wollen Rache nehmen und wissen sich zu rächen. So mußte sich denn Birotteau, schwach wie er war, jener ausgleichenden Gerechtigkeit beugen, die die Welt immerfort mit ihren Urteilssprüchen, von einigen Dummköpfen ›die Widerwärtigkeiten des Lebens‹ genannt, belasten wird.

Es bestand zwischen dem seligen Abbé Chapeloud und dem Vikar der Unterschied, daß der eine ein geschickter und geistreicher, der andere hingegen ein offenherziger, linkischer Egoist war. Als Abbé Chapeloud zu Mademoiselle Gamard in Pension ging, hatte er den Charakter seiner Wirtin richtig einzuschätzen gewußt. Der Beichtstuhl hatte ihn gelehrt, was das Unglück, außerhalb der Gesellschaft zu stehen, in dem Herzen einer alten Jungfer für Verbitterung anhäuft; und dementsprechend umsichtig hatte er sein Verhalten Mademoiselle Gamard gegenüber einzurichten verstanden. Die Wirtin, die damals erst achtunddreißig Jahre alt gewesen war, wollte noch gefallen, was sich bei diesen zurückhaltenden Personen später in eine starke Selbstachtung verwandelt. Der Kanonikus begriff, daß er, wenn er bei Mademoiselle Gamard ein gutes Leben haben wollte, ihr eine immer gleiche Aufmerksamkeit und Rücksichtnahme zuwenden, unfehlbarer als der Papst sein mußte. Um das zu erreichen, ließ er zwischen ihr und sich nur Kontakte zu, die die Höflichkeit gebot, und solche, wie sie notwendigerweise zwischen Personen, die unter demselben

Dach wohnen, bestehen. So hatte er, obgleich Abbé Troubert und er regelmäßig dreimal am Tage speisten, Abstand davon genommen, an dem gemeinsamen Frühstück teilzunehmen, und Mademoiselle Gamard daran gewöhnt, ihm eine Tasse Kaffee mit Sahne ans Bett zu schicken. Außerdem hatte er die Langeweile des Soupers dadurch zu vermeiden gewußt, daß er alle Abende den Tee in den Häusern nahm, wo er seine Abende zu verbringen gedachte. Er sah seine Wirtin also nur selten zu einer anderen Zeit des Tages als zum Mittagessen; aber er stellte sich immer einige Augenblicke vor der festgesetzten Stunde ein. Bei dieser Art von Höflichkeitsbesuch hatte er während der zwölf Jahre, die er in ihrem Hause verbrachte, die gleichen Fragen an sie gerichtet und von ihr die gleichen Antworten erhalten. Wie Mademoiselle Gamard geschlafen hatte, ihr Frühstück, die kleinen häuslichen Vorkommnisse, ihr Aussehen, ihre Gesundheit, die Witterung, die Länge der Gottesdienste, Zwischenfälle während der Messe, die Gesundheit dieses oder jenes Priesters, nur das hatte diese wiederkehrende Unterhaltung bestritten. Während des Essens ging er immer von indirekten Schmeicheleien aus, um dann übergangslos von der Vorzüglichkeit eines Fisches, den auserlesenen Gewürzen oder den vortrefflichen Eigenschaften einer Sauce, zu den Qualitäten Mademoiselle Gamards und ihren Tugenden als Hauswirtin zu kommen. Er wußte genau, daß er aller Eitelkeit der alten Jungfer schmeichelte, wenn er die Kunst rühmte, mit der ihre Konfitüren, ihre Pfeffergurken, ihre Konserven, ihre Pasteten und andere gastronomische Erfindungen bereitet waren. Und schließlich hatte der schlaue Kanonikus den gelben Salon seiner Wirtin nie verlassen, ohne auszusprechen, daß man in keinem Hause von Tours einen so guten Kaffee einnähme wie den, den er soeben bei ihr genossen hätte. Dank der richtigen Einschätzung von Mademoiselle Gamards Charakter und dieser zwölf Jahre hindurch von dem Kanonikus geübten Lebensklugheit hatte es zwischen ihnen niemals auch nur die geringfügigste Meinungsverschiedenheit über die Hausordnung gegeben. Abbé Chapeloud hatte gleich von Anfang an die Kanten, Härten, Herbheiten dieser alten Jungfer erkannt und die Funktion der zwischen zwei Personen unvermeidlichen Reibungen in einer Weise zu regeln verstanden, daß er von ihr alles bewilligt erhielt, dessen er für ein glückliches und ruhiges Leben bedurfte. Und so erklärte Mademoiselle Gamard, daß Abbé Chapeloud ein höchst liebenswürdiger Mann, außerordentlich geistreich und ausgesprochen umgänglich wäre. Was Abbé Troubert anbetraf, so sagte die alte Betschwester über ihn schlechterdings nichts. Ihrem Lebenslauf angepaßt wie ein Satellit der Bahn seines Planeten, war Troubert für sie eine Art Geschöpf zwischen den Wesen der menschlichen Gattung und denen der Hunderasse: Er hatte in ihrem Herzen seinen Platz unmittelbar vor dem für ihre Freunde bestimmten und dem, den ein von ihr zärtlich geliebter dikker, engbrüstiger Mops einnahm; Troubert wurde von ihr beherrscht, und beider Lebensfaden war derart verwoben, daß einige zum Kreis Mademoiselle Gamards gehörende Leute meinten, daß der Abbé Aussichten auf das Vermögen der alten Jungfer habe, daß er sie unmerklich mit unermüdlicher Geduld für sich einnehme und sie um so besser lenke, als er ihr nachzugeben schien, ohne sich dabei im geringsten anmerken zu lassen, sie leiten zu wollen.

Als Abbé Chapeloud starb, dachte die alte Jungfer, die einen Pensionär von sanfter Sinnesart wünschte, natürlich an den Vikar. Das Testament des Kanonikus war noch nicht bekannt, als Mademoiselle Gamard schon überlegte, ob sie die Wohnung des Verstorbenen nicht ihrem guten Abbé Troubert geben sollte, der ihr im Erdgeschoß schlecht untergebracht schien. Als aber Abbé Birotteau mit der alten Jungfer schriftlich die Bedingungen der Pension vereinbarte, sah sie, wie heftig er diese so langersehnte Wohnung begehrte, so daß sie nicht wagte, ihm einen Austausch vorzuschlagen, und ihre Neigungen den Erfordernissen des

Geschäftsinteresses hintenan stellte. Um ihren teuren Kanonikus zu trösten, ersetzte Mademoiselle die breiten, weißen Château-Regnaud-Backsteine, aus denen der Fußboden der Wohnung bestand, durch ein Riemenparkett und erneuerte den rauchigen Kamin.

Abbé Birotteau hatte seinen Freund Chapeloud zwölf Jahre besucht, ohne jemals auf den Gedanken gekommen zu sein, danach zu fragen, woher die außerordentliche Behutsamkeit in seinen Beziehungen zu Mademoiselle Gamard rühre. Als er aber bei dieser frommen Jungfer eingezogen war, befand er sich in dem Zustand eines Liebenden auf dem Wege zur Glückseligkeit. Wenn sein Verstand nicht schon von Natur aus blind gewesen wäre, waren seine Augen zu glückgeblendet, als daß er nun vermocht hätte, Mademoiselle Gamard zu beurteilen und über die Art und Weise nachzudenken, wie er seine täglichen Beziehungen zu ihr einrichten sollte. Mademoiselle Gamard erschien ihm von fern und durch das Prisma des leiblichen Wohlergehens gesehen, das der Vikar bei ihr glaubte genießen zu dürfen, als ein vollkommenes Geschöpf, eine vollendete Christin, eine zutiefst wohltätige Person, die Frau des Evangeliums, die weise, mit jenen demütigen und bescheidenen Tugenden ausgezeichnete Jungfer, die über das Leben einen himmlischen Wohlgeruch verströmen. Und so kam er mit der Begeisterung eines Mannes, der an ein langersehntes Ziel gelangt, mit der Arglosigkeit eines Kindes und der unverständigen Unbesonnenheit eines Greises, dem es an Weltkenntnis gebricht, in den Lebensbereich Mademoiselle Gamards, wie eine Fliege sich in einem Spinnennetz verfängt. Und so verweilte er am ersten Tage, an dem er im Hause der alten Jungfer speiste und schlief, in ihrem Salon, weil er wünschte, mit ihr Bekanntschaft zu schließen, und weil ihn auch jene sonderbare Verlegenheit schüchterner Leute überkam, die sie befürchten läßt, es sei unhöflich, eine Unterhaltung zu unterbrechen, um sich zu entfernen. Er blieb während des ganzen Abends. Eine andere, Birotteau befreundete alte Jungfer, Mademoiselle Salomon de Villenoix, kam ebenfalls. Mademoiselle Gamard hatte damals die Freude, bei sich eine Partie Boston einzurichten. Als sich der Vikar schlafen legte, fand er, daß er einen angenehmen Abend verbracht hatte. Da er Mademoiselle Gamard und Abbé Troubert erst oberflächlich kannte, nahm er lediglich die Oberfläche ihres Wesens wahr. Nur wenige Personen offenbaren gleich von Anfang an ihre Fehler. Im allgemeinen bemüht sich jeder um ein anziehendes Äußeres. Abbé Birotteau faßte also den bezaubernden Entschluß, seine Abende Mademoiselle Gamard zu widmen, anstatt sie außerhalb des Hauses zu verbringen. Die Wirtin hegte seit einigen Jahren einen Wunsch, der von Tag zu Tag immer entschiedener wieder auftauchte. Jener Wunsch, den alte Leute und selbst hübsche Frauen haben, war bei ihr zu einer Leidenschaft geworden, die derjenigen Birotteaus für die Wohnung seines Freundes Chapeloud glich, und wurde in dem Herzen der alten Jungfer durch die Regungen des Hochmuts und des Egoismus, des Neides und der Eitelkeit genährt, die bei den Leuten der Gesellschaft an erster Stelle stehen. Die Geschichte ist immer die gleiche: Man braucht den engen Kreis, in dem sich diese Personen bewegen, nur ein wenig zu erweitern, um den Beweggrund der Ereignisse aufzuspüren, die auch in den höchsten Schichten der Gesellschaft vorkommen. Mademoiselle Gamard verbrachte ihre Abende wahlweise in sieben oder acht verschiedenen Häusern. Sei es, daß sie es bedauerte, verpflichtet zu sein, die Leute besuchen zu gehen, und sich in ihrem Alter berechtigt glaubte, auch das Umgekehrte zu erwarten; sei es, daß sie sich in ihrer Eigenliebe verletzt fühlte, in ihrem Haus keine Gesellschaft zu sehen; sei es schließlich, daß ihre Eitelkeit nach den Komplimenten und Vorrechten verlangte, die sie ihre Freundinnen genießen sah: All ihr Ehrgeiz bestand darin, ihren Salon zum Mittelpunkt eines Zusammenseins zu machen, zu dem jeden Abend eine gewisse Anzahl von Personen mit Vergnügen die Schritte lenkte. Als Birotteau und seine Freundin Mademoiselle Salomon in Gesellschaft des treuen und geduldigen Abbé Troubert einige Abende bei ihr verbracht hatten, sagte Mademoiselle Gamard eines Abends, als sie Saint-Gatien verließ, zu ihren guten Freundinnen, für deren Sklaven sie sich bisher gehalten hatte, daß die Damen, die sie besuchen wollten, doch einmal in der Woche zu ihr kommen möchten; sie vereinige bei sich eine Anzahl von Freunden, die zu einer Partie Boston hinreiche; sie dürfe Abbé Birotteau, ihren neuen Pensionär, nicht allein lassen; Mademoiselle Salomon habe noch an keinem Abend der Woche gefehlt; sie gehöre zu ihren Freunden, und das ... und das ... und so weiter. Noch mehr Gewicht verlieh ihren demütigend-stolzen und widerwärtig-freundlichen Worten der Tatbestand, daß Mademoiselle Salomon de Villenoix zu der erlesensten aristokratischen Gesellschaft von Tours gehörte. Obgleich Mademoiselle Salomon nur einmal aus Freundschaft für den Vikar kam, triumphierte Mademoiselle Gamard, daß sie sie in ihrem Salon hatte, und sah dank Abbé Birotteau den Moment gekommen, ihren großen Plan, einen Kreis zu bilden, der ebenso zahlreich und ebenso angenehm werden konnte wie der von Madame de Listomère, von Mademoiselle Merlin de La Blottière und anderen Andächtigen, die in der Lage waren, die fromme Gesellschaft von Tours bei sich zu empfangen, gelingen zu lassen. Aber, ach! Abbé Birotteau machte die Hoffnung Mademoiselle Gamards zunichte. Nun, wenn alle diejenigen, denen es in ihrem Leben gelungen ist, ein langersehntes Glück zu genießen, die Freude verstanden haben, die der Vikar empfinden mußte, wenn er sich in Chapelouds Bett legte, müssen sie auch andeutungsweise die Verbitterung verstehen, die Mademoiselle Gamard beim Scheitern ihres Lieblingsplanes überkam. Nachdem Birotteau sechs Monate hindurch sein Glück ziemlich passiv hingenommen hatte, wurde er eines Tages der Wohnung abtrünnig und nahm Mademoiselle Salomon mit sich. Trotz unerhörter Anstrengungen hatte die ehrgeizige Gamard kaum fünf, sechs Personen zusammengebracht, deren Eifer sehr zweifelhafter Natur war, und man brauchte, um ein Boston zustande zu bringen, mindestens vier zuverlässige Leute. Sie mußte also Abbitte tun und zu ihren alten Freundinnen zurückkehren; denn alte Jungfern befinden sich mit sich allein in zu schlechter Gesellschaft, als daß sie nicht die zweifelhaften Zerstreuungen des gesellschaftlichen Umgangs suchten. Die Ursache jener Fahnenflucht ist leicht zu verstehen. Obgleich der Vikar einer derjenigen war, denen eines Tages gemäß dem Ausspruch: ›Selig sind die geistig Armen!‹ das Himmelreich gehören muß, konnte er, wie viele Dummköpfe, die Langeweile, die ihm andere Dummköpfe bereiteten, nicht vertragen. Geistlose Leute gleichen Unkräutern, denen es in gutem Erdreich gefällt, und sie lassen sich um so lieber zerstreuen, als sie sich selbst langweilen. Die eingefleischte Langeweile, deren Opfer sie sind, erzeugt in ihnen, zugleich mit dem von ihnen empfundenen Bedürfnis, beständig mit sich selbst zu brechen, jene Leidenschaft für die Bewegung, diese für sie bezeichnende Notwendigkeit, immer dort zu sein, wo sie nicht gebraucht werden, gleich denen, welchen es an Gefühl fehlt und die ein unglückliches Schicksal tragen oder durch eigene Schuld leiden. Ohne die Leere, die Nichtigkeit Mademoiselle Gamards sonderlich zu erwägen, noch sich über ihre kleinlichen Vorstellungen klarzuwerden, bemerkte der arme Abbé Birotteau zu seinem Unglück etwas zu spät die Fehler, die sie mit allen alten Jungfern gemein hatte, und jene, die ihr besonders eigen waren. Das Schlechte am Nächsten hebt sich derart deutlich vom Guten ab, daß es uns fast immer, ehe es uns verletzt, den Blick trübt. Diese moralische Erscheinung würde nötigenfalls den Hang rechtfertigen, uns mehr oder weniger zur üblen Nachrede verleiten zu lassen. Es ist in gesellschaftlicher Hinsicht so natürlich, sich über die Unvollkommenheiten des Nächsten lustig zu machen, daß wir die spöttischen Redereien verzeihen, zu denen unsere Lächerlichkeiten berechtigen, und nur über die Verleumdung erschrecken müssen. Doch die Augen des guten Vikars besaßen leider nicht jene Optik, die den Leuten von Welt gestattet, die Unebenheiten des Nächsten sofort zu sehen und zu vermeiden; er war also, um die Fehler seiner Wirtin zu erkennen, genötigt, jenen Hinweis zu erdulden, den die Natur all ihren Geschöpfen gibt: den Schmerz! Alte Jungfern, die ihren Charakter und ihr Leben niemals, wie es das Geschick der Frau mit sich bringt, dem Leben und Charakter anderer angepaßt haben, haben in der Mehrzahl die Manie, alles um sich herum anpassen zu wollen. Bei Mademoiselle Gamard war diese Empfindung in Despotismus ausgeartet; doch dieser Despotismus vermochte sich nur an kleine Dinge zu klammern. So mußte, um nur eines von tausenden von Beispielen anzuführen, Abbé Birotteau das auf den Bostontisch gestellte Körbchen für die Spielmarken und das Spielgeld wieder auf den von ihr angewiesenen Platz stellen; und sie ereiferte sich lebhaft über den Abbé, daß er ihn vertauschte, was fast alle Abende vorkam. Woher rührte diese stupide, auf Nichtigkeiten bezogene Gereiztheit, und was bezweckte sie? Niemand hätte es sagen können, Mademoiselle Gamard wußte es selbst nicht. Obgleich von Natur aus lammfromm, mochte der neue Pensionär doch nicht öfter als ein Schaf den Stab des Hirten fühlen, besonders dann nicht, wenn er mit derartigen Spitzen versehen ist. Ohne sich die große Geduld Abbé Trouberts klarzumachen, wollte Birotteau sich dem Glück entziehen, das Mademoiselle Gamard ihm auf ihre Weise schmackhaft machen wollte, denn sie meinte, daß es mit dem Glück wäre wie mit ihren Konfitüren; doch der Unglückliche benahm sich infolge seines kindlichen Charakters dabei ziemlich ungeschickt. Die Trennung war also nicht ohne viel Reibereien und Sticheleien vor sich gegangen, wobei Abbé Birotteau bemüht war, sich dafür nicht empfänglich zu zeigen.

Gegen Ende des ersten Jahres, das unter Mademoiselle Gamards Dach verflossen war, hatte der Vikar seine alten

Gewohnheiten wieder aufgenommen und ging zwei Abende in der Woche zu Madame de Listomère, drei zu Mademoiselle Salomon und die beiden anderen zu Mademoiselle Merlin de La Blottière. Diese Damen gehörten dem aristokratischen Teil der Gesellschaft von Tours an, wo Mademoiselle Gamard nicht zugelassen wurde. So war die Wirtin durch die Vernachlässigung seitens des Abbé Birotteau, der sie ihre geringe Bedeutung fühlen ließ, in höchstem Grade verletzt: Jede Art von Wahl schließt ja eine Mißachtung gegenüber dem zurückgewiesenen Gegenstand ein.

»Monsieur Birotteau hat uns nicht liebenswürdig genug gefunden«, sagte Abbé Troubert zu den Freunden Mademoiselle Gamards, als sie sich genötigt gesehen hatte, auf ihre Abende zu verzichten. »Er ist ein geistvoller Mann, ein Feinschmecker! Er braucht vornehme Kreise, Luxus, sprudelnde Unterhaltung, die Gerüchteküche der Stadt.«

Diese Worte veranlaßten Mademoiselle Gamard stets dazu, auf Kosten Birotteaus seinen vortrefflichen Charakter zu rühmen.

»Er hat gar nicht soviel Geist«, sagte sie. »Ohne Abbé Chateloud wäre er bei Madame de Listomère niemals empfangen worden. Oh, was habe ich an Abbé Chateloud verloren! Was für ein liebenswürdiger, umgänglicher Mann! Habe ich doch zwölf Jahre lang nicht die geringste Schwierigkeit noch die mindeste Unannehmlichkeit mit ihm gehabt.«

Mademoiselle Gamard entwarf von Abbé Birotteau ein so wenig schmeichelhaftes Bild, daß der unschuldige Pensionär in diesem, der aristokratischen Gesellschaft insgeheim feindlich gesinnten bürgerlichen Kreis als ein ausgesprochen schwieriger Mensch galt, mit dem sich schlecht leben ließ. Ferner hatte die alte Jungfer einige Wochen hindurch das Vergnügen, sich von ihren Freundinnen beklagen zu lassen, die ihr ohne ein Wort von dem, was sie sagten, wirklich so zu meinen, beständig wiederholten: »Wie, Sie, so sanft und gut, haben ihm Abneigung eingeflößt ...?« Oder: »Trösten Sie sich, liebe Mademoiselle Gamard, man kennt Sie viel zu gut, als daß ...« und so weiter.

Doch entzückt darüber, wöchentlich einen Abend am Cloître, diesem ödesten, düstersten und abgelegensten Ort des Stadtzentrums, den es in Tours gibt, vermeiden zu können, priesen alle den Vikar.

Zwischen Personen, die einander beständig so nahe sind, müssen Haß und Liebe immer größer werden: Aller Augenblicke findet man ja Gründe, sich mehr zu lieben oder zu hassen. So wurde auch Abbé Birotteau Mademoiselle Gamard bald unerträglich. Achtzehn Monate, nachdem er von ihr in Pension genommen worden war, in dem Augenblick, wo der gute Mann im Schweigen des Hasses ein friedliches Einvernehmen zu sehen glaubte und sich selbst Beifall zollte, daß er mit der alten Jungfer, um seinen eigenen Ausdruck zu gebrauchen, ›so gut zu spinnen‹ verstanden hätte, wurde er für sie zum Gegenstand einer geheimen Verfolgung und einer kaltblütig ausgeklügelten Rache. Einzig die vier Tatbestände: die verschlossene Tür, die vergessenen Pantoffeln, der kalte Ofen, der zu ihm hinaufgebrachte Leuchter, konnten ihm diese schreckliche Feindschaft enthüllen, deren letzte Folgerungen ihm erst in dem Augenblick aufgehen sollten, wo nichts wiedergutzumachen war. Noch im Einschlafen zerbrach sich der gute Vikar, freilich vergeblich, den Kopf, und gewiß war er mit seinem Latein bald am Ende, wenn es darum ging, sich das sonderbar unhöfliche Benehmen Mademoiselle Gamards zu erklären. Und hatte er zuvor, wenn er den natürlichen Gesetzen seines Egoismus gehorchte, sehr logisch gehandelt, so war es ihm schlechterdings unmöglich, das Vergehen, das er sich seiner Wirtin gegenüber hatte zuschulden kommen lassen, zu erahnen. Wenn große Dinge leicht zu begreifen und einfach zum Ausdruck zu bringen sind, so erfordern die Kleinigkeiten des Lebens viele Einzelheiten. Jene Vorgänge, die in gewisser Weise das Vorspiel bilden zu diesem bürgerlichen Drama, in dem sich die Leidenschaften aber ebenso heftig kundtun, als wären sie von großen Interessen hervorgerufen worden, erforderten diese lange Einleitung, und es wäre für einen genauen Berichterstatter schwer gewesen, ihre kleinen Entwicklungen zu kürzen.

Als Birotteau am nächsten Morgen erwachte, dachte er so intensiv an sein Kanonikat, daß er die vier Umstände, in denen er am Vortag die düsteren Vorzeichen einer unheilvollen Zukunft erkannt hatte, vergaß. Der Vikar war nicht der Mann, der sich bei ungeheiztem Zimmer erhoben hätte, er schellte, um Marianne sein Erwachen kundzutun und sie zu sich zu rufen; dann überließ er sich seiner Gewohnheit nach den schlaftrunkenen Träumereien, aus denen die Magd ihn dann, wenn sie den Kamin heizte, mit den Geräuschen ihrer Tätigkeit und dem Gemurmel ihrer Fragen – einer Art von Musik, die ihm gefiel – auf eine sanfte Art zu entreißen pflegte. Es verging eine halbe Stunde, ohne daß Marianne erschienen wäre. Der Vikar, der halb schon Kanonikus war, schickte sich an, von neuem zu schellen, als er plötzlich den Klingelzug losließ, weil er auf der Treppe das Geräusch eines Männerschrittes vernahm. Tatsächlich trat, nachdem er leise angeklopft hatte, auf Birotteaus Aufforderung hin Abbé Troubert ein. Dieser Besuch, den sich die beiden Abbés mit ziemlicher Regelmäßigkeit einmal im Monat gegenseitig abstatteten, überraschte den Vikar nicht. Der Kanonikus wunderte sich, daß Marianne seinem Quasikollegen noch kein Feuer gemacht hatte. Er öffnete ein Fenster, rief Marianne mit barscher Stimme und sagte ihr, sie solle zu Birotteau kommen; und als er sich wieder seinem Bruder zuwandte, fügte er hinzu: »Wenn Mademoiselle erführe, daß Marianne kein Feuer gemacht hat ...«

Nach diesem Satz erkundigte er sich nach Birotteaus Befinden und fragte ihn mit sanfter Stimme, ob er etwas Neues in Erfahrung gebracht hätte, das ihm Hoffnung gäbe, zum Kanonikus ernannt zu werden. Der Vikar erläuterte ihm sein Vorgehen und sagte ihm einfältigerweise, auf welche

Personen Madame de Listomère einzuwirken gedachte, nicht wissend, daß Troubert dieser Dame niemals zu verzeihen vermocht hatte, bei ihr nicht empfangen zu werden, er, Abbé Troubert, der schon zweimal als Generalvikar der Diözese designiert worden war.

Unmöglich hätte man zwei voneinander so verschiedenen Gesichtern begegnen können, wie denen der beiden Abbés. Der lange, hagere Troubert hatte eine gelbe, gallige Gesichtsfarbe, während der Vikar das war, was man gemeinhin speckig nennt. Sein rundes, rotes Gesicht spiegelte eine gedankenlose Gutmütigkeit wider; während sich das lange, tiefgefurchte Trouberts in gewissen Augenblicken zu einem Ausdruck von Ironie oder Geringschätzung verzog: Doch man mußte es aufmerksam betrachten, um diese beiden Gemütsstimmungen darin zu erkennen. Für gewöhnlich verharrte der Kanonikus in absoluter Ruhe und hielt die Lider fast immer über zwei orangegelbe Augen gesenkt, deren Blick jedoch hell und durchdringend werden konnte. Rotes Haar vervollständigte diese düstere Physiognomie, die beständig von dem Schleier ernster Betrachtungen verdunkelt war. Anfänglich hatten viele glauben wollen, er sei von einem hochstrebenden Ehrgeiz besessen; aber wer behaupten durfte, ihn näher zu kennen, hatte dieser Auffassung schließlich durch den Hinweis widersprochen, er sei durch den Despotismus Mademoiselle Gamards abgestumpft oder von zu langem Fasten erschöpft. Er sprach selten und lachte niemals. Kam es einmal vor, daß er sich in angenehm-angeregter Stimmung befand, so entschlüpfte ihm ein schwaches Lächeln, das sich in den Furchen seines Gesichts verlor. Birotteau dagegen war ganz Mitteilungsgabe, war Freimütigkeit, liebte einen guten Bissen und vergnügte sich als ein Mensch, dem Galle und Bosheit fremd sind, an einer Kleinigkeit. Abbé Troubert erregte unwillkürlich beim ersten Anblick Furcht, wohingegen der Vikar denen, die ihn sahen, ein mildes Lächeln entlockte. Wenn der hochgewachsene Kanonikus feierlichen Schrittes, mit gesenkter Stirn und strengem Blick durch die Säulengänge und Seitenschiffe von Saint-Gatien wandelte, flößte er Respekt ein: Seine gebeugte Gestalt paßte zu den gelben Bogenwölbungen der Kathedrale, die Falten seiner Soutane hatten etwas Monumentales, Statuenhaftes. Doch der gute Vikar lief dort ohne Würde herum, er trippelte und trottete, wobei er über sich selbst zu rollen schien. Dennoch waren sich diese beiden Menschen ähnlich. In gleicher Weise, wie die ehrgeizige Miene Trouberts, die Veranlassung war, ihn zu fürchten, vielleicht beigetragen hatte, ihn zur unbedeutenden Rolle des einfachen Kanonikus zu verdammen, schienen der Charakter und die Haltung Birotteaus ihn ewig zum Vikar der Kathedrale zu bestimmen. Doch hatte Abbé Troubert, nachdem er sein fünfzigstes Jahr erreicht hatte, mit seiner maßvollen Haltung, mit augenscheinlich nicht vorhandenem Ehrgeiz und seinem zutiefst frommen Leben die Befürchtungen, die seine geargwöhnten Fähigkeiten und sein erschreckendes Äußeres seinen Oberen eingeflößt hatten, zerstreut. Seit einem Jahr zeigte sich sogar seine Gesundheit ernstlich gestört, seine baldige Beförderung zum Generalvikar des Erzbistums erschien wahrscheinlich. Seine Mitbewerber selbst wünschten seine Ernennung, damit sie die ihrige während der kurzen Zeit, die ihm eine chronisch gewordene Krankheit noch gewährte, besser vorbereiten konnten. Weit entfernt, die gleichen Hoffnungen zu erwecken, offenbarte das Dreifachkinn Birotteaus den Nebenbuhlern, die ihm das Kanonikat streitig machten, die Symptome einer blühenden Gesundheit, und seine Gicht schien ihnen, wie es im Sprichwort heißt, für ein langes Leben zu bürgen. Abbé Chapeloud, ein verständiger Mann, dessen Liebenswürdigkeit ihm die Neigung der geselligen Leute und der verschiedenen Häupter des Erzbistums verschafft hatte, war, doch im geheimen und auf geistvolle Art, stets gegen die Beförderung Trouberts gewesen; er hatte ihm sogar auf eine sehr geschickte Weise den Zutritt zu allen Salons, in denen die beste Gesellschaft von Tours verkehrte, untersagt, obgleich Troubert ihm Zeit seines Lebens stets mit großer Achtung begegnet war und ihm bei jeder Gelegenheit die größte Ehrerbietung bezeugte. Doch diese beständige Unterwürfigkeit hatte die Meinung des verstorbenen Kanonikus nicht ändern können, der noch während seines letzten Spazierganges zu Birotteau gesagt hatte: »Mißtrauen Sie diesem langen, dürren Troubert! Er ist Sixtus V. im Bistumsformat.« Das war der Freund, der Tischgast Mademoiselle Gamards, der am Morgen nach dem Tage, an dem sie dem armen Birotteau sozusagen den Krieg erklärt hatte, ihn besuchen und ihm Freundschaft bezeugen kam.

»Man muß Marianne entschuldigen«, sagte der Kanonikus, als er Marianne eintreten sah. »Ich denke, sie wird erst zu mir gekommen sein. Meine Wohnung ist sehr feucht, und ich habe die ganze Nacht hindurch viel gehustet. – Sie wohnen hier ganz angemessen«, fügte er mit einem Blick auf die Gesimse hinzu.

»Oh, ich lebe hier wie ein Kanonikus«, antwortete Birotteau und lächelte.

»Und ich wie ein Vikar«, entgegnete der bescheidene Priester.

»Ja, aber Sie werden bald im erzbischöflichen Palais wohnen«, sagte der Gute, der wollte, daß jedermann glücklich war.

»Oder auf dem Friedhof. Aber Gottes Wille geschehe!« Und Troubert hob die Augen resigniert zum Himmel empor. »Ich kam«, fügte der hinzu, »Sie zu bitten, mir das ›Pfründenregister‹ der Bischöfe zu leihen. Außer Ihnen besitzt niemand in Tours dieses Werk.«

»Nehmen Sie es aus meiner Bibliothek«, antwortete Birotteau, dem die letzten Worte des Kanonikus alle Freuden seines Lebens wieder in Erinnerung brachten.

Der lange Kanonikus begab sich in die Bibliothek und blieb dort die Zeit über, die der Vikar brauchte, um sich anzukleiden. Bald ließ sich die Frühstücksglocke vernehmen, und der Gichtleidende, der daran dachte, daß er ohne Trouberts Besuch bei kaltem Ofen hätte aufstehen müssen, sagte sich: ›Er ist ein guter Mensch!‹

Die beiden Priester stiegen zusammen die Treppe hinab, jeder mit einem gewaltigen Folianten gewappnet, den sie auf eine der Konsolen des Speisezimmers stellten.

»Was soll denn das heißen?« wandte sich Mademoiselle Gamard gellend an Birotteau. »Ich hoffe doch, daß Sie mein Speisezimmer nicht mit Ihren Schmökern vollstopfen werden.«

»Es sind Bücher, die ich benötige«, antwortete Abbé Troubert, »der Vikar ist so gefällig, sie mir zu leihen.«

»Das hätte ich ahnen können«, sagte sie, während ihr ein verächtliches Lächeln entschlüpfte. »Monsieur Birotteau liest nicht oft in solchen dicken Büchern.«

»Wie ist Ihr Befinden, Mademoiselle?« flötete der Pensionär.

»Gar nicht zum besten«, erwiderte sie kurz. »Sie sind schuld, daß ich gestern aus meinem ersten Schlaf gerissen wurde, und das hab ich die ganze Nacht hindurch zu bereuen gehabt.« Während sie Platz nahm, fügte sie hinzu: »Messieurs, die Milch wird kalt.«

Höchst erstaunt, von seiner Wirtin so bissig empfangen zu werden, während er – ängstlich allerdings, wie schüchterne Leute, denen eine Auseinandersetzung bevorsteht, insbesondere, wenn sie selbst deren Gegenstand sind – Entschuldigungen erwartete, nahm der arme Vikar schweigend Platz. Als er dann aber im Gesicht Mademoiselle Gamards die Anzeichen augenscheinlich schlechter Laune wahrnahm, kämpfte er beständig mit seinem Verstand, der ihm gebot, den Mangel an Rücksicht bei seiner Wirtin nicht zu dulden, während sein Charakter ihn dazu anhielt, einen Zank zu vermeiden. In dieser inneren Herzensangst begann Birotteau, die großen grünen Schraffierungen eingehend zu betrachten, die auf die dicke Wachsleinwand gemalt waren, die Mademoiselle Gamard seit unvordenklichen Zeiten aus

Gewohnheit, ungeachtet der abgenutzten Ränder und der zahlreichen Risse dieser Decke, während des Frühstücks auf dem Tisch ließ. Die beiden Pensionäre saßen sich einander gegenüber, jeder in einem Rohrsessel, an jedem Ende dieses mächtigen, viereckigen Tisches, dessen Mitte wiederum von der Wirtin eingenommen wurde und den sie von der Höhe ihres hochbeinigen, gepolsterten und gegen den Ofen des Speisezimmers gelehnten Stuhles aus beherrschte. Dieser Raum und der gemeinsame Salon befanden sich im Erdgeschoß, unter dem Schlafzimmer und dem Salon Abbé Birotteaus. Als der Vikar von Mademoiselle Gamard seine Tasse Kaffee mit Zucker entgegengenommen hatte, war er starr von dem tiefen Schweigen, mit welchem sie diese für gewöhnlich so ermunternde Handreichung vollzog. Er wagte weder das gefühllose Gesicht Trouberts noch das drohende der alten Jungfer anzusehen und wandte sich, um sich Haltung zu geben, an den bauchigen, dicken Mops, der auf einem Kissen beim Ofen lag und sich niemals rührte, da er zu seiner Linken jederzeit einen kleinen Teller mit Naschwerk und zu seiner Rechten eine mit klarem Wasser gefüllte Schale fand.

»Nicht wahr, mein Liebling«, sagte er zu ihm, »du willst deinen Kaffee.«

Diese so ziemlich wichtigste Persönlichkeit des Hauses, die aber wenig lästig wurde, da sie niemals bellend aufbegehrte und ihrer Herrin das Wort ließ, erhob zu Birotteau die unter den Fettfalten ihres maskenartigen Gesichtes verlorenen Äugelchen, um sie träge wieder zu senken. Um das Leiden des armen Vikars recht zu verstehen, ist es unerläßlich zu sagen, daß er, mit einer inhaltsleeren Geschwätzigkeit begabt, die wie das Dröhnen in einem Ballon widerhallte, zu behaupten pflegte, ohne je den Ärzten einen einzigen Grund für diese Auffassung angeben zu können, daß das Sprechen die Verdauung fördere. Mademoiselle, die diesen hygienischen Grundsatz teilte, hatte es, ungeachtet aller Mißhelligkeit, noch nie verfehlt, während der Mahlzeiten zu plaudern; doch seit mehreren Morgen hatte der Vikar vergeblich seinen Verstand angestrengt, um ihr mit verfänglichen Fragen die Zunge zu lösen. Wenn die engen Grenzen, die dieser Erzählung gesteckt sind, gestattet hätten, eine einzige dieser Unterhaltungen, die fast immer das bittere, sardonische Lächeln Abbé Trouberts hervorriefen, wiederzugeben, so würde sie ein vollendetes Gemälde des böotischen Provinzlebens geboten haben. Nicht ohne Belustigung vielleicht würden einige Leute von Geist die seltsamen Offenbarungen vernommen haben, die Abbé Birotteau und Mademoiselle Gamard bezüglich ihrer persönlichen Ansichten über Politik, Religion und Literatur zutage förderten. Es wäre da gewiß über so manche Komik zu berichten: Ob es sich nun um die Gründe handelte, die sie beide 1826 ernsthaft am Tode Napoleons zweifeln ließen, oder um die Mutmaßungen, aufgrund derer sie an die Existenz Ludwigs XVII. glaubten, der in einem dicken, hohlen Baumstamm gerettet sein sollte. Und wer hätte nicht gelacht, wenn er sie die glaubwürdigsten Gründe dafür hätte anführen hören, daß allein der König von Frankreich über alle Steuern verfüge, daß die Kammern zusammengetreten wären, den Klerus zu vernichten, daß während der Revolution mehr als eine Million dreitausend Menschen auf dem Schafott umgekommen wären? Dann sprachen sie von der Presse, ohne die Zahl der Zeitungen zu kennen und ohne die mindeste Vorstellung davon zu haben, was dieses moderne Werkzeug bedeutete. Und schließlich hörte Monsieur Birotteau aufmerksam zu, wenn Mademoiselle Gamard erzählte, daß ein Mensch, der jeden Morgen ein Ei zu sich nähme, unfehlbar nach einem Jahr sterben müsse und daß das vorgekommen sei; daß ein Milchbrötchen, das man einige Tage lang äße, ohne dazu zu trinken, die Ischias heile; daß alle Arbeiter, die bei der Abtragung der Abtei Saint-Martin mitgewirkt hatten, in einem Zeitraum von sechs Monaten gestorben seien; daß ein gewisser Präfekt unter Napoleon sein möglichstes getan habe, die Türme von Saint-Gatien zu zerstören; und tausend andere solcher absurder Erzählungen.

Doch in diesem Augenblick war Birotteaus Zunge wie gelähmt, und er begnügte sich also damit zu essen, ohne eine Unterhaltung zu beginnen. Doch bald fand er dieses Schweigen für seinen Magen gefährlich, und kühn sagte er: »Was für ein ausgezeichneter Kaffee!« Dieser mutige Akt war jedoch vollkommen fruchtlos. Nachdem er den Himmel über dem kleinen Raum oberhalb des Gartens zwischen den beiden schwarzen Schwibbogen von Saint-Gatien angesehen hatte, brachte der Vikar noch einmal den Mut auf zu äußern: »Das Wetter wird heute besser, als es gestern war ...«

Bei diesem Anlaß begnügte sich Mademoiselle Gamard, Abbé Troubert den anmutigsten ihrer Seitenblicke zuzuwerfen, um alsdann ihre Augen, in denen sich eine schreckliche Strenge ausprägte, auf Birotteau zu richten, der die seinen glücklicherweise gesenkt hielt.

Kein Wesen weiblichen Geschlechts vermochte die elegische Natur der alten Jungfer wohl treffender auszudrücken als Mademoiselle Sophie Gamard; doch um ein Geschöpf zu verstehen, dessen Charakter den kleinen Geschehnissen dieses Dramas ebenso wie dem Leben der Personen, die darin eine Rolle spielen, ein so außerordentliches Gewicht verleiht, ist es wohl nötig, die Vorstellungen zusammenzufassen, die in der alten Jungfer ihre Bestätigung finden: Die Lebensgewohnheit bildet die Seele, und die Seele die Physiognomie. Wenn alles, in der Gesellschaft wie in der Welt, einen Sinn haben muß, so gibt es doch hienieden gewisse Existenzen, deren Zweck und Nutzen unerklärlich sind. Die Moral und die Volkswirtschaft verwerfen gleichermaßen das Einzelwesen, das nur verbraucht, ohne zu produzieren, das einen Platz auf der Erde einnimmt, ohne um sich her weder Gutes noch Böses zu bewirken; denn das Böse ist zweifellos ein Gutes, dessen Ergebnisse sich nicht unmittelbar zeigen. Es geschieht selten, daß alte Jungfern sich nicht selbst zur Klasse dieser unproduktiven Wesen rechnen. Nun, wenn das Bewußtsein von der Arbeit, die es leistet, einem tätigen Wesen ein Gefühl der Genugtuung gibt, das ihm das Leben ertragen hilft, so muß die Gewißheit, daß man zur Last fällt oder sogar unnütz ist, das entgegengesetzte Ergebnis haben und dem unnützen Wesen gegen sich selbst die Geringschätzung einflößen, die sie bei anderen hervorruft. Diese harte gesellschaftliche Mißbilligung ist eine der Ursachen, die, ohne daß sich die alten Jungfern dessen bewußt sind, dazu beitragen, in ihre Seele den Kummer zu senken, den ihr Gesicht zum Ausdruck bringt. Ein Vorurteil, an dem vielleicht etwas Wahres ist, setzt beständig überall, und in Frankreich noch weit mehr als anderswo, all jene Frauen in Mißkredit, mit denen niemand weder die Freuden noch die Leiden des Lebens hat teilen wollen. Also, es kommt für die Mädchen ein Alter, wo die Welt sie, ob zu Recht oder Unrecht, zu der Geringschätzung verdammt, deren Opfer sie sind. Sind sie häßlich, so mußte die Güte ihres Charakters die Mängel ihrer Natur ausgleichen; sind sie hübsch, so mußten ihrem Unglück schwerwiegende Ursachen zugrunde liegen. Man weiß nicht, welche, die einen oder anderen, die verabscheuungswürdigsten sind. Wenn ihre Ehelosigkeit auf Überlegung beruht, wenn es ein Unabhängigkeitsgelübde ist, so wird ihnen weder vom Mann noch von der Frau verziehen, daß sie sich um die Hingabe des Weibes gebracht haben, indem sie sich der Leidenschaft entzogen, welche ihr Geschlecht so rührend macht; auf seine Schmerzen verzichten aber heißt der Poesie entsagen und nicht mehr die sanften Tröstungen verdienen, auf die eine Mutter immer unabstreitbare Rechte besitzt. Außerdem entwickeln sich die edlen Empfindungen, die erlesenen Eigenschaften der Frau nur durch ihre beständige Übung; bleibt es aber Mädchen, so ist ein Wesen weiblichen Geschlechts nur noch ein Unding: selbstsüchtig und kalt, flößt es Abscheu ein. Dieser erbarmungslose Umstand ist unglücklicherweise zu wahr, als daß den alten Jungfern dessen Motive nicht bekannt wären. Und diese Gedanken entstehen in ihren Herzen ebenso natürlich, wie sich die Folgen ihres traurigen Lebens in ihren Zügen ausprägen. So welken sie dahin, weil ein Gelöstsein oder das Glück, welches ihr Gesicht aufheitert und ihren Bewegungen solche Anmut verleiht, für sie nie bestanden hat. Dann werden sie abstoßend und grämlich, weil ein Wesen, das seine Bestimmung verfehlt hat, unglücklich ist; es leidet, und das Leiden macht bösartig. Und tatsächlich klagt eine alte Jungfer, ehe sie sich selbst für ihre Isolierung verantwortlich macht, lange Zeit die Welt dafür an. Von der Anklage bis zu dem Wunsch, sich zu rächen, ist es nur ein Schritt. Schließlich ist noch der ihren Personen anhaftende Mangel an Anmut eine notwendige Folge ihres Lebens. Da sie niemals das Bedürfnis empfanden zu gefallen, bleibt ihnen der gute Geschmack und die Eleganz fremd. Sie sehen nur sich selbst. Dieses Gefühl bringt sie unmerklich dazu, Dinge zu wählen, die ihnen bequem sind, und damit diejenigen zu zerstören, die dem Nächsten angenehm sein könnten. Zuletzt bemerken sie, ohne sich darüber Rechenschaft abzulegen, daß sie anders als andere Frauen sind, und leiden darunter. Die Eifersucht ist eine im weiblichen Herzen unausrottbare Empfindung. Die alten Mädchen fühlen also eine inhaltsleere Eifersucht und kennen nur die Leiden jener einzigen Leidenschaft, die die Männer dem schönen Geschlecht verzeihen, weil sie ihnen schmeichelt. So finden sich die alten Jungfern, bei all ihren Wünschen gepeinigt und genötigt, auf die Entfaltung ihrer Natur Verzicht zu leisten, beständig in einer inneren Zwangslage, an die sie sich nie gewöhnen. Ist es nicht für jedes Alter, namentlich für eine Frau, eine hartes Los, in den Gesichtern ein Gefühl der Abweisung zu lesen, während es doch in ihrer Bestimmung liegt, um sich her in den Herzen nur anmutige Empfindungen zu wecken? Und so sehen uns alte Jungfern nie gerade ins Gesicht, weniger aus Bescheidenheit als aus Furcht und Scham. Diese Wesen verzeihen der

Gesellschaft ihre Mißlage nicht, weil sie sie sich selbst nicht verzeihen. Nun ist es aber einer Person, die mit sich selbst beständig im Widerstreit steht, oder im Widerspruch mit dem Leben, unmöglich, die anderen in Frieden zu lassen und ihnen ihr Glück nicht zu neiden. Diese Welt verdrießlicher Gedanken war stets in den grauen, glanzlosen Augen Mademoiselle Gamards, und der breite schwarze Ring, der sie umrahmte, klagte die langen Kämpfe ihres einsamen Lebens. Alle Falten ihres Gesichtes liefen senkrecht. Ihre Stirn, ihr Kopf, ihre Wangen hatten etwas Gefühlloses und Starres. Unbekümmert ließ sie die grauen Haare auf einigen über ihr Kinn verteilten Muttermalen wachsen. Ihre schmalen Lippen bedeckten kaum die zu langen, sehr weißen Zähne. Sie hatte einen braunen Teint, und ihre ehemals dunklen Haare waren infolge fürchterlicher Migräneanfälle weiß geworden. Das zwang sie, ein Toupet zu tragen; da sie es aber nicht richtig aufzusetzen verstand, sah das schwarze Band, das diese ziemlich schlecht gekräuselte Halbperücke hielt, immer etwas unter dem Rand ihrer Haube hervor. Ihr Kleid, im Sommer aus Taft, im Winter aus Merinowolle, stets aber hellbraun, zwängte etwas zu sehr ihre grobe Taille und ihre dürren Arme ein. Ihre stets herunterhängende Halskrause ließ einen Hals sehen, dessen rote Haut so kunstvoll geädert war, als es nur ein gegen das Licht gesehenes Eichenblatt sein kann. Ihr unglücklicher Körperbau läßt sich uns ziemlich gut ihre Herkunft erklären. Sie war die Tochter eines Holzhändlers, einer Art emporgekommenem Bauern. Mit achtzehn Jahren mochte sie frisch und rund gewesen sein, doch war ihr weder eine Spur von dem weißen Teint noch von der frischen Gesichtsfarbe geblieben, die sie gehabt zu haben sich rühmte. Ihre Haut hatte den bei Betschwestern ziemlich verbreiteten fahlen Ton angenommen. Ihre Adlernase gab ihrem Gesicht vor allem jenen Zug, der den Despotismus ihrer Gedanken am stärksten zum Ausdruck brachte, ebenso wie ihre niedrige Stirn ihre geistige Beschränktheit verriet. Ihre Bewegungen besaßen eine seltsame Hast, die jede Anmut ausschloß; und wenn Sie nur gesehen hätten, wie sie ihr Schnupftuch aus dem Beutel hervorzog, um sich unter lautem Geräusch zu schneuzen, hätten Sie ihren Charakter und ihre Gewohnheiten erahnt. Sie war von ziemlich hohem Wuchs und hielt sich sehr gerade, womit sie die Beobachtung eines Naturforschers rechtfertigte, der den Gang aller alten Jungfern physikalisch erklärte und meinte, daß ihre Gelenke zusammengewachsen seien. Sie schritt, ohne daß ihre Bewegung sich gleichmäßig ihrer Gestalt mitteilte, um jene wellenförmigen Schwingungen hervorzubringen, die bei den Frauen so anmutig und anziehend sind; sie schritt sozusagen unbiegsam und schien bei jedem Schritt wie die Statue des Steinernen Gastes zu steigen. In den Augenblicken, wo sie bei guter Laune war, gab sie wie alle alten Jungfern zu verstehen, daß sie sich wohl hätte verheiraten können. Glücklicherweise sei sie aber noch zur rechten Zeit hinter den schlechten Charakter ihres Liebhabers gekommen, womit sie, ohne es zu wissen, ihr Herz zugunsten der Berechnung verurteilte.

Diese typische Gestalt einer alten Jungfer paßte sehr gut zu den grotesken Einfällen einer lackierten Tapete, die türkische Landschaften darstellte und die Wände des Speisezimmers zierte. Mademoiselle Gamard war gewohnt, sich in diesem mit zwei Konsolen und einem Barometer ausgestatteten Raum aufzuhalten. Auf jedem der von den beiden Abbés eingenommenen Plätze befand sich ein kleines, verblichenes Stickereikissen. Der gemeinsame Salon, wo sie empfing, war ihrer würdig. Er ist wohl sofort gekennzeichnet, wenn bemerkt wird, daß er der ›gelbe Salon‹ hieß: Gelb waren seine Vorhänge, gelb die Möbel und Tapeten; auf dem mit einem goldgerahmten Spiegel geschmückten Kamin gaben Leuchter und eine Kristalluhr ein grelles Licht. Was Mademoiselle Gamards eigenes Zimmer betraf, so war es noch niemandem gestattet gewesen, es zu betreten. Man durfte nur vermuten, daß es mit jenem Flitter, jenen abgenutzten Möbeln und jenem Gelump angefüllt war, auf das alte Mädchen so großen Wert legen.

Das war die Person, die bestimmt war, auf die letzten Tage des Abbé Birotteau den größten Einfluß auszuüben.

Mangels einer nach dem Gebot der Natur dem Weibe bestimmten Tätigkeit und infolge der Notwendigkeit, diese anderweitig zu entfalten, hatte sich die alte Jungfer auf all die boshaften Intrigen, das Provinzgeschwätz und die selbstsüchtigen Berechnungen verlegt, mit denen sich zuletzt alle alten Jungfern ausschließlich beschäftigen. Zu seinem Unglück hatte Birotteau bei Sophie Gamard das einzige Gefühl entfesselt, dessen das arme Geschöpf fähig war: den Haß; bislang latent, mußte er sich infolge des ruhigen und eintönigen Provinzlebens, das ihren Horizont noch verkleinerte, um so intensiver ausprägen, da er sich inmitten einer engen Sphäre auf kleine Dinge bezog. Birotteau gehörte zu den Menschen, denen vorherbestimmt ist, alles zu erleiden, weil sie, da sie nichts zu sehen verstehen, nichts zu vermeiden wissen: Alles stößt ihnen zu.

»Ja, das Wetter wird gut«, antwortete der Kanonikus, der aus seiner Versonnenheit zu erwachen und dem Gesetz der Höflichkeit entsprechen zu wollen schien, nach einer Pause.

Erschreckt von der Zeit, die zwischen der Frage und der Antwort verstrichen war, denn er hatte zum erstenmal in seinem Leben seinen Kaffee getrunken, ohne zu sprechen, verließ Birotteau das Speisezimmer, wo sein Herz wie in einen Schraubstock eingezwängt gewesen war. Da ihm die Tasse Kaffee wie Blei im Magen lag, spazierte er trübselig in den kleinen, schmalen, buchsbaumgesäumten Wegen umher, die im Garten einen Stern bildeten. Doch als er sich nach dem ersten Gang umwandte, gewahrte er vor der Tür des Salons Mademoiselle Gamard und Abbé Troubert stumm aufgepflanzt dastehen: er, die Arme verschränkt und unbeweglich wie die Statue eines Grabmales; sie lehnte an der Jalousietür. Alle beide schienen, während sie ihn betrachteten, die Zahl seiner Schritte zu zählen. Nichts ist für einen von Natur aus schüchternen Menschen schon so peinlich, als der Gegenstand neugieriger Beobachtung zu sein; geschieht dies aber mit den Augen des Hasses, so verwandelt sich das Leid in ein unerträgliches Martyrium. Sofort dachte Birotteau daran, daß er Mademoiselle Gamard und den Kanonikus daran hindere, spazierenzugehen. Dieser ihm zugleich von der Furcht und der ihm eigenen Gutherzigkeit eingegebene Gedanke nahm so von ihm Besitz, daß er sofort das Feld räumte. Ohne noch an sein Kanonikat zu denken, ganz von der zur Verzweiflung treibenden Tyrannei der alten Jungfer aufgesogen, entfernte er sich. Es traf sich, daß er zu seinem Glück in Saint-Gatien durch eine Beerdigung, eine Hochzeit und zwei Taufen viel zu tun bekam. Er konnte also seinen Kummer vergessen. Als ihm sein Magen die Stunde des Mittagessens anzeigte, zog er seine Uhr hervor, um nicht ohne Schrecken wahrzunehmen, daß es einige Minuten nach vier war. Er kannte Mademoiselle Gamards Pünktlichkeit, und so beeilte er sich, nach Hause zu kommen.

Er sah in der Küche, daß der erste Gang schon abgetragen war. Als er dann aber das Speisezimmer betrat, sagte ihm die alte Jungfer in einer Tonart, in der zugleich die Bitterkeit eines Tadels und die Freude zum Ausdruck kam, daß ihr Pensionär sich einen Fehler hatte zuschulden kommen lassen: »Es ist halb fünf, Monsieur Birotteau. Sie wissen, daß wir nicht warten können.«

Der Vikar sah nach der Wanduhr, und die Art, wie der Gazestaubschutz aufgesetzt war, zeigte ihm an, daß seine Wirtin sie im Laufe des Vormittags aufgezogen und sich das Vergnügen gemacht hatte, sie gegenüber der Uhr von Saint-Gatien vorzustellen. Er hatte gar nicht die Möglichkeit, sich nach ihr zu richten. Hätte der Vikar seinen Verdacht geäußert, so hätte das den schrecklichsten, gerechtfertigtsten und zungengewandtesten Ausbruch zur Folge gehabt, den Mademoiselle Gamard, wie alle Frauen ihrer

Art, in einem solchen Fall loszulassen verstanden hätte. Die tausendundeinen Unannehmlichkeiten, die eine Magd ihrem Herrn zu bereiten versteht oder in den Gewohnheiten des privaten Lebens eine Frau ihrem Mann, wurden von Mademoiselle Gamard ersonnen, um ihren Pensionär damit zu überschütten. In der Art und Weise, wie sie sich gefiel, ihre Verschwörung gegen das häusliche Glück des armen Priesters anzuzetteln, prägte sich das Genie der abgefeimtesten Bosheit aus. Sie richtete es so ein, daß sie niemals im Unrecht zu sein schien.

Acht Tage nach dem Augenblick, mit dem unsere Erzählung begann, erkannte Abbé Birotteau an der Art des Zusammenlebens unter diesem Dach und an der Art der Beziehungen zu Mademoiselle Gamard einen Komplott, an dem schon seit sechs Monaten gesponnen worden war. Solange die alte Jungfer ihre Rache noch im geheimen geübt hatte und der Vikar noch hatte annehmen können, er befinde sich im Irrtum, und den Glauben an boshafte Absichten von der Hand gewiesen hatte, hatte er vorerst erfolgreich gegen sein inneres Leid ankämpfen können. Doch seit der Sache mit dem nach oben gebrachten Leuchter, der vorgestellten Uhr, durfte Birotteau nicht mehr zweifeln, daß er unter der Herrschaft eines Hasses stand, dessen Auge unverwandt auf ihn gerichtet war. Und nun geriet er, als er die dürren Finger Mademoiselle Gamards ausgestreckt und jederzeit bereit sah, sich ihm ins Herz zu krallen, zusehends in Verzweiflung. Beglückt, in einem an Erregungen so reichen Gefühl, wie das der Rache es ist, zu leben, gefiel sich die alte Jungfer darin, den Vikar zu umkreisen, ihn niederzudrücken, wie ein Raubvogel eine Feldmaus umkreist und sie niederzwängt, bevor er sie verschlingt. Schon seit langem hatte sie einen Plan gefaßt, den der verdutzte Priester nicht ahnen konnte und den sie im Detail zu entwickeln nicht zögerte, wobei sie das Genie zeigte, das einsame Personen entfalten können, deren für die Größe des wahren Mitleids unempfängliche Seele in kleinlicher Frömmigkeit aufgeht. Letzte, aber schreckliche Verschlimmerung seiner Pein! Die Art seines Kummers versagte Birotteau, einem Menschen, der es gern hatte, wenn man ihn beklagte und tröstete, die kleine Linderung, seinen Freunden davon zu erzählen. Das bißchen Takt, den er seiner Furchtsamkeit verdankte, ließ ihn befürchten, lächerlich zu erscheinen, weil er solchen Nichtigkeiten nachhinge. Und doch machten diese Nichtigkeiten sein ganzes Dasein aus, sein liebes bißchen, mit leeren Beschäftigungen ausgefülltes Leben: dieses graue, matte Leben, dem zu heftige Gemütserregungen ein Unglück und das Fehlen jeder Gemütserregung Glück war. Das Paradies des guten Priesters verwandelte sich also plötzlich in eine Hölle. Schließlich wurden seine Leiden unerträglich. Die Angst, die ihm eine bevorstehende Auseinandersetzung mit Mademoiselle Gamard einflößte, wuchs von Tag zu Tag, und das heimliche Unglück, das die Stunden seines Greisenalters trübte, beeinträchtigte seine Gesundheit. Eines Morgens entdeckte er, als er seine blauen, gemusterten Strümpfe anzog, daß der Umfang seiner Waden acht Linien kleiner geworden war. Zutiefst von diesem so untrüglichen Anzeichen betroffen, beschloß er, bei Abbé Troubert einen Versuch zu machen und ihn zu bitten, offiziös zwischen Mademoiselle Gamard und ihm zu vermitteln.

Als er dem ehrfurchtgebietenden Kanonikus gegenüberstand, der, um ihn in seinem kahlen Zimmer zu empfangen, schnell ein mit Papieren angefülltes Zimmer verließ, in dem er unaufhörlich arbeitete und in das niemand Zutritt hatte, scheute sich der Vikar fast, zu einem Mann, der so ernstlich beschäftigt schien, von den Sticheleien Mademoiselle Gamards zu sprechen. Doch nachdem er alle Angst solcher inneren Erwägungen, wie sie bescheidene, unentschlossene oder schwache Menschen selbst bei bedeutungslosen Dingen empfinden, überstanden hatte, entschloß er sich, nicht ohne daß ihm das Herz gewaltig klopfte, Abbé Troubert seine Lage auseinanderzusetzen. Mit ernster, kühler Miene hörte ihn der Kanonikus an, ohne doch hin und wieder ein gewisses Lächeln unterdrücken zu können, das kundigen Augen vielleicht die Regungen einer inneren Genugtuung enthüllt hätte. Eine Flamme schien aus seinen Lidern hervorzuschlagen, als Birotteau ihm mit der Beredsamkeit wahrer Empfindung den beständigen Schmerz schilderte, der ihm das Leben verbitterte; doch legte Troubert mit einer den Denkern eigenen Bewegung die Hand über die Augen und wahrte seine gewohnte würdige Haltung. Als der Vikar geendet hatte, würde es ihm sehr schwer geworden sein, auf Trouberts Gesicht, das in diesem Augenblick von noch viel gelberen Flecken gescheckt war, als sie sein galliger Teint ohnehin zeigte, irgendwelche Spuren von den Empfindungen zu entdecken, die er bei diesem geheimnisvollen Priester hervorgerufen haben mußte. Nach einem Augenblick des Stillschweigens gab der Kanonikus eine von jenen Antworten, deren Worte lange überlegt sein mußten, damit ihre Tragweite überschaubar war, die aber später bedachten Leuten seine erstaunliche Seelentiefe und die Macht seines Geistes bewies. Schließlich schmetterte er Birotteau nieder, als er ihm sagte, daß diese Dinge ihn um so mehr erstaunten, da er sie ohne die Beichte seines Bruders niemals bemerkt haben würde; er würde diesen Mangel an Einblick seinen ernsthaften Beschäftigungen, seinen Arbeiten und der Tyrannei gewisser höherer Gedanken zuschreiben, die ihm nicht gestatteten, auf die Kleinigkeiten des Lebens zu achten. Er wies ihn, natürlich ohne sich den Anschein zu geben, die Haltung eines Menschen, dessen Alter und Kenntnisse seine Achtung verdienten, bekritteln zu wollen, darauf hin, daß ›vormals die Einsiedler, dort in der Abgeschiedenheit ihrer Einöden, wo sie sich heiligen Betrachtungen weihten, selten an ihre Ernährung dachten‹, und daß ›in unseren Zeiten der Priester sich in Gedanken überall eine solche Einöde schaffen könne‹. Dann kam er wieder auf Birotteau zu sprechen und fügte hinzu, daß diese Darlegungen ganz neu für ihn wären. Zwölf Jahre hindurch hätte sich nichts dergleichen zwischen Mademoiselle Gamard und dem verehrungswürdigen Abbé Chapeloud ereignet. Was ihn anbeträfe, so könne er ohne Zweifel sehr wohl zwischen dem Vikar und der Wirtin Schiedsrichter sein, da seine Freundschaft zu ihr nicht die Grenzen überschreite, die das Gesetz der Kirche ihren treuen Dienern auferlege; doch dann erfordere die Gerechtigkeit, daß er auch Mademoiselle Gamard höre. Daß er im übrigen an ihr keine Veränderungen bemerken könne, daß er sie immer so gesehen habe; daß er sich gern einigen ihrer Launen unterworfen habe, weil er wohl wisse, daß diese ehrbare Demoiselle die Güte und die Sanftmut selbst sei; daß man den leichten Wechsel ihrer Laune den Leiden zuschreiben müsse, die ihr ein Lungenübel verursache, von dem sie nicht weiter spreche und in das sie sich als wahre Christin schicke ... Er schloß, indem er dem Vikar sagte, daß, wenn er nur erst ein paar Jahre bei Mademoiselle gelebt haben werde, er die Schätze dieses ausgezeichneten Charakters noch besser zu erkennen und zu würdigen verstehen werde.

Ganz verwirrt verließ ihn Abbé Birotteau. Da er sich in der fatalen Notlage befand, auf seinen eigenen Rat angewiesen zu sein, beurteilte er Mademoiselle Gamard nach seinem Gutdünken. Der gute Mann glaubte, daß, wenn er sich für einige Tage entferne, der Haß, den die alte Jungfer gegen ihn hege, aus Mangel an Nahrung erlöschen werde. Und so entschloß er sich, wie früher, ein paar Tage auf dem Lande zu verbringen, wohin Madame de Listomère sich Ende des Herbstes begab, zu einer Zeit, wo der Himmel in der Touraine außergewöhnlich klar und mild ist. Armer Mann! Er erfüllte damit genau die heimlichen Wünsche seiner schrecklichen Feindin, deren Pläne nur mit einer Mönchsgeduld vereitelt werden konnten; doch nichtsahnend, noch nicht einmal mit seinen eigenen Angelegenheiten vertraut, mußte er unterliegen, wie ein Lamm unter dem ersten Hieb des Metzgers.

Auf der Erhebung, die sich zwischen Tours und den Höhen von Saint-Georges befindet, der Mittagssonne zugewandt und von Felsen umgeben, bot das Besitztum Madame de Listomères die Annehmlichkeiten des Landes und alle Vergnügungen der Stadt. Man brauchte kaum zehn Minuten von der Brücke von Tours bis zur Tür dieses Hauses, das ›L'Alouette‹ hieß; ein schätzenswerter Vorteil in einer Gegend, wo niemand gern eine Unbequemlichkeit auf sich nimmt, wegen keiner Sache, selbst eines Vergnügens halber nicht. Abbé Birotteau war seit ungefähr zehn Tagen in ›L'Alouette‹, als eines Morgens, zur Frühstückszeit, der Concierge kam und ihm sagte, daß Monsieur Caron ihn sprechen möchte. Monsieur Caron sei ein Advokat und mit den Angelegenheiten Mademoiselle Gamards beauftragt. Birotteau, der davon nichts wußte und der sich in keiner Weise bewußt war, mit irgendwem in der Welt in einen Rechtsstreit verwickelt zu sein, erhob sich vom Tisch und begab sich etwas ängstlich zu dem Advokaten, den er, bescheiden auf der Brüstung der Terrasse sitzend, antraf.

»Da Ihre Absicht, nicht mehr bei Mademoiselle Gamard zu wohnen, offenbar geworden ist ...«, sagte der Rechtsmensch.

»Nun, Monsieur«, unterbrach ihn Birotteau, »ich habe nie daran gedacht, sie zu verlassen.«

»Sie müssen sich doch aber wohl, Monsieur«, fuhr der Advokat fort, »in dieser Hinsicht mit Mademoiselle auseinandergesetzt haben, da sie mich zu dem Zweck schickt, zu erfahren, ob Sie lange auf dem Lande bleiben. Der Fall einer langen Abwesenheit, der in ihren Vereinbarungen vorgesehen ist, kann Ursache zu einem Rechtsstreit geben. Nun, da Mademoiselle Gamard erfuhr, daß Ihre Pension ...«

»Monsieur«, unterbrach der überraschte Birotteau wieder den Advokaten, »ich glaube nicht, daß es notwendig ist, fast schon gerichtliche Wege in Anwendung zu bringen, um ...«

»Mademoiselle Gamard, die jeder Schwierigkeit zuvorkommen möchte«, sagte Monsieur Caron, »hat mich geschickt, um mich mit Ihnen zu verständigen.«

»Nun gut, wenn Sie die Freundlichkeit haben wollen, morgen wiederzukommen«, sagte Abbé Birotteau hierauf, »so werde ich mich meinerseits kundig gemacht haben.«

»Gut«, sagte Caron und grüßte.

Und der Aktenhengst zog sich zurück. Bestürzt über die Beharrlichkeit, mit der Mademoiselle Gamard ihn verfolgte, begab sich der arme Vikar mit verstörtem Gesicht in Madame de Listomères Speisezimmer zurück. Bei seinem Anblick fragte ihn jeder:

»Was ist Ihnen, Monsieur Birotteau?«

Untröstlich und ohne zu antworten, nahm der Abbé wieder Platz, so sehr fühlte er sich von den unbestimmten Vorstellungen seines Unglücks betroffen. Als nach dem Frühstück aber mehrere seiner Freunde im Salon vor einem guten Feuer beisammensaßen, erzählte ihnen Birotteau in aller Einfalt die Einzelheiten seines Abenteuers. Seine Zuhörer, die ihr Landaufenthalt zu langweilen begann, zeigten für diese Intrigen, die so überaus gut zu ihrem Provinzleben paßten, ein lebhaftes Interesse. Jedermann nahm für den Abbé gegen die alte Jungfer Partei.

»Wie«, äußerte Madame de Listomère, »sehen Sie denn nicht ganz deutlich, daß es Abbé Troubert auf Ihre Wohnung abgesehen hat?«

Hier würde der Erzähler berechtigt sein, das Porträt dieser Dame zu skizzieren; aber er hat gedacht, daß selbst diejenigen, denen das kognomologische System von Sterne unbekannt ist, nur die drei Worte ›Madame de Listomère‹ auszusprechen brauchen, um sie sich aristokratisch, würdig, die spröde Frömmigkeit mit der alten Eleganz monarchischer und klassischer Sitten, durch höfliche Manieren mäßigend, vorgestellt zu haben; als gut, aber ein wenig steif; leicht näselnd; sich die Lektüre der ›Neuen Héloïse‹, die Komödie und keine Kopfbedeckung erlaubend.

»Abbé Birotteau hat nicht nötig, diesem alten Plagegeist

nachzugeben!« rief Monsieur de Listomère, ein Kapitänleutnant, der bei seiner Tante auf Urlaub weilte. »Wenn der Vikar Courage hat und meinem Rat folgen will, wird er bald Ruhe haben.«

Schließlich begannen alle mit dem Scharfsinn der Provinzler, denen man das Talent, die geheimsten Beweggründe menschlicher Handlungen bloßzulegen, nicht abstreiten kann, die Handlungsweise Mademoiselle Gamards zu analysieren.

»Sie verstehen nicht, was das zu bedeuten hat«, sagte ein alter Grundbesitzer, der Land und Leute kannte. »Es liegt da etwas Bedenkliches zugrunde, hinter das ich noch nicht gekommen bin. Abbé Troubert ist viel zu hinterhältig, als daß er so leicht durchschaut werden könnte. Unser lieber Birotteau steht erst am Anfang seiner Leiden. Zunächst: Wird er froh sein und Ruhe haben, selbst wenn er Troubert seine Wohnung überläßt? Ich bezweifle es. – Wenn Caron gekommen ist, Ihnen zu sagen«, fügte er, den verblüfften Priester ansprechend, hinzu, »daß Sie die Absicht hätten, Mademoiselle Gamard zu verlassen, so hat ohne Zweifel Mademoiselle Gamard den Plan, Sie an die Luft zu setzen ... Nun, ob Sie nun wollen oder nicht, Sie werden ausziehen müssen! Diese Art Leute wagen niemals etwas, wenn sie sich ihrer Sache nicht ganz sicher sind.«

Der alte Edelmann, der Monsieur de Bourbonne hieß, erfaßte den Geist der Provinz wie Voltaire den Geist seines Zeitalters. Dieser trockene, hagere Greis trug in der Art, wie er sich kleidete, alle Gleichgültigkeit eines Grundbesitzers zur Schau, dessen Landbesitz im Departement hoch angeschrieben steht. Sein von der Sonne der Touraine gegerbtes Gesicht war weniger geistreich als durchtrieben. Gewohnt, seine Worte zu wägen, seine Handlungen zu überlegen, verbarg er seine wissende Umsicht unter einer täuschenden Einfachheit. So genügte die oberflächlichste Beobachtung, um erkennen zu lassen, daß er wie ein normannischer Bauer aus all seinen Angelegenheiten stets Gewinn zog. Er war hervorragend in der Weinbereitung, der bevorzugten Wissenschaft der Touraine. Unter Vermeidung jeglicher Auseinandersetzung mit dem Staat hatte er die Wiesen einer seiner Domänen auf Kosten des Ufergeländes der Loire zu erweitern verstanden. Auf diesen guten Zug hin galt er als ein Mann von Talent. Wenn Sie, von der Unterhaltung Monsieur de Bourbonnes entzückt, irgendeinen Einwohner der Touraine nach seinem Leben gefragt hätten, so würde die sprichwörtliche Antwort jedes seiner Neider – und er hatte deren viele – gelautet haben: ›Oh, er ist ein alter Spitzbube!‹ In der Touraine bildet, wie in den meisten Provinzen, der Neid die Grundlage der Sprache.

Auf die Bemerkung Monsieur de Bourbonnes folgte augenblicklich Schweigen, wobei die Personen, die diesen kleinen Ausschuß bildeten, zu überlegen schienen. Währenddessen wurde Mademoiselle Salomon de Villenoix angekündigt. Von dem Wunsch getrieben, Birotteau zu nützen, kam sie von Tours, und die Neuigkeiten, die sie von dort brachte, gaben der Sache ein vollkommen anderes Gesicht. Als sie eintraf, riet jeder, mit Ausnahme des Grundbesitzers, Birotteau, mit Troubert und der Gamard unter Beihilfe der aristokratischen Gesellschaft, die auf seiner Seite stehen müßte, den Kampf aufzunehmen.

»Der Generalvikar, dem die Personalangelegenheiten unterstehen«, sagte Mademoiselle Salomon, »ist erkrankt, und der Erzbischof hat Monsieur Abbé Troubert an seine Stelle berufen. Jetzt hängt also die Ernennung zum Kanonikus ganz von ihm ab. Nun, gestern bei Mademoiselle de La Blottière hat Abbé Poirel von den Unannehmlichkeiten gesprochen, die Abbé Birotteau Mademoiselle Gamard verursache; und zwar in einer Weise, als wolle er die Ungnade rechtfertigen, die unseren guten Abbé trifft: ›Abbé Birotteau ist ein Mann, der Abbé Chapeloud wohl nötig hatte‹, hat er gesagt. ›Und seit dem Tod dieses tugendhaften Kanonikus hat es sich gezeigt, daß ...‹ Es folgten dann Unterstellungen, Verleumdungen. Verstehen Sie?«

»Troubert wird Generalvikar«, sagte Monsieur de Bourbonne feierlich.

»Nun!« rief Mademoiselle de Listomère und blickte auf Birotteau, »was ziehen Sie vor: Kanonikus zu sein oder bei Mademoiselle Gamard zu bleiben?«

»Kanonikus zu sein!« wurde allgemein gerufen.

»Also gut«, fuhr Madame de Listomère fort, »dann muß sich der Prozeß zugunsten Abbé Trouberts und Mademoiselle Gamards entscheiden. Hat man Sie nicht durch den Besuch Carons mittelbar wissen lassen, daß Sie, wenn Sie damit einverstanden wären, sie zu verlassen, Kanonikus werden würden? Zug um Zug!«

Alle priesen den Scharfsinn und die List Madame de Listomères, nur den Baron de Listomère, ihren Neffen, ausgenommen, der in humoristischem Ton zu Monsieur de Bourbonne äußerte:

»Ich hätte den Kampf ›Gamard contra Birotteau‹ vorgezogen.« Doch zum Unglück des Vikars waren die Kräfte zwischen den Leuten der Gesellschaft und der von Abbé Troubert unterstützten alten Jungfer sehr ungleich. Bald kam der Zeitpunkt, wo der Kampf offener zutage treten sollte, anwuchs und schließlich gewaltige Ausmaße annahm. Auf den Vorschlag von Madame de Listomère und der meisten ihrer Anhänger hin, die sich für diese in die Leere ihres Provinzlebens geworfene Intrige zu erwärmen begannen, wurde ein Diener zu Monsieur Caron geschickt. Der Sachwalter war mit einer bemerkenswerten Geschwindigkeit, die einzig Monsieur de Bourbonne erschreckte, wieder zur Stelle.

»Vertragen wir jede Entscheidung, bis weitere Beweise vorliegen«, war der Rat dieses Fabius im Amtskleid, den tiefere Überlegungen über die hohen Kombinationen des Touraineschen Schachbrettes nicht im unklaren ließen.

Er wollte Birotteau über die Gefahren seiner Lage aufklären. Aber die Weisheit des ›alten Spitzbuben‹ befriedigte die Leidenschaften des Augenblicks nicht, und er fand nur oberflächliche Beachtung. Die Verhandlung zwischen dem Advokaten und Birotteau dauerte nicht lange. Ganz außer sich kam der Vikar zurück und sagte: »Er fordert von mir eine schriftliche Rücktrittserklärung.«

»Wie war das schreckliche Wort?« sagte der Kapitänleutnant.

»Was soll das heißen?« rief Madame de Listomère.

»Das heißt ganz einfach, daß der Abbé erklären soll, Mademoiselle Gamards Haus verlassen zu wollen«, antwortete Monsieur de Bourbonne und nahm eine Prise.

»Weiter nichts? Unterzeichnen Sie!« sagte Madame de Listomère und sah Birotteau an. »Wenn Sie ernstlich entschlossen sind, von ihr wegzugehen, so bedeutet es keinen Nachteil, wenn Sie Ihren Willen bekunden.«

Der ›Wille Birotteaus‹!

»Das stimmt!« sagte Monsieur de Bourbonne, während er seine Tabaksdose mit einer knappen Handbewegung zuschlug, deren Bedeutung unmöglich wiederzugeben ist, denn sie war so beredt wie eine Ansprache. »Doch ist es immer gefährlich, sich schriftlich zu äußern«, fügte er hinzu, während er mit einer Miene, die den Vikar erschreckte, seine Dose auf den Kamin stellte.

Birotteau fühlte sich durch die Verkehrung all seiner Vorstellungen, durch den schnellen Gang der Ereignisse, die ihn, ohne daß ihm eine Verteidigung möglich gewesen wäre, überfuhren, durch die Leichtfertigkeit, mit welcher seine Freunde die teuersten Angelegenheiten seines einsamen Lebens behandelten, in einem Grade abgestumpft, daß er unbeweglich wie ein Mondsüchtiger dasaß, nichts dachte, sondern nur zuhörte und den Sinn all der schnell dahingesprochenen Worte, an denen sie alle es nicht fehlen ließen, zu verstehen suchte. Er nahm das Schreiben Monsieur Carons und las es durch, als wäre das Libell des Advokaten der Gegenstand seiner Aufmerksamkeit; doch er handelte ganz mechanisch. Und er unterzeichnete das Dokument, in welchem er bescheinigte, freiwillig das Haus

Mademoiselle Gamards verlassen zu wollen, während er einer gemeinsamen Vereinbarung gemäß dort beköstigt werde. Als der Vikar unterzeichnet hatte, nahm Sieur Caron das Aktenstück an sich und fragte ihn, wohin seine Klientin die ihm gehörenden Sachen zu verbringen hätte. Birotteau nannte die Adresse Madame de Listomères. Mit einem Zeichen erklärte diese Dame sich einverstanden, den Abbé für einige Tage bei sich aufzunehmen, in der festen Überzeugung, ihn bald zum Kanonikus ernannt zu sehen. Der alte Grundbesitzer wünschte diese Art von Verzichtleistungsdokument zu sehen, und Monsieur Caron brachte es ihm.

»Nun gut«, fragte er den Vikar, nachdem er es gelesen hatte, »es besteht doch zwischen Ihnen und Mademoiselle Gamard ein schriftlicher Vertrag? Wo ist er? Welche Bestimmungen enthält er?«

»Der Vertrag befindet sich bei mir zu Hause«, antwortete Birotteau.

»Kennen Sie seinen Inhalt?« fragte der Grundbesitzer den Advokaten.

»Nein, Monsieur«, sagte Monsieur Caron, der die Hand ausstreckte, um das verhängnisvolle Papier wieder entgegenzunehmen.

›Ah‹, sagte der alte Grundbesitzer zu sich. ›Du, Monsieur Advokat, weißt ohne Zweifel, was dieses Dokument enthält; aber du bist nicht dafür bezahlt worden, es uns zu sagen.‹

Und Monsieur de Bourbonne gab dem Advokaten die Verzichtserklärung zurück.

»Wo soll ich meine Möbel unterbringen?« rief Birotteau. »Und meine Bücher, meine schöne Bibliothek, meine schönen Gemälde, meinen roten Salon, mein ganzes Mobiliar?«

Und die Verzweiflung des armen Menschen, der sich sozusagen entwurzelt sah, hatte etwas derartig Naives – daraus sprach alle Unschuld seines Herzens und seine Weltunerfahrenheit, daß Madame de Listomère und Mademoiselle

Salomon, um ihn zu trösten, in einer Tonart, wie sie Mütter haben, wenn sie ihren Kindern ein Spielzeug versprechen, zu ihm sagten:

»Sie werden sich doch wegen dieser Dummheiten keine Sorgen machen? Wir werden ja jederzeit ein weniger kaltes, weniger düsteres Haus als das von Mademoiselle Gamard für Sie finden. Und findet sich keine Wohnung, die Ihnen zusagt: Nun gut, so nimmt Sie einer von uns beiden in Pension! Kommen Sie, machen wir ein Tricktrack! Morgen gehen Sie zu Monsieur Abbé Troubert, um ihn um seine Unterstützung zu bitten, und Sie werden sehen, wie gut er Sie aufnehmen wird!«

Schwache Menschen beruhigen sich ebenso leicht, wie sie sich erschrecken. Also vergaß der arme Birotteau, geblendet von der Aussicht, bei Madame de Listomère zu wohnen, den Zusammenbruch seines für immer verlorenen Glückes, das er so lange ersehnt und dessen Wonnen er genossen hatte. Doch von dem Schmerz eines Menschen überwältigt, dem die Unordnung eines Umzuges und neue Gewohnheiten das Ende der Welt bedeuten, zermarterte er sich am Abend vor dem Einschlafen den Kopf damit, ausfindig zu machen, wo er für seine Bibliothek eine ebenso gute Unterkunft werde finden können wie seine Galerie. Indem er seine Bücher umherirren, seine Möbel aus den Fugen gehen, seine Wirtschaft in Unordnung sah, fragte er sich tausendmal, warum das erste Jahr bei Mademoiselle Gamard so angenehm, das zweite so grausam gewesen war. Und immer war sein Abenteuer ein Brunnen, in den sein Verstand wie ins Bodenlose versank. Das Kanonikat schien ihm keine hinreichende Entschädigung für soviel Unglück zu sein, und er verglich sein Leben mit einem Strumpf, der sich, wenn auch nur eine einzige Masche fallen gelassen wird, gänzlich auflöst. Mademoiselle Salomon blieb ihm ja. Doch da er seine alte Illusion verlor, wagte der arme Priester nicht, an eine neue Freundschaft zu glauben.

In der *città dolente* der alten Jungfern trifft, namentlich in

Frankreich, dessen Leben jederzeit ein hochherzigen Empfindungen edel dargebrachtes Opfer ist, viel zusammen. Die einen wahren einem Herzen, das ihnen der Tod zu früh entrückte, hochsinnig Treue: Märtyrer der Liebe, finden sie in ihrer Seele das Geheimnis, Frau zu sein. Die anderen gehorchen einem Familienstolz, der zu unserer Schande täglich mehr in Verfall gerät, und sie opfern sich für das Glück eines Bruders oder eines verwaisten Neffen: Jene werden Mütter, obwohl sie Jungfrauen bleiben. Diese alten Jungfern erreichen den höchsten Heroismus ihres Geschlechts, indem sie alle weiblichen Empfindungen dem Kult des Unglücks weihen. Sie verklären die Gestalt der Frau, indem sie auf die Entschädigungen des Schicksals verzichten und von ihm nur die Leiden entgegennehmen. Sie leben dann von dem Glanz ihrer Hingabe umstrahlt, und die Männer neigen ehrfurchtsvoll das Haupt vor ihrem verblühten Gesicht. Mademoiselle de Sombreuil war weder Frau noch Jungfer gewesen: Sie war und blieb für immer lebendige Poesie. Mademoiselle Salomon gehörte zu jenen heldenhaften Geschöpfen. Ihre Hingabe war insofern eine religiös erhabene, als es ihr an Glorie fehlte, da das über sie verhängte Leiden ein alltägliches gewesen war. Schön, jung, wurde sie geliebt und liebte; plötzlich verlor ihr Verlobter den Verstand. Fünf Jahre hatte sie sich mit dem Mut, den die Liebe gibt, dem körperlichen Wohlergehen dieses Unglücklichen gewidmet, an dessen Wahnsinn sie sich so gut angepaßt hatte, daß er für sie selbst nicht mehr wahnsinnig war. Sie war im übrigen eine Person von schlichtem Benehmen, freimütiger Rede, mit einem bleichen Gesicht, dem es trotz der Regelmäßigkeit seiner Züge nicht an Charakter fehlte. Von ihrem Lebensschicksal sprach sie nie. Nur zuweilen geschah es, daß das plötzliche Erbeben, das sie übermannte, wenn von einem traurigen oder schrecklichen Abenteuer gesprochen wurde, die Hoheit ihres großen Schmerzes offenbarte. Nachdem sie ihren Lebensgefährten verloren hatte, hatte sie sich in Tours angesiedelt. Hier konnte sie ihrem wahren Wert nach nicht gewürdigt werden und galt als eine ›gute Frau‹. Sie tat viel Gutes und schloß sich aus Neigung schwachen Wesen an. Und so hatte auch der arme Vikar ihre tiefste Anteilnahme gefunden.

Mademoiselle de Villenoix nahm, als sie sich am frühen Morgen nach der Stadt begab, Birotteau mit sich, setzte ihn bei der Kathedrale ab und ließ ihn seinen Weg zum Cloître fortsetzen, wohin es ihn drängte, um aus dem Schiffbruch wenigstens das Kanonikat zu retten und die Überführung seines Mobiliars zu überwachen. Nicht ohne heftiges Herzklopfen zu verspüren, an der Tür dieses Hauses, wo er seit vierzehn Jahren aus Gewohnheit verkehrt, wo er gewohnt hatte und aus dem er, nachdem er davon geträumt hatte, hier, wie sein Freund Chapeloud, in Frieden zu sterben, für immer verbannt sein sollte, zog er die Klingel. Marianne erschien und zeigte sich überrascht, den Vikar vor sich zu sehen. Er sagte ihr, daß er käme, um Abbé Troubert zu sprechen, und lenkte seinen Schritt zur Erdgeschoßwohnung des Kanonikus hin; doch Marianne rief:

»Abbé Troubert ist nicht hier, Monsieur, er ist in Ihrer früheren Wohnung.«

Diese Worte machten den Vikar furchtbar betroffen. Endlich begriff er den Charakter Trouberts und das Ausmaß einer so sorgsam ausgeklügelten Rache, als er ihn in der Bibliothek Chapelouds fand, in Chapelouds schönem gotischen Lehnstuhl; und zweifellos schlief er in Chapelouds Bett, erfreute sich der Möbel Chapelouds, wohnte mitten im Allerheiligsten Chapelouds, hatte Chapelouds Testament für ungültig erklärt und schließlich den Freund eben dieses Chapelouds enterbt, der ihn so lange Zeit bei Mademoiselle Gamard eingepfercht, ihm jede Beförderung vereitelt und ihm die Salons von Tours verschlossen hatte.

Welcher Zauberstab hatte diese Wandlung vollbracht? Das alles gehörte also Birotteau nicht mehr? Ja, als er die sardonische Miene sah, mit welcher Troubert diese Bibliothek betrachtete, verstand der arme Birotteau, daß sich der künftige Generalvikar sicher war, immerhin den Nachlaß derer zu besitzen, die er so tödlich gehaßt hatte, Chapeloud als einen Feind und Birotteau, weil in ihm Chapeloud noch vorhanden war. Tausend Gedanken bewegten bei diesem Anblick das Herz des guten Mannes und versetzten ihn in eine Art Traumzustand. Wie gebannt von dem starren Blick Trouberts, blieb er regungslos stehen.

»Ich glaube doch nicht, Monsieur«, sagte Birotteau schließlich, »daß Sie mich meines Eigentums berauben wollen. Wenn Mademoiselle Gamard es eilig hatte, Sie besser zu logieren, so muß sie doch aber so gerecht sein und mir Zeit lassen, meine Bücher herauszusuchen und die Möbel wegzuschaffen.«

»Monsieur«, erwiderte Abbé Troubert kühl und ohne daß sein Gesicht die mindeste Erregung gezeigt hätte, »Mademoiselle Gamard hat mich gestern von Ihrem Auszug unterrichtet, dessen Grund mir unbekannt ist. Wenn sie mich hier untergebracht hat, so war das unvermeidlich. Monsieur Abbé Poirel hat meine Wohnung belegt. Ich weiß nicht, ob die Sachen, die sich in dieser Wohnung befinden, Mademoiselles Eigentum sind oder nicht; gehören sie jedoch Ihnen, so werden Sie wissen, daß Mademoiselle Gamard in gutem Glauben gehandelt hat; ihr frommer Lebenswandel ist die Bürgschaft für ihre Redlichkeit. Was mich anbetrifft, so kennen Sie ja meine einfachen Gewohnheiten. Ich habe, ungeachtet der Feuchtigkeit, die mich auf die Dauer krank gemacht hat, fünfzehn Jahre in einer kahlen Kammer geschlafen. Wenn Sie aber diese Räume wieder bewohnen wollen, so werde ich sie Ihnen gern überlassen.«

Als er diese furchtbaren Worte vernahm, vergaß Birotteau die Kanonikatsangelegenheit und stieg mit der Geschwindigkeit eines jungen Mannes hinab, um Mademoiselle Gamard aufzusuchen, die er unten an der Treppe auf dem mit Steinplatten ausgelegten Flur traf, der die beiden Wohnungen verband.

»Mademoiselle«, sagte er, indem er sie grüßte, ohne weder auf das beißend-spöttische Lächeln, das ihre Lippen umspielte, zu achten noch auf das ungewöhnliche Flammen in ihren Augen, die etwas Tigerhaftes hatten, »ich verstehe nicht, warum Sie nicht gewartet haben, bis meine Möbel ...«

»Wie!« unterbrach sie ihn. »Sind etwa nicht alle Ihre Sachen zu Madame de Listomère gebracht worden?«

»Aber mein Mobiliar?«

»Sie scheinen nicht zu wissen, was in Ihrem Vertrag steht!« sagte die alte Jungfer in einer Tonart, die man ins Musikalische übertragen müßte, um zu sehen, mit welchen Schattierungen der Haß jedes Wort zu akzentuieren verstand.

Und Mademoiselle Gamard schien zu wachsen, ihre Augen funkelten, ihr Gesicht heiterte sich auf, ihre ganze Gestalt schien vor Freude zu beben. Abbé Troubert öffnete ein Fenster, um deutlicher in einem Folioband zu lesen. Birotteau stand wie vom Blitz getroffen da. Mademoiselle Gamard aber schmetterte ihm mit einer Stimme, die so durchdringend war wie ein Trompetenstoß, folgende Worte entgegen:

»War es nicht ausgemacht, daß Ihr Mobiliar in dem Fall, daß Sie bei mir auszögen, zur Begleichung der Differenz zwischen dem Betrag Ihrer Pension und dem des ehrwürdigen Abbé Chapeloud mir gehören sollte? Nun, da Monsieur Abbé Poirel zum Kanonikus ernannt worden ist ...«

Als er die letzten Worte vernahm, neigte sich Birotteau etwas nach vorn, wie um sich von der alten Jungfer zu verabschieden; dann stürzte er hinaus. Er befürchtete, wenn er noch länger bliebe, in Ohnmacht zu fallen und somit derart unversöhnlichen Feinden einen zu großen Triumph zu bereiten. Wie ein Trunkener langte er taumelnden Schrittes im Hause Madame de Listomères an und fand dort in einem Erdgeschoßzimmer seine Wäsche, seine Kleider und Papiere in einem Koffer verpackt stehen. Beim Anblick der kärglichen Überreste seines Mobiliars ließ sich der unglückliche Priester nieder und barg das Gesicht in den Händen, um die Leute nicht sehen zu lassen, daß er weinte. Abbé Poirel war Kanonikus! Er, Birotteau, sah sich ohne Zufluchtsstätte, ohne Vermögen, ohne Mobiliar! Glücklicherweise fuhr Mademoiselle Salomon gerade am Haus vorüber. Der Pförtner, der die Verzweiflung des armen Mannes verstand, gab dem Kutscher ein Zeichen. Dann ließ sich, nachdem zwischen der alten Jungfer und dem Pförtner ein paar Worte gewechselt worden waren, der Vikar halbtot zu seiner treuen Freundin hinführen, der er aber nur zusammenhanglose Worte hinstammeln konnte. Über die augenblickliche Zerrüttung eines ohnehin so schwachen Kopfes erschreckt, brachte ihn Mademoiselle Salomon sofort nach ›L'Alouette‹, da sie den Beginn dieser geistigen Verwirrung der Wirkung zuschrieb, die die Ernennung des Abbé Poirel auf ihn hatte haben müssen. Sie wußte nichts von den zwischen dem Priester und Mademoiselle Gamard getroffenen Vereinbarungen, da ihm selbst deren Tragweite nicht bewußt war. Und weil es in der Natur der Dinge liegt, daß dem Pathetischsten zuweilen etwas Komisches anhaftet, brachten die seltsamen Antworten Birotteaus Mademoiselle Salomon beinahe zum Lächeln.

»Chapeloud hatte recht«, sagte er. »Das ist ein Scheusal!«

»Wer?« fragte sie.

»Chapeloud. Er hat mir alles genommen!«

»Poirel wohl?«

»Nein, Troubert.«

Endlich langten sie in ›L'Alouette‹ an, wo die Freunde des Priesters ihn mit eifriger Fürsorge überschütteten, so daß sie ihn gegen Abend beruhigt hatten und erwirken konnten, daß er ihnen erzählte, was sich während des Vormittags ereignet hatte. Der kaltblütige Grundbesitzer fragte natürlich gleich nach dem Vertrag und wollte ihn sehen, denn seit dem Vortag schien ihm, daß darin des Rätsels Lösung zu finden sei. Birotteau zog das verhängnisvolle Stempelpapier aus der Tasche und reichte es Monsieur de Bourbonne, der es eilig überlas und bald auf eine folgendermaßen abgefaßte Klausel stieß:

›Da zwischen der von dem verstorbenen Monsieur Chapeloud gezahlten Pension und der, für welche besagte Sophie Gamard bereit ist, unter den oben festgesetzten Bedingungen besagten François Birotteau bei sich aufzunehmen, eine Differenz von achthundert Francs jährlich besteht; und in Erwägung dessen, daß der unterzeichnete François Birotteau überdies anerkennt, außerstande zu sein, für mehrere Jahre den von den Pensionären Mademoiselle Gamards, insbesondere den von Abbé Troubert gezahlten Preis zu entrichten; endlich, in Anbetracht verschiedener von besagter unterzeichneter Sophie Gamard gewährter Vorschüsse, verpflichtet sich besagter Birotteau, ihr zum Zweck der Indemnität das Mobiliar zu überlassen, in dessen Besitz er sich bei seinem Hinscheiden befinden wird, oder wenn er, aus welchem Grunde auch immer, freiwillig, zu welchem Zeitpunkt auch immer, die ihm gegenwärtig vermietete Wohnung verlassen sollte, und daß er die in den Verpflichtungen, die weiter oben Mademoiselle Gamard ihm gegenüber übernommen hat, festgesetzten Vorteile nicht mehr genießen wird.‹

»Potztausend, das ist ein starkes Stück!« rief der Grundbesitzer. »Und über welche Krallen verfügt besagte Sophie Gamard!«

Der arme Birotteau, der sich in seinem Kindskopf keinen Grund vorstellen konnte, der ihn eines Tages hätte von Mademoiselle Gamard trennen können, hatte damit gerechnet, daß er bis zu seinem Tode bei ihr bleiben werde. Er erinnerte sich dieser Klausel in keiner Weise, deren Wortlaut damals noch nicht einmal erörtert worden war; so hatte ihm alles in Ordnung geschienen, so daß er aus seinem Wunsch heraus, der alten Jungfer anzugehören, alles Urkundliche, das man ihm vorgelegt, mit seiner Unterschrift versehen hätte. Diese Unschuld war so achtenswert und das Verhalten Mademoiselle Gamards so grausam, das Schicksal dieses armen Sechzigjährigen hatte etwas so Beklagenswertes und seine Schwäche war derart rührend, daß Madame de Listomère in ihrer ersten Entrüstung ausrief:

»Auf meine Veranlassung hin wurde das Schriftstück unterzeichnet, das Sie ruiniert hat, also habe ich Ihnen das Glück wiederzugeben, um das ich Sie gebracht habe.«

»Aber«, sagte der alte Edelmann, »der Kontrakt schließt einen Betrug ein, und es gibt hier Anlaß zu einem Prozeß …«

»Nun gut, Birotteau wird prozessieren. Verliert er in Tours, so gewinnt er in Orléans. Verliert er in Orléans, so gewinnt er in Paris«, rief der Baron de Listomère.

»Wenn er klagen will«, sagte Monsieur de Bourbonne kühl, »so rate ich ihm, zunächst sein Vikariat niederzulegen.«

»Wir werden Advokaten zu Rate ziehen«, sagte Madame de Listomère, »und wir klagen, wenn es nötig ist. Aber diese Angelegenheit ist für Mademoiselle Gamard zu schimpflich und kann Abbé Troubert zu sehr schaden, als daß wir nicht irgendeinen Vergleich erwirken könnten.«

Nach reiflicher Überlegung versprach jeder, Abbé Birotteau in dem Kampf, der sich zwischen ihm und allem Anhang seiner Gegner entspinnen sollte, beizustehen. Ein sicheres Vorgefühl, ein unbestimmbarer Provinzinstinkt nötigte jeden, die beiden Namen Gamard und Troubert miteinander in Verbindung zu bringen. Doch keiner von denen, die sich damals bei Madame de Listomère befanden, mit Ausnahme des ›alten Spitzbuben‹, hatte eine rechte Vorstellung von der Bedeutung eines solchen Kampfes. Monsieur de Bourbonne nahm den Abbé beiseite.

»Von den vierzehn Personen, die hier sind«, sagte er ihm leise, »wird in vierzehn Tagen keine einzige mehr zu Ihnen stehen. Wenn Sie das Bedürfnis haben, jemanden um Hilfe anzurufen, finden Sie vielleicht nur mich wagemutig genug,

Sie zu verteidigen, weil ich die Provinz, die Menschen, die Dinge und, besser noch, die Interessen kenne! Aber all Ihre Freunde bringen Sie mit den besten Absichten auf einen falschen Weg, auf dem Sie nicht mehr umkehren können. Hören Sie meinen Rat! Wenn Sie in Frieden leben wollen, so geben Sie das Vikariat von Saint-Gatien auf, verlassen Sie Tours. Sagen Sie nicht, wohin Sie gehen, aber suchen Sie irgendeine entfernte Pfarrstelle, wo Troubert Sie nicht finden kann.«

»Tours verlassen?« rief der Vikar mit einem unbeschreiblichen Schrecken. Das war für ihn so gut wie der Tod. Hieße das nicht, alle Wurzeln ausreißen, mit denen er der Welt eingepflanzt war? Unverheiratete ersetzen ihre Empfindungen durch Gewohnheiten. Wenn sich diese moralische Regel, derzufolge sie weniger leben als durch das Leben hindurchgehen, mit einem schwachen Charakter verbindet, gewinnen die äußeren Dinge über sie eine erstaunliche Herrschaft. Und so war auch Birotteau gleichsam zur Pflanze geworden: Ihn umsetzen war gleichbedeutend mit dem Wagnis einer tauben Befruchtung. Genauso wie ein Baum jederzeit die gleichen Säfte finden und seine Wurzeln immer in dem gleichen Erdboden haben muß, um zu leben, mußte auch Birotteau immer durch Saint-Gatien trippeln, immer in der Gegend des Mail umhertrotten, wo er seine gewohnten Spaziergänge machte, unaufhörlich durch die Straßen laufen, die er zu passieren pflegte, und nach wie vor in seinen drei Salons verkehren, wo er jeden Abend Whist und Tricktrack spielte.

»Oh, ich dachte nicht daran«, antwortete Monsieur de Bourbonne, während er den Priester in einer Art Mitleid betrachtete. Bald wußte in Tours alle Welt, daß die Baronne de Listomère, Witwe eines Generalleutnants, Abbé Birotteau, den Vikar von Saint-Gatien, bei sich aufgenommen hatte. Dieser Tatbestand, den viele bezweifelten, ließ viele strittige Fragen zur Sprache kommen und die Parteien hervortreten, besonders als Mademoiselle Salomon es als erste wagte, von Betrug und Prozeß zu sprechen. Infolge der scharfsinnigen Eitelkeit, die alte Jungfern auszeichnet, und der fanatischen Eigenliebe, die sie kennzeichnet, fühlte sich Mademoiselle Gamard von der Maßnahme Madame de Listomères äußerst verletzt: die Baronne war eine Frau von hoher Lebensstellung, von eleganten Neigungen, auch waren ihr guter Geschmack und ihre höflichen Manieren, ihre Frömmigkeit unbestreitbar. Sie strafte, indem sie Birotteau aufnahm, auf das nachdrücklichste die gesamten Aussagen Mademoiselle Gamards Lügen, tadelte indirekt deren Verhalten und schien die Klagen des Vikars gegen seine frühere Wirtin zu billigen.

Um diese Erzählung zu verstehen, ist es erforderlich, darzulegen, mit welchem Scharfsinn und mit welcher Urteilsfähigkeit sich alte Frauen über die Handlungen des Nächsten Rechenschaft geben, in welcher Weise dies Mademoiselle Gamard den Rücken stärkte und welches der Kraftquell ihrer Partei war. In Begleitung des schweigsamen Abbé Troubert brachte sie ihre Abende in vier, fünf Häusern zu, wo sich ein Dutzend solcher Personen traf, die der gleiche Geschmack und die Übereinstimmung ihrer Lebenslage zusammenhielt. Es waren da ein, zwei Greise, die es mit den Leidenschaften und dem Geschnatter ihrer Dienstmädchen hielten; fünf, sechs alte Jungfern, die den ganzen Tag damit verbrachten, die Worte ihrer Nachbarn und der ihnen gesellschaftlich über- und untergeordneten Leute durchzuhecheln und ihren Schritten nachzuspüren; und zuletzt mehrere bejahrte Damen, die sich ausschließlich damit beschäftigten, Verleumdungen zu brauen, ein genaues Verzeichnis aller Vermögen zu halten oder die Handlungen der anderen zu kontrollieren; sie prophezeiten die Heiraten und tadelten auch das Betragen ihrer Freundinnen ebenso erbittert wie das ihrer Feinde. Diese Personen, die in der Stadt saßen wie die Kapillargefäße einer Pflanze, sogen durstig wie ein Blatt den Tau die Neuigkeiten, die Geheimnisse jedes Haushaltes ein und übermittelten sie mechanisch Abbé Troubert, wie die Blätter die aufgesaugte Taufeuchte dem Stengel mitteilen. Und so zogen diese braven Betschwestern jeden Abend der Woche, angespornt von jenem Bedürfnis nach Erregung, das sich bei jedem Einzelwesen findet, mit einer des Rates der Zehn würdigen Verstandesschärfe eine genaue Bilanz des Zustandes der Stadt und bildeten eine mit jener Art untrüglichem Spürsinn der Leidenschaft gewappnete Polizei. Wenn sie dann hinter den heimlichen Grund eines Ereignisses gekommen waren, riß ihre Selbstgefälligkeit sie hin, die Weisheit ihres hohen Synedrions in Anwendung zu bringen und in ihren Sphären die Tonart des Klatsches anzugeben. Diese müßige und doch tätige, unsichtbare und doch alles sehende, stumme und doch unaufhörlich schwatzende Kongregation besaß damals einen Einfluß, der infolge seiner Nichtigkeit nur wenig schädlich zu sein schien, der aber schrecklich wurde, wenn ihn ein höheres Interesse belebte. Nun war es aber seit langem nicht vorgekommen, daß sich im Bereich ihrer Existenz ein derart schwerwiegendes Ereignis, und eines, das von so allgemeiner Bedeutung war, geboten hatte, wie der Kampf des von Madame de Listomère unterstützten Birotteau gegen Abbé Troubert und Mademoiselle Gamard. In Wahrheit wurden die drei Salons der Damen de Listomère, Merlin de La Blottière und de Villenoix von denjenigen als feindlich angesehen, bei welchen Mademoiselle Gamard verkehrte, und es herrschte in diesem Streit Korpsgeist und all seine Selbstgefälligkeit. Es war der Kampf der Plebs und des römischen Senates in der Kleinstadt oder der Sturm im Wasserglas, wie es Montesquieu mit Bezug auf die Republik Marino nannte, deren öffentliche Ämter nicht länger als einen Tag dauerten, so leicht ward es dort der Tyrannis, zur Macht zu gelangen. Doch dieser Sturm offenbarte trotzdem in den Seelen ebenso viele Leidenschaften, als es ihrer zur Leitung der größten sozialen Interessen bedurft hätte. Ist es nicht falsch zu meinen, daß die Zeit nur für die Herzen schnell dahineile, die jenen gewaltigen Unternehmungen ausgesetzt sind, die das Leben beunruhigen und es brodeln lassen? Die Stunden verflossen dem Abbé Troubert ebenso angeregt, eilten unter der Bürde ebenso sorgenvoller Gedanken dahin und strafften sich von ebenso tiefen Hoffnungen und Verzagtheiten, als es nur die unerbittlichen Stunden des Ehrgeizigen, des Spielers und des Liebenden sein können: Nur Gott weiß von dem Geheimnis der Energie, die uns die heimlich über die Menschen, die Dinge und uns selbst erzielten Triumphe kosten. Wenn wir nicht immer wissen, wohin wir gehen, so wissen wir sehr wohl um die Anstrengungen der Reise. Nur wenn Sie geneigt sind (sofern es dem Erzähler erlaubt ist, das Drama, das er erzählt, zu verlassen und für einen Augenblick die Rolle des Kritikers anzunehmen), einen Blick auf die Existenzen dieser alten Jungfern und dieser beiden Abbés zu werfen, um hier die Ursache des Unglücks zu finden, das sie in ihrem Innersten verdarb, würde es Ihnen vielleicht beweisen, daß der Mensch bestimmte Leidenschaften empfinden muß, um jene Eigenschaften zu entwickeln, die sein Leben adeln, indem sie seinen Kreis erweitern und die allen Wesen natürliche Selbstsucht mildern.

Madame de Listomère kehrte in die Stadt zurück, ohne zu wissen, daß seit fünf, sechs Tagen mehrere ihrer Freunde genötigt gewesen waren, eine über sie verbreitete Meinung zu widerlegen, über die sie, hätte sie sie gekannt, gelacht haben würde, man unterschob nämlich der Neigung zu ihrem Neffen beinahe verbrecherische Beweggründe. Sie führte Birotteau ihrem Advokaten zu, dem der Prozeß keine leichte Sache zu sein schien. Von dem Gefühl der Rechtmäßigkeit der Angelegenheit ermutigt oder auch nachlässig einem Prozeß gegenüber, der sie nicht persönlich betraf, hatten die Freunde des Vikars den Beginn der Gerichtsverhandlung auf den Tag verschoben, an dem sie nach Tours zurückkehren würde. Die Freunde Mademoiselle Gamards konnten ihnen also zuvorkommen und wußten die Angelegenheit in einem für Abbé Birotteau ungünstigen Sinn hinzustellen. Daher setzte der Mann des Gesetzes, dessen Kundschaft ausschließlich aus den Frommen der Stadt bestand, Madame de Listomère sehr in Erstaunen, als er ihr riet, sich nicht auf einen derartigen Prozeß einzulassen, und die Zusammenkunft damit abschloß, daß er sagte: Überdies werde er sich nicht damit abgeben, weil dem Inhalt des Vertrages nach das Recht auf Mademoiselle Gamards Seite sei; und vom Rechtsstandpunkt einmal abgesehen, scheine Abbé Birotteau in den Augen des Gerichtes und der anständigen Leute der versöhnliche, friedfertige Charakter und die Milde abzugehen, die man ihm bis dahin zugeschrieben habe; Mademoiselle Gamard, die als eine sanftmütige und umgängliche Person bekannt sei, habe sich Birotteau verpflichtet, indem sie ihm das zur Bezahlung der Erbschaftsgebühr nötige Geld geliehen hatte, nachdem das Testament Chapelouds ihn zum Erben bestimmt hatte, ohne dafür von ihm eine Quittung zu verlangen; Birotteau hätte seinem Alter und Charakter nach wohl wissen müssen, wenn er einen Vertrag unterschrieb, was und wie wichtig dessen Inhalt sei; und wenn er Mademoiselle Gamard nach zwei Jahren Pension verlassen hätte, während sein Freund Chapeloud zwölf Jahre bei ihr geblieben war, und Troubert fünfzehn, so könne dies nicht ohne einen bestimmten Vorsatz seinerseits geschehen sein; der Prozeß würde also als ein Akt der Undankbarkeit beurteilt werden und so weiter. Nachdem der Advokat den Abbé auf der Treppe hatte vorausgehen lassen, nahm er Madame de Listomère beiseite, führte sie zurück und ermahnte sie, wenn ihr ihre Ruhe lieb wäre, sich nicht in diesen Prozeß einzumischen.

Der arme Vikar jedoch, der sich nicht weniger peinigte als ein zum Tode Verurteilter in einer Gefängniszelle des Bicêtre, der das Ergebnis seiner eingelegten Berufung erwartet, konnte am Abend nicht umhin, seinen Freunden in dem Augenblick, wo sich der Kreis vor der Stunde des abendlichen Spiels um den Kamin Madame de Listomères versammelte, das Ergebnis seines Besuches mitzuteilen.

»Ausgenommen den Advokaten der Liberalen, kenne ich in Tours keinen Rechtsverdreher, der diesen Prozeß ohne die Absicht, ihn zu verlieren, annehmen möchte«, rief Monsieur de Bourbonne, »und ich rate Ihnen, sich nicht darauf einzulassen.«

»Nun, es ist eine Niederträchtigkeit«, äußerte der Kapitänleutnant, »ich werde den Abbé zu diesem Advokaten führen.«

»Dann tun Sie es nur beizeiten«, unterbrach ihn Monsieur de Bourbonne.

»Warum?«

»Ich habe soeben erfahren, daß Abbé Troubert anstelle dessen, der vorgestern gestorben ist, zum Generalvikar ernannt wurde.«

»Ich schere mich sonst was um Abbé Troubert.«

Unglücklicherweise bemerkte Baron de Listomère, ein Mann von sechsunddreißig Jahren, nicht das Zeichen, das ihm Monsieur de Bourbonne machte, um ihm nahezulegen, seine Worte zu wägen, indem er auf einen Troubert befreundeten Rat von der Präfektur zeigte. Der Kapitänleutnant fuhr also fort: »Wenn Monsieur Abbé Troubert ein Halunke ist ...«

»Oh!« unterbrach ihn Monsieur de Bourbonne, »warum Abbé Troubert in eine Sache hineinbringen, mit der er ganz und gar nichts zu tun hat?«

»Aber besitzt er nicht Abbé Birotteaus Möbel?« fuhr der Baron fort. »Ich erinnere mich, zu Chapeloud gekommen zu sein und dort zwei wertvolle Gemälde gesehen zu haben. Nehmen Sie einmal an, daß sie zehntausend Francs wert sind ... Meinen Sie, daß Monsieur Birotteau die Absicht hatte, dafür, daß er zwei Jahre bei dieser Gamard zur Miete wohnte, zehntausend Francs zu geben, wenn schon die Bibliothek und die Möbel ungefähr diese Summe wert sind?«

Abbé Birotteau riß die Augen auf, als er vernahm, daß er ein so gewaltiges Vermögen besessen hatte.

Und mit dem gleichen Eifer ergänzte der Baron: »Bei Gott, Monsieur Salmon, der frühere Sachverständige des Pariser Museums, ist hier auf Besuch bei seiner Schwiegermutter. Ich werde noch heute abend mit Abbé Birotteau zu ihm gehen und ihn bitten, die Gemälde zu schätzen. Und von dort aus werde ich ihn zum Advokaten bringen.«

Zwei Tage nach dieser Unterhaltung hatte der Prozeß Gestalt angenommen. Der Advokat der Liberalen, der Birotteaus Anwalt geworden war, brachte die Sache des Vikars sehr in Mißkredit. Die Gegner der Regierung und diejenigen, welche dafür bekannt waren, daß sie die Priester oder die Religion, zwei Dinge, die manche Leute miteinander verwechseln, nicht liebten, bemächtigten sich der Angelegenheit, und die ganze Stadt sprach davon. Der frühere Museumssachverständige hatte die ›Jungfrau‹ von Valentin und den ›Christus‹ von Lebrun, Stücke von erlesener Schönheit, auf elftausend Francs geschätzt. Was die Bibliothek anbetraf und die gotischen Möbel, so gab ihnen der vorherrschende, von Tag zu Tag in Paris für diese Dinge zunehmende Geschmack augenblicklich einen Wert von zwölftausend Francs. Und schließlich veranschlagte der Sachverständige nach eingehender Prüfung den Wert des gesamten Mobiliars auf zehntausend Taler. Nun, es war offensichtlich, daß es sich, da Birotteau nicht beabsichtigt haben konnte, Mademoiselle Gamard diese enorme Summe für das wenige Geld zu geben, das er ihr laut der stipendierten Ausgleichssumme schulden mußte, juristisch gesehen erforderlich machte, ihre Vereinbarungen abzuändern; anderenfalls würde sich die alte Jungfer eines wissentlichen Betruges schuldig machen. Der Advokat der Liberalen nahm die Sache also in Angriff und schickte an Mademoiselle Gamard eine dringliche einleitende Vorladung. Trotz seiner Schärfe war dieses durch Zitate unanfechtbarer Urteilssprüche und durch einige Artikel des Gesetzbuches bekräftigte Schriftstück nichtsdestoweniger ein Meisterwerk juristischer Logik, das die alte Jungfer so augenscheinlich verurteilte, daß boshafterweise dreißig, vierzig Abschriften von der Gegenpartei in der Stadt verteilt wurden.

Einige Tage nach dem Beginn der Feindseligkeiten zwischen der alten Jungfer und Birotteau erhielt Baron de Listomère, der bei der nächsten Beförderung, die seit einiger Zeit im Marineministerium angekündigt war, Korvettenkapitän zu werden hoffte, einen Brief, in welchem ihm einer seiner Freunde ankündigte, daß man in den Ämtern beabsichtigte, ihn des aktiven Dienstes zu entheben. Von dieser Mitteilung außerordentlich überrascht, fuhr er unverzüglich nach Paris und besuchte die erste Abendgesellschaft des Ministers, der selber darüber sehr erstaunt schien und lachte, als er die Befürchtungen vernahm, von denen ihm Monsieur de Listomère Mitteilung machte. Am nächsten Tag erkundigte sich der Baron ungeachtet der Zurede des Ministers in den Ämtern. Vermittels einer Indiskretion, die gewisse Chefs recht häufig zugunsten ihrer Freunde begehen, zeigte ihm ein Sekretär ein schon vollständig vorbereitetes Schriftstück, das nur wegen der Krankheit eines Direktors dem Minister bis jetzt noch nicht unterbreitet worden war und das die böse Nachricht bestätigte. Sogleich begab sich Monsieur de Listomère zu einem seiner Onkel, der in seiner Eigenschaft als Abgeordneter den Minister unverzüglich in der Kammer aufsuchen konnte, und bat ihn, Seine Exzellenz auf ihre Verfügungen hin zu sondieren, denn es handle sich um seine ganze Zukunft. Und so wartete er in lebhaftester Angst in der Kutsche seines Onkels auf das Ende der Sitzung. Der Abgeordnete kam schon reichlich vor Schluß und sagte seinem Neffen auf dem Wege nach Haus:

»Was, zum Teufel, hast du dich in einen Kampf gegen die Priester einzumischen? Der Minister eröffnete mir, daß du dich an die Spitze der Liberalen in Tours gestellt hättest! Du hättest verwerfliche Anschauungen, du wärst nicht regierungstreu und so weiter. Seine Sätze waren so gewunden, als wenn er noch vor der Kammer spräche. Dann hab ich ihm gesagt: Das kann doch nicht Ihr Ernst sein! Seine Exzellenz bekannte mir schließlich, daß du bei der Grande-Aumônerie in Ungnade gefallen bist. Kurz, als ich einige meiner Kollegen um Aufschlüsse bat, erfuhr ich, daß du sehr leichtsinnig von einem gewissen Abbé Troubert sprachst, einem einfachen Generalvikar, der aber die wichtigste Person der Provinz ist, wo er die Kongregation repräsentiert. Ich habe mit meiner Person dem Minister für dich gebürgt. Mein Herr Neffe, wenn du deinen Weg machen willst, so ziehe dir keinerlei priesterliche Feindschaft zu. Begib dich eilig nach Tours und schließe dort mit diesem Teufel von Generalvikar deinen Frieden. Begreife, daß die Generalvikare Menschen sind, mit denen man in Frieden leben muß. Donnerwetter! Wenn wir alle daran arbeiten, die Religion wiederherzustellen, so ist es eine Verrücktheit, wenn ein Kapitänleutnant, der Kapitän werden möchte, die Priester in Verruf bringt. Wenn du dich mit Abbé Troubert nicht aussöhnst, dann zähle nicht mehr auf mich: Ich würde dich verleugnen. Der Minister für Kirchliche Angelegenheiten hat zu mir von diesem Menschen soeben noch als von einem zukünftigen Bischof gesprochen. Wenn Troubert unsere Familie in seinen Haß einbezieht, könnte er mir sogar bei der nächsten großen Pairs-Ernennung Schwierigkeiten bereiten. Verstehst du?«

Diese Worte klärten den Kapitänleutnant über die heimliche Beschäftigung Trouberts auf, von dem Birotteau in seiner unerfahrenen Art gesagt hatte: »Ich weiß nicht, was er davon hat, wenn er die Nächte durchwacht.« Infolge der Position, die der Kanonikus inmitten des weiblichen Senats besaß, der die subtilste Provinzpolizei darstellte, und aufgrund seiner persönlichen Fähigkeit war er aus allen Geistlichen der Stadt in die Kongregation gewählt worden, um der heimliche Prokonsul der Touraine zu sein. Erzbischof, General, Präfekt, groß und klein standen unter seiner okkulten Herrschaft. Bald hatte sich Baron de Listomère zu dessen Partei geschlagen.

»Ich will«, sagte er zu seinem Onkel, »nicht noch eine priesterliche Breitseite in den Rumpf bekommen.«

Drei Tage nach dieser diplomatischen Besprechung zwischen Onkel und Neffen legte der schleunigst mit der Eilpost nach Tours zurückgekehrte Seemann noch am Abend seiner Ankunft seiner Tante die Gefahren dar, die den kostbaren Hoffnungen der Familie de Listomère drohten, wenn sie beide darauf beständen, ›diesen Schwachkopf Birotteau‹ zu unterstützen. Der Baron hatte Monsieur de Bourbonne in dem Augenblick, als der alte Edelmann nach Stock und Hut griff, um nach der Whistpartie heimzugehen, zurückgehalten. Die Geisteshelle des ›alten Spitzbuben‹ war unentbehrlich, um die Klippen zu beleuchten, auf welche die Listomères aufgelaufen waren, und der ›alte Spitzbube‹ hatte nur deshalb frühzeitig nach Stock und Hut gesucht, um sich ins Ohr flüstern zu lassen: »Bleiben Sie doch noch, wir haben etwas zu besprechen.«

Die prompte Rückkehr des Barons, seine zufriedene Miene, die mit dem Ernst im Widerspruch stand, der sich in gewissen Augenblicken auf seinem Gesicht abzeichnete, hatten in unbestimmter Weise Monsieur de Bourbonne gewisse Schlappen verraten, die der Leutnant in seinem Kampf gegen Gamard und Troubert hatte hinnehmen müssen. Er war darum nicht überrascht, als er den Baron die geheime Macht des kongregationistischen Generalvikars verkünden hörte.

»Ich wußte es«, sagte er.

»Nun gut«, rief die Baronne, »warum haben Sie uns nicht gewarnt?«

»Madame«, erwiderte er lebhaft, »Sie vergessen, daß ich den unsichtbaren Einfluß dieses Priesters geahnt habe, und ich werde vergessen, daß Sie gleichfalls davon wußten. Denn wenn wir das Geheimnis nicht wahren, würden wir für Komplizen gehalten, wir würden gefürchtet und gehaßt werden. Machen Sie es wie ich: Stellen Sie sich unwissend; aber tun Sie keinen unüberlegten Schritt. Ich hatte Ihnen genug davon gesagt, Sie verstanden mich nicht, und ich wollte mich nicht bloßstellen.«

»Wie sollen wir uns jetzt verhalten?« fragte der Baron.

Die Preisgabe Birotteaus stand außer Frage, das war die unter den drei Beratenden stillschweigend vorausgesetzte Hauptbedingung.

»Sich auf dem Rückzug auf ehrenhafte Weise zu schlagen ist immer ein Meisterstück der geschicktesten Generale gewesen«, antwortete Monsieur de Bourbonne. »Beugen Sie sich vor Troubert: Sein Haß ist nicht so groß wie seine Eitelkeit, so werden Sie sich aus ihm einen Verbündeten machen; doch wenn Sie sich zu sehr beugen, läßt er Sie auf allen vieren kriechen: ›Nur alles vernichten, das ist der Geist der Kirche‹ hat Boileau gesagt. Lassen Sie ihn glauben, daß Sie den Dienst quittieren, so entschlüpfen Sie ihm, Baron. – Schicken Sie den Vikar fort, Madame, lassen Sie den Prozeß zugunsten der Gamard ausfallen. Fragen Sie beim Erzbischof den Abbé Troubert, ob er Whist spielen kann, er wird ja sagen. Bitten Sie ihn zu einer Partie in diesen Salon, in welchem er empfangen sein möchte; er kommt ganz gewiß. Sie sind Frau; verstehen Sie es, diesen Priester in den Dienst Ihrer Interessen zu stellen. Wenn der Baron Kapitän geworden ist, sein Onkel Pair von Frankreich und Troubert Bischof, dann können Sie Birotteau ganz nach Ihrem Belieben zum Kanonikus machen. Bis dahin beugen Sie sich; doch mit Anmut und drohend. Ihre Familie kann Troubert ebensoviel nützen wie er Ihnen; Sie werden sich bestens verstehen. – Im übrigen: Vorsicht, Seemann, immer das Terrain ausloten!«

»Der arme Birotteau!« sagte die Baronne.

»Oh, gehen Sie die Sache kurz und schmerzlos an«, versetzte der Grundbesitzer, als er aufbrach. »Wenn sich irgendein geschickter Liberaler dieses Hohlkopfes bemächtigt, würde er Ihnen Scherereien verursachen. Jedenfalls würde das Gericht zu seinen Gunsten entscheiden, und Troubert müßte vor dem Urteil Angst haben. Er kann Ihnen noch verzeihen, den Kampf angefangen zu haben; nach einer Niederlage wäre er unversöhnlich. Ich habe gesprochen.«

Er klappte seine Tabaksdose zu, zog seine Überschuhe an und ging.

Am nächsten Morgen war die Baronne nach dem Frühstück mit dem Vikar allein und sagte ihm nicht ohne sichtliche Verlegenheit: »Mein lieber Monsieur Birotteau, Sie werden meine Bitte sehr ungerecht und inkonsequent finden; aber es ist für Sie wie für uns zunächst erforderlich, Ihren Prozeß gegen Mademoiselle Gamard dadurch niederzuschlagen, indem Sie von Ihren Ansprüchen Abstand nehmen; außerdem müssen Sie mein Haus verlassen.«

Als der arme Priester diese Worte vernahm, erbleichte er.

»Ich habe«, fuhr sie fort, »unschuldigerweise Ihr Unglück verursacht und weiß, daß Sie ohne meinen Neffen diesen Prozeß, der jetzt Gegenstand Ihres und unseres Leides ist, nicht angestrengt hätten. Aber hören Sie!«

Sie legte ihm kurz die unermeßliche Tragweite dieser Angelegenheit dar und erläuterte ihm deren ernste Folgen. Ihr Nachdenken hatte sie während der Nacht die wahrscheinlichen früheren Lebensumstände Trouberts ahnen lassen: Ohne sich zu täuschen, konnte sie Birotteau jetzt das Gewebe darlegen, in das ihn diese so geschickt angesponnene Rache verstrickt hatte, ihm die außerordentliche Fähigkeit, die Macht seines Feindes beweisen, indem sie ihm dessen Haß entlarvte und ihm die Gründe dafür nannte, aufzeigend, daß er zwölf Jahre Chapeloud gegenüber geruht hatte und jetzt Chapeloud verschlang und Chapeloud noch immer in dessen Freund verfolgte. Der einfältige Birotteau faltete die Hände wie zum Gebet und weinte vor Kummer angesichts der menschlichen Greueltaten, die seine reine Seele niemals geahnt hatte. Voller Entsetzen, als befände er sich am Rande eines Abgrundes, hörte er, mit Tränen in den starren Augen, doch ohne einen Gedanken äußern zu können, den Darlegungen seiner Wohltäterin zu, die abschließend sagte: »Ich weiß wohl, wie schlimm es für Sie ist, daß ich Sie verlasse; aber, mein lieber Abbé, die Familienpflichten gehen über diejenigen der Freundschaft. Weichen Sie, wie ich, diesem Unwetter, ich werde es Ihnen nach all meinen Kräften danken. Von Ihren Interessen spreche ich nicht, sie liegen mir am Herzen. Sie brauchen sich Ihrer Existenz wegen nicht zu beunruhigen. Durch Vermittlung Bourbonnes, der weiß, wie der Schein zu wahren sein wird, werde ich sorgen, daß es Ihnen an nichts fehlt. Lieber Freund, geben Sie mir das Recht, Sie zu verraten. Selbst wenn ich mich den Maximen der Welt anpasse, werde ich Ihre Freundin bleiben. Entscheiden Sie sich.«

Der arme Abbé rief in seiner Betroffenheit: »Chapeloud hatte also recht, wenn er sagte, daß Troubert ihn an den Füßen in das Grab ziehen würde, wenn er könnte! Er schläft in Chapelouds Bett.«

»Es geht jetzt nicht darum zu wehklagen«, sagte Madame de Listomère, »uns bleibt nur wenig Zeit, müssen Sie wissen!«

Birotteau war viel zu gutherzig, als daß er bei großen Entscheidungen nicht der unüberlegten Hingabe des ersten Augenblickes gehorcht hätte. Überdies war sein Leben schon nicht viel mehr als eine Agonie. Indem er seiner Gönnerin einen verzweiflungsvollen Blick zuwarf, der dieser ins Herz schnitt, sagte er: »Ich vertraue mich Ihnen an. Ich bin nicht mehr als ›Spreu‹ der Straße!«

Dieser Tourainesche Ausdruck hat kein anderes mögliches Äquivalent als das Wort Strohhalm. Doch es gibt hübsche, gelbe, glatte, glänzende Strohhälmchen, über die sich die Kinder freuen; während die ›Spreu‹ der entfärbte, schmutzige, in die Rinnsale gewirbelte, vom Unwetter getriebene, von den Füßen der Vorübergehenden zertretene Strohhalm ist.

»Aber, Madame, ich möchte Abbé Troubert nicht Chapelouds Porträt lassen; es ist für mich gemalt worden, es gehört mir; vermitteln Sie doch, daß ich es zurückerhalte, auf alles andere will ich verzichten.«

»Gut«, sagte Madame de Listomère, »ich werde zu Mademoiselle Gamard gehen.« Diese Worte waren in einem Ton gesprochen, der die besondere Anstrengung verriet, die es die Baronne de Listomère kostete, sich herabzulassen, dem Stolz der alten Jungfer zu schmeicheln.

»Und«, fügte sie hinzu, »ich werde versuchen, alles in Ordnung zu bringen. Kaum wage ich es zu hoffen. Gehen Sie zu Monsieur de Bourbonne, damit er Ihre Verzichtserklärung in der richtigen Form aufsetzt, und bringen Sie mir das vorschriftsmäßige Dokument; dann können wir vielleicht mit der Beihilfe des Erzbischofs der Sache ein Ende machen.«

Ganz erschreckt ging Birotteau. Troubert hatte in seinen Augen die Ausmaße einer ägyptischen Pyramide angenommen. Die Hände dieses Menschen waren in Paris und seine Ellbogen im Kreuzgang von Saint-Gatien.

›Er‹, sagte er sich, ›und Monsieur Marquis de Listomère hindern, daß er Pair von Frankreich wird? ... Und vielleicht können wir mit der Beihilfe des Erzbischofs der Sache ein Ende machen?‹

Angesichts so großer Interessen kam Birotteau sich wie eine Milbe vor: Er ließ das Strafgericht über sich ergehen.

Die Neuigkeit von Birotteaus Auszug war um so erstaunlicher, als die Ursache dafür unergründlich war. Madame de Listomère sagte, daß sie, da ihr Neffe sich verheiraten und seinen Dienst quittieren wolle, zur Erweiterung ihrer Wohnung den Wohnraum des Vikars benötige. Noch wußte niemand von der Verzichtleistung Birotteaus. So waren Monsieur de Bourbonnes Anweisungen klugerweise befolgt worden. Als diese beiden Neuigkeiten dem Großvikar zu Ohren kamen, mußten sie seiner Eigenliebe schmeicheln, da sie ihm den Beweis lieferten, daß die Familie de Listomère wenn auch nicht kapitulierte, so doch zumindest neutral bliebe und stillschweigend die okkulte Macht der Kongregation anerkannte: Sie aber anerkennen, war das nicht gleichbedeutend damit, daß man sich ihr unterwarf? Doch der Prozeß blieb ganz *sub judice*. Hieß das nicht zugleich sich beugen und drohen?

Die Listomères hatten in diesem Kampf also die gleiche Stellung wie der Großvikar eingenommen: Sie hielten sich abseits und konnten alles lenken. Doch kam ein wichtiges Ereignis hinzu, das den Erfolg der von Monsieur de Bourbonne und den Listomères zur Besänftigung der Partei Gamard und Troubert ersonnenen Entwürfe noch schwieriger machte. Am Tage zuvor hatte Mademoiselle Gamard sich beim Verlassen der Kathedrale erkältet, hatte sich zu Bett gelegt und galt als gefährlich erkrankt. Die ganze Stadt hallte von der Klage eines falschen Mitleids wider. ›So empfindsam, wie sie ist, hat Mademoiselle Gamard dem Ärgernis dieses Prozesses nicht widerstehen können. Ungeachtet ihres berechtigten Anspruches wird sie vor Kummer sterben. Birotteau tötet seine Wohltäterin ...‹ Das war das Wesentliche der durch die Kapillarröhren des großen weiblichen Winkelkonzils getriebenen Redensarten, die von der Stadt Tours bereitwillig wiederholt wurden.

Madame de Listomère hatte die Beschämung erfahren, daß sie zu der alten Jungfer gekommen war, ohne die Frucht ihres Besuches zu ernten. Sie fragte sehr höflich, ob sie den Generalvikar sprechen könne. Geschmeichelt vielleicht, in der Bibliothek Chapelouds und an dem mit den beiden berüchtigt-umstrittenen Gemälden gezierten Kamin eine Dame empfangen zu können, die ihn verachtet hatte, ließ Troubert die Baronne einen Augenblick warten; dann gewährte er ihr Audienz. Nie hatten Höflinge oder Diplomaten bei der Erörterung ihrer besonderen Interessen oder bei einer nationalen Unterhandlung mehr Geschicklichkeit, Verstellung und Hinterhältigkeit eingesetzt, als sie die Baronne und der Abbé in dem Augenblick entwickelten, wo sie einander gegenüberstanden.

Ähnlich dem Kampfzeugen, der im Mittelalter den Kämpfer wappnete und in dem Augenblick, wo er in die Stechbahn eintrat, dessen Kraft mit nützlichen Ratschlägen stärkte, hatte der ›alte Spitzbube‹ der Baronne gesagt: »Vergessen Sie Ihre Rolle nicht, denn Sie sind Mittlerin, aber nicht interessierte Partei. Ebenso ist Troubert Vermittler. Wägen Sie Ihre Worte! Studieren Sie den Stimmfall des Generalvikars. Wenn er sich über das Kinn streicht, haben Sie ihn verführt.«

Einige Zeichner haben sich das Vergnügen gemacht, den häufigen Kontrast zu karikieren, der zwischen ›dem, was man sagt‹ und ›dem, was man denkt‹ besteht. Auch hier ist es notwendig, um die Bedeutsamkeit des Wortkampfes, der zwischen dem Priester und der großen Dame stattfand, zu verstehen, die Gedanken bloßzulegen, die sie gegenseitig hinter scheinbar nichtssagenden Redewendungen verbargen. Madame de Listomère begann, indem sie zu erkennen gab, welchen Kummer ihr der Prozeß Birotteaus verursache; dann sprach sie von dem Wunsch, diese Angelegenheit zur Genugtuung beider Parteien beendigt zu sehen.

»Das Übel ist geschehen, Madame«, sagte der Abbé mit ernster Miene, »die tugendhafte Mademoiselle Gamard liegt im Sterben.« (›Ich interessiere mich für dieses dumme Mädchen nicht mehr als für den Priester Johannes‹, dachte er; ›aber ich möchte Ihnen gern ihren Tod aufhalsen und Ihr Gewissen damit beunruhigen, wenn Sie einfältig genug wären, sich darüber den Kopf zu zerbrechen.‹)

»Als ich von ihrer Krankheit erfuhr, Monsieur«, antwortete ihm die Baronne, »habe ich den Vikar aufgefordert, eine Verzichtserklärung aufzusetzen, die ich dem frommen Mädchen brachte.« (›Ich durchschaue dich, gerissener Halunke!‹ dachte sie; ›aber wir stehen nun einmal unter deinen Verleumdungen. Wenn du deinerseits die Verzichtleistung annimmst, so fängst du dich selbst und gestehst ein, daß du mit im Komplott warst.‹)

Einen Augenblick herrschte Schweigen.

»Die weltlichen Angelegenheiten Mademoiselle Gamards gehen mich nichts an«, sagte der Priester schließlich, wobei er, um seine Empfindungen zu verbergen, seine breiten Lider über die Adleraugen senkte. (›Oh! Oh! Sie werden mich nicht hineinziehen! Aber, Gott sei gelobt! Die verdammten Advokaten verhandeln keine Sache, die Schmutz auf mich werfen könnte. Was wollen also die Listomères, daß sie sich mir gegenüber so diensteifrig zeigen?‹)

»Monsieur«, antwortete die Baronne, »die Angelegenheiten Monsieur Birotteaus sind mir ebenso fremd, wie es Ihnen die Interessen Mademoiselle Gamards sind; doch unglücklicherweise kann die Religion durch ihren Zwist leiden, und so erblicke ich in Ihnen nur den Mittler, da, wo ich selbst als Vermittlerin handle ...« (›Wir werden uns gegenseitig nicht täuschen, Monsieur Troubert‹, dachte sie. ›Fühlen Sie das Epigrammatische dieser Antwort?‹)

»Die Religion leiden, Madame!« sagte der Großvikar. »Die Religion steht viel zu hoch, als daß die Menschen sie treffen könnten«. (›Die Religion bin ich‹, dachte er.) »Gottes Gericht ist untrüglich, Madame«, fügte er hinzu, »und ich erkenne nur sein Gericht an.«

»Nun gut, Monsieur«, erwiderte sie. »Versuchen wir die Urteile der Menschen mit denen Gottes in Einklang zu bringen.« (›Ja, die Religion bist du.‹)

Abbé Troubert änderte seine Tonart. »Ist Ihr Neffe nicht nach Paris gereist?« (›Da haben Sie Neuigkeiten von mir‹, dachte er. ›Ich kann Sie vernichten, Sie, die mich verachtet haben. Sie kommen, um zu kapitulieren.‹)

»Ja, Monsieur; ich danke Ihnen für das Interesse, das Sie an ihm nehmen. Er kehrt diesen Abend nach Paris zurück; er ist zum Minister beordert, der uns sehr schätzt und der nicht möchte, daß mein Neffe seinen Dienst quittiert.« (›Jesuit, du wirst uns nicht vernichten‹, dachte sie, ›und dein

Spott wurde verstanden.‹) Einen Augenblick Schweigen. »Ich finde sein Verhalten in dieser Sache nicht angemessen«, fuhr sie fort, »aber man muß wohl seinem Seemann verzeihen, wenn er sich in Rechtsangelegenheiten nicht auskennt.« (›Schließen wir ein Bündnis‹, dachte sie. ›Wir gewinnen nichts, wenn wir uns bekriegen.‹)

Ein leichtes Lächeln des Abbé verlor sich in den Falten seines Gesichts: »Er hat uns den Dienst erwiesen, daß wir den Wert dieser beiden Gemälde erfahren haben«, sagte er, indem er die Gemälde betrachtete, »Sie werden einen schönen Schmuck für die Kapelle der heiligen Jungfrau abgeben.« (›Sie haben mir ein Epigramm zugedacht, nehmen Sie es doppelt zurück; wir sind quitt, Madame.‹)

»Wenn Sie sie an Saint-Gatien übergeben, so bitte ich Sie, mich des Ortes und der Werke würdige Rahmen für die Kirche stiften zu lassen.« (›Ich möchte dir sehr gern das Geständnis abringen, daß es dich nach den Möbeln Birotteaus gelüstet‹, dachte sie.)

»Sie gehören mir nicht«, sagte der Priester, der beständig auf der Hut war.

»Aber hier ist ein Dokument«, sagte Madame de Listomère, »das jede Erörterung überflüssig macht und sie Mademoiselle Gamard zurückgibt.« Sie legte die Verzichtserklärung auf den Tisch. (›Sehen Sie, Monsieur‹, dachte sie, ›wie sehr ich Ihnen vertraue.‹) »Es ist Ihrer würdig, Monsieur«, fügte sie hinzu, »würdig Ihres lauteren Charakters, zwei Christen zu versöhnen; obgleich ich jetzt an Monsieur Birotteau wenig Interesse nehme …«

»Aber er ist Ihr Pensionär«, unterbrach er sie.

»Nein, Monsieur, er ist nicht mehr bei mir.« (›Für die Pairswürde meines Schwagers und den Dienstgrad meines Neffen begehe ich Niederträchtigkeiten‹, dachte sie.)

Der Abbé blieb unbeweglich, doch zeigte seine ruhige Haltung die heftigste Gemütserregung an. Nur Monsieur de Bourbonne hätte das Geheimnis dieses scheinbaren Friedens erraten. Der Priester triumphierte!

»Weshalb haben Sie sich aber die Mühe mit seiner Verzichtserklärung gemacht?« fragte er, von einer Empfindung getrieben, die jener glich, die eine Frau dazu bringt, sich Komplimente wiederholen zu lassen.

»Ich habe mich einer Regung von Mitleid nicht erwehren können. Birotteau, dessen schwacher Charakter Ihnen ja bekannt sein dürfte, hat mich angefleht, zu Mademoiselle Gamard zu gehen, um als Lohn für seinen Verzicht, von ihr …«

Der Abbé runzelte die Brauen.

»… auf Rechte hin, die von hervorragenden Advokaten anerkannt wurden, das Porträt …«

Der Priester sah Madame de Listomère an.

»… das Porträt Chapelouds zu erhalten«, fuhr sie fort. »Ich überlasse Ihnen die Entscheidung über seinen Anspruch …« (›Du würdest verurteilt werden, wenn du prozessieren wolltest‹, dachte sie.)

Die Betonung, die die Baronne auf die Worte ›hervorragende Advokaten‹ legte, ließ den Priester erkennen, daß sie die Stärke und Schwäche ihres Feindes kannte. Madame de Listomère bewies diesem ausgepichten Kenner im Verlauf dieses Gesprächs, das sich lange auf diesem Ton hielt, so viel Talent, daß sich der Abbé zu Mademoiselle Gamard hinunter begab, um ihre Meinung bezüglich der in Vorschlag gebrachten Übereignung zu erfragen.

Troubert kehrte bald zurück.

»Madame, hier sind die Worte der armen Sterbenden: ›Monsieur Abbé Chapeloud hat mir zu viel Freundschaft bezeugt‹, hat sie mir gesagt, ›als daß ich mich von seinem Porträt trennen könnte.‹ Was mich anbetrifft«, fuhr er fort, »wenn es mir gehörte, würde ich es niemandem überlassen. Ich habe für den teuren Verstorbenen zu unverbrüchliche Gefühle gehegt, um mich nicht für berechtigt zu halten, sein Bildnis aller Welt streitig zu machen.«

»Monsieur, entzweien wir uns nicht eines schlechten Gemäldes wegen.« (›Ich mache mich darüber genauso lustig wie Sie‹, dachte sie.) »Behalten Sie es, wir werden eine Kopie davon anfertigen lassen. Ich beglückwünsche mich, daß ich diesen traurigen, beklagenswerten Prozeß niedergeschlagen habe und daß ich das Vergnügen haben durfte, Ihre Bekanntschaft zu machen. Ich habe von Ihrem Talent im Whist gehört. Sie verzeihen einer Frau, wenn sie neugierig ist«, sagte sie lächelnd. »Wenn Sie die Güte haben wollten, bisweilen zu mir zu kommen, so wären Sie sehr willkommen.«

Troubert strich sich über das Kinn. – (›Er ist gewonnen! Bourbonne hatte recht‹, dachte sie, ›er hat seine Dosis Eitelkeit.‹)

Tatsächlich empfand der Großvikar in diesem Augenblick die köstliche Empfindung, deren Mirabeau sich nicht zu erwehren wußte, als er in den Tagen seiner Macht sich das Tor eines ihm vordem verschlossenen Hauses vor seiner Kutsche öffnen sah.

»Madame«, antwortete er, »ich bin zu sehr beschäftigt, als daß ich in Gesellschaft gehen könnte; doch was würde man für Sie nicht tun?« (›Die alte Jungfer wird bald krepieren, ich werde die Listomères für mich gewinnen und werde ihnen dienen, wenn sie mir dienen!‹ dachte er. ›Es ist besser, sie zu Freunden als zu Feinden zu haben.‹)

Mit der Hoffnung, daß der Erzbischof einem so glücklich begonnenen Friedenswerk einen gelungenen Abschluß geben werde, kehrte Madame de Listomère nach Hause zurück. Doch Birotteaus Verzichtleistung sollte ihm noch nicht einmal etwas nützen. Am nächsten Tag erhielt Madame de Listomère die Nachricht von Mademoiselle Gamards Tod. Als das Testament der alten Jungfer eröffnet wurde, war niemand erstaunt zu erfahren, daß sie Abbé Troubert zu ihrem Universalerben gemacht hatte. Ihr Vermögen wurde auf hunderttausend Taler geschätzt. Der Generalvikar schickte Madame de Listomère für den Gottesdienst und für das Trauergeleit seiner verstorbenen

Freundin zwei Einladungen: eine für sie, die andere für ihren Neffen.

»Man muß schon hingehen«, sagte sie.

»Ja, da hilft weiter nichts!« rief Monsieur de Bourbonne. »Das ist eine Probe, mit der Monsieur Troubert Sie beurteilen will. – Baron, gehen Sie bis zum Friedhof mit«, fügte er, zu dem Kapitänleutnant gewandt, hinzu, der unglücklicherweise Tours noch nicht verlassen hatte.

Das Begräbnis fand mit großem kirchlichem Gepränge statt. Eine einzige Person weinte. Das war Birotteau, der sich an diesem Tod schuldig glaubte und mutterseelenallein in einer entlegenen Kapelle aus aufrichtigem Herzen für die Seele der Verstorbenen betete und in tiefer Betrübnis beklagte, von ihr für das Unrecht, das er ihr angetan, nicht Verzeihung erlangt zu haben. Abbé Troubert begleitete die Leiche seiner Freundin bis zum Grab, in das sie gebettet werden sollte. An dessen Rand hielt er eine Rede, in welcher das beschränkte Leben der Erblasserin dank seiner Redebegabung monumentale Ausmaße annahm. Den Anwesenden prägten sich folgende Schlußworte ein:

»Dies Leben, dessen Tage Gott und der Religion geweiht waren, dies von so vielen schönen, im stillen vollbrachten Taten, von so vielen schlichten, stillen Tugenden gezierte Leben brach ein Schmerz, den wir einen unverdienten nennen könnten, wenn wir am Rand der Ewigkeit außer acht lassen dürften, daß all unser Herzeleid uns von Gott geschickt wird. Die zahlreichen Freunde dieses gottseligen Mädchens, die den Adel und die Lauterkeit seiner Seele kennen, sahen voraus, daß sie alles ertragen konnte, außer dem Argwohn, der ihr Leben brandmarkte. So hat die Vorsehung sie wohl an das Herz Gottes emporgezogen, um sie unserem irdischen Leid zu entrücken. Glückselig die, die hienieden in Frieden mit sich selbst ruhen können, wie jetzt Sophie in ihrem Unschuldskleid am Orte der Seligen ruht!«

»Stellen Sie ihn sich nach Beendigung dieser pompösen

Rede vor«, sagte Monsieur de Bourbonne, der die Einzelheiten des Begräbnisses wiedergab, zu Madame de Listomère, als die Spielpartien beendet und die Türen geschlossen waren und sie sich mit dem Baron allein befanden, »wie dieser Ludwig XI. in der Soutane so den letzten Schlag mit dem Weihwasserwedel tat.«

Monsieur de Bourbonne ergriff die Feuerzange und ahmte die Handbewegung Abbé Trouberts so gut nach, daß der Baron und seine Tante sich eines Lächeln nicht enthalten konnten.

»Hier nun«, sagte der alte Gutsbesitzer, »hat er sich Lügen gestraft. Bisher war seine Haltung vollendet gewesen; als er aber diese alte Jungfer, die er zutiefst verachtete und vielleicht ebenso haßte, wie er Chapeloud verabscheute, für immer einpackte, war es ihm zweifellos unmöglich, seine Freude nicht in einer Geste durchscheinen zu lassen.«

Am nächsten Tag traf Mademoiselle de Villenoix bei Madame de Listomère zum Frühstück ein und sagte, während sie eintrat, tiefbewegt: »Unser armer Abbé Birotteau hat soeben einen schrecklichen Schlag hinnehmen müssen, der wieder einmal die ausgeklügeltsten Berechnungen des Hasses erkennen läßt: Er ist zum Pfarrer von Saint-Symphorien ernannt worden.«

Saint-Symphorien ist eine jenseits der Brücke gelegene Vorstadt von Tours. Diese Brücke, eines der schönsten Denkmale französischer Baukunst, ist neunzehnhundert Fuß lang; zwei vollkommen gleiche Plätze schließen sie an jedem Ende ab.

»Verstehen Sie?« fuhr sie, ganz erstaunt über die Kühle, mit der Madame de Listomère diese Neuigkeit aufgenommen hatte, nach einer Pause fort. »Abbé Birotteau wird dort wie hundert Meilen von Tours seinen Freunden und allem entfernt sein. Bedeutet das nicht eine um so schrecklichere Verbannung, als sie ihn von der Stadt losreißt, die seine Augen täglich erblicken werden, ohne daß er sie besuchen kann? Er, der seit seinem Unglück kaum gehen kann, würde ja, um uns zu besuchen, eine Meile zurücklegen müssen. Momentan liegt der Unglückliche zu Bett, er hat Fieber. Das Pfarrhaus von Saint-Symphorien ist kalt und feucht, die Gemeinde ist nicht reich genug, um es auszubessern. Der arme Alte ist dort also so gut wie lebendig begraben. Welche abscheuliche Abgefeimtheit!«

Für den Schluß dieser Erzählung wird es uns vielleicht genügen, lediglich einige Ereignisse wiederzugeben und ein letztes Bild zu skizzieren.

Fünf Monate später wurde der Generalvikar zum Bischof ernannt. Madame de Listomère war gestorben und hatte Abbé Birotteau testamentarisch fünfzehnhundert Francs Rente vermacht. An dem Tage, als das Testament der Baronne bekannt wurde, war Monseigneur Hyacinthe, Bischof von Troyes, im Begriff, die Stadt Tours zu verlassen, um in seiner Diözese zu residieren; doch er verschob seine Abreise. Außer sich, daß ihm von einer Frau ein Streich gespielt worden war, der er die Hand gereicht hatte, während sie insgeheim die ihre einem Mann reichte, den er als seinen Feind betrachtete, bedrohte Troubert von neuem die Zukunft des Barons und die Pairswürde des Marquis de Listomère. Er äußerte in öffentlicher Runde im Salon des Erzbischofs eines von jenen racheträchtigen und von honigsüßer Sanftmut schwellenden geistlichen Worten. Der ehrgeizige Seemann suchte den unversöhnlichen Priester auf, der ihm zweifellos harte Bedingungen diktierte; denn das Verhalten des Barons zeugte von absoluter Unterwerfung unter den Willen des schrecklichen Mannes der Kongregation. Mit einem rechtskräftigen Aktenstück gab der neue Bischof das Haus Mademoiselle Gamards dem Domkapitel zurück und übergab Chapelouds Bibliothek und die Bücher dem Priesterseminar, die beiden umstrittenen Gemälde aber weihte er der Kapelle der heiligen Jungfrau. Das Porträt Chapelouds jedoch behielt er. Niemand verstand diese Preisgabe fast der gesamten Hinterlassenschaft Mademoiselle Gamards. Monsieur de Bourbonne argwöhnte, der

Bischof behielte insgeheim den Liquidanteil für sich, um in Paris, wenn er erst den Bischofssitz im Oberhaus erlangt hätte, seinem Rang gemäß auftreten zu können. Schließlich erriet der ›alte Spitzbube‹ am Tage der Abreise Monseigneur Trouberts auch das letzte Kalkül, die Überlegung, die jener Handlungsweise zugrunde lag, den Gnadenstoß, welchen die beharrlichste aller Haßempfindungen dem schwächsten aller Opfer versetzte. Das Legat Madame de Listomères an Birotteau wurde von Baron de Listomère unter dem Vorwand der Erbschleicherei beanstandet! Einige Tage nach erfolgter Prozeßvorladung wurde der Baron zum Kapitän ernannt. Durch eine Disziplinarmaßnahme wurde der Pfarrer von Saint-Symphorien mit dem Interdikt belegt. Die geistlichen Oberen sprachen ihr Urteil bereits vor dem Prozeß. Der Mörder Sophie Gamards war also ein Schurke! Hätte Monseigneur Troubert die Hinterlassenschaft der alten Jungfer behalten, wäre es schwer gewesen, Birotteau zu maßregeln.

In dem Augenblick, als Monseigneur Hyacinthe, Bischof von Troyes, um sich nach Paris zu begeben, im Postwagen am Platz von Saint-Symphorien vorbeifuhr, hatte man den armen Abbé Birotteau in einem Sessel auf einer Terasse in die Sonne gesetzt. Der arme, von seinem Erzbischof gestrafte Priester war bleich und abgezehrt. Der Kummer, der sich in allen seinen Zügen ausprägte, hatte sein Gesicht, das ehemals so sanft und heiter gewesen war, gänzlich entstellt. Die Krankheit legte auf seine ehedem von den Freuden guter Kost so naiv belebten und von schwerwiegenden Gedanken ungetrübten Augen einen Schleier, der wie Nachdenklichkeit war. Das war nur noch das Skelett von jenem Birotteau, der noch vor einem Jahr so leer, aber so zufrieden über den Platz des Cloître hingetrottet war. Der Bischof warf auf sein Opfer einen verächtlichen, mitleidsvollen Blick; dann entschloß er sich, es zu vergessen, und fuhr vorüber.

Ohne Zweifel wäre Troubert zu anderen Zeiten ein Hildebrand oder Alexander VI. geworden. Heute ist die Kirche keine politische Macht mehr und kann die Kräfte der einsamen Eigenbrötler nicht mehr absorbieren. Das Zölibat bildet dabei jenes Hauptgebrechen, das die Eigenschaften des Menschen auf eine Leidenschaft, den Egoismus, ausrichtet und die Zölibatäre entweder schädlich oder überflüssig macht. Wir leben in einem Zeitalter, wo der Fehler der Regierungen darin besteht, daß sie die Gemeinschaft weniger um des Menschen willen einsetzt, als den Menschen für die Gemeinschaft. Es besteht ein unablässiger Kampf des Einzelwesens gegen das System, das den einzelnen ausbeuten will und das der einzelne zu seinem Vorteil ausbeuten will; früher hingegen zeigte sich der wahrlich freiere Mensch im Interesse des Gemeinwohls viel hochherziger. Der Kreis, in dem sich die Menschen bewegen, hat sich unmerklich erweitert: Die Seele, die in ihm die Synthese erreicht, kann, wird immer nur eine glänzende Ausnahme sein; denn gewöhnlich büßt, in moralischen wie in natürlichen Dingen, die Bewegung an Intensität ein, was sie an Ausdehnung gewinnt. Die Gemeinschaft darf sich nicht auf Ausnahmen gründen. Zuerst war der Mann schlicht und einfach Vater, und brennend schlug sein Herz, das sich auf den Kreis seiner Familie beschränkte. Später lebte er für einen Stamm oder für eine kleine Republik: und das war der Ursprung der großen, opferwilligen Hingebungen, die die Geschichte uns von Griechenland und Rom berichtet. Dann stand der Mensch für eine Kaste und eine Religion, für deren Größe er sich oft bis zur Erhabenheit erhob; doch dort mehrte sich das Feld seiner Interessen um alle intellektuellen Gebiete. Heute aber ist sein Leben einem unermeßlichen Vaterland verbunden; bald wird seine Familie, wie man sagt, die ganze Welt sein. Ist dieser sittliche Kosmopolitismus, die Hoffnung des christlichen Roms, nicht ein großartiger Irrtum? Es ist so natürlich, an die Verwirklichung einer edlen Schimäre zu glauben: die Brüderlichkeit der Menschen! Aber, ach! die menschliche Maschine besitzt kein so göttliches Ausmaß. Seelen, die großzügig genug wären, sich eine Empfindung zu eigen zu machen, wie sie den großen Männern vorbehalten ist, könnten niemals schlichte Bürger oder Familienväter sein. Gewisse Physiologen denken, daß, wenn das Gehirn derart zunimmt, sich das Herz verengen müsse. Irrtum! Ist der augenscheinliche Egoismus der Männer, die eine Wissenschaft, eine Nation oder Gesetze in ihrem Busen tragen, nicht die edelste der Leidenschaften und in gewisser Weise die Mutter der Massen? Müssen sie, um neue Völker zu gebären oder neue Ideen hervorzubringen, in ihren gewaltigen Köpfen nicht die Brüste des Weibes mit der Kraft Gottes vereinen? Die Geschichte von Männern wie Innozenz III., Peter dem Großen und aller anderen Führer eines Jahrhunderts oder einer Nation würde nötigenfalls auf höherer Ebene die gewaltigen Vorstellungen bestätigen, die in der Verborgenheit von Saint-Gatien Troubert vertrat.

Saint-Firmin, April 1832

Das Bankhaus Nucingen

Für Madame Zulma Carraud

Wem, wenn nicht Ihnen, Madame, deren überragender und geläuterter Verstand Ihren Freunden eine unerschöpfliche Schatzkammer ist, die Sie für mich zugleich ein kritisches Publikum und die nachsichtigste Schwester sind, gebührte dieses Werk gewidmet zu werden? Mögen Sie es annehmen als Beweis einer Freundschaft, die mich mit Stolz erfüllt. Sie und einige Ihnen gleichfühlende, edle Seelen, werden mein Anliegen verstehen, wenn Sie ›Das Bankhaus Nucingen‹ lesen werden, das ›César Birotteau‹ beigefügt ist. Das Gegensätzliche dieser beiden Werke zu begreifen, heißt das nicht, die Gesellschaft begreifen zu lernen?

De Balzac

Sie wissen, wie dünn die Wände in den Separaträumen sogar der vornehmsten Pariser Speiselokale sind. Bei Véry zum Beispiel wird der größte Salon je nach Belieben durch eine aufgestellte Trennwand geteilt. Es hat sich nicht dort abgespielt, sondern in einem anderen hübschen Restaurant, das ich anstandshalber jedoch nicht nennen mag. Wir waren zu zweit, und daher sage ich mit Henry Monniers Prudhomme: ›Ich möchte sie nicht kompromittieren.‹ Wir ließen uns die prächtigen Leckereien eines vorzüglichen Mahles in einem kleinen Salon schmecken und sprachen nur leise, nachdem wir uns vergewissert hatten, wie dünn die Zwischenwand war. Schon waren wir beim Braten angelangt, und noch immer war das Nachbarzimmer, in dem wir nur das Knistern des Kaminfeuers vernahmen, nicht besetzt. Als es gerade acht Uhr schlug, wurden Schritte laut, man unterhielt sich, und die Kellner brachten Kerzen. Allem Anschein nach war der Salon nebenan belegt worden. Ich erkannte die Stimmen und wußte, mit welchen Leuten wir es zu tun hatten. Es waren vier der unverschämtesten Kormorane, die der immer wieder anflutenden Gischt der heutigen Generation entstiegen sind; liebenswürdige junge Leute, deren Existenz recht zweifelhaft ist, von denen man weder weiß, wovon sie leben, noch was sie besitzen, und die dennoch ein herrliches Dasein führen. Diese geistigen *condottieri* des heutigen Konkurrenzkampfes, der grausamer ist als alle bisherigen Kriege, überlassen die Sorgen ihren Gläubigern, behalten sich das Vergnügen vor und kümmern sich lediglich um ihre Kleidung. Überdies wären sie tapfer genug, wie Jean Bart eine Zigarre auf einem Pulverfaß zu rauchen, um nur nicht aus der Rolle zu fallen; sie sind spöttischer als die boshafteste kleine Tageszeitung, Spötter, die sich selbst verspotten; ungläubig und scharfsinnig, sie verstehen sich darauf, stets etwas Gewinnbringendes aufzuspüren, lüstern und verschwenderisch, neidisch auf andere, aber zufrieden mit sich selbst; als geistessprühende Staatsklügler, die alles analysieren und alles erraten, ist es ihnen dennoch nicht gelungen, sich einen Weg in jene Welt zu bahnen, in der sie zu glänzen beabsichtigen. Ein einziger von den vieren hat sich emporgeschwungen, aber nur bis an den Fuß der Leiter. Geld zu haben bedeutet so gut wie nichts, und ein Parvenu weiß erst nach sechs Monaten der Kriecherei und Speichelleckerei, was alles ihm zum Weiterkommen fehlt. Jener maulfaule, gefühllose, ungelenke und geistlose Emporkömmling namens Andoche Finot brachte es fertig, vor denen, die ihm nützlich sein konnten, auf dem Bauch zu liegen, und war so zartfühlend, jenen gegenüber, die er nicht mehr nötig hatte, unverschämt zu sein. Ähnlich einer der grotesken Gestalten im Ballett von ›Gustave‹ ist er von hinten gesehen Marquis und von vorn Schurke. Dieser Geschäftsprälat hielt sich einen Schleppenträger: Émile Blondet, Zeitungsredakteur, ein Mann von Geist, doch flatterhaft, brillant, begabt und faul. Er weiß, daß er ausgenutzt wird, er läßt sich ausnutzen und ist je nach Laune heimtükkisch oder eine Seele von Mensch; einer jener Männer, die man gern hat, aber nicht achten kann. Durchtrieben wie eine Theatersoubrette, ist er wiederum unfähig, seine Feder oder sein Herz dem zu verweigern, der eins von beiden fordert; Émile ist der bezauberndste jener Weibmänner, von denen der phantasiebegabteste unserer geistreichen Köpfe gesagt hat: ›Ich mag sie lieber in Seidenschuhen als in Stiefeln.‹ Der dritte, Couture, lebt von der Spekulation. Er pfropft Geschäft auf Geschäft, der Erfolg des einen deckt den Mißerfolg des anderen. Durch kräftiges Rudern, durch schnelle und gewagte Stöße, hält er sich gerade eben über Wasser, er schwimmt unentwegt umher, um im endlosen Meer der Pariser Geschäftsinteressen eine Insel zu finden, die umstritten genug wäre, um es wagen zu können, von ihr Besitz zu ergreifen. Augenscheinlich hat er seinen rechten Platz noch nicht gefunden. Was den letzten, den boshaftesten der vier, betrifft, so genügt sein Name: Bixiou! Ach, es ist nicht mehr der Bixiou von 1825, sondern jener von 1836, der schwungvollste und bissigste menschenfeindliche Possenreißer; ein Teufel, der wütend darüber ist, seinen Geist unwürdig verschwendet zu haben, und zornig, weil er aus der letzten Revolution nichts für sich hinübergerettet hat; als ein wahrer Pierrot der Funambules versetzt er jedem einen Fußtritt; er kennt seine Zeit und ihre Skandalgeschichten wie kein zweiter und schmückt sie mit spaßigen Einfällen aus, wobei er den anderen wie ein Clown auf die Schultern springt, um ihnen ein Henkerszeichen hineinzubrennen.

Der erste Hunger schien gestillt, unsere Nachbarn waren gleich uns beim Dessert angelangt, und da wir uns ruhig verhielten, glaubten sie sich allein. Bei Champagner, Zigarren und gastronomischen Genüssen entspann sich alsbald eine vertrauliche Unterhaltung. Jene Unterhaltung, deren frostiger Geist jegliches Gefühl zunichte machte und auch die edelste Eingebung lähmte, bei der das Lachen gellend wurde, die durchtränkt war mit bitterer Ironie, die die Heiterkeit zum Hohnlächeln werden ließ, zeigte, wie ausgelaugt Seelen sind, die sich nur mit sich selbst befassen, die nur ihrem Egoismus frönen, was wiederum den Friedenszeiten, in denen wir leben, zuzuschreiben ist. Jene Schmähschrift gegen den Menschen, die Diderot nicht zu veröffentlichen wagte, ›Rameaus Neffe‹, einzig dieses Buch, das nur verbreitet wurde, um Wunden zu entblößen, kann zum Vergleich mit dieser Schmährede herangezogen werden, eine Rede, bei der das Wort nicht einmal das verschonte, was der Gedanke noch in Zweifel zog, bei der man mit Trümmern Beweise aufbaute, alles verneinte und nur das bewunderte, was der Skeptizismus anerkennt: die allgültige Allwissenheit und Allmacht des Geldes. Nachdem die üble Nachrede zunächst den weiteren Bekanntenkreis attackiert hatte, begann sie nun die nahen Freunde aufs Korn zu nehmen. Eine Handbewegung von mir genügte zum Zeichen, daß ich noch zu bleiben wünschte, denn Bixiou ergriff das Wort, wie man gleich sehen wird. Wir hörten dann eine jener boshaften Improvisationen, die ihm bei einigen abgestumpften Geistern den Ruf eines Schauspielers eingebracht hatte; obwohl der Vortrag oft unterbrochen wurde, hat mein Gedächtnis ihn genauestens festgehalten. Bezüglich des Inhalts und der Form ist es zwar keine gute Literatur, doch eines ist dieses Potpourri ganz gewiß: das getreue Abbild der erschreckenden Zustände unserer Zeit, der man nur noch Geschichten dieser Art als Spiegel vorhalten sollte, und darüber hinaus überlasse ich die Verantwortung für das Dargelegte dem eigentlichen Sprecher. Mienenspiel und Gesten schienen prächtig mit dem jeweiligen Tonfall, mit dem Bixiou die vorgeführten Personen zeichnete, übereinzustimmen, denn seine drei Zuhörer ließen des öfteren Beifallsrufe ertönen.

»Und Rastignac hat abgelehnt?« sagte Blondet zu Finot.

»Geradeheraus.«

»Hast du ihm mit den Zeitungen gedroht?« fragte Bixiou.

»Er hat gelacht«, erwiderte Finot.

»Rastignac ist der direkte Erbe des seligen de Marsay, er wird politisch wie gesellschaftlich seinen Weg machen«, sagte Blondet.

»Aber wie ist er denn zu seinem Vermögen gekommen?« fragte Couture.

»1819 lebte er noch gemeinsam mit dem berühmten Bianchon in einer elenden Pension des Quartier Latin; seine Familie aß geröstete Maikäfer und trank billigen Landwein, um ihm hundert Francs im Monat überweisen zu können; das Gut seines Vaters war keine tausend Taler wert; überdies hatte er noch zwei Schwestern und einen Bruder zu versorgen, und jetzt ...«

»Und jetzt hat er eine jährliche Rente von vierzigtausend Livres«, sagte Finot; »jede seiner Schwestern hat sich gut verheiratet und eine reiche Mitgift bekommen, und die Nutznießung des väterlichen Gutes hat er seiner Mutter überlassen ...«

»1827 hatte er nicht einen Sou in der Tasche«, sagte Blondet.

»Oh, 1827!« sagte Bixiou.

»Nun«, erwiderte Finot, »heute kann er sich aussuchen, was er gern werden möchte, und ist auf dem besten Wege zum Minister oder zum Pair von Frankreich! Vor drei Jahren hat er seine Beziehung mit Delphine gütlich gelöst, er wird sich nur unter ganz bestimmten Voraussetzungen verheiraten, und so einer wie er kann unter den edelsten Töchtern des Landes wählen. Der Bursche hatte Verstand genug, sich an eine reiche Frau zu halten.«

»Meine Freunde, laßt mildernde Umstände walten«, sagte Blondet; »kaum daß er den Krallen des Elends entronnen war, fiel er in die Hände eines durchtriebenen Mannes.«

»Du kennst doch Nucingen«, sagte Bixiou; »in der ersten Zeit fanden Delphine und Rastignac ihn ›tauglich‹; für ihn schien die Frau ein Spielzeug, ein Schmuck seines Hauses zu sein. Und das zeigt mir, daß der Mann Format hat: Nucingen scheut sich nicht auszusprechen, daß seine Frau gewissermaßen die Repräsentantin seines Vermögens ist, eine unerläßliche, aber zweitrangige Sache im Leben der Politiker und Finanzmänner, die unentwegt beschäftigt sind. Ich selbst habe ihn sagen hören, Bonaparte sei damals, als er mit Josephine anknüpfte, dumm gewesen wie ein Spießbürger, und als er den Mut hatte, sie als Sprungbrett zu benutzen, habe er sich dadurch lächerlich gemacht, daß er sie zu seiner Gefährtin machen wollte.«

»Jeder höhere Mensch sollte über die Frau wie ein Orientale denken«, sagte Blondet.

»Der Baron hat die Anschauungen des Morgen- und Abendländers in reizvolles Pariserisch übertragen. Marsay, der nicht lenkbar war, war ihm unerträglich, aber Rastignac hat ihm sehr gefallen, und er hat ihn ausgenutzt, ohne daß dieser etwas davon ahnte: Er bürdete ihm alle Lasten seiner Ehe auf. Rastignac nahm die Launen Delphines auf sich, er führte sie in den Bois, er begleitete sie ins Theater. Dieser kleine Großpolitiker von heute hat lange Zeit sein Leben damit verbracht, Liebesbriefchen zu verfassen und zu lesen.

Anfänglich wurde Eugène wegen eines Nichts gescholten; er freute sich mit Delphine, wenn sie heiter war, er war betrübt, wenn sie traurig war, er trug die Lasten ihrer Migränen und ihrer Bekenntnisse; er schenkte ihr seine ganze Zeit, seine kostbare Jugend, um die müßiggängerische Leere dieser Pariserin auszufüllen. Delphine und er berieten lang und breit darüber, welcher Schmuck ihr am besten stand, er fing die Feuersalven ihres Zornes und den Kugelhagel ihrer Launen ab, während sie sich als Entschädigung für den Baron hübsch machte. Der Baron seinerseits lachte sich ins Fäustchen; wenn er dann sah, daß Rastignac unter dem Gewicht seiner Lasten zusammenbrach, gab er sich den Anschein, Verdacht zu schöpfen, und kettete die beiden Liebenden wieder durch die Angst aneinander.«

»Ich gebe zu, daß eine reiche Frau in der Lage wäre, Rastignac angemessen auszustatten; aber woher hat er sein Vermögen?« fragte Couture. »Ein so großes Vermögen, wie er es jetzt besitzt, muß irgendwoher kommen, und niemand hat ihn jemals verdächtigt, auf ein einträgliches Geschäft verfallen zu sein?«

»Er hat geerbt«, sagte Finot.

»Von wem?« fragte Émile Blondet.

»Von Dummköpfen am Wege«, entgegnete Couture.

»Er hat nicht alles genommen, liebe Jungen«, sagte Bixiou. »... Beruhigt euch über den falschen Alarm;

Ein jeder reicht heute dem Schwindel den Arm.

Ich werde euch erzählen, woher er sein Vermögen hat. Zunächst erst einmal Hut ab vor seinem Talent! Unser Freund ist kein Bursche, wie Finot gesagt hat, sondern ein Gentleman, der das Spiel und die Karten kennt und den die Galerie respektiert. Rastignac hat all den Verstand, den man haben muß, um im entsprechenden Augenblick zu handeln; er ist wie ein Söldner, der seinen Mut erst nach Wochen und nur gegen drei Unterschriften und sonstige Sicherheiten preisgibt. Er wird zerbrechlich erscheinen, schwatzhaft, leichtfertig, unbeständig, ohne feste Anschauungen; sobald sich ihm aber etwas Ernstes bietet, ein Plan, eine Berechnung, so wird er sich nicht verzetteln wie unser lieber Blondet, der sich streitet, und ein dritter hat den Nutzen davon; Rastignac besinnt sich, konzentriert sich, prüft den Punkt, an dem der Angriff einzusetzen hat, und greift dann mit allen Mitteln an. Mit der Tapferkeit eines Murat sprengt er die Reihen, die Aktionäre, die Gründer und den übrigen Haufen; hat der Angriff seine Wirkung getan, so kehrt er zu seinem behaglichen, sorglosen Leben zurück und wird wieder der schwelgerische Südfranzose, der nichtssagende, tatenlose Rastignac, der sich erst mittags zu erheben braucht, weil er im Augenblick der Gefahr wach zu sein verstand.«

»Sehr schön, aber komm endlich zu seinem Vermögen!« bemerkte Finot.

»Bixiou übertreibt alles«, entgegnete Blondet, »Rastignacs Vermögen – das ist Delphine de Nucingen, eine beachtenswerte Frau, die Kühnheit und Vorsicht vereint.«

»Hat sie dir Geld geliehen?« fragte Bixiou. Allgemeines Gelächter.

»Du täuschst dich in ihr«, sagte Couture zu Blondet, »ihr ganzer Geist besteht darin, mehr oder weniger pikante Dinge zu sagen, Rastignac mit lästiger Treue zu lieben und ihm blind zu gehorchen; ganz wie eine Italienerin.«

»Vom Geld einmal abgesehen«, sagte Andoche Finot bitter.

»Genug, genug«, entgegnete Bixiou mit einschmeichelnder Stimme, »könnt ihr nach alledem, was wir erörtert haben, noch wagen, den armen Rastignac zu beschuldigen, auf Kosten des Hauses Nucingen gelebt zu haben? Wagt ihr zu behaupten, man habe ihm eine Wohnung gesucht und eingerichtet und ihn da hineingesetzt, wie es seinerzeit unser Freund des Lupeaulx mit der Torpille gemacht hat? Verfallt nicht in den vulgären Ton der Rue Saint-Denis. Übrigens kann die Sache – abstrakt gesehen, wie Royer-Collard sagen würde – vor der ›Kritik der reinen Vernunft‹ bestehen; was allerdings diejenige der unreinen Vernunft betrifft …«

»Jetzt ist er beim Thema«, sagte Finot zu Blondet.

»Aber er hat recht!« rief Blondet. »Die Frage ist uralt. Sie war die Veranlassung zu dem berühmten Zweikampf zwischen la Châtaigneraie und Jarnac. Jarnac wurde beschuldigt, mit seiner Schwiegermutter, die ihren heißgeliebten Schwiegersohn recht üppig ausstattete, in allzu gutem Einvernehmen zu stehen. Wenn eine Tatsache so wahr ist, darf sie nicht ausgesprochen werden. Aus Ergebenheit für König Heinrich II., der sich diese Bosheit gestattet hatte, nahm la Châtaigneraie den Ausspruch auf sich, und es kam zu dem Duell, das die französische Sprache um die bekannte Bezeichnung *coup de Jarnac* bereicherte.«

»Ach! Daher stammt die Bezeichnung«, sagte Finot; »dann ist sie ja geradezu vornehm.«

»Das hast du als ehemaliger Zeitungs- und Zeitschrifteneigentümer natürlich nicht wissen können«, erwiderte Blondet.

»Es gibt Frauen«, fuhr Bixiou ernsthaft fort, »und auch Männer, die es verstehen, sich zu teilen und sich nur teilweise zu verschenken. (Nehmt bitte zur Kenntnis, daß ich euch als Verfechter der Menschheit meine Redensarten aufdränge.) Solche Leute werden stets ihre materiellen Interessen von ihrem Gefühlsleben trennen; sie schenken einer Frau ihr Leben, ihre ganze Zeit und ihre Ehre und finden es unziemlich, Seidenpapier miteinander zu verschwenden, auf dem steht: ›Das Gesetz bestraft den Fälscher mit dem Tode.‹ Von der Frau hingegen nehmen sie nichts an. Ja, denn alles wird unehrenhaft, wenn man nicht nur die Seelen, sondern auch Geld und Gut verschmilzt. Diese Doktrin wird oft genug vorgetragen, aber selten angewendet …«

»Ach, was für ein Unsinn!« sagte Blondet. »Der Marschall de Richelieu, ein Kenner in Sachen der Galanterie, setzte Madame de la Popelinière nach dem unliebsamen Abenteuer eine Pension von tausend Louis aus. Agnès Sorel brachte mit naiver Selbstverständlichkeit König Karl VII. ihr Vermögen, und der König nahm es an. Jacques Cœur hat für den Unterhalt der Krone Frankreichs gesorgt, die sich aushalten ließ und es ihm mit weiblicher Undankbarkeit heimzahlte.«

»Messieurs«, sagte Bixiou, »die Liebe, die nicht auch innige Freundschaft einschließt, scheint mir nichts weiter als momentane Ausschweifung. Was ist eine Hingabe, bei der man etwas für sich zurückbehält? Zwischen diesen beiden gegensätzlichen wie auch zutiefst unmoralischen Meinungen ist keine Versöhnung möglich. Nach meiner Ansicht haben alle, die einen rückhaltlosen Liebesbund scheuen, einfach Angst, daß er ein Ende haben könne, und dann lebt wohl, ihr Träume! Leidenschaft, die nicht an das Innere glaubt, ist abscheulich. (Der Ausspruch ist übrigens unverfälschter Fénelon.) Jene, die die Welt kennen und beobachten, die Korrekten, die gutangezogenen Männer, die ohne Erröten eine Geldheirat eingehen, halten deshalb eine strikte Trennung von materiellen Interessen und Gefühlsleben für unerläßlich. Die anderen sind verliebte Narren, die meinen, sie und ihre Geliebte seien allein auf der Welt! Ihnen sind die Millionen nichts; aber der Handschuh, die Kamelie, die ihre Angebetete getragen hat, ist ihnen Millionen wert! Wenn ihr bei ihnen auch das verächtliche Metall nicht findet, so findet ihr doch in hübschen Zedernholzkästchen verborgene, getrocknete Blumen! Sie gleichen sich alle: Für sie gibt es kein ›Ich‹ mehr. Das ›Du‹ ist ihnen in Fleisch und Blut übergegangen. Was ist da zu tun? Könnt ihr diese heimliche Herzenskrankheit verhindern? Es gibt Einfaltspinsel, die ohne jede Berechnung lieben, und es gibt Weise, deren ganze Liebe Berechnung ist.«

»Bixiou, du bist großartig!« rief Blondet. »Was sagt Finot dazu?«

»An jedem anderen Ort«, erwiderte Finot mit Würde, »wäre ich einer Meinung mit den Gentlemen; hier jedoch denke ich ...«

»Ebenso wie die schlechten Subjekte, in deren Gesellschaft du dich zu befinden die Ehre hast«, entgegnete Bixiou.

»Wahrhaftig ja«, sagte Finot.

»Und du?« wandte sich Bixiou an Couture.

»Alles nur Geschwätz!« rief Couture. »Eine Frau, die ihren Körper nicht zum Sprungbrett macht, um dem von ihr bevorzugten Mann zum Ziel zu verhelfen, ist eine herzlose, selbstsüchtige Frau.«

»Und du, Blondet?«

»Ich, ich erprobe die Sache praktisch.«

»Nun«, fuhr Bixiou in seinem bissigen Ton fort, »Rastignac war nicht eurer Ansicht. Nehmen und nicht wiedergeben ist schrecklich und sogar ein wenig leichtsinnig; aber nehmen, um sich das Recht zu erwirken, den großen Herrn zu spielen und hundertfach zurückzugeben – das ist eine ritterliche Tat. So dachte Rastignac. Rastignac fühlte sich tief gedemütigt, daß er von Delphine de Nucingen Geld annehmen mußte; ich kann euch ein Lied von seinem Kummer singen, ich sah, wie er seinen Zustand mit Tränen in den Augen beklagte. Ja, wirklich, er weinte ... nach Tisch! Nun gut, eurer Ansicht nach ...«

»Hör mal, du machst dich über uns lustig«, sagte Finot.

»Aber nicht im geringsten. Es handelt sich um Rastignac, dessen Kummer nach eurer Ansicht ein Beweis seiner Verdorbenheit ist; denn damals liebte er Delphine weit weniger! Aber was ist da zu machen? Der arme Junge hatte diesen Dorn im Herzen. Er ist eben ein zutiefst verkommener Edelmann, seht ihr, und wir sind tugendsame Künstler. Also, Rastignac wollte Delphine bereichern – er, der Arme, sie, die Reiche! Und ob ihr es mir nun glaubt oder nicht ... ihm ist es gelungen. Rastignac, der sich geschlagen hätte wie ein Jarnac, machte sich von nun an den Wahlspruch Heinrichs II. zu eigen: ›Es gibt keine absolute Tugend, sondern nur Gelegenheiten und Umstände.‹ Darauf beruht die Geschichte seines Reichtums.«

»Du solltest lieber mit deiner Geschichte beginnen, anstatt uns zur Selbstanklage zu verleiten«, sagte Blondet mit liebenswerter Einfalt.

»Ah, mein Kleiner«, sagte Bixiou und gab ihm einen wohlwollenden Klaps auf den Hinterkopf, »du hältst dich am Champagner schadlos.«

»Beim heiligen Aktionär«, sagte Couture, »erzählst du uns nun deine Geschichte?«

»Ich hatte mich gerade etwas verstrickt«, gab Bixiou zurück; »aber mit deinem Fluch hast du mir das Stichwort gegeben.«

»Es kommen also Aktionäre in der Geschichte vor?« fragte Finot.

»Steinreiche, so wie die von dir«, erwiderte Bixiou.

»Ich glaube«, sagte Finot ziemlich steif, »daß du einem guten Knaben, bei dem du gelegentlich einen Fünfhundertfrancsschein findest, Achtung schuldig bist ...«

»Kellner!« schrie Bixiou.

»Was willst du von ihm?« fragte ihn Blondet.

»Fünfhundert Francs für Finot, um meine Zunge zu lösen und mich von der Verpflichtung der Dankbarkeit zu entbinden.«

»Erzähl deine Geschichte!« erwiderte Finot und tat so, als lache er.

»Ihr seid Zeugen«, sagte Bixiou, »daß ich nicht das Eigentum dieses Flegels bin, der da glaubt, mein Schweigen sei nicht mehr als fünfhundert Francs wert! Wenn du die Gewissen nicht besser einschätzen kannst, wirst du niemals Minister werden. Also gut!« sagte er einschmeichelnd. »Mein lieber Finot, ich werde die Geschichte erzählen, ohne Namen zu nennen, und wir sind quitt.«

»Er wird uns beweisen«, sagte Couture lächelnd, »daß Nucingen den Rastignac reich gemacht hat.«

»Du kommst der Sache näher, als du denkst«, erwiderte Bixiou. »Ihr wißt nicht, was Nucingen als Geldmann ist.«

»Und du weißt wohl nichts darüber, wie er angefangen hat?« fragte Blondet.

»Ich habe ihn allerdings erst in seinem eigenen Hause kennengelernt«, sagte Bixiou; »aber es ist möglich, daß wir uns früher schon einmal über den Weg gelaufen sind.«

»Der Aufstieg des Hauses Nucingen ist eines der bemerkenswertesten Wunder unserer Zeit«, fuhr Blondet fort. »Im Jahre 1804 war Nucingen kaum bekannt, ein Bankier von damals hätte gezittert, hunderttausend Taler seiner Akzepte bei sich eingezahlt zu wissen. Aber der große Finanzmann wird sich plötzlich seiner Minderwertigkeit bewußt. Wie sich bekannt machen? Er stellt seine Zahlungen ein. Schön! Sein bisher nur in Straßburg und im Quartier Poissonnière bekannter Name ertönt allerorten! Er entschädigt seine Leute mit wertlosen Aktien und nimmt seine Zahlungen wieder auf; alsbald kursieren seine Papiere in ganz Frankreich. Durch einen unerhörten Zufall erholen sie sich wieder, steigen im Preis und bringen Gewinn. Nucingens sind sehr gesucht. Das Jahr 1815 kommt, der Bursche rafft seine Gelder zusammen, kauft vor der Schlacht bei Waterloo Staatspapiere, stellt im Moment der Krise seine Zahlungen ein und liquidiert mit Wortschiner Minenaktien, die er sich zwanzig Prozent unter dem Wert beschafft hatte, zu dem er selbst sie emittierte! Ja, Messieurs, er kauft bei Grandet hundertfünfzigtausend Flaschen Champagner, um sich zu decken, denn er sah den Bankrott des ehrsamen Vaters des heutigen Comte d'Aubrion voraus, und ebenso viele Flaschen Bordeauxwein bei Duberghe. Diese dreihunderttausend akzeptierten Flaschen, akzeptiert, mein Lieber, zu dreißig Sous das Stück, hat er die Alliierten von 1817 bis 1819 im Palais-Royal trinken lassen – zu sechs Francs die Flasche. Die Papiere des Hauses Nucingen und sein Name bekommen europäischen Ruf. Dieser illustre Baron hat sich über den Abgrund erhoben, in dem jeder andere zugrunde gegangen wäre. Zweimal brachte seine Liquidation seinen Gläubigern unerhörte Vorteile: Er hätte sie am liebsten gerädert, doch leider unmöglich! Er gilt als der ehrenhafteste Mann der Welt. Bei der dritten Zahlungseinstellung werden die Papiere des Hauses Nucingen sogar in Asien, Mexiko, Australien, ja bei den Wilden Absatz finden. Ouvrard ist der einzige, der diesen Elsässer, den Sohn eines aus Ehrgeiz konvertierten Juden, durchschaut hat: ›Wenn Nucingen sein Gold fahrenläßt‹, sagte er, ›so könnt ihr glauben, daß er dafür Diamanten einheimst!‹«

»Sein Kumpan du Tillet paßt gut zu ihm«, sagte Finot. »Denkt nur, dieser du Tillet ist ein Mann, der von Haus aus nur das Nötigste zum Leben hat; und dieser Kerl, der 1814 nicht einen Liard besaß, hat sich zu dem emporgeschwungen, was er jetzt ist; aber was keiner von uns (dich nehme ich aus, Couture) fertiggebracht hat: Er hatte Freunde, anstatt Feinde. Er wußte schließlich sein Vorleben so gut zu verbergen, daß man beinahe einen ganzen Sumpf durchforschen mußte, um dahinterzukommen, daß er noch 1814 Ladengehilfe bei einem Parfümeriewarenhändler der Rue Saint-Honoré gewesen ist.«

»Pah!« erwiderte Bixiou. »Wie könnt ihr einen Vergleich ziehen zwischen Nucingen und diesem jämmerlichen Gauner du Tillet, diesem Schakal, der von seiner Schnüffelnase lebt, der die Kadaver riecht und als erster gelaufen kommt, um sich den größten Knochen zu sichern. Stellt euch nur einmal beide Männer vor: Der eine hat ein spitzes Katzengesicht, er ist mager und gewandt; der andere ist massig und fett, plump wie ein Sack, unerschütterlich wie ein Diplomat. Nucingen hat eine gedrungene Hand und den sich nie belebenden Blick eines Luchses; seine Stärke ist nicht der Frontalangriff, sondern der Überfall von hinten; er ist nie zu durchschauen, man sieht nie, wann er kommt, während die Schlauheit jenes du Tillet einem zu dünnen Faden gleicht: Er reißt, wie Napoleon einmal von irgendwem gesagt hat.«

»Ich sehe eigentlich keine andere Überlegenheit Nucingens über du Tillet als die, herausgefunden zu haben, daß ein Finanzmann nur Baron zu sein braucht, während du Tillet sich in Italien zum Grafen ernennen lassen will«, sagte Blondet.

»Blondet ... auf ein Wort, mein Junge«, sagte Couture. »Zunächst hat Nucingen auszusprechen gewagt, daß es nur scheinbare Ehrenmänner gibt; ferner muß man, um ihn gut zu kennen, mit seinen Geschäften vertraut sein. Die Bank macht bei ihm nur den geringsten Teil aus. Es gibt da noch Lieferungen für die Regierung. Weine, Wolle, Indigo, kurzum alles, was irgendeinen Gewinn abwirft. Sein Genie bekommt alles in den Griff. Dieser Finanzriese würde dem Ministerium Deputierte verkaufen und den Türken die Griechen. Der Handel ist für ihn die Gesamtheit der Mannigfaltigkeit, die Einheit der Besonderheiten, wie Cousin sagen würde. Wenn man das Bankgeschäft unter diesem Gesichtspunkt betrachtet, wird es geradezu eine Staatswissenschaft, sie verlangt einen überlegenen Kopf und verleitet einen energischen Mann, sich über die Gesetze der Redlichkeit, die ihn beengen, hinwegzusetzen.«

»Du hast recht, mein Sohn«, sagte Blondet. »Aber nur wir begreifen, daß sich der eigentliche Krieg heute in der Finanzwelt abspielt. Der Bankier ist ein Eroberer, der seine Massen opfert, um insgeheim Erfolge zu erzielen; seine Soldaten – das sind die Anteile des einzelnen. Er hat seine Kriegslist zu ersinnen, Hinterhalte zu legen, seine Anhänger in die Schlacht zu werfen, Städte einzunehmen. Die meisten dieser Männer haben so viel mit Politik zu tun, daß sie schließlich auch hier mitreden wollen und ihr Vermögen dabei verlieren. Auf diese Weise ist das Haus Necker zugrunde gegangen, und der bekannte Samuel Bernard hat sich damit beinahe ruiniert. Fast jedes Jahrhundert hat seinen ungeheuer reichen Bankier, der schließlich weder Geld noch Erben hinterläßt. Die Brüder Pâris, die dazu beitrugen, Law zu stürzen, und Law selber, neben denen alle anderen Gründer von Aktiengesellschaften Zwerge sind, Bouret und Beaujon – alle sind dahin, ohne Familie zu hinterlassen. Wie die Zeit, so verschlingt auch die Bank ihre Kinder. Um bestehen zu können, müssen die Bankiers adlig werden, eine Dynastie begründen, wie die Gläubiger Karls V., die Fugger, die zu Fürsten von Babenhausen ernannt wurden und die noch immer bestehen ... im Gothaischen Kalender. Die Bank strebt, aus Erhaltungstrieb, und vielleicht sogar ohne es zu wissen, nach dem Adelstitel. Jacques Cœur hat ein großes Adelsgeschlecht begründet, das Geschlecht der Noirmoutier, das unter Ludwig XIII. erlosch. Welch eine Energie bewies dieser Mann, der sich zugrunde richtete, um einen rechtmäßigen König zu schaffen! Er starb als Fürst irgendeiner Insel im Archipel, wo er eine herrliche Kathedrale erbaute.«

»Ja, wenn ihr Geschichtsvorlesungen haltet, schweifen wir von der Gegenwart ab, in der man die Krone des Rechtes beraubt hat, Adelstitel zu verleihen, man macht die Grafen und Barone jetzt hinter verschlossenen Türen, wie erbärmlich!« sagte Finot.

»Du hast ganz recht, wenn es dir leid tut, daß man den Adelstitel nicht mehr kaufen kann«, sagte Bixiou. »Ich komme auf unser Thema zurück. Kennt ihr Beaudenord? Nein? Gut! So hört, wie alles zuging! Der arme Junge war vor zehn Jahren ein berühmter Dandy. Aber nun ist er wie vom Erdboden verschwunden, so daß ihr ihn ebensowenig kennen werdet, wie Finot den Ursprung des *coup de Jarnac* kannte. (Das ist als Redensart gemeint und nicht, um dich zu hänseln, Finot!) In Wirklichkeit gehörte er zum Faubourg Saint-Germain. Also, Beaudenord ist der erste Gimpel, den ich euch vorführen will. Zunächst müßt ihr wissen, daß er sich Godefroid de Beaudenord nannte. Weder Finot noch Blondet noch Couture noch ich würden einen solchen Vorteil nicht zu schätzen wissen. Es schmeichelte der Eigenliebe des Burschen nicht wenig, wenn nach einem Ball seine Leute im Beisein von dreißig schönen, kapuzenbemäntelten Frauen, die von ihren Ehemännern und Anbetern umringt waren und auf ihre Wagen warteten, seinen

Namen riefen. Ferner erfreute er sich aller guten Gaben, mit denen Gott den Menschen ausgestattet hat: Er war gesund und kräftig, hatte weder ein krankes Auge noch falsche Haare oder falsche Waden; er war weder X- noch O-beinig, hatte keine hervortretenden Knie; er hatte ein gerades Rückgrat, eine schlanke Gestalt, hübsche weiße Hände und schwarze Haare; seine Gesichtsfarbe war weder zu rosig wie bei einem Krämerburschen noch zu braun wie bei einem Kalabreser. Und schließlich die Hauptsache: Beaudenord war nicht hübsch, nicht so wie diejenigen unserer Freunde, die aussehen, als seien sie nur auf ihre Schönheit bedacht und hätten sonst nichts weiter zu bieten; aber lassen wir das, wir haben schon gesagt, daß es abscheulich ist! Er wußte eine Pistole zu handhaben und ein Pferd ausgesprochen angenehm zu reiten; er hatte sich wegen einer Lappalie geschlagen und seinen Gegner nicht getötet. Wißt ihr auch, daß man, um zu wissen, was im neunzehnten Jahrhundert in Paris das reine, unverfälschte Glück eines Sechsundzwanzigjährigen ausmacht, all die unzähligen Kleinigkeiten und Nebensächlichkeiten kennen muß, aus denen das Leben besteht? Der Schuhmacher, der Beaudenords Fuß erwischt hatte, fertigte ihm gutsitzende Schuhe, sein Schneider freute sich, ihm schöne Anzüge zu machen. Godefroid sprach das ›R‹ ordentlich aus, er redete nicht Gascognisch und nicht Normannisch, sondern rein und fehlerfrei und band seine Krawatte so hübsch wie Finot. Er hatte ferner das Glück, doppelt verwaist und der Vetter seines Vormundes, des Marquis d'Aiglemont, zu sein; er konnte also bei den Finanzleuten ein und aus gehen und tat es, ohne daß ihm der Faubourg Saint-Germain deswegen Vorwürfe machte, denn glücklicherweise hat ein junger Mann das Recht, das Vergnügen zu seinem einzigen Gesetz zu machen, dorthin zu laufen, wo man sich amüsiert, und die düsteren Winkel, in denen der Kummer gedeiht, zu meiden. Schließlich war er geimpft worden (du verstehst, was ich meine, Blondet). Trotz all dieser Gaben hätte er sich recht unglücklich fühlen können. Ach, leider hat das Glück das Unglück, als etwas Unbedingtes zu erscheinen, was so viele Narren zu der Frage veranlaßt: ›Was ist das Glück?‹ Eine sehr geistvolle Frau sagte einmal: ›Das Glück ist da, wo man es hinträgt.‹«

»Da sprach sie eine traurige Wahrheit aus«, sagte Blondet.

»Und eine sehr abstrakte«, fügte Finot hinzu.

»Erzabstrakt! Das Glück, die Tugend, das Böse – das sind alles nur relative Begriffe«, erwiderte Blondet. »So hoffte La Fontaine zum Beispiel, daß sich die Verdammten mit der Zeit an ihren Zustand gewöhnen und sich schließlich in der Hölle so wohlfühlen würden wie die Fische im Wasser.«

»Jeder Krämer zitiert La Fontaine!« sagte Bixiou.

»Das Glück eines Sechsundzwanzigjährigen in Paris ist noch lange nicht das Glück eines Sechsundzwanzigjährigen in Blois«, sagte Blondet, ohne den Einwurf zu beachten. »Wer davon ausgeht, um gegen die Unbeständigkeit der Meinungen loszuwettern, ist ein Dummkopf oder ein Betrüger. Die heutige Medizin, deren größte Ruhmestat es ist, sich von 1799 bis 1837 von einer hypothetischen zu einer positiven Wissenschaft entwickelt zu haben – und dies durch den Einfluß der großen Schule der Analytiker in Paris –, hat bewiesen, daß der Mensch in einem bestimmten Zeitraum ein gänzlich anderer geworden ist ...«

»Wie Jeannots Messer«, erwiderte Bixiou, »und ihr glaubt, es sei noch das gleiche. So ist also das Harlekingewand, das wir ›Glück‹ nennen, recht verschiedenartig bunt; nun, das Kleid meines Godefroid hatte weder Löcher noch Flecken. Ein junger Mann von sechsundzwanzig Jahren, der Glück in der Liebe hätte, der nicht wegen seiner blühenden Jugend, seines Geistes, wegen seines Aussehens geliebt würde, sondern aus unwiderstehlicher Anziehungskraft heraus, nicht einmal wegen der Liebe an sich und obgleich diese Liebe abstrakt wäre, um noch einmal auf das Wort von Royer-Collard zurückzukommen, besagter junger

Mann brauchte keinen Liard in der von der Angebeteten gestickten Börse zu haben, er könnte seinem Hausherrn die Miete, seinem schon erwähnten Schuster die Schuhe, seinem Schneider, der sich schließlich wie alle in Frankreich von ihm abwenden würde, den Anzug schuldig sein, kurz, er könnte arm sein! Das Elend wird das Glück eines jungen Mannes trüben, der unsere erhabenen Ansichten über die Verschmelzung des Geldbesitzes nicht teilt. Ich kenne nichts Quälenderes, als seelisch überglücklich, materiell hingegen unglücklich zu sein. Hieße das nicht, wie es mir hier ergeht, nach der Seite der Tür ein vom Zugwind vereistes und zum Kamin hin ein geröstetes Bein zu haben? Ich hoffe, ich habe mich deutlich genug ausgedrückt; hallt es schon in deiner Westentasche wider, Blondet? Unter uns: Lassen wir die Liebe beiseite, sie verdirbt den Verstand. Also weiter! Godefroid de Beaudenord genoß die Achtung seiner Lieferanten, denn sie bekamen ziemlich regelmäßig Geld zu sehen. Jene geistvolle Frau, die ich vorhin zitierte, die man aber nicht nennen darf, da sie lebt dank ihrer Herzlosigkeit ...«

»Wer ist es?«

»Die Marquise d'Espard! Sie sagte, ein junger Mann müsse in einem Zwischengeschoß wohnen, dürfe nichts haben, was annähernd einem Haushalt gliche, also weder Küche noch Köchin, sondern nur einen alten Diener, und dürfe keinerlei Anspruch auf Beständigkeit erheben. Jede andere Behausung ist nach ihrer Ansicht eine Geschmacklosigkeit. Godefroid de Beaudenord wohnte, getreu diesem Programm, am Quai Malaquais in einem Zwischengeschoß. Dennoch war er gezwungen gewesen, sich eine winzige Ähnlichkeit mit Eheleuten einzugestehen: Er hatte ein Bett in seinem Zimmer aufgestellt, allerdings ein so schmales, daß er sich wenig darin aufhielt. Eine Engländerin, die zufällig bei ihm eingetreten wäre, hätte nichts finden können, das *improper* gewesen wäre. Finot, laß dir das große Gesetz des *improper* erklären, das England beherrscht! Da uns ein

Tausendfrancsschein verbindet, werde ich es dir anschaulich darlegen. Ich selbst bin ja in England gewesen!« (Blondet ins Ohr: »Ich vermittle ihm für mehr als zweitausend Francs Geist.«) »Also in England, Finot, kommst du in einer Nacht, beim Ball oder sonstwo, einer Frau sehr nahe; du begegnest ihr anderntags auf der Straße und zeigst, daß du sie wiedererkennst: *improper*! Du findest beim Diner im Frack deines Nachbarn zur Linken einen angenehmen, geistvollen Mann, von der ungezwungenen Sorte und gar nicht dünkelhaft; er hat nichts von einem Engländer; nach alter französischer Tafelsitte, die so höflich, so liebenswürdig ist, sprichst du ihn an: *improper*! Du holst dir auf dem Ball eine hübsche Frau zum Tanz: *improper*! Du ereiferst dich, du redest, du lachst, du schüttest dein Herz, deine Seele, deinen Geist aus; du bekundest in deiner Unterhaltung Gefühl; du spielst beim Spiel und plauderst beim Plaudern und ißt beim Essen: *improper! improper! improper!* Einer der geistreichsten und tiefgründigsten Männer unserer Zeit, Stendhal, hat dieses *improper* köstlich charakterisiert, als er sagte, daß man einen englischen Lord daran erkenne, daß er, selbst wenn er allein am Kaminfeuer sitzt, nicht wagt, die Beine übereinanderzuschlagen – aus Furcht, daß es *improper* sei. Eine englische Lady, auch wenn sie der erbitterten Heiligensekte angehören würde (strenggläubige Protestanten, die ihre Familien verhungern lassen würden, wenn diese *improper* wäre), wird nicht *improper* sein, wenn sie sich in ihrem Schlafzimmer austobt, und sie wird sich als verloren ansehen, wenn sie in ebendiesem Zimmer einen Freund empfängt. Aufgrund dieser Angst, *improper* zu erscheinen, wird man London und seine Bewohner eines Tages versteinert finden.«

»Wenn man bedenkt, daß es in Frankreich Narren gibt, die auch hier die erhabenen Dummheiten einführen wollen, die die Engländer bei sich mit jener vornehmen Kaltblütigkeit begehen, die du an ihnen kennst«, sagte Blondet, »so muß wohl jedem, der England gesehen hat und sich der freundlichen und anmutigen französischen Sitten erinnert, ein Schaudern überkommen. Walter Scott, der nicht wagte, die Frauen so zu zeichnen, wie sie wirklich sind, aus Furcht, *improper* zu sein, bereute es neulich sogar, im ›Kerker von Edinburgh‹ die schöne Gestalt der Effie geschaffen zu haben.«

»Falls du vermeiden möchtest, in England *improper* zu erscheinen ...«, sagte Bixiou zu Finot.

»Nun?« fragte Finot.

»Dann geh in die Tuilerien und sieh dir die vom Bildhauer mit ›Themistokles‹ betitelte Marmorstatue eines Feuerwehrmannes an, bemühe dich, wie die Hauptmannsstatue zu laufen, und du wirst niemals *improper* sein. Godefroid jedenfalls verdankte sein Glück der sorgfältigen Vermeidung all dessen, was *improper* hätte sein können. Hier die Geschichte: Er hatte einen Reitknecht, einen *tigre*, und nicht einen *groom*, wie ungebildete Leute sagen. Sein Tiger war ein kleiner Ire namens Paddy, Joby, Toby – wie ihr wollt –, drei Fuß hoch, zwanzig Zoll breit, Gestalt wie ein Wiesel, mit Gin-gehärteten Stahlnerven, behende wie ein Eichhörnchen; er kutschierte sowohl in London als auch in Paris einen Landauer mit unfehlbarer Sicherheit, hatte wie ich ein eidechsenscharfes Auge, saß zu Pferde wie der alte Franconi, hatte die blonden Locken einer Rubensschen Madonna und rosige Wangen, er war hinterhältig wie ein Prinz und beschlagen wie ein alter Advokat, – dabei war er nicht älter als zehn Jahre und ein wahrer Ausbund an Verderbtheit: Er spielte und fluchte, liebte Süßigkeiten und Punsch, beleidigte wie ein Feuilletonschreiber, war unverschämt und stibitzte wie ein Pariser Gassenjunge. Er war der Stolz und die Profitquelle eines berühmten englischen Lords, dem er bei den Rennen schon siebenhunderttausend Francs eingebracht hatte. Der Lord liebte das Kind sehr: Sein Tiger war geradezu eine Kuriosität, kein Mensch in ganz London hatte einen so kleinen Tiger. Wenn Joby auf einem Rennpferd saß, dann glich er einem Falken. Nun, der Lord entließ Toby, nicht etwa wegen Gefräßigkeit oder Diebstahl oder Mord oder sträflicher Redensarten, nicht wegen mangelndem Betragen oder Respektlosigkeiten gegen Mylady – auch nicht, weil er der Kammerfrau Myladys Löcher in die Taschen schnitt oder weil er sich von den Gegnern des Lords beim Rennen hatte bestechen lassen oder weil er des Sonntags seinem Vergnügen nachging –, kurzum, aus keinem stichhaltigen Grund. Toby hätte alle diese Dinge begehen können, er hätte sogar Mylord ungefragt anreden können, Mylord hätte ihm selbst diese Domestikentodsünde verziehen. Mylord hätte vieles von Toby ertragen, so große Stücke hielt er auf ihn. Sein Tiger lenkte einen zweirädrigen Wagen mit zwei voreinander gespannten Pferden, indem er selber auf dem Hinterpferd saß, ohne daß seine Beine über die Deichsel hinausragten; er glich wirklich einem dieser Engelsköpfe, wie sie die italienischen Maler in Scharen um den lieben Gott gruppieren. Ein englischer Journalist gab eine entzückende Beschreibung dieses kleinen Engels, er fand ihn zu hübsch für einen Tiger und stellte die Behauptung auf, daß Paddy eine gezähmte Tigerin sei. Dieser Vergleich drohte zweideutig ausgelegt und im höchsten Grade *improper* zu werden. Der Superlativ von *improper* führt geradewegs zum Galgen. Mylord wurde von Mylady sehr wegen seiner Umsicht gelobt. Nachdem man ihm seinen Rang in der Zoologie Britanniens streitig gemacht hatte, konnte Toby keine Stellung mehr finden. Damals zierte Godefroid gerade die französische Gesandtschaft in London, wo er die Geschichte von Toby, Joby, Paddy hörte. Godefroid bemächtigte sich des Tigers, den er weinend neben einem Marmeladentopf fand, denn das Kind hatte schon die Guineen verloren, mit denen Mylord sein Leid vergoldet hatte. Bei seiner Rückkehr brachte uns Godefroid de Beaudenord also den reizendsten Tiger Englands mit, er wurde wegen seines Tigers berühmt wie Couture wegen seiner Westen. Deshalb fand er leicht Aufnahme in der Vereinigung, die heute Grammont-Klub heißt. Nachdem er der Diplomatenlaufbahn entsagt hatte, bewies er keinen beunruhigenden Ehrgeiz mehr, sein Geist war nicht gefährlich, und alle Welt sah ihn gern. Uns würde es in unserer Selbstgefälligkeit beleidigen, nur lachenden Gesichtern zu begegnen. Wir mögen bei anderen den bitteren Zug des Neides. Godefroid mochte nicht gehaßt werden. Jeder nach seinem Geschmack! Doch kommen wir zu greifbareren Dingen seines Lebens! Sein Junggesellenheim, in dem ich mir mehr als eine Mahlzeit munden ließ, zeichnete sich durch ein geheimnisvolles, reich und behaglich eingerichtetes Ankleidezimmer aus; es hatte einen Kamin, eine Badewanne, einen Ausgang zur Treppe, gepolsterte Türen mit gutgeölten Schlössern und verschwiegenen Angeln, Fenster mit Mattglasscheiben und undurchsichtigen Vorhängen. Wenn das Wohnzimmer die schönste Unordnung bot, die sich nur der anspruchsvollste Aquarellmaler denken konnte, wenn alles hier von den Bohemienallüren eines vornehmen jungen Mannes zeugte, so war das Ankleidezimmer dagegen wie ein Heiligtum: weiß, sauber, aufgeräumt, warm, keine Zugluft, weiche Teppiche – alles wie geschaffen für den, der aufgescheucht worden war und sich, barfuß und nur mit einem Hemd bekleidet, hier hineingeflüchtet hatte. Das war die Handschrift des Junggesellen, der wußte, wie das Leben ist, und sich als Herr der Situation erweist. Denn hier offenbart sich innerhalb weniger Minuten der wahre Charakter eines Menschen, und er zeigt in den kleinen Dingen des Lebens entweder seine Dummheit oder seine Größe. Die schon erwähnte Marquise – nein, es war die Marquise von Rochefide – verließ einmal wütend ein Ankleidezimmer und wollte es nie wieder betreten, denn sie hatte dort nichts *improper* finden können. Godefroid besaß ein Schränkchen voller …«

»Damennachtwäsche?« sagte Finot.

»Das ist doch nicht möglich, dieser ungehobelte Turcaret! (Ich werde ihm nie Erziehung beibringen!) Aber nicht doch, Kuchen, Früchte, hübsche Fläschchen mit Malaga, mit Lunel, ein kleines Notmahl à la Ludwig XIV., all das, was einen zarten und verwöhnten Gaumen erfreuen konnte und wohl für die Mägen aller sechzehn Stadtviertel gereicht hätte. Ein alter schlauer Diener, der gut mit Tieren umzugehen wußte, pflegte die Pferde und umsorgte Godefroid; er hatte bereits dem seligen Monsieur Beaudenord gedient und brachte Godefroid eine unausrottbare Zuneigung entgegen, jene Herzenskrankheit, die die Sparkassen schließlich bei den Hausangestellten ausgemerzt haben. Alles irdische Glück beruht auf Zahlen. Ihr, die ihr das Pariser Leben mit all seinen Auswüchsen kennt, werdet euch denken können, daß Godefroid eine Rente von etwa siebzehntausend Livres brauchte, da er für siebzehn Francs Steuern zu zahlen und für tausend Taler Phantasie hatte. Nun also, Kinder, am selben Tage, als er mündig wurde, präsentierte ihm der Marquis d'Aiglemont eine Vormundschaftsabrechnung, wie wir sie unseren Neffen nicht werden vorlegen können, und übergab ihm Staatsschuldscheine über achtzehntausend Francs, der Rest des während der Republik durch die große Reduktion beträchtlich geprellten und von den Zahlungsrückständen des Kaiserreichs arg mitgenommenen väterlichen Vermögens. Dieser tugendhafte Vormund machte sein Mündel zum Herrn von etwa dreißigtausend Francs Ersparnissen, die bei Nucingen angelegt waren, wobei er ihm mit der Würde eines Grandseigneur und mit der Ungezwungenheit eines Soldaten des Kaiserreiches sagte, daß er ihm diese Summe ausgesetzt habe, damit er sich zunächst einmal, wie jeder junge Mann, austoben könne. ›Wenn du auf mich hören willst, Godefroid‹, sagte er zu ihm, ›dann wirst du das Geld nicht wie so viele andere unsinnig vergeuden, sondern machst nützliche Dummheiten. Nimm in Turin einen Gesandtschaftsposten an, von dort geh nach Neapel, von Neapel nach London – und du wirst dich für dein Geld unterhalten und gebildet haben. Willst du später einen Beruf ergreifen, so hast du weder Zeit noch Geld verloren.‹ Der selige d'Aiglemont war besser als sein Ruf – was man von uns nicht sagen kann.«

»Ein junger Mann, der mit einundzwanzig Jahren mit achtzehntausend Livres Rente ins Leben tritt, ist ruiniert«, sagte Couture.

»Falls er nicht geizig oder sonderlich begabt ist«, sagte Blondet.

»Godefroid weilte in den vier Hauptstädten Italiens«, fuhr Bixiou fort. »Er sah Deutschland und England, ein wenig auch St. Petersburg, er bereiste Holland; aber er entäußerte sich der besagten dreißigtausend Francs, als seien sie nichts als eine Jahresrente. Er fand überall das Geflügel-Suprême, das Aspik und die Weine Frankreichs, man sprach überall Französisch, kurzum, er hatte Paris nicht verlassen können. Er hätte gern sein Herz verhärtet, gepanzert, seine Illusionen verloren, hätte gern gelernt, alles anzuhören, ohne zu erröten, zu sprechen, ohne etwas zu sagen, hätte gern die geheime Stufenleiter zur Macht betreten ... Pah! Er hatte Mühe genug, sich mit vier Sprachen zu wappnen, das heißt, sich mit vier Worten gegen einen Gedanken zu wehren. Er kam zurück, ledig einiger langweiliger Witwen, die man im Ausland ›galante Abenteuer‹ nannte, als ein schüchterner, ziemlich ungeschliffener, vertrauender guter Junge – ein Mensch, der von denen, die ihm die Ehre erwiesen hatten, ihn zu empfangen, nichts Übles reden konnte, der für einen Diplomaten viel zu vertrauensselig war, er war, was wir einen anständigen Burschen nennen würden.«

»Kurz, ein Bengel, der seine achtzehntausend Livres Rente mit den erstbesten Unternehmungen verzettelte«, sagte Couture.

»Dieser verteufelte Couture ist so daran gewöhnt, die Dividenden vorauszuberechnen, daß er sogar den Ausgang meiner Geschichte vorhersieht. Wo war ich denn? Bei der Rückkehr Beaudenords! Als er im Quai Malaquais untergebracht war, stellte sich heraus, daß die tausend Francs Überschuß, die ihm jährlich blieben, nicht genügten, um sich an einer Loge im Théâtre-Italien und in der Oper zu beteiligen. Wenn er beim Spiel mit einem Einsatz fünfundzwanzig bis dreißig Louis verlor, bezahlte er sie natürlich; gewann er aber, so gab er das Geld gleich wieder aus – was wir ebenso machen würden, wären wir dumm genug, uns auf Glücksspiele einzulassen. Beaudenord, der also mit seinen achtzehntausend Livres Rente nicht auskam, fühlte die Notwendigkeit dessen, was wir heute Betriebskapital nennen. Er legte großen Wert darauf, sich selbst nicht zugrunde zu richten. Er holte sich bei seinem Vormund Rat: ›Mein lieber Junge‹, sagte d'Aiglemont zu ihm, ›Staatsrenten stehen auf pari, verkaufe deine Papiere; meine und auch diejenigen meiner Frau habe ich bereits verkauft. Nucingen hat mein ganzes Geld und gibt mir sechs Prozent dafür; mach es wie ich, so wirst du ein Prozent mehr haben als bisher, und dieses eine Prozent wird genügen, um dir die gewünschte Bewegungsfreiheit zu schaffen.‹ Drei Tage darauf hatte Godefroid seine Bewegungsfreiheit. Da Einkommen und Luxus nun ein vorzügliches Gleichgewicht bildeten, war sein materielles Glück gesichert. Wenn es möglich wäre, alle jungen Männer von Paris gleichzeitig zu befragen, wie es vielleicht einmal beim Jüngsten Gericht für die Milliarden der Geschlechter der Fall sein wird, die als Nationalgardisten oder als Wilde auf allen Erdteilen im Schlamm gewatet sind, und ihnen die Frage stellte, ob nicht das Glück eines Sechsundzwanzigjährigen darin bestehe, im Tilbury oder im Kabriolett mit einem faustgroßen, frischrosigen Tiger wie Toby, Joby, Paddy auszufahren; am Abend für zwölf Francs eine bequeme Mietkutsche zur Verfügung zu haben; nach den um acht Uhr, zwölf Uhr, sechzehn Uhr und am Abend herrschenden Gesetzen der Mode elegant gekleidet zu erscheinen; bei allen Gesandtschaften wohlgelitten zu sein und dort die vergänglichen Blüten ebenso kosmopolitischer wie seichter Freundschaften zu pflücken; erträglich hübsch zu sein und seinen Namen, seinen Anzug, seinen Kopf mit Anstand zu tragen;

ein entzückendes kleines Zwischengeschoß, ähnlich jenem am Quai Malaquais, zu bewohnen; seine Kameraden ins ›Rocher-de-Cancale‹ einladen zu können, ohne vorher erst den Geldbeutel befragen zu müssen; in keiner seiner vernünftigen Regungen von dem Gedanken: ›Nun, und das Geld?‹ beeinträchtigt zu werden; die Rosenquasten am Hals seiner drei Vollblutpferde erneuern zu können und jedesmal ein neues Hutfutter in seinem Hut zu tragen? Alle, selbst wir höheren Menschen, würden antworten, daß ein solches Glück unvollkommen sei, die Madeleine ohne Altar sei, denn man müsse lieben und geliebt werden oder lieben, ohne geliebt zu werden oder geliebt werden, ohne wieder zu lieben, oder ganz unbesonnen lieben. Befassen wir uns also mit seinem ideellen Glück. Als er sich im Januar 1823 mit der Nutznießung seiner Prozente bestens sichergestellt sah und in den verschiedenen Kreisen der Pariser Gesellschaft, die ihm behagten, Fuß gefaßt hatte, fühlte er die Notwendigkeit, sich in den Schutz eines Sonnenschirmes zu begeben und sich, wie es sich gehörte, über eine Frau beklagen zu können und nicht am Stiel einer für zehn Sous bei Madame Prévost gekauften Rose kauen zu müssen – nach Art der armseligen Jünglinge, die in den Korridoren der Oper herumglucksen wie Hühner im Mastkäfig. Kurzum, er beschloß, seine Gefühle, seine Gedanken, seine Neigungen einer Frau darzubringen, *einer Frau! Die Frau!* Ah! ... Er hegte zunächst den lächerlichen Gedanken einer unglücklichen Liebe, er umwarb eine Zeitlang seine schöne Cousine, Madame d'Aiglemont, ohne gewahr zu werden, daß bereits ein Diplomat den Faustwalzer mit ihr getanzt hatte. Das Jahr 1825 verging mit Suchen, Nachforschen und nutzlosem Kokettieren. Die begehrte liebende Seele fand sich nicht. Große Leidenschaften sind selten. Zu jener Zeit gab es in Liebesdingen ebenso viele Barrikaden wie in den Straßen. Doch in Wahrheit, meine Brüder, hat uns das *improper* eingeholt, sage ich euch! Da man uns den Vorwurf gemacht hat, den Porträtmalern, den Taxatoren und Modewarenhändlern ins Handwerk zu pfuschen, so soll euch denn auch die Beschreibung der Betreffenden, in der Godefroid seine Gefährtin zu erkennen glaubte, nicht erspart bleiben: Alter neunzehn Jahre; Größe ein Meter fünfzig; Haare blond, Brauen idem, Augen blau, Stirn mittel, Nase gebogen, Mund klein, Kinn schmal, Gesichtsform oval, besondere Kennzeichen keine. Das also ist der Steckbrief des geliebten Gegenstandes. Ihr dürft nicht anspruchsvoller sein als die Polizei, die Herren Bürgermeister aller französischen Städte und Gemeinden, als die Gendarmen und andere anerkannte Autoritäten. Das Gesagte würde übrigens auch auf die Mediceische Venus passen, Ehrenwort. Als Godefroid das erstemal zu Madame de Nucingen ging, die ihn auf einen jener Bälle eingeladen hatte, durch die sie, ganz zu Recht allerdings, eine gewisse Berühmtheit erlangte, erspähte er bei einer Quadrille den zukünftigen Gegenstand seiner Liebe und entzückte sich an dieser Gestalt von einem Meter fünfzig. Die blonden Haare umströmten in brausenden Kaskaden ein kleines, unbefangenes Gesicht, das frisch war wie das Antlitz einer Najade, die die Nase an das kristallene Fenster ihrer Quelle preßt, um die Frühlingsblumen zu sehen. (Dies ist neuester Stil, bei dem die Sätze so teigig sind wie unsere Makkaroni hier.) Das idem ihrer Augenbrauen hätte trotz Polizeipräfektur dem liebenswerten Parny sechs Verse abverlangt, dieser übermütige Dichter hätte sie auf sehr angenehme Art mit dem Bogen des Cupido verglichen, wobei er noch festgestellt hätte, daß der Pfeil unterhalb davon abgeschossen wurde, doch ein kraftloser, stumpfer Pfeil, noch immer mit jener Lämmersanftmut auf den Weg geschickt, die alle Galane Madame de La Vallière bescheinigen, wenn diese ihre Liebe vor Gott bezeugt, mangels an Gelegenheit, sie vor dem Notar bezeugen zu können. Ihr kennt die Wirkung blonder Haare und blauer Augen in Verbindung mit einem weichen, wollüstigen und sittsamen Tanz? Solch ein junges Mädchen zielt nicht so kühn direkt auf das Herz, wie die

Brünetten, die mit dem Blick einer spanischen Bettlerin zu sagen scheinen: ›Geld oder Leben! Fünf Francs oder ich verachte dich!‹ Diese unverschämten (und nicht ganz ungefährlichen!) Schönheiten mögen vielen Männern gefallen; nach meiner Ansicht aber hat die Blonde, die das Glück hat, ganz besonders zärtlich und liebenswürdig zu erscheinen, ohne jedoch von ihren Rechten, den Vorhaltungen, der Neckerei, dem unentwegten Plaudern, der Eifersüchtelei und von all dem, was eine Frau anbetungswürdig macht, etwas einzubüßen, weit mehr Aussichten, sich zu verheiraten, als die feurige Brünette. Das Holz ist teuer. Isaure – sie war weiß und zart wie eine Elsässerin (als gebürtige Straßburgerin sprach sie das Deutsche mit einem sehr anmutigen französischen Akzent) – tanzte wunderbar. Ihre Füße, die der Polizeibeamte nicht erwähnt hätte und die dennoch ihren Platz in der Rubrik ›Besondere Kennzeichen‹ verdienten, waren bemerkenswert, weil sie so klein waren und durch ihre eigenartige Ausdrucksweise, die die Alten *flic-flac* genannt haben, vergleichbar dem angenehmen Wortstrom Mademoiselle Mars', da alle Musen Schwestern sind, Tänzer und Dichter fußen gleichermaßen auf der Erde. Die Füße Isaures plauderten mit einer Klarheit, einer Sicherheit, Leichtigkeit und Schnelligkeit, die in Herzensdingen von guter Vorbedeutung sein mußten. ›Sie hat *flic-flac*!‹ war das erhabenste Lob, das Marcel spendete, Marcel, der einzige Tanzmeister, der den Namen ›der Große‹ verdienen würde. Man sagte ›der große Marcel‹, wie man ›der große Friedrich‹ sagte – damals, zur Zeit Friedrichs des Großen.«

»Er hat wohl auch Ballette komponiert?« fragte Finot.

»Ja, dergleichen wie ›Die vier Elemente‹, ›Die galante Europa‹.«

»Welch eine Zeit«, sagte Finot, »als die Herren von Adel den Tänzerinnen noch Kleider schenkten!«

»Improper!« erwiderte Bixiou. »Isaure tanzte nicht auf Zehenspitzen; sie blieb auf der Erde, wiegte sich, ohne zu

hüpfen, nicht mehr und nicht weniger verführerisch, als ein junges Mädchen sich eben wiegen darf. Marcel meinte übrigens voll tiefgründiger Philosophie, daß jeder Stand eine besondere Tanzweise habe: Eine verheiratete Frau müsse anders tanzen als ein junges Mädchen, ein Richter anders als ein Finanzmann, ein Militär anders als ein Page; er ging sogar so weit, zu behaupten, ein Infanterist müsse anders tanzen als ein Kavallerist – davon ausgehend, analysierte er die gesamte Gesellschaft. Wie weit sind wir doch heute von alledem entfernt!«

»Ah«, sagte Blondet, »da nennst du ein großes Übel beim Namen. Hätte man Marcel richtig verstanden, wäre es nicht zur Revolution gekommen.«

»Godefroid«, fuhr Bixiou fort, »konnte auf seinen Reisen durch Europa nicht umhin, die ausländischen Tänze zu studieren. Hätte er nicht so viel von der Tanzkunst, die leider als nichtig abgetan wird, verstanden, hätte er sich vielleicht niemals in das junge Mädchen verliebt; so aber war er von den dreihundert Geladenen, die sich durch die schönen Salons der Rue Saint-Lazare drängten, der einzige, der die unausgesprochenen Liebesworte verstand, die ein gesprächiger Tanz verriet. Man bemerkte wohl die Anmut Isaure d'Aldriggers; doch in einem Jahrhundert, wo jeder rief: ›Nur vorwärts, halten wir uns nicht dabei auf!‹, hieß es in diesem Falle nur: ›Das Mädchen dort tanzt ausgezeichnet‹ (ein Notariatsschreiber); ›Dies junge Mädchen da tanzt entzückend‹ (eine Dame mit Turban); oder wie eine Frau von dreißig Jahren sagte: ›Die Kleine dort tanzt nicht schlecht!‹ Kommen wir auf den großen Marcel zurück, und zitieren wir seinen berühmten Ausspruch: ›Was liegt nicht alles in einem *avant-deux*‹.«

»Und beeilen wir uns ein wenig!« sagte Blondet. »Sprich nicht so schwülstig.«

»Isaure«, fuhr Bixiou mit einem Seitenblick auf Blondet fort, »trug ein schlichtes weißes Kreppkleid, das mit grünen Bändern geziert war, eine Kamelie im Haar, eine Kamelie im Gürtel, eine andere am Saum des Kleides und eine Kamelie …«

»Du willst uns wohl die dreihundert Ziegen des Sancho aufzählen?«

»Ich bin eben literarisch, mein Lieber! ›Clarissa‹ ist ein Meisterwerk und umfaßt vierzehn Bände; ein stumpfsinniger Vaudevilledichter aber wird es dir in einem Akt herunterzählen. Vorausgesetzt, daß ich dich unterhalte, sehe ich nicht ein, weshalb du dich beklagst? – Diese Toilette sah reizend aus, liebst du denn keine Kamelien? Möchtest du lieber Dahlien? Nein? Dann also eine Kastanie, da!« sagte Bixiou, der bei diesen Worten Blondet eine Kastanie zugeworfen haben mußte, denn wir hörten das Aufschlagen auf den Teller.

»Schön, ich hatte unrecht, erzählst du nun weiter?« sagte Blondet.

»Ich fahre fort«, sagte Bixiou. »›Ist sie nicht zum Heiraten schön?‹ wandte sich Rastignac an Beaudenord, indem er auf die Kleine mit den rein weißen Kamelien wies, an denen kein Blättchen fehlte. Rastignac war ein naher Freund Godefroids. ›Ja, das habe ich gerade gedacht‹, erwiderte ihm Godefroid leise. ›Ich sagte mir soeben, daß es besser sei, sich der von Jean-Jacques Rousseau ersehnten Leidenschaft hinzugeben und ehrlich und treu ein junges Mädchen wie Isaure zu lieben, mit dem Gedanken, sie später, wenn man sich die Gefühle eingestanden hat und die Herzen zueinander finden, zur Frau zu nehmen – kurzum, ein glücklicher Werther zu sein, anstatt fortwährend um sein Glück zu zittern, unaufmerksamen Ohren mit Mühe ein paar Worte zuzuraunen, im Theater nachzuspähen, ob die betreffende Frisur eine rote oder weiße Blume trägt, und im Bois, ob sich auf dem betreffenden Wagenschlag eine behandschuhte Hand zeigt, wie das in Mailand beim Korso üblich ist; hinter irgendeiner Tür einen hastigen Kuß zu stehlen, wie der Bedienstete den letzten Schluck aus der Flasche; seinen Geist darauf zu verwenden, gleich einem Postboten

Briefe auszuhändigen und entgegenzunehmen; niemals zwei Zeilen lange Beweise zärtlichster Liebe zu erhalten, sondern heute fünf Foliobände lesen und morgen zwei Seiten abliefern zu müssen, was alles sehr ermüdend ist; anstatt sich in den ewiggleichen Bahnen zu bewegen und hinter Hecken herumzulungern!‹ – ›Ein Werther macht sich genauso lächerlich wie jeder andere auch‹, meinte Rastignac ernst. ›Wenn ich an deiner Stelle wäre, so würde ich mich vielleicht in die zahllosen Wonnen dieser Askese stürzen, sie ist neu, originell und kostet nicht viel. Deine Mona Lisa ist lieblich, aber dumm wie eine Ballettmusik, das sage ich dir gleich.‹ So wie Rastignac diesen letzten Satz gesagt hatte, mußte Beaudenord annehmen, daß sein Freund ein Interesse daran hatte, ihm das Objekt seiner Bewunderung zu verleiden, und als ehemaliger Diplomat vermutete er in dem anderen den Rivalen. Ein verfehlter Beruf verfolgt uns ein Leben lang. Godefroid vernarrte sich so gründlich in Mademoiselle Isaure d'Aldrigger, daß Rastignac an ein im Spielsalon plauderndes großes Mädchen herantrat und ihr zuflüsterte: ›Malvina, Ihre Schwester hat gerade einen Fisch im Netz zappeln, der achtzehntausend Livres Rente wiegt, er hat einen Namen und ein gewisses Ansehen in der Gesellschaft, und er besitzt Anstand; haben Sie acht auf die beiden! Falls es eine ernste Liebe werden sollte, versuchen Sie, Isaures Vertrauen zu gewinnen, damit sie keine unüberlegte Antwort gibt.‹ Gegen zwei Uhr morgens erschien der Kammerdiener bei einer kleinen, vierzigjährigen Sennerin, die so kokett war wie die Zerline aus der Oper ›Don Giovanni‹ und an deren Seite Isaure weilte, und sagte: ›Der Wagen der Madame la Baronne ist vorgefahren.‹ Godefroid sah daraufhin, wie seine deutsche Balladenschönheit ihre abenteuerliche Mutter in das Vorzimmer führte, wohin ihnen Malvina folgte. Godefroid, der (welch ein Kind!) vorgab, nachsehen zu wollen, in welche Einmachtöpfe sich Joby verkrochen hätte, traf glücklicherweise auf Isaure und Malvina, die ihrer lebhaften kleinen Mutter in den Pelz halfen und einander beistanden, sich für die nächtliche Fahrt durch Paris vorzubereiten. Die beiden Schwestern beobachteten ihn von der Seite wie kluge Katzen, die eine Maus belauern, wobei sie sie anscheinend nicht beachten. Er konstatierte mit Genugtuung das gute Benehmen und die schöne Livree des großen, weißbehandschuhten Elsässers, der seinen drei Gebieterinnen pelzgefütterte Überschuhe brachte. Selten waren zwei Schwestern einander unähnlicher als Isaure und Malvina. Die Ältere groß und brünett, Isaure klein und zierlich; diese hier mit feinen zarten Gesichtszügen, jene von kühnen, kräftigen Formen; Isaure war die Frau, die den Mann durch ihre Kraftlosigkeit beherrscht und zu deren Schutz sich sogar ein Gymnasiast verpflichtet fühlt; Malvina war die Frau aus ›Saht ihr schon in Barcelona?‹. Neben ihrer Schwester erschien Isaure wie ein Miniaturbildnis neben einem Ölgemälde. ›Sie ist reich!‹ sagte Godefroid zu Rastignac, als er wieder in den Ballsaal kam. ›Wer?‹ – ›Dieses junge Mädchen.‹ – ›Ah! Isaure d'Aldrigger? Aber sicher. Die Mutter ist Witwe; ihr Gatte hatte in Straßburg seinerzeit auch Nucingen angestellt. Willst du sie wiedersehen, dann rede ein paar nette Worte mit Madame de Restaud; sie gibt übermorgen einen Ball, auf dem auch die Baronne d'Aldrigger mit ihren beiden Töchtern erscheinen wird, und du wirst eingeladen werden!‹ Drei Tage lang erblickte Godefroid in der Dunkelkammer seines Gehirns die Gestalt seiner Isaure und die weißen Kamelien, wie wir einen hellbeleuchteten Gegenstand, den wir lange betrachtet haben, mit geschlossenen Augen vielfarbig und strahlend durch das Dunkel schimmern sehen.«

»Bixiou, du wirst wunderlich, stelle uns lieber Bilder auf!« sagte Couture.

»Hier!« erwiderte Bixiou und nahm anscheinend die Haltung eines dienstbeflissenen Kellners an. »Hier, Messieurs, das gewünschte Bild! Achtung, Finot! Man muß dir über den Mund fahren wie der Droschkenkutscher seiner Schindmähre! Frau Theodora Margarete Wilhelmine Adolphus (aus dem Hause Adolphus & Co., Mannheim), Witwe des Barons d'Aldrigger, war keine gute dicke, weißhaarige Deutsche, die, derb und bedächtig, eine Gesichtsfarbe hatte wie Bierschaum und mit allen ehrwürdigen Tugenden gesegnet war, die Germanien aufzuweisen hat, um es einmal dichterisch zu sagen. Ihre Wangen waren noch frisch und rosigrot, wie bei einer Nürnberger Puppe, muntere Korkzieherlöckchen wippten an den Schläfen, verführerische Augen, kein einziges graues Haar, eine zierliche Gestalt, deren Vorzüge durch Miederkleider noch erhöht wurden. Sie hatte auf der Stirn und an den Schläfen ein paar unerwünschte Falten, die sie, wie Ninon, lieber an die Fußsohlen verbannt hätte; doch die Falten bestanden darauf, sich an den sichtbarsten Stellen einzukerben. Ihre Nase wurde welk, und nur die Nasenspitze rötete sich, was um so unangenehmer war, da die Nase nun mit der Farbe der Wangen harmonierte. Als einziges Kind von ihren Eltern verwöhnt, verwöhnt von ihrem Gatten und von ganz Straßburg, verwöhnt auch von ihren beiden Töchtern, die sie anbeteten, gestattete sich die Baronne, Rosa zu tragen, gestattete sich den kurzen Rock und die figurbetonende Schleife am Taillenschluß. Begegnet ein Pariser der Baronne auf dem Boulevard, so lächelt er und verurteilt sie, ohne wie unser Geschworenenkollegium Milde walten zu lassen. Der Spötter ist stets oberflächlich und folglich ein grausames Geschöpf; der Narr bedenkt nicht, daß die Gesellschaft selbst zum großen Teil das Lächerliche geschaffen hat, das er belacht, denn die Natur erschuf nur Lebewesen, die Dummen und Hansnarren aber verdanken wir dem sozialen Staat.«

»An Bixiou gefällt mir«, sagte Blondet, »daß er perfekt ist: Sobald er die anderen nicht verspottet, macht er sich wenigstens über sich selbst lustig.«

»Blondet, ich werde dir das vergelten«, sagte Bixiou bedeutungsvoll. »Wenn die Baronne auch leichtsinnig, sorglos, selbstsüchtig und ohne jede Rechengabe war, so traf die Verantwortlichkeit für diese Fehler das Haus Adolphus &

Co. in Mannheim und Baron d'Aldriggers blinde Liebe. Sanft wie ein Lamm, hatte die Baronne ein zärtliches, leicht entflammbares Herz; unglücklicherweise hielt die Glut aber nie lange und wurde folglich des öfteren erneuert. Als der Baron starb, wäre unsere Sennerin ihm beinahe gefolgt, so heftig und aufrichtig war ihr Schmerz; aber ... am andern Morgen, beim Frühstück, trug man ihr junge grüne Erbsen auf, ein Gericht, das sie sehr liebte, und diese köstlichen jungen Erbsen linderten ihr Leid. Sie wurde von ihren Töchtern und Dienstboten so abgöttisch verehrt, daß das ganze Haus einer Gelegenheit dankbar war, die ihnen gestattete, der Baronne den schmerzlichen Anblick des Trauerzuges zu ersparen. Isaure und Malvina verbargen der angebeteten Mutter ihre Tränen und beschäftigten sie mit Anprobieren und Auswahl der Trauerkleider – während man draußen das Requiem sang. Wenn auf dem großen schwarzweißen Katafalk mit den unzähligen Wachstropfen, der erst dreitausend Leichen gedient haben muß, ehe er mit neuer Leinwand bespannt wird – so sagte mir ein philosophischer Leichenträger, den ich bei einem Glas Weißen dazu befragte –, wenn darauf ein Sarg abgestellt ist; wenn ein höchst gleichgültiger niederer Geistlicher das ›Dies irae‹ grölt und ein nicht weniger gleichgültiger hoher Geistlicher die Totenmesse liest – wißt ihr, was da die schwarzgekleideten Freunde des Verstorbenen sagen, die in der Kirche herumsitzen oder herumstehen? (Hier das gewünschte Bild.) Da, seht ihr sie? ›Was meinen Sie, wieviel wird wohl Väterchen d'Aldrigger hinterlassen haben?‹ sagte Desroches zu Taillefer, der uns vor seinem Tod das beste Gelage aller Zeiten gegeben hat ...«

»War Desroches damals Anwalt?«

»Er praktizierte 1822«, sagte Couture. »Und das war kühn von dem Sohn eines armen Beamten, der nie mehr als achtzehnhundert Francs bekam, kühn von einem jungen Mann, dessen Mutter mit Stempelpapier handelte. Aber er hat von 1818 bis 1822 auch hart gearbeitet. Als vierter Schreiber hatte er bei Derville angefangen, und 1819 war er schon zum zweiten aufgerückt!«

»Desroches?«

»Ja«, sagte Bixiou. »Desroches hat wie wir in tiefster Armut gelebt. Angewidert davon, in ausgewachsenen Sachen herumzulaufen, hatte er aus Verzweiflung die Rechtswissenschaft verschlungen und sich gerade den Titel gekauft. Nun war er Anwalt ohne einen Sou, ohne Klientel, ohne andere Freunde als uns und mußte für das Amt und die Bürgschaft die Zinsen zahlen.«

»Er kam mir damals vor wie ein aus dem Jardin des Plantes entsprungener Tiger«, sagte Couture. »Mager, mit rotem Haar und tabakbraunen Augen, ein greller Teint, ein kaltes und gleichgültiges Gesicht, aber versessen und unerbittlich ging er gegen Witwen und Waisen vor, ein Arbeitstier, der Schrecken seiner Schreiber, denen er keine ruhige Minute gönnte, klug und durchtrieben, doppelzüngig, von honigsüßer Eloquenz; er verlor nie die Beherrschung und war haßerfüllt auf die Art des Gesetzeshüters.«

»Und er hat gute Seiten«, rief Finot. »Er ist seinen Kameraden ein treuer Freund; seine erste Sorge war, Godeschal, den Bruder Mariettas, als Oberschreiber einzustellen.«

»In Paris«, sagte Blondet, »gibt es nur zwei Arten von Anwälten: den Anwalt, der ein Ehrenmann ist, der sich in den Grenzen des Gesetzes hält, Prozesse führt, die Dinge nie übereilt, nichts vernachlässigt, seinen Klienten einen loyalen Rat erteilt, ihnen in zweifelhaften Fällen zu einem Vergleich rät, kurzum, ein Derville. Dann gibt es den Hungeradvokaten, dem alles recht ist, vorausgesetzt, daß es sicheren Gewinn bringt; der keine Berge versetzt, denn er verkauft sie, aber der die Sterne vom Himmel herunterholt; der es übernimmt, einen Schurken über einen Ehrenmann triumphieren zu lassen, falls man zufälligerweise mit dem Ehrenmann finanziell nicht ins reine kommen kann. Wenn einer dieser Anwälte einen gar zu starken Trick anwendet, zwingt ihn die Kammer, seinen Beruf aufzugeben. Desroches, unser Freund Desroches, hat diesen von armen Schluckern recht erbärmlich ausgeübten Beruf gut verstanden: Er hat Leuten, die fürchteten, ihre Sache zu verlieren, ihren Prozeß abgekauft, und als ein Mann, dem es beschieden ward, dem Elend zu entrinnen, stürzte er sich in die Rechtsverdreherei. Er besaß Vernunft und hat seinem Metier alle Ehre gemacht! Politiker, denen er aus verworrenen Affairen heraushalf, wurden seine Förderer, wie zum Beispiel unser lieber des Lupeaulx, dessen Lage so bedenklich war. Er brauchte diese Förderer, um sich vor einer Strafverfolgung abzusichern, denn Desroches war anfänglich beim Gericht unbeliebt, er, der sich solche Mühe gab, die Fehler seiner Klienten zu berichtigen! ... Nun, Bixiou, erzähle weiter ... weshalb war Desroches in der Kirche?«

»›D'Aldrigger hinterläßt sieben- oder achthunderttausend Francs!‹ bekam Desroches von Taillefer zur Antwort. ›Na, na! Es gibt nur einen, der sein Vermögen kennt‹, sagte Werbrust, ein Freund des Verstorbenen. ›Wer?‹ – ›Nucingen, der reiche Schlauberger; er wird bis zum Friedhof mitgehen, d'Aldrigger ist sein Arbeitgeber gewesen, und zum Dank legte er das Kapital des guten Mannes recht vorteilhaft an.‹ – ›Seine Witwe wird einen großen Unterschied feststellen!‹ – ›Wie meinen Sie das?‹ – ›Nun, d'Aldrigger vergötterte doch seine Frau! Lachen Sie nicht, man sieht her.‹ – ›Ach, da ist ja auch du Tillet, er hat sich recht verspätet, es wird schon die Epistel gelesen.‹ – ›Er wird wahrscheinlich die Älteste heiraten.‹ – ›Ist das denn möglich?‹ sagte Desroches. ›Er ist doch mehr denn je Madame Roguin verbunden.‹ – ›Er, jemandem verbunden? ... Sie kennen ihn nicht!‹ – ›Wie stehen eigentlich de Nucingen und du Tillet zueinander?‹ fragte Desroches. ›Folgendermaßen‹, sagte Taillefer: ›Nucingen ist Manns genug, das Vermögen seines alten Vorgesetzten an sich zu reißen und es ihm zukommen zu lassen.‹ Werbrust hustete. ›Es ist verdammt feucht in der Kirche!‹ Er hustete wieder. ›Wie zukommen lassen?‹ – ›Nun, Nucingen weiß, daß du Tillet ein großes

Vermögen besitzt, und will ihn mit Malvina verheiraten; aber du Tillet mißtraut Nucingen. Als Dritter hat man seine Freude an dem Spiel.‹ – ›Wie?‹ sagte Werbrust. ›Schon heiratsfähig? ... Wie schnell man alt wird!‹ – ›Malvina d'Aldrigger ist in den Zwanzigern, mein Lieber. Der gute d'Aldrigger hat 1800 geheiratet. Er gab uns damals in Straßburg bei seiner Hochzeit und bei der Geburt Malvinas ein paar herrliche Feste. Malvina ist 1801, im Jahr des Friedens von Amiens, geboren, und jetzt haben wir 1823, Väterchen Werbrust. Damals ossianisierte man alles, daher nannte er seine Tochter Malvina. Sechs Jahre später, unter dem Kaiserreich, begeisterte er sich eine Zeitlang für alles Ritterliche: ›Er wollt nach Syrien ziehen‹ und eine Menge solchen Unsinns. Seine zweite Tochter nannte er Isaure, sie ist siebzehn. Das wären also zwei heiratsfähige Töchter.‹ – ›In zehn Jahren haben die Mädchen keinen Sou mehr‹, sagte Werbrust vertraulich zu Desroches. ›Der Alte, der dort an der Kirchentür steht und herumwinselt, ist der Kammerdiener von d'Aldrigger; die beiden jungen Mädchen sind unter seinen Augen groß geworden, er ist zu allem fähig, wenn es darum geht, ihnen ihre Existenz zu sichern.‹ (Die Vorsänger: ›Dies irae!‹ Die Chorknaben: ›Dies illa!‹) Taillefer: ›Adieu, Werbrust; wenn ich das ‚Dies irae' höre, werde ich zu sehr an meinen armen Sohn erinnert.‹ – ›Ich gehe auch; es ist zu feucht hier‹, sagte Werbrust. (›In favilla.‹ Die Armen an der Tür: ›Messieurs, nur einige Sous!‹) (Der Schweizer: ›Pang! pang! Gebt für die Kirche!‹ Die Vorsänger: ›Amen!‹ Ein Freund: ›Woran ist er gestorben?‹ Ein neugieriger Witzbold: ›An einer geplatzten Ader an der Ferse.‹ Ein Passant: ›Wissen Sie, wer der Dahingeschiedene war?‹ Ein Verwandter: ›Der Präsident de Montesquieu.‹ Der Sakristan zu den Armen: ›Macht euch fort, man hat uns für euch schon etwas gegeben; ihr dürft nichts mehr verlangen!‹)«

»Großartig!« sagte Couture.

(Und wirklich, man schien das Leben und Treiben in der Kirche zu hören. Bixiou vergaß nichts; sogar das Geräusch, mit dem die Leichenträger den Sarg aufhoben und davonschritten, ahmte er, mit den Füßen auf dem Fußboden scharrend, nach.)

»Es gibt Dichter und Romanschriftsteller, die über Pariser Sitten und Gebräuche viele schöne Dinge sagen«, fuhr Bixiou fort; »hier aber habt ihr die Wahrheit über Begräbnisfeiern. Von hundert Leuten, die so einem armen Teufel von Toten den letzten Dienst erweisen, sprechen neunundneunzig mitten in der Kirche über Geschäfte und Vergnügungen. Es gehört ein wirklich unglaublicher Zufall dazu, ein Fünkchen aufrichtigen Schmerz ausfindig zu machen. Und selbst wenn, gibt es einen Schmerz ohne Egoismus ...?«

»Hm, hm«, machte Blondet; »es gibt nichts, was weniger in Ehren gehalten würde, als der Tod. Vielleicht hat er nichts Ehrwürdiges an sich? ...«

»Er ist so gewöhnlich!« fuhr Bixiou fort. »Als die Messe beendet war, begleiteten Nucingen und du Tillet den Verstorbenen zum Friedhof. Der alte Kammerdiener ging zu Fuß. Der Kutscher lenkte den Wagen hinter dem der Geistlichkeit. ›Nun, mein guter Freund‹, sagte Nucingen zu du Tillet, als der Wagen den Boulevard entlangfuhr, ›die Gelegenheit ist günstig, heiraten Sie Malvina, machen Sie sich zum Beschützer dieser armen weinenden Familie; dann werden Sie eine Familie haben, ein Heim; Sie werden sich in ein gemachtes Nest setzen, und Malvina ist ein Gemüt, ein wahrer Schatz, sag ich Ihnen.‹«

»Man meint wirklich den alten Robert Macaire de Nucingen zu hören!« sagte Finot.

»›Ein reizendes Mädchen‹, sagte Ferdinand du Tillet feurig, jedoch ohne dabei in Hitze zu geraten«, erzählte Bixiou weiter.

»Der ganze du Tillet!« rief Couture.

»›Denen, die sie nicht kennen, mag sie häßlich erscheinen‹, sagte du Tillet, ›aber ich gebe zu, sie hat Seele.‹ – ›Und ein Gemüt, das ist das Gute an der Sache, mein Lieber! Sie ist klug und unterwürfig. In unserem Beruf weiß man nie, wie's kommt und geht; es ist ein großes Glück, wenn man sich dem Herzen seiner Frau anvertrauen kann. Was ist Delphine, die mir, wie Sie wissen, mehr als eine Million mitgebracht hat, gegenüber Malvina, die keine so große Mitgift hat.‹ – ›Aber wieviel hat sie denn?‹ – ›Ich weiß nicht genau, aber es ist schon allerhand.‹ – ›Sie hat eine Mutter, die recht gern Rosa trägt!‹ sagte du Tillet. Dieser Satz gebot den Vorstößen Nucingens Einhalt. Nach dem Essen teilte der Baron der Wilhelmine Adolphus mit, daß sie nur noch knapp vierhunderttausend Francs bei ihm liegen habe. Die Tochter der Firma Adolphus aus Mannheim, die sich nunmehr auf vierundzwanzigtausend Livres Rente beschränkt sah, verlor sich in Berechnungen, die ihr den Kopf verwirrten. ›Wie?‹ sagte sie zu Malvina. ›Wie? Ich habe für uns stets sechstausend Francs allein bei der Schneiderin ausgegeben! Ja, wo nahm denn dein Vater das Geld dazu her? Was haben wir von vierundzwanzigtausend Francs? Das Elend! Ach, wenn mein Vater mich so sähe, er würde sterben, wenn er nicht schon tot wäre! Arme Wilhelmine!‹ Und sie begann zu weinen. Malvina, die nicht wußte, wie sie die Mutter trösten sollte, malte ihr aus, daß sie noch jung und hübsch sei, daß Rosa sie noch immer gut kleide, daß sie in die Oper und in die Bouffons gehen würde, denn die Loge von Madame de Nucingen stehe ihr doch zur Verfügung. Sie lullte die Mutter in einen Traum von Festen, Bällen, Musik, schönen Toiletten und rauschenden Erfolgen – in einen Traum, der einem himmelblauen Seidenbett eines vornehm eingerichteten Zimmers entstieg, das neben jenem lag, in welchem zwei Nächte vorher Monsieur Jean-Baptiste Baron d'Aldrigger sein Leben ausgehaucht hatte, dessen Geschichte ich hier kurz anführen möchte. Zu Lebzeiten war der ehrenwerte Elsässer Bankier in Straßburg und dabei um etwa drei Millionen reicher geworden. Im Jahre 1800, als er sechsunddreißig Jahre alt war und sein während der Revolution erworbenes Vermögen einen Höchststand erreicht hatte, heiratete er aus Ehrgeiz und Neigung die Erbin der Firma Adolphus in Mannheim, ein von der ganzen Familie vergöttertes junges Mädchen, das im Laufe von zehn Jahren natürlich deren gesamtes Vermögen kassierte. Da sich d'Aldriggers Vermögen dadurch verdoppelt hatte, war er von Seiner Majestät dem Kaiser und König zum Baron ernannt worden; doch leider begeisterte er sich für den großen Mann, der ihn geadelt hatte. So richtete er sich von 1814 bis 1815 zugrunde, weil er die Sonne von Austerlitz ernst genommen hatte. Der ehrliche Elsässer stellte seine Zahlungen nicht ein, fand seine Gläubiger nicht mit Papieren ab, die er für minderwertig hielt; er bezahlte alles aus der eigenen Tasche und zog sich von der Bank zurück, woraufhin Nucingen, sein ehemaliger erster Angestellter, völlig zu Recht von ihm sagte: ›Ein Ehrenmann, aber dumm!‹ Alles in allem blieben ihm noch fünfhunderttausend Francs und Forderungen an das Kaiserreich, das nicht mehr bestand. ›Das kommt davon, daß man sich zu sehr auf Napoleon verlassen hat‹, sagte er, als er sah, was ihm nach seiner Liquidation noch blieb. Wenn man in einer Stadt einer der Ersten gewesen ist, bleibt man nach seinem Fall nicht gern dort ... Der Bankier aus dem Elsaß machte es wie alle bankrotten Provinzler: Er kam nach Paris, trug hier mutig seine blau-weiß-roten Hosenträger mit den aufgestickten kaiserlichen Adlern und schloß sich bonapartistischen Kreisen an. Sein Vermögen überschrieb er Baron de Nucingen, der ihm für alles acht Prozent gab und seine Forderungen an das Kaiserreich mit nur sechzig Prozent Verlust übernahm, was d'Aldrigger veranlaßte, Nucingen mit den Worten die Hand zu drücken: ›Ich wußte ja, daß du das Herz eines Elsässers hast!‹ Nucingen ließ sich von unserem Freund des Lupeaulx bis auf den letzten Sou auszahlen. Obwohl man ihn gehörig geprellt hatte, besaß der Elsässer ein gewerbliches Einkommen von vierundzwanzigtausend Francs. Er kam jedoch aus seinem Kummer nicht heraus, da er wie jeder Mensch, der plötzlich einem regen Geschäftsleben entrissen wird, einem Spleen erlag. Der Bankier machte es sich zur Aufgabe, sich für seine Frau aufzuopfern, das edle Herz! Ihr Vermögen war dahin, und sie hatte diese Tatsache mit der Sorglosigkeit eines jungen Mädchens, das von Geldangelegenheiten nicht das geringste versteht, hingenommen. Die Baronne d'Aldrigger genoß also nach wie vor die Freuden, die sie gewohnt war – und die Langeweile, die ihr die Straßburger Gesellschaft verursacht haben mochte, wurde durch die Pariser Annehmlichkeiten reichlich wieder aufgewogen. Das Haus Nucingen stand schon damals, wie noch heute, an der Spitze der Geldaristokratie, und der geschickte Baron setzte seine ganze Ehre daran, den ehrlichen Baron gebührlich aufzunehmen. Diese schöne Tugend tat dem Salon Nucingen gut. Jeder Winter schmälerte d'Aldriggers Kapital; aber er wagte keinen Vorwurf gegen die Perle der Adolphus in Mannheim; seine Zärtlichkeit war die erfinderischste und unangebrachteste von der Welt. Ein braver Mann, aber erzdumm! Als er starb, fragte er sich: ›Was wird aus ihnen werden ohne mich?‹ Und als er sich einmal einen Augenblick mit Wirth, seinem alten Kammerdiener, allein sah, vertraute er ihm daher zwischen zwei Erstickungsanfällen seine Frau und seine Kinder an, als ob dieser elsässische Caleb das einzige vernünftige Wesen im ganzen Hause gewesen wäre! Drei Jahre später, 1826, war Isaure zwanzig Jahre alt und Malvina noch nicht verheiratet. Mit ihrem Eintritt in die Gesellschaft hatte Malvina schließlich erkannt, wie oberflächlich alle Beziehungen, wie berechnend und unabänderlich alle Dinge gefügt waren. Wie alle sogenannten wohlerzogenen jungen Mädchen wußte Malvina nichts vom praktischen Leben, von der Bedeutung des Geldes, von der Schwierigkeit, auch nur ein wenig davon zu erwerben, vom Preis der Dinge. Jede Lehre, die sie in diesen sechs Jahren ziehen mußte, war ihr deshalb wie eine Kränkung erschienen. Die vierhunderttausend Francs, die der selige d'Aldrigger noch beim Bankhaus Nucingen stehen hatte, wurden als Guthaben der Baronne geführt, denn der Nachlaß ihres Gatten schuldete ihr zwölfhunderttausend Francs; und in Augenblicken der Bedrängnis bediente sich die Sennerin aus dieser Kasse, als sei sie unerschöpflich. Zur Zeit, als unser Gimpel sich seiner Taube näherte, hatte Nucingen, der den Charakter der Frau seines ehemaligen Chefs kannte, Malvina über die finanzielle Lage der Witwe aufklären müssen: Es lagen nur noch dreihunderttausend Francs bei ihm, so daß die Rente von vierundzwanzigtausend Francs auf achtzehntausend heruntergesetzt werden mußte. Wirth hatte drei Jahre lang die Stellung gehalten! Nach der vertraulichen Mitteilung des Bankiers wurden Pferde und Wagen abgeschafft und der Kutscher entlassen; auf Veranlassung von Malvina und ohne Wissen der Mutter. Die Einrichtung des Hauses, die zehn Jahre alt war, konnte nun nicht mehr erneuert werden, doch alles unter diesem Dach vergilbte in dieser Zeit, und für jene, die eine gewisse Harmonie lieben, war es folglich nur halb so schlimm. Die wohlkonservierte Baronne glich nun einer kalten und welken Rose, die inmitten des November als einzige am Busch hängt. Ich, der ich hier zu euch rede, habe mit angesehen, wie diese üppige Blüte allmählich, ganz allmählich verblaßte! Entsetzlich, mein Ehrenwort! Das war der letzte Kummer, den ich hatte. Später sagte ich mir: ›Es ist dumm, sich so sehr für andere zu interessieren!‹ Als ich noch Beamter war, war ich so töricht, Anteil an allen Häusern, in denen ich speiste, zu nehmen, ich verteidigte sie vor übler Nachrede, ich verleumdete sie nicht, ich … Oh, ich war ein Kind! – Als ihre Tochter ihr die Lage der Dinge mitgeteilt hatte, rief die ehemalige Perle entsetzt: ›Meine armen Kinder! Wer wird mir nun meine Kleider nähen? Ich werde also keine neuen Hüte mehr tragen, keine Besuche empfangen, keine erwidern!‹ – Woran, meint ihr, erkennt man bei einem Mann die wahre Liebe?« unterbrach sich Bixiou. »Es handelt sich darum, zu wissen, ob Beaudenord ernstlich in die kleine Blonde verliebt war.«

»Er vernachlässigt seine Geschäfte«, erwiderte Couture.

»Er wechselt dreimal am Tag das Hemd«, sagte Finot.

»Eine Gegenfrage«, sagte Blondet: »Kann und darf ein großer Mann überhaupt verliebt sein?«

»Meine Freunde«, sprach Bixiou gefühlvoll weiter, »hüten wir uns wie vor einer Giftschlange vor dem Mann, der, sobald er sich verliebt weiß, mit den Fingern schnippt oder seine Zigarre fortwirft und sich sagt: ›Pah! es gibt noch andere in der Welt!‹ Der Staat aber mag diesen Bürger im Ministerium für Auswärtige Angelegenheiten verwenden. Blondet, ich mache dich darauf aufmerksam, daß besagter Godefroid der Diplomatie Lebewohl gesagt hatte.«

»Nun ja, er hat sich vereinnahmen lassen! Die Liebe ist der einzige Weg, auf dem die Dummen zu einer gewissen Größe gelangen«, erwiderte Blondet.

»Blondet, Blondet, warum sind wir nur so arm?« rief Bixiou.

»Und warum ist Finot so reich?« entgegnete Blondet. »Ich will es dir sagen, mein Sohn, wir verstehen uns! Genug, Finot schenkt mir ein, als wäre ich einer seiner Waldarbeiter. Am Ende eines Essens soll man doch nur am Wein nippen. Nun gut. Du hast es gesagt: der ›vereinnahmte‹ Godefroid lernte die große Malvina, die leichtsinnige Baronne und die kleine Tänzerin ausführlich kennen. Er verfiel dem kleinlichen und verkrampften Minnedienst. Diese Überbleibsel vermodernden Reichtums schreckten ihn nicht. O nein …! Er gewöhnte sich allmählich an all den Plunder. Nie sollte das grüne, weißgemusterte chinesische Seidenzeug des Salons diesem Bewerber altmodisch, abgenutzt, schmutzig oder erneuerungsbedürftig erscheinen. Die Vorhänge, das Teetischchen, die Chinoiserien auf dem Kamin, der Rokokolüster, der abgetretene Kaschmir-Teppich, das Piano, das geblümte Teeservice, die Servietten mit den spanischen Fransen und den ebenfalls spanischen Löchern, der vor dem blauen Schlafgemach der Baronne liegende persische Salon mit seinem Zubehör, alles schien ihm geheiligt. Nur dumme Frauen, deren strahlende Schönheit Geist, Herz und Seele in den Schatten stellt, können jemanden zu solch einer Selbstverleugnung verleiten, denn eine geistvolle Frau treibt keinen derartigen Mißbrauch mit ihren Vorzügen, man muß klein und dumm sein, um sich eines Mannes zu bemächtigen. Beaudenord, er hat es mir selbst gesagt, mochte den alten und ehrwürdigen Kammerdiener Wirth! Der alte Narr hatte vor seinem künftigen Herrn Respekt wie der gläubige Katholik vor der Eucharistie. Der biedere Wirth war ein deutscher Kaspar, einer dieser Biertrinker, die ihre Durchtriebenheit hinter Gutmütigkeit verbergen, wie ein mittelalterlicher Kardinal seinen Dolch im Ärmel bereithielt. Als Wirth sah, daß hier ein Mann für Isaure zu fangen sei, umschmeichelte er Godefroid mit den arabesken Weitschweifigkeiten seiner elsässischen Gutmütigkeit, dem wirksamsten aller Klebestoffe. Madame d'Aldrigger benahm sich höchst *improper*, denn sie sah die Liebe als etwas ganz Natürliches an. Wenn Isaure und Malvina zusammen in die Tuilerien oder auf die Champs-Elysées gingen, wo sie zwangsläufig mit jungen Männern ihres Kreises zusammentreffen mußten, dann sagte die Mutter: ›Unterhaltet euch gut, liebe Kinder!‹ Ihre Freunde, die einzigen, die über die beiden Schwestern hätten übel reden können, verteidigten sie; denn die unbeschränkte Freiheit, die jeder im Salon d'Aldrigger genoß, machte diesen zu einem einzigartigen Treffpunkt in Paris. Selbst für Millionen hätte man nur schwerlich eine derartige Abendgesellschaft arrangiert – eine Gesellschaft, in der man über alles geistvoll zu plaudern wußte, wo man es mit der Kleiderordnung nicht so genau nahm und in der ein jeder sich so behaglich fühlte, daß man sogar dort zu speisen wünschte. Die beiden Schwestern korrespondierten, mit wem es ihnen gefiel, und empfingen und lasen in Gegenwart der Mutter sorglos ihre Briefe, ohne daß die Baronne jemals auf den Gedanken gekommen wäre, etwas davon wissen zu wollen. Die prächtige Mutter schenkte den Töchtern alle Wohltaten ihres Egoismus, der liebenswertesten Leidenschaft der Welt, denn da der Egoist unbehelligt sein will, behelligt er auch die anderen nicht, nicht einmal diejenigen, die ihn mit Dornenhekken guter Ratschläge und mahnender Vorhaltungen umgeben, mit den fortwährenden Sticheleien, die sich allzu aufdringliche Freundschaften, die alles wissen und alles kontrollieren wollen, herausnehmen ...«

»Deine Worte rühren mich«, sagte Blondet; »aber, mein Lieber, du erzählst nicht, du machst dich lustig ...«

»Blondet, wenn du nicht schon betrunken wärst, würde ich mich über dich ärgern! Von uns vieren ist er der einzige wirkliche Literat! Seinetwegen tue ich euch die Ehre an, euch gewissermaßen als Feinschmecker zu behandeln; ich ringe mir für euch meine Geschichte ab, und er kritisiert mich! Meine Freunde, das augenfälligste Kennzeichen geistiger Sterilität ist die bloße Anhäufung von Tatsachen. Die sublime Komödie ›Der Misanthrop‹ beweist, daß die wahre Kunst darin besteht, auf einer Nadelspitze einen Palast zu errichten. Mir schwebt vor, wie mit einem Zauberstab aus der Plaine des Sablons in zehn Sekunden ein Interlaken erstehen zu lassen – so schnell also, wie ich dieses Glas hier leere! Wollt ihr, daß ich meinen Bericht wie eine Kanonenkugel abschieße, wollt ihr einen Generalsrapport? Wir plaudern und lachen, und dieser Mann, der nüchtern die Bücher haßt, verlangt in seiner Trunkenheit, daß ich so albern daherreden soll wie ein Buch.« (Er tat, als weine er.) »Wehe der französischen Einbildungskraft, man will ihr die Lanzen des Spotts brechen! *Dies irae.* Weinen wir, Candide, und so lebe denn die ›Kritik der reinen Vernunft‹, die ›Symbolik‹ und die in fünf Kompaktbänden dargelegten Systeme, gedruckt von den Deutschen, die nicht wußten, daß, um es gediegen auszudrücken, von 1750 an die Perlen unseres Volksgeistes in Paris zu suchen waren! Blondet wird den Trauerzug anläßlich seines Selbstbegräbnisses geleiten, er, der in seiner Zeitung die letzten Worte aller großen Männer bringt, die wortlos von uns scheiden!«

»Also erzähle nur weiter«, sagte Finot.

»Ich wollte euch klarmachen, worin das Glück eines Mannes besteht, der kein Aktieninhaber ist (eine Höflichkeit für Couture!). Also wißt ihr nun, zu welchem Preis sich Godefroid die köstlichste Glückseligkeit verschaffte, die sich ein junger Mann erträumen kann? … Er studierte Isaure, um sicherzugehen, verstanden zu werden! … Dinge, die einander verstehen sollen, müssen einander gleichen. Nun, sie haben nur das Nichts und das Unendliche gemeinsam; die Dummheit ist das Nichts, der Verstand ist das Unendliche. Die beiden Liebenden schrieben einander die albernsten Briefe, auf parfümiertem Papier sandten sie sich die üblichen Worte wie: ›Engel! Äolsharfe! Nur du fehlst mir! Auch ein Mann hat ein fühlendes Herz in der Brust! Schwaches Weib! Ich Armer!‹ All den Schund des heutigen Gefühls. Godefroid blieb in keiner Gesellschaft länger als zehn Minuten, er sprach mit den Damen höchst anspruchslose Dinge, sie fanden ihn also sehr geistvoll. Er war einer von denen, die genau soviel Geist besitzen, wie man ihnen auch zuschreibt. Urteilt selbst, wie sehr er in Anspruch genommen war: Joby, seine Pferde und seine Wagen wurden nun in seinem Dasein zu nebensächlichen Dingen. Er war nur dann glücklich, wenn er, in seinen bequemen Lehnstuhl vergraben, am Kamin aus grünem Antikmarmor der Baronne gegenübersitzend, Isaure anschauen und behaglich plaudernd seinen Tee schlürfen konnte. Es war immer ein kleiner Freundeskreis dort in der Rue Joubert beisammen, man kam jeden Abend zwischen elf und Mitternacht und konnte ohne Gefahr eine Bouillotte spielen: Ich habe dort immer gewonnen! Wenn Isaure ihren hübschen kleinen Fuß im schwarzen Seidenschuh kokett zeigte und Godefroid ihn lange betrachtet hatte, so blieb er als letzter und sagte zu Isaure: ›Gib mir deinen Schuh …‹ Isaure hob den Fuß, stellte ihn auf einen Stuhl, zog den Schuh aus und gab ihn ihm mit einem Blick, einem Blick … nun, ihr versteht! Godefroid entdeckte schließlich Malvinas großes Geheimnis. Wenn du Tillet an die Tür klopfte, dann verkündete das Rot, das Malvinas Wangen färbte: ›Ferdinand!‹ Wenn das arme Mädchen den zweibeinigen Tiger ansah, leuchteten ihre Augen auf wie Glut, über die ein Wind hinfährt; sie empfand eine unendliche Beseligung, wenn Ferdinand sie beiseite führte, um mit ihr, an einer Konsole oder am Fenster stehend, allein zu plaudern. Wie schön und selten ist das: ein Weib, dessen Liebe so stark ist, daß sie sich unbefangen in ihrem Herzen lesen läßt! Du lieber Himmel, das ist hier in Paris so selten wie die singende Blume in Indien. Ungeachtet dieser Freundschaft, die mit dem Tage begann, als die d'Aldriggers bei den Nucingens erschienen, heiratete Ferdinand Malvina nicht. Unser grausamer du Tillet schien nicht einmal eifersüchtig auf Desroches zu sein, der Malvina überaus eifrig den Hof machte, da er hoffte, mit einer Mitgift, die vermutlich mindestens fünfzigtausend Taler betragen dürfte, sein Amt bezahlen zu können, und deshalb Zuneigung heuchelte, er, der Mann vom Gericht! Obwohl du Tillets Gleichgültigkeit Malvina tief demütigte, liebte sie ihn dennoch zu sehr, als daß sie es über sich gebracht hätte, ihn nicht mehr vorzulassen. Der Stolz dieses Mädchens, das ganz Seele, ganz freimütige Empfindung war, unterlag zeitweise der Liebe, zeitweise aber gewährte die beleidigte Liebe dem Stolz die Oberhand. Gleichgültig und gelassen nahm unser Freund Ferdinand diese zärtliche Hingabe an, sog sie ein mit dem stillen Entzücken, mit dem der Tiger das Blut leckt, das ihm an der Schnauze klebt; er kam, um die Beweise dieser Hingabe auszukosten – es vergingen kaum zwei Tage, ohne daß er nicht in der Rue Joubert erschienen wäre. Der Bursche besaß damals ungefähr achtzehnhunderttausend Francs, die Vermögensfrage dürfte also bei ihm keine Rolle gespielt haben; aber er widerstand nicht nur Malvina selbst, sondern auch den Baronen de Nucingen und de Rastignac, die ihn täglich wohl fünfundsiebzig Meilen mit vier Francs Trinkgeld und einem Postillon voran und ohne rettenden Faden durch das Labyrinth ihrer

Netze jagten, die sie ausgelegt hatten, um ihn einzufangen. Godefroid konnte nicht umhin, mit seiner zukünftigen Schwägerin darüber zu reden, in welch lächerlicher Lage sie sich, zwischen einem Bankier und einem Anwalt stehend, befinde. ›Sie wollen mir wegen Ferdinand Vorhaltungen machen‹, sagte sie ganz offen, ›möchten das Geheimnis ergründen, das zwischen uns besteht? Lieber Godefroid, kommen Sie nie wieder darauf zu sprechen! Die Geburt Ferdinands, seine Ahnen, sein Vermögen, dies alles ist für mich ohne Bedeutung, glauben Sie daher an etwas Außergewöhnliches!‹ Einige Tage später aber nahm Malvina Beaudenord beiseite und sagte zu ihm: ›Ich halte Desroches für keinen anständigen Menschen‹ (wie richtig ist doch der Instinkt der Liebe!), ›er bewirbt sich um mich und macht dabei der Tochter eines Krämers den Hof. Ich wüßte gern, ob ich nur ein Notbehelf bin, ob die Ehe für ihn eine Geldangelegenheit ist.‹ Trotz seines Scharfblicks konnte Desroches du Tillet nicht durchschauen, und er fürchtete, zusehen zu müssen, wie dieser Malvina heiratete. So hatte der gute Junge sich den Rückzug offengehalten; seine Lage war unerträglich, er brachte kaum die Zinsen seiner Schulden auf. Frauen verstehen nichts von diesen Dingen. Das Herz ist für sie immer Millionär!«

»Da aber weder Desroches noch du Tillet Malvina geheiratet haben, so bist du uns die Erklärung für Ferdinands Geheimnis schuldig«, sagte Finot.

»Also das Geheimnis!« erwiderte Bixiou. »Allgemeine Regel: Ein junges Mädchen, das ein einziges Mal einem Mann ihren Schuh gegeben hat, wird, selbst wenn sie ihn danach zehn Jahre lang verweigerte, niemals von dem geheiratet, dem sie ...«

»Unsinn!« fiel ihm Blondet ins Wort. »Man liebt auch, weil man schon geliebt hat. Das ist das ganze Geheimnis. Allgemeine Regel: Heiratet nicht als Unteroffizier, wenn ihr Gelegenheit habt, Duc de Danzig und Marschall von Frankreich zu werden! Seht doch, welche Verbindung du

Tillet eingegangen ist! Er hat eine der Töchter des Comte de Granville geheiratet, und die Granvilles sind eine der ältesten Familien in der französischen Beamtenwelt.«

»Desroches' Mutter hatte eine Freundin«, fuhr Bixiou fort, »die Frau eines Drogisten, der sich mit einem fetten Vermögen in den Ruhestand begeben hatte. Diese Drogisten haben recht ausgefallene Ideen: Um seiner Tochter eine gute Erziehung zu geben, hatte er sie in ein Pensionat gesteckt! ... Besagter Matifat gedachte seine Tochter gut zu verheiraten, und zwar mit Hilfe von zweihunderttausend Francs guten, schönen Geldes, das nicht nach der väterlichen Apotheke roch.«

»Der Matifat von Florine?« fragte Blondet.

»Nun ja, von Lousteau, unser Matifat! Die Matifats, die jetzt für uns verloren sind, haben sich in der Rue du Cherche-Midi niedergelassen, in dem der Rue des Lombards, wo sie ihr Vermögen erarbeitet haben, entgegengesetzten Stadtteil. Ich habe die Matifats oft besucht! Während meines Galeerendienstes im Ministerium, wo ich acht Stunden am Tag mit zweiundzwanzigkarätigen Dummköpfen zusammengepfercht saß, habe ich Originale getroffen, die mich davon überzeugten, daß man auch über Schatten stolpern und auf flachester Strecke hinstürzen kann. Ja, mein Lieber, solch ein Bürger ist einem anderen, was Raphael für Natoire ist. Die Witwe Desroches hatte diese Ehe für ihren Sohn von langer Hand vorbereitet, ungeachtet eines bedenklichen Hindernisses in Gestalt eines gewissen Cochin, Sohn des stillen Teilhabers der Matifats und Beamter im Finanzministerium. In den Augen von Monsieur und Madame Matifat schien der Anwaltsberuf ›für das Glück einer Frau gewisse Garantien zu bieten‹, wie sie sagten. Desroches hatte den Plänen seiner Mutter nachgegeben, weil er sich absichern wollte. Er behandelte also die Drogistenfamilie aus der Rue du Cherche-Midi recht rücksichtsvoll. Um euch eine andere Art von Glück begreiflich zu machen, müßte man euch diese beiden Handelsleute zeichnen, die stolze Besitzer eines Gärtchens waren, in einer hübschen Parterrewohnung logierten und sich an einem Springbrunnen ergötzten, dessen ährendünner Wasserstrahl beständig auf einen runden Liasstein inmitten eines Beckens von sechs Fuß Durchmesser niederplätscherte; die frühzeitig aufstanden, um zu sehen, ob die Blumen im Garten wuchsen. Untätige und Rastlose, die sich anzogen, um sich herauszuputzen, sich im Theater langweilten und immer zwischen Paris und Luzarches unterwegs waren, wo sie ein Landhaus besaßen, in dem auch ich sie besucht habe. Hör zu, Blondet! Eines Tages wollten sie mich aufziehen, da habe ich ihnen von neun Uhr abends bis Mitternacht eine Geschichte zum besten gegeben, ein verzwicktes und weitschweifiges Abenteuer! Ich war gerade bei der Einführung meiner neunzehnten Person (ein Feuilleton-Roman ist nichts dagegen!), als Vater Matifat, der sich als Hausherr verpflichtet gefühlt hatte, Haltung zu bewahren, gleich den anderen nach fünfminütigem Augenblinzeln schnarchte. Am anderen Tag haben sie mich alle zu der Schlußpointe meiner Geschichte beglückwünscht. Unsere Krämer verkehrten mit Monsieur und Madame Cochin, Adolphe Cochin, Madame Desroches und einem gewissen Popinot, einem kleinen Drogisten, der ihnen Neuigkeiten aus der Rue des Lombards brachte – übrigens ein Bekannter von dir, Finot! – Madame Matifat, die für Kunst etwas übrig hatte, kaufte Lithographien, farbige Steindrucke, kolorierte Zeichnungen, alles, was billig zu haben war. Monsieur Matifat unterhielt sich damit, alle neuen Geschäfte genauestens zu verfolgen und ein wenig zu spekulieren, um das Blut etwas in Bewegung zu bringen. (Florine hatte ihn von der Régence-Art geheilt.) Ein Beispiel genügt, um euch begreiflich zu machen, was für ein tiefgründiger Mensch mein Matifat war. Der biedere Mann wünschte seinen Nichten folgendermaßen gute Nacht: ›Leg dich schlafen, meine Nichten!‹ Er sagte, daß er fürchte, ihnen zu nahe zu treten, wenn er ausspräche: Legt *euch* schlafen. Die Tochter war ein junges Mädchen ohne Manieren, die aussah wie eine bessere Kammerzofe; sie konnte schlecht und recht eine Sonate herunterspielen, hatte eine hübsche Schreibschrift, beherrschte ihre Muttersprache und auch die Orthographie, kurzum, sie hatte eine echt bürgerliche Erziehung genossen. Voller Ungeduld wartete sie darauf, geheiratet zu werden, um das Vaterhaus verlassen zu können, in dem sie sich langweilte wie ein Marineoffizier auf Nachtwache, wobei zu bemerken ist, daß ihre Wache auch tagsüber andauerte. Desroches oder Cochin junior, ein Notar oder ein Gardist, ja selbst ein falscher Lord – jeder wäre ihr als Mann recht gewesen. Da sie augenscheinlich nichts vom Leben wußte, hatte ich Mitleid mit ihr und wollte ihr dessen großes Geheimnis offenbaren. Pah! Die Matifats haben mir ihre Tür verschlossen: die Spießbürger und ich – wir werden uns niemals verstehen!«

»Sie hat General Gouraud geheiratet«, sagte Finot.

»In achtundvierzig Stunden hatte Godefroid de Beaudenord, der Exdiplomat, die Matifats und ihre Ränke durchschaut«, fuhr Bixiou fort. »Zufällig befand sich Rastignac zum Plaudern bei der kleinen Baronne am Kamin, während Godefroid Malvina Bericht erstattete. An ein paar Worten, die gelegentlich an sein Ohr drangen und an Malvinas ärgerlich-befriedigter Miene erriet er, worum es sich handelte. Rastignac blieb bis zwei Uhr morgens dort, und man sagt von ihm, daß er egoistisch ist! Beaudenord ging, als sich die Baronne schlafen legte. ›Liebes Kind‹, wandte Rastignac sich in wohlwollendem, väterlichem Ton an Malvina, als sie allein waren, ›denken Sie daran, daß ein sehr müder armer Kerl sich mit Tee bis zwei Uhr wach gehalten hat, nur um Ihnen feierlich zu eröffnen: Heiraten Sie! Spielen Sie nicht die Empfindliche, lassen Sie überhaupt Ihre Gefühle beiseite, und seien Sie nachsichtig gegen die unedle, berechnende Art der Männer, die einen Fuß hier und einen bei den Matifats haben, überlegen Sie nicht lange: Heiraten Sie! Sich zu verheiraten bedeutet für ein junges

Mädchen, jemanden zu finden, der ihm ein mehr oder weniger glückliches Leben bietet und es materiell sicherstellt. Ich weiß, wie es in der Welt zugeht: Junge Mädchen, Mütter und Großmütter, sie alle heucheln und lassen die Liebe aus dem Spiel, wenn es sich um eine Heirat handelt. Keine denkt an etwas anderes als an eine angenehme gesellschaftliche Stellung. Hat sie ihre Tochter gut verheiratet, dann sagt jede Mutter, daß sie ein ausgezeichnetes Geschäft gemacht habe.‹ Und Rastignac entwickelte ihr seine Theorie über die Ehe, die, wie er es nannte, eine Handelsgesellschaft sei, die man gründe, um das Leben erträglich zu machen. ›Ich verlange nicht, Ihr Herzensgeheimnis zu erfahren‹, schloß er seinen Vortrag, ›ich kenne es. Die Männer sagen einander alles, ebenso wie ihr Frauen, wenn ihr nach dem Essen gemeinsam fortgeht. Hier also mein letztes Wort: Heiraten Sie! Wenn Sie nicht heiraten, so denken Sie daran, daß ich Sie heute abend hier beschworen habe, es zu tun!‹ Rastignac gebot nicht, sondern er sprach mit einem gewissen Unterton, der nachdenklich stimmte und dessen Eindringlichkeit überraschte. Damit hatte er Malvina dort gepackt, wo er es gewollt hatte, beim Verstand, und noch anderntags dachte sie über seine Worte nach und suchte vergeblich die Gründe für diesen wohlmeinenden Rat.«

»Du läßt immer wieder einen neuen Kreisel vor unseren Augen tanzen, aber ich sehe darin nichts, was mit dem Ursprung von Rastignacs Vermögen etwas zu tun hätte; du behandelst uns als Matifats und kostest uns schon sechs Flaschen Champagner!« rief Couture.

»Jetzt sind wir soweit«, erwiderte Bixiou. »Ihr habt den Lauf all der kleinen Bächlein verfolgt, die die vierzigtausend Livres Rente einbringen, um die so viele Leute ihn beneiden! Rastignac hielt also die Fäden all dieser Schicksale in den Händen.«

»Desroches, die Matifats, Beaudenord, die d'Aldriggers, d'Aiglemont.«

»Und hundert andere! ...« sagte Bixiou.

»Nun, aber wie?« fragte Finot. »Ich weiß vieles, doch das Lösungswort für dieses Rätsel kenne ich nicht.«

»Blondet hat euch in groben Zügen über die beiden ersten Liquidationen Nucingens berichtet, hier jetzt ausführlich die dritte«, entgegnete Bixiou. »Seit dem Frieden von 1815 hatte Nucingen begriffen, was wir erst heute wissen: daß Geld erst dann eine Macht ist, wenn es in unbegrenzten Mengen vorhanden ist. Er beneidete insgeheim die Brüder Rothschild, er besaß fünf Millionen, er wollte zehn besitzen! Mit zehn Millionen hätte er es verstanden, dreißig zu gewinnen, mit fünf aber würde er es nur auf fünfzehn bringen. Er hatte also beschlossen, eine dritte Liquidation in Szene zu setzen. Der große Mann gedachte, das Geld seiner Gläubiger zu behalten und sie mit künstlich in die Höhe getriebenen Papieren abzufinden. An der Börse wird ein derartiger Einfall natürlich nicht so klar bezeichnet. Eine solche Liquidation besteht darin, den großen Kindern für einen Louisdor eine kleine Pastete zu verabreichen, die einst als kleine Kinder für ihr Geldstück auch lieber eine Pastete haben wollten, ohne zu wissen, daß sie für dasselbe Geldstück zweihundert hätten bekommen können.«

»Was redest du da, Bixiou?« rief Couture. »Aber nichts ist doch rechtmäßiger als das! Es vergeht heutzutage keine Woche, ohne daß man der Menge Pasteten anbietet und einen Louis dafür verlangt. Ja, ist denn die Menge gezwungen, ihr Geld herzugeben? Hat sie nicht das Recht, sich Klarheit zu verschaffen?«

»Ihr würdet es lieber sehen, daß euch jemand gezwungen hätte, Aktionär zu sein«, sagte Blondet.

»Nein«, erwiderte Finot, »wo bliebe denn dabei das Talent?«

»Das hätte ich Finot gar nicht zugetraut«, sagte Bixiou.

»Von wem hat er denn diesen Ausspruch?« fragte Couture.

»Also«, fuhr Bixiou fort, »Nucingen hatte zweimal das Glück gehabt, ungewollt eine Pastete zu verabreichen, die sich später als wertvoller erwies als der dafür gezahlte Preis. Dieser empörende Glücksfall reute ihn zutiefst. Derartige Glücksfälle vermögen einen Menschen umzubringen. Seit zehn Jahren wartete er auf die Gelegenheit, den Irrtum wiedergutzumachen, Aktien zu schaffen, die anscheinend etwas wert waren und die …«

»Ja, wenn du das Bankwesen so darstellst«, sagte Couture, »dann ist nahezu kein Geschäft möglich. Mehr als ein redlicher Bankier hat im Einverständnis mit einer redlichen Regierung die schlauesten Börsenspekulanten überzeugt, Aktien zu kaufen, die sich zu gegebener Zeit als wertlos erweisen sollten. Ihr habt schon weit Besseres gesehen! Hat man nicht mit Billigung, ja Unterstützung der Regierungen Werte in Umlauf gesetzt, um die Zinsen gewisser Summen aufzubringen, damit der Kurs auf diese Weise gehalten wurde und man sich der Papiere entledigen konnte! Diese Maßnahmen kommen der Liquidation à la Nucingen ziemlich gleich.«

»Im Kleinen«, sagte Blondet, »kann die Sache seltsam scheinen; im Großen betrieben bedeutet sie Finanzaristokratie. Es gibt willkürliche Handlungen, die beim einzelnen strafbar sind, die aber nichts bedeuten, sobald sie auf eine Mehrheit ausgedehnt werden, ebenso wie ein Tropfen Blausäure in einem Wasserkübel unschädlich ist. Ihr tötet einen Menschen, man richtet euch hin. Tötet ihr aber im Sinne einer beliebigen Staatsüberzeugung fünfhundert Menschen, achtet man das politische Verbrechen. Ihr nehmt aus meinem Schreibtisch fünftausend Francs, man schickt euch ins Bagno; macht ihr aber tausend Börsenmaklern einen vermeintlichen Gewinn auf gekonnte Art und Weise schmackhaft und nötigt sie, die Renten von ich weiß nicht welcher verkrachten Republik oder Monarchie zu nehmen, Papiere, die, wie Couture sagte, ausgeworfen wurden, um die Zinsen ebendieser Renten zu bezahlen: Niemand kann sich beklagen. Da habt ihr die wahren Grundsätze des goldenen Zeitalters, in dem wir leben!«

»Das Ingangbringen eines so ausgedehnten Apparates«, fuhr Bixiou fort, »verlangte eine Menge Hanswurste. Zunächst hatte das Bankhaus Nucingen wissentlich und mit Vorbedacht seine fünf Millionen bei einer amerikanischen Unternehmung angelegt, die, wie man weise berechnet hatte, erst viel später einen Gewinn abwarf. Man hatte sich also vorsetzlich seiner Barmittel entblößt. Jede Liquidation bedarf jedoch einer Begründung. Die Bank besaß an Privatgeldern und emittierten Werten etwa sechs Millionen. Unter den Privatgeldern befanden sich die dreihunderttausend Francs der Baronne d'Aldrigger, die vierhunderttausend von Beaudenord, eine Million von d'Aiglemont, dreihunderttausend Francs von Matifat, eine halbe Million von Charles Grandet, dem Mann der Mademoiselle d'Aubrion, und so weiter. Wenn er selbst ein industrielles Aktienunternehmen gegründet hätte, mit dessen Aktien er seine Gläubiger durch mehr oder minder geschickte Schachzüge abzufinden gedachte, dann hätte Nucingen verdächtigt werden können, aber er fing die Sache schlauer an: Er ließ es durch einen anderen ins Leben rufen! ... diese Maschinerie, die die Rolle des Mississippi im Lawschen System zu spielen hatte. Nucingens Hauptstärke ist, die geschicktesten Leute der Börse seinen Plänen dienstbar zu machen, ohne ihnen seine Pläne kundzutun. Nucingen ließ also vor du Tillet die großartige und erfolgverheißende Idee verlauten, ein Aktienunternehmen zu gründen, dessen Kapital bedeutend genug sei, um den Aktionären in der ersten Zeit sehr hohe Zinsen einzubringen. Wenn man diese Papiere gerade dann auf den Markt brächte, wenn flüssiges Kapital im Überfluß vorhanden sei, würden die Aktien dadurch steigen und folglich auch für den Bankier, der sie emittierte, Gewinn abwerfen. Bedenkt, es war im Jahre 1826! Obgleich dieser ebenso geniale wie einträgliche Plan du Tillet reizte, sagte er sich dennoch, daß es, falls das Unternehmen fehlschlüge, unweigerlich zum Eklat kommen mußte. Er beschloß also, dem neuen Kulissenunternehmen einen weithin sichtbaren

Leiter voranzustellen. Heute kennt ihr alle das Geheimnis des Hauses Claparon, das – eine seiner schönsten Erfindungen – von du Tillet gegründet wurde! …«

»Ja«, sagte Blondet, »jemand, der für die Finanzen haftet, bezahlter Agent und Sündenbock in einer Person; heute aber gehen wir sogar noch weiter, wir schreiben: Man wende sich an ›die zuständige Verwaltungsbehörde‹, Straße …, Nummer …, dort findet dann das Publikum grünbemützte Beamte, hübsch anzusehen und beruhigend wie Exekutoren.«

»Nucingen hatte das Haus Charles Claparon mit all seinem Kredit gestützt«, fuhr Bixiou fort. »Man konnte unbesorgt eine Million Claparon-Papiere auf den Markt werfen. Du Tillet schlug also vor, sein Bankhaus Claparon vorzuschieben. Einverstanden! 1825 waren die Aktionäre noch nicht verwöhnt, was gewerbsmäßige Konzeptionen betraf. Der ›Betriebsstand‹ war ihnen unbekannt! Die Geschäftsführer verpflichteten sich nicht, ihre gewinnbringenden Aktien nicht in Umlauf zu bringen, sie hinterlegten nichts bei der Bank und gaben keinerlei Garantie. Man geruhte nicht, die Kommandite zu erläutern, indem man dem Aktionär beibrachte, daß man die Güte habe, nicht mehr als tausend oder fünfhundert oder gar nur zweihundertfünfzig Francs von ihm zu fordern! Man veröffentlichte nicht, daß der Versuch *in aere publico* nur sieben oder fünf oder sogar nur drei Jahre dauern und die Auflösung darum nicht lange auf sich warten lassen werde. Das Metier steckte noch in den Kinderschuhen! Man bediente sich noch nicht einmal der Werbung mit riesigen Annoncen, mit deren Hilfe man die Phantasie beflügeln und jedermann Geld aus der Tasche ziehen möchte …«

»Das geschieht, wenn keiner etwas hergeben will«, sagte Couture.

»Kurzum, in dieser Art Unternehmungen herrschte noch nicht die Konkurrenz von heute«, fuhr Bixiou fort. »Die Hersteller von Papiermaché, bedrucktem Kattun und Zinkblech, die Theater und die Zeitungen rauften sich nicht wie die Hunde um ihren Beuteanteil am verendenden Aktionär. Die schönen Aktiengeschäfte, wie Couture sagt, wurden recht unverhohlen kundgetan, stützten sich auf die Gutachten von Sachverständigen (den Ersten in der Wissenschaft! ...) und wurden verschämt und in aller Stille im Schatten der Börse abgewickelt. Die Börsenmakler führten, finanziell gesehen, die Verleumdungsarie aus dem ›Barbier von Sevilla‹ auf. Sie gingen piano, piano vor, mittels leisen, von Ohr zu Ohr geflüsterten Geredes über ein gutes Geschäft. Sie fingen den Delinquenten, den Aktionär nur so nebenbei – zu Hause, an der Börse oder in Gesellschaft – durch das geschickt in die Welt gesetzte Gerücht, das sachte anwuchs zu dem Tutti einer vierstelligen Quote ...«

»Wir sind zwar unter uns und brauchen kein Blatt vor den Mund zu nehmen«, sagte Couture, »trotzdem möchte ich auf das eben Gesagte noch zurückkommen.«

»Ihr seid Goldschmied, Monsieur Josse?« sagte Finot.

»Finot wird immer klassisch, verfassungstreu und altmodisch bleiben«, bemerkte Blondet. »Ja, ich spreche als Goldschmied und im Sinne dessen, der Cérizet gerade vor das Zuchtpolizeigericht gebracht hat«, fuhr Couture fort. »Ich behaupte, daß die neue Methode bedeutend weniger heimtückisch, weit loyaler und weniger mörderisch ist als die alte. Die Veröffentlichungen gestatten ein Prüfen und Überlegen. Wenn ein Aktionär auf den Leim gegangen ist, so ist er aus freien Stücken gekommen, man hat ihm nicht die Katze im Sack verkauft. Die Industrie ...«

»Hallo, da hätten wir ja die Industrie!« rief Bixiou.

»Die Industrie gewinnt dabei«, fuhr Couture fort, ohne den Einwurf zu beachten. »Der Staat, der sich in die Handelsgeschäfte einmischt und ihnen keine Freiheiten läßt, begeht eine kostspielige Dummheit: Das führt entweder zum Maximum oder zum Monopol. Nach meinem Dafürhalten gibt es nichts den Grundsätzen der Handelsfreiheit

Entsprechenderes als eben die Aktiengesellschaften! Daran rühren hieße, für Kapital und Gewinne haften zu wollen, was töricht wäre. Bei jedem Geschäft steht der Gewinn im entsprechenden Verhältnis zum Risiko! Was geht es den Staat an, auf welche Weise das Geld ins Rollen kommt, – vorausgesetzt, daß es ständig in Bewegung bleibt! Was bedeutet es, daß dieser reich und jener arm ist, wenn stets die gleiche Anzahl Reicher zu besteuern ist? Übrigens sind es nun zwanzig Jahre, daß die Aktien-, die Kommanditgesellschaften und Prämien in jeglicher Form im handelstüchtigsten Land der Welt üblich sind – in England, wo alles angefochten wird, wo das Unterhaus in jeder Sitzungsperiode zwölfhundert Gesetze ausbrütet und wo sich dennoch niemals ein Parlamentsmitglied erhoben hat, um gegen die Methode ...«

»... die Heilmethode der vollen Geldschränke mittels Vegetabilien loszuziehen«, sagte Bixiou, »Mohrrüben!«*

»Wir wollen doch einmal sehen«, rief Couture begeistert. »Ihr habt zehntausend Francs, ihr kauft dafür zehn Aktien von zehn verschiedenen Unternehmen. Ihr seid neunmal hereingefallen ... (Das gibt es übrigens nicht, denn das Publikum ist schlau und vorsichtig, aber ich nehme es einmal an!) Ein Geschäft nur gelingt. (Einverstanden! – Zufälligerweise, es war keine Absicht! – Laßt es gut sein, ihr macht euch über mich lustig!) Nun, der Spieler, der seine Einsätze so klug zu verteilen verstand, trifft unerwarteterweise auf eine ganz prächtige Anlage, wie es all denen erging, die Wortschiner Minenaktien kauften. Gestehen wir es uns doch ein, Freunde: Leute, die sich beklagen, sind Heuchler, die sich ärgern, weil sie weder einen günstigen Einfall für ein Geschäft haben noch die Gabe, es in Szene zu setzen, noch die Geschicklichkeit, es auszubeuten. Der Beweis wird nicht auf sich warten lassen. Über kurz oder lang wer-

* nicht zu übersetzendes Wortspiel; das französische Wort *carotte* kann sowohl Mohrrübe als auch Prellerei heißen.

det ihr die Aristokratie, die Hofleute und die Ministeriellen in geschlossenen Kolonnen in das Lager der Spekulation herabsteigen sehen, und sie werden noch geldgierigere Hände ausstrecken und noch unlautere Einfälle haben als wir, ohne jedoch unsere Überlegenheit zu besitzen. Welch ein Kopf gehört dazu, um in einer Zeit, da die Gier der Aktionäre derjenigen der findigen Unternehmer gleichkommt, die Grundlagen für ein Geschäft zu legen! Welch eine suggestive Macht muß doch der Mann besitzen, der einen Claparon schöpft und neue Wege eröffnet! Kennt ihr die Moral von alledem? Unsere Zeit ist nicht mehr wert als wir selbst! Wir leben in einer habgierigen Zeit, in der man sich nicht um den Wert einer Sache kümmert, falls man dabei gewinnt, wenn man sie seinem Nächsten zuschanzen kann; und man schanzt sie ihm zu, weil die Gier des Aktionärs, der an einen Gewinn glaubt, ebensogroß ist wie die des Gründers, der ihm das Geschäft vorschlägt.«

»Couture ist prächtig, wirklich prächtig!« sagte Bixiou zu Blondet; »er wird noch verlangen, daß man ihm als Wohltäter der Menschheit ein Denkmal setzt.«

»Man müßte ihn dahin bringen, zu schlußfolgern, daß das Geld der Dummen nach göttlichem Recht das Erbteil der Geistvollen ist«, sagte Blondet.

»Kinder«, fuhr Couture fort, »laßt uns hier einmal lachen über all den Ernst, mit dem wir sonst die respektablen Dummheiten anhören, die von unversehens geschaffenen Gesetzen bestätigt werden.«

»Er hat recht. Welch eine Zeit, Messieurs«, sagte Blondet, »in der das Feuer der Intelligenz, kaum daß es aufflammt, schleunigst mittels irgendeines Gesetzes ausgelöscht wird! Die Gesetzgeber, die fast alle aus der Provinz stammen, wo sie die menschliche Gesellschaft nach Zeitungsberichten studierten, sperren das Feuer gewaltsam in die Maschine. Wenn diese dann explodiert, gibt es Heulen und Zähneknirschen! Eine Zeit, in der man sich nur Steuer- und Strafgesetze ausdenkt! Wollt ihr das bedeutsame Wort hören, weshalb alles so kommen mußte? Es gibt keine Religion mehr im Staat!«

»Ah!« rief Bixiou. »Bravo, Blondet! Du hast den Finger in Frankreichs Wunde gelegt: die Steuergesetzgebung, die unserem Land mehr Eroberungen weggenommen hat als der ärgerliche Krieg! Im Ministerium, wo ich sieben Jahre, mit Spießbürgern an eine Bank geschmiedet, Galeerensträfling war, gab es einen begabten Beamten, der beschlossen hatte, das gesamte Finanzsystem zu reorganisieren … Jawohl, den haben wir schön vor die Tür gesetzt! Frankreich wäre zu glücklich geworden, es hätte sich damit die Zeit vertrieben, Europa zurückzuerobern, und wir sorgten für die Ruhe der Nationen. Ich habe diesen Rabourdin durch eine Karikatur umgebracht!«

»Wenn ich das Wort ›Religion‹ anwende, so meine ich damit nicht Frömmelei, sondern hohe Politik«, ergänzte Blondet.

»Sprich deutlicher!« sagte Finot.

»Also«, fuhr Blondet fort, »die Affäre von Lyon, die Kanonade in den Straßen der Republik, ist viel besprochen worden, keiner sagte die Wahrheit. Die Republik hatte sich des Aufruhrs bemächtigt, wie sich ein Aufrührer eines Gewehres bemächtigt. Ich will euch die Wahrheit erzählen, weil sie kurios ist und man daraus lernen kann. Der Lyoner Handel ist ein Handel ohne Seele, der keine Elle Seide herstellt, ohne daß sie ausdrücklich bestellt und ihre Bezahlung gesichert ist. Bleibt die Bestellung aus, so stirbt der Arbeiter Hungers, verdient er doch bei der Arbeit kaum den Lebensunterhalt, Sträflinge haben es glücklicher getroffen als er. Nach der Julirevolution erreichte das Elend einen derartigen Grad, daß die Seidenarbeiter die Flagge hißten: ›Brot oder Tod!‹ eine jener Proklamationen, die den Staat zum Nachdenken hätte bringen müssen, denn die Teuerung in Lyon war die Ursache dafür. Lyon will Theater erbauen und Großstadt werden, daher die unsinnigen Lebensmittelsteuern. Die Republikaner haben diese Hungerrevolte vorausgeahnt, und sie haben die Seidenweber organisiert, die für zwei Parteien fochten. Lyon hatte seine drei Tage, aber alles kam wieder in Ordnung und der Arbeiter wieder in sein Elendsloch. Der bis dahin redliche Weber aber, der die Seide, die man ihm gebundweise zuwog, als Seidenstoff zurückgab, setzte von nun an die Redlichkeit vor die Tür, denn er hatte erkannt, daß die Händler ihn ausschlachteten, und er benetzte seine Finger mit Öl: Er lieferte zwar weiterhin das gleiche Stoffgewicht, jedoch Seide mit Ölflecken, und der französische Seidenmarkt war mit eingefetteten Stoffen überschwemmt, was den Sturz Lyons und überhaupt des ganzen französischen Seidenhandels hätte herbeiführen können. Anstatt nun die Ursache des Übels zu beseitigen, machten es die Fabrikanten und die Regierung nun wie gewisse Ärzte und sorgten durch ein Gewaltmittel dafür, daß die Sache wieder nach innen schlug! Man hätte einen geeigneten Mann nach Lyon entsenden müssen, einen jener Leute, die man unmoralisch nennt, einen Abbé Terray, aber man nahm die Angelegenheit von der militärischen Seite! Infolge der Wirren kam Grosgrain aus Neapel auf den Markt, die Elle zu vierzig Sous. Diese Neapolitaner Seiden sind, man darf es sagen, heute verkauft, und die Fabrikanten haben natürlich irgendeine Kontrolle eingeführt. Eine derartig kurzsichtige Fabrikationsweise mußte sich in einem Lande ereignen, in dem sich ein Richard-Lenoir, einer der bedeutendsten Männer, die Frankreich je besaß, zugrunde gerichtet hat, weil er sechstausend Arbeitern, auch ohne ausdrückliche Bestellungen, Arbeit und Nahrung verschaffte und Ministern begegnete, die dumm genug waren, ihn 1814, bei dem Umsturz in den Gewebepreisen, untergehen zu lassen. Da habt ihr den einzigen Fall, wo ein Kaufmann ein Denkmal verdient hätte. Nun, der Mann ist heute Gegenstand einer Subskription ohne Subskribenten, obwohl man für die Kinder des General Foy eine Million gespendet hat. Lyon ist konsequent: Es kennt Frankreich und weiß, daß es keinerlei religiöses Empfinden besitzt. Die Geschichte Richard-Lenoirs ist ein Fehler, der in Fouchés Augen schlimmer als ein Verbrechen wäre.«

»Mag sein, daß es im Geschäftsleben scheinbar viele Marktschreiereien gibt«, nahm Couture die Rede da wieder auf, wo er vor der Unterbrechung stehengeblieben war, »ein schimpflich gewordenes Wort, das zwischen Recht und Unrecht steht und bald hierhin, bald dorthin schwankt; doch ich frage euch, wo beginnt eigentlich der Schwindel und wo hört er auf? Was ist überhaupt Schwindel? Seid so gut und nennt mir einen, der kein Schwindler ist! Nun? Ein wenig Aufrichtigkeit, das ist das rarste Ingrediens der Gesellschaft! Ein Handel, der daraus bestehen würde, des Nachts suchen zu gehen, was man bei Tage verkaufte, wäre unsinnig. Selbst ein Streichholzhändler hat Wucherinstinkte. Waren horten! Das ist sowohl der Gedanke des als tugendhaft geltenden Krämers aus der Rue Saint-Denis als auch des unverschämten Spekulanten. Sind die Lager voll, so ist es nötig, zu verkaufen. Um zu verkaufen, muß man den Kunden einheizen; daher im Mittelalter das Firmenschild und heute der Prospekt! Ich sehe überhaupt keinen Unterschied darin, die Kundschaft aufzurufen, einzutreten und zu kaufen, oder sie dazu zu nötigen! Es kann, ja es muß zuweilen vorkommen, daß der Kaufmann verdorbene Waren erhält, denn der Verkäufer betrügt den Wiederverkäufer, wo er nur kann. Nun, wendet euch an die achtbarsten Leute von Paris, an die Notabeln der Kaufmannschaft ..., sie alle werden euch triumphierend die List erzählen, mit der sie ihre schlecht eingekaufte Ware abgesetzt haben. Die berüchtigte Firma Minard machte den Anfang mit derartigen Verkäufen. Die allerehrbarsten Kaufleute werden mit der freimütigsten Miene den Ausspruch ungehemmtester Unredlichkeit tun: ›Aus einem schlechten Handel zieht man sich heraus, so gut es eben geht.‹ Blondet hat euch die Ereignisse in Lyon mit ihren Ursachen und Folgen geschildert; ich werde die Anwendung meiner Theorie mit einer Anekdote beweisen. Ein fleißiger, von einer zu oft geliebten Frau mit vielen Kindern gesegneter Wollarbeiter glaubt an die Republik. Mein Mann kauft also rote Wolle und verfertigt jene Strickmützen, die ihr auf den Köpfen sämtlicher Pariser Gassenjungen sehen konntet; ihr werdet gleich erfahren, weshalb. Die Republik ist abgetan. Nach der Affäre von Saint-Merri waren die Mützen unverkäuflich. Wenn sich ein Arbeiter in seinem Haushalt von Weib, Kindern und zehntausend roten Wollmützen umgeben sieht, die ihm kein Hutmacher von beiden Ufern der Seine mehr abnehmen will, so gehen ihm ebenso viele Gedanken durch den Kopf wie einem Bankier, der auf zehn Millionen Aktien sitzt, die er in einer faulen Sache unterzubringen hat. Wißt ihr, was unser Arbeiter, unser Law der Vorstadt, unser Nucingen der Mützen gemacht hat? Er suchte sich einen Kaffeehausstutzer, so einen Witzbold, der bei den öffentlichen Tanzgelegenheiten in den Vororten der Schrecken der Schutzleute ist, und bat ihn, die Rolle eines großen amerikanischen Ramschkäufers, wohnhaft Hotel Meurice, zu spielen und bei einem gewissen reichen Hutmacher, bei dem noch ein einziges Exemplar im Schaufenster lag, zehntausend rote Wollmützen zu verlangen. Der Hutmacher vermutet ein glänzendes Amerikageschäft, läuft zu dem Arbeiter und stürzt sich gegen Barzahlung auf die Mützen. Ihr begreift: kein amerikanischer Großaufkäufer mehr, aber viele Mützen! Wollte man solcher unliebsamen Vorkommnisse wegen die Handelsfreiheit angreifen, so hieße das, unsere Justiz unter dem Vorwand angreifen, daß es Vergehen gibt, die sie nicht ahndet, oder die Gesellschaft beschuldigen, aufgrund der Übel, die sie hervorbringt, schlecht organisiert zu sein! Mützen und Rue Saint-Denis nun bei Aktien und im Bankgeschäft, das übrige könnt ihr euch sicher denken!«

»Couture, eine Krone!« rief Blondet aus und band dem Redner seine zusammengedrehte Serviette um den Kopf. »Ich gehe noch weiter, Messieurs! Sind die Theorien von heute lasterhaft – wen trifft die Schuld? Das Gesetz! Das Gesetz in seiner gesamten Anlage, die Gesetzgebung! Die großen Männer des Arrondissements, die die Provinz mit moralischen Anschauungen aufgeblasen hierher entsendet, Anschauungen, die für ihre Lebensführung unerläßlich sind, wenn man sich nicht mit der Justiz herumschlagen muß, die aber ausgesprochen stumpfsinnig sind, da sie einen Mann daran hindern, sich zu jener Größe aufzuschwingen, die ein Gesetzgeber haben sollte. Mögen auch die Gesetze diese und jene Ausschweifungen untersagen, das Glücksspiel, die Lotterie, die Straßenmädchen, alles, was ihr wollt, die Leidenschaften werden sie niemals ausrotten. Die Leidenschaften töten hieße die Gesellschaft töten, die, wenn sie erstere auch nicht verursacht, sie doch zur Entwicklung bringt. So hemmt man durch Vorschriften die Sucht nach dem Glücksspiel, die im Grunde allen Herzen gemeinsam ist: dem Backfisch wie dem Provinzler oder dem Diplomaten; da sich alle Welt ein Gratisvermögen ersehnt, entwickelt sich das Spiel nun einfach zu anderen Sphären. Man unterdrückt dummerweise das Lotteriespiel, aber die Köchinnen bestehlen ihre Herrschaft deshalb nicht weniger, sie tragen ihr Diebesgut auf eine Sparkasse, und der Einsatz beträgt eben zweihundertfünfzig Francs anstatt vierzig Sous, denn die Gewerbeaktien, die Kommanditgesellschaften. werden nun zur Lotterie, zum Spiel ohne Spieltisch, aber mit der Möglichkeit, Geld zugeschoben zu bekommen, und mit einem kalkulierten Unentschieden. Die Spielsäle sind geschlossen, die Lotterie besteht nicht mehr; da rufen die Dummköpfe, Frankreich sei moralischer geworden, als seien die Spieler aus der Welt geschafft! Man spielt immer, nur daß der Gewinn nun nicht mehr dem Staat gehört, der eine gern bezahlte Steuer durch eine ungern bezahlte ersetzt, ohne dadurch die Zahl der Selbstmorde zu verringern; denn der Spieler stirbt nicht, aber sehr wohl sein Opfer! Ich rede nicht von den für Frankreich verlorenen Auslandskapitalien noch von den Frankfurter

Lotterien, auf deren Einführung die vom Konvent verhängte Todesstrafe stand und denen die Syndikusse verfallen waren! Da habt ihr den Sinn der einfältigen Philanthropie unseres Gesetzgebers. Der Ansporn, der somit den Sparkassen gegeben wird, ist eine große politische Dummheit. Nehmt einmal an, es ereignete sich im Handelsverkehr irgendeine Störung, so hätte die Regierung den Sturmlauf nach dem Geld geschaffen, wie sie zur Zeit der Revolutionen den Sturmlauf nach dem Brot verursacht hat. Soundso viele Kassen, soundso viel mal Aufruhr! In irgendeinem Winkel pflanzen drei Gassenjungen eine Fahne auf – und schon haben wir eine Revolution. Aber diese Gefahr, so groß sie auch sein mag, scheint mir weniger zu fürchten zu sein als die Demoralisierung des Volkes. Leuten, die weder Erziehung noch Vernunft von ihren verschwiegenen verbrecherischen Machenschaften abhalten, werden von den Sparkassen die durch die Gewinnsucht hervorgebrachten Laster ja geradezu eingeimpft. Das sind die Auswirkungen der Philanthropie. Ein großer Politiker muß auf seine Art ein Schurke sein, andernfalls wird das Gemeinwesen schlecht geleitet. Ein ehrenhafter Politiker wäre einer Dampfmaschine mit Gefühl vergleichbar oder einem Lotsen, der das Steuerruder hält und gleichzeitig eine Frau liebt: Das Schiff geht dabei unter. Ist nicht ein Ministerpräsident, der hundert Millionen für sich beiseite bringt und Frankreich groß und glücklich macht, einem auf Staatskosten beerdigten Minister, der jedoch sein Vaterland zugrunde gerichtet hat, vorzuziehen? Würdet ihr wirklich schwanken zwischen Richelieu, Mazarin und Potjomkin, von denen jeder zu seiner Zeit dreihundertmillionenschwer war, und dem tugendsamen Robert Lindet, der weder aus den Assignaten noch aus den Nationalgütern Nutzen zu ziehen wußte oder gar den tugendhaften Schwachköpfen, die Ludwig XVI. zugrunde gerichtet haben? – Erzähle weiter, Bixiou!«

»Ich werde euch die Art des Unternehmens, das Nucingens Finanzgenie erfunden hat, nicht näher beschreiben«, entgegnete Bixiou; »es wäre um so unpassender, als es noch heute besteht; seine Aktien sind an der Börse notiert. Der Schwindel war ausgesprochen glaubwürdig, das ganze Unternehmen derart zählebig, daß die mit dem Nennwert von tausend Francs und mit königlicher Erlaubnis herausgegebenen Aktien, nachdem sie zuerst auf dreihundert Francs gefallen waren, wieder auf siebenhundert hinaufstiegen, und nachdem sie auch die Stürme der Jahre 1827, 1830 und 1832 überstanden hatten, das Pari erreichten. Die Finanzkrise von 1827 ließ sie im Wert sinken, die Julirevolution drückte sie ganz herunter, aber die Sache hatte Lebenskraft (Nucingen könnte gar nicht auf eine schlechte Idee kommen). Kurz, da mehrere erste Bankhäuser sich daran beteiligt haben, wäre es unparlamentarisch, weiter ins Detail zu gehen. Der Nennwert des Kapitals betrug zehn Millionen, der reale sieben, drei Millionen gehörten den Gründern und den mit der Emission der Aktien beauftragten Banken. Alles war so berechnet, daß die Aktie in den ersten sechs Monaten durch Verteilung einer hohen Scheindividende zweihundert Francs Gewinn brachte; also zwanzig Prozent von zehn Millionen. Du Tillet kassierte fünfhunderttausend Francs an Zinsen. Im Sprachgebrauch der Banken heißt dieser Gewinn ›Schlemmeranteil‹! – Nucingen beschloß, seine aus fünfundzwanzig Bögen rosa Papier und mit Hilfe eines Lithographensteins hergestellten Millionen in hübsche, leicht anzulegende Aktien umzusetzen, die er sorgsam in seinem Geldschrank aufbewahrte. Diese reellen Aktien sollten dazu dienen, das Geschäft zu begründen, ein prächtiges Haus zu kaufen und mit den Schachzügen zu beginnen. Nucingen beschaffte sich noch Aktien von ich weiß nicht welchen silberhaltigen Bleiminen, von Steinkohlenbergwerken und von zwei Kanalbauten, Gewinnaktien, die ausgegeben wurden, um ein hervorragendes Funktionieren dieser vier Unternehmen zu inszenieren; ausgesprochen teure und gesuchte Aktien, da die Dividende nach dem Kapital berechnet wurde. Nucingen konnte, wenn die Aktien stiegen, auf ein Agio rechnen; doch der Baron ließ es in seinen Kalkulationen außer acht und benutzte es als Köder, um weitere Fische anzulocken. Er hatte also seine Kapitalien wie Napoleon seine Soldaten geballt zum Einsatz gebracht, um während der drohenden Krise, die in den Jahren 1826 und 1827 die europäischen Börsen erschütterte, zu liquidieren. Wenn er einen Fürsten von Wagram gehabt hätte, hätte er wie Napoleon von der Höhe des Santon aus sagen können: ›Sehen Sie aufmerksam hin, an diesem und diesem Tag, zu der und der Stunde wird dort ein ausgedehntes Feld an Kapitalien zu finden sein!‹ Aber wem konnte er sich anvertrauen? Du Tillet ahnte nichts von seiner unfreiwilligen Mittäterschaft. Die beiden ersten Liquidationen hatten unserem mächtigen Baron gezeigt, wie notwendig es war, einen Mann an sich zu binden, dessen er sich bedienen konnte, um auf den Kreditor einzuwirken. Nucingen hatte keinen Neffen, keinen Vertrauten; er brauchte einen ergebenen Mann, einen intelligenten Claparon mit gutem Benehmen, einen wahren Diplomaten, einen Mann, der seiner würdig war und würdig eines Ministerpostens. Derartige Beziehungen knüpfen sich nicht an einem Tag, auch nicht in einem Jahr. Rastignac war also damals von dem Baron so eifrig umworben worden, daß er gleich dem Friedensfürsten, der vom spanischen König wie von der spanischen Königin gleichermaßen geliebt wurde, vermeinte, mit Nucingen einen preziösen Gimpel in der Hand zu haben. Nachdem er anfangs über diesen Mann, dessen Fähigkeit ihm lange verborgen blieb, gelacht hatte, brachte er ihm schließlich die aufrichtigste und tiefste Hochachtung entgegen, denn er hatte in ihm jene Kraft erkannt, die nur er allein zu besitzen glaubte. Seit seinen ersten Tagen in Paris verachtete Rastignac die gesamte Gesellschaft. Seit 1820 hatte er dieselben Anschauungen wie der Baron: Er wußte, es gab nur scheinbar ehrenhafte Leute, und die große Welt sah er als die Zusammenrottung aller Verderbtheiten und aller Nichtswürdigkeiten an. Wenn er auch hier und da Ausnahmen machte, so verdammte er doch die Masse: Er glaubte an keine Tugend, nur an bestimmte Gelegenheiten, bei denen sich der Mensch tugendhaft gab. Diese Erkenntnis bemächtigte sich seiner auf der Höhe des Père-Lachaise, am Tage, als er einen armen und ehrlichen Mann dorthin geleitete, den Vater seiner Delphine, der als ein Opfer unserer Gesellschaft, ein Opfer seiner aufrichtigsten Gefühle, von seinen Töchtern und Schwiegersöhnen verlassen, gestorben war. Da beschloß Rastignac, der ganzen Welt etwas vorzuspielen und dabei im Gewand der Tugend, der Redlichkeit und des guten Benehmens aufzutreten. Der junge Edelmann war vom Scheitel bis zur Sohle mit Egoismus gewappnet. Als der Bursche nun Nucingen in gleicher Rüstung sah, achtete er ihn, wie ein von Kopf bis Fuß damaszierter und auf einem Berberroß sitzender Ritter im Mittelalter bei einem Turnier seinen ihm ebenbürtigen Gegner achtete. Eine Zeitlang allerdings verweichlichte er in den Armen der Liebe. Die Freundschaft zu einer Frau, wie die Baronne de Nucingen es war, kann einen jungen Mann sehr wohl dazu bringen, dem Egoismus zu entsagen. Nachdem Delphine um ihre erste Liebe betrogen worden war, da sie eine Birminghamer Maschine wie den seligen de Marsay auserkoren hatte, mußte sie natürlich dem jungen, reinherzigen Provinzler Rastignac eine grenzenlose Hingabe entgegenbringen. Diese Zärtlichkeit rührte Rastignac. Als Nucingen dem Freund seiner Frau das Zaumzeug übergestreift hatte, das jeder Ausbeuter seinem Opfer anlegt, was übrigens genau zur selben Zeit geschah, als er seine dritte Liquidation ins Auge faßte, bekannte er ihm seine Lage, wobei er ihn darauf hinwies, daß er, gewissermaßen als Entgelt für seine Vertraulichkeiten, die Rolle des Mitwissers zu übernehmen und zu spielen habe. Der Baron hielt es für gefährlich, seinen Ehekollaborator in seinen Plan einzuweihen. Rastignac glaubte an ein Unglück, und der Baron ließ ihn in dem Glauben, daß er das Schiff noch retten könne. Doch wenn ein Strang so viele Fäden hat, gibt es leicht Knoten. Rastignac zitterte für Delphines Vermögen; er forderte die Unabhängigkeit der Baronne durch eine vertraglich festgelegte Gütertrennung, wobei er sich gelobte, seine Rechnung mit der Baronne durch die Verdreifachung ihres Vermögens ins reine zu bringen. Da Eugen für sich selber nichts verlangte, bat ihn Nucingen inständigst, für den Fall eines vollen Erfolges fünfundzwanzig Bleigrubenaktien zu jeweils tausend Francs anzunehmen, die Rastignac, um ihn nicht zu beleidigen, auch nahm. Vierundzwanzig Stunden, nachdem Rastignac von Nucingen für dessen Zwecke fügbar gemacht worden war, hatte unser Freund Malvina geraten, sich zu verheiraten. Beim Anblick hunderter glücklicher Familien, die da sorglos in den Tag hinein lebten, die Godefroids de Beaudenord, die d'Aldriggers, die d'Aiglemonts und so weiter, wurde Rastignac von einem Schauder ergriffen, wie er wohl einen jungen General befallen mag, der vor einer Schlacht zum erstenmal ein Heer vor Augen sieht. Die arme kleine Isaure und Godefroid in ihrem Liebesspiel – waren sie nicht wie Acis und Galatea unter dem Felsblock, den der ungeschlachte Polyphem auf sie herabschleudern würde? ...«

»So ein Kerl, der Bixiou«, sagte Blondet, »er hat ja beinahe Talent.«

»Ach, ich rede also nicht mehr schwulstig?« sagte Bixiou und blickte sein verdutztes Auditorium triumphierend an. »Seit zwei Monaten«, fuhr er nach dieser Unterbrechung fort, »genoß Godefroid all die kleinen Freuden eines Mannes, der heiraten wollte. Solche Leute sind wie Vögel im Frühjahr, die unentwegt beschäftigt sind, Strohhalme sammeln, sie im Schnabel forttragen und ihr Nest flechten, die Heimstätte ihrer Eier. Isaures Zukünftiger hatte in der Rue de la Planche für tausend Taler ein gemütliches kleines Haus gemietet, genau das Richtige, nicht zu groß und nicht zu klein. Er ging jeden Morgen dorthin, um den Arbeitern zuzuschauen und die Malerarbeiten zu beaufsichtigen. Er versuchte dabei den Komfort, das einzig Gute, was aus England kommt, heimisch zu machen: einen Heizapparat, um im ganzen Hause eine gleichmäßige Temperatur zu halten; gut ausgesuchte Möbel ohne aufdringliche Eleganz; wohltuend frische und zarte Farben, an allen Fenstern Innen- und Außenrouleaus; Silberzeug und neue Kutschen. Er hatte den Stall, die Sattelkammer und die Remisen herrichten lassen, wo sich Toby, Joby, Paddy wie ein losgelassenes Murmeltier gebärdete und glücklich schien, daß es von nun an im Hause Frauen und sogar eine ›Lady‹ geben sollte. Wie herzerfreuend ist der Eifer so eines Hausstandsbegründers, der Uhren auswählt, mit den Taschen voller Stoffproben bei seiner Zukünftigen erscheint, sie betreffs der Schlafzimmereinrichtung um Rat fragt; der, wenn er kommt und geht und etwas besorgt, aus Liebe kommt und geht und etwas besorgt – wie herzerfreuend, sage ich, ist so ein Mann für seine wohlmeinenden Mitmenschen und vor allem für die Lieferanten. Und da der Welt nichts besser gefällt, als die Heirat eines hübschen jungen Mannes von siebenundzwanzig Jahren mit einem reizenden jungen Mädchen von zwanzig Jahren, das noch dazu gut tanzen kann, beschloß Godefroid, dem das Brautgeschenk Kopfzerbrechen machte, Rastignac nebst Madame de Nucingen zum Frühstück zu sich zu bitten, um sie in dieser wichtigen Angelegenheit um Rat zu fragen. Er hatte die großartige Idee, auch seinen Vetter d'Aiglemont und Gemahlin sowie Madame de Sérizy zu laden. Die Damen von Welt vergnügen sich gelegentlich gern einmal bei einem Junggesellen und frühstücken bei ihm.«

»Ja, das ist ihre Art, die Schule zu schwänzen«, sagte Blondet.

»Es galt also, in der Rue de la Planche das kleine Heim der zukünftigen Gatten in Augenschein zu nehmen«, fuhr Bixiou fort. »Frauen lieben solche kleinen Unternehmungen wie Menschenfresser frisches Fleisch; sie ergötzen sich an dieser jungen Freude, die noch nicht am Genusse welkte. Die Tafel war in dem kleinen Salon gedeckt, der für diese Beerdigung des Junggesellendaseins geschmückt war wie ein Pferd für einen Prunkzug. Das Frühstück war in einer Auswahl bestellt, die all die netten kleinen Dinge aufwies, welche die Frauen des Vormittags gern essen, knabbern und trinken, eine Zeit, zu der sie einen entsetzlichen Appetit haben, ohne es jedoch eingestehen zu wollen, denn es scheint, daß sie sich kompromittieren würden, wenn sie sagen: ›Ich habe Hunger.‹ – ›Und warum ganz allein?‹ fragte Godefroid, als er Rastignac begrüßte. ›Madame de Nucingen hat Kummer, ich werde dir alles erzählen‹, erwiderte Rastignac, der verärgert schien. ›Verstritten? ...‹ rief Godefroid. ›Nein‹, sagte Rastignac. Als die Damen um vier Uhr in den Bois de Boulogne entschwunden waren, blieb Rastignac im Salon sitzen und blickte melancholisch durch das Fenster auf Toby, Joby, Paddy, der sich wagemutig und wie Napoleon mit gekreuzten Armen vor dem Tilbury postiert hatte, denn er konnte das Pferd nur vermittels seiner schrillen Stimme im Zaum halten; das Pferd fürchtete Joby, Toby. ›Nun, was hast du, mein Lieber?‹ sagte Godefroid zu Rastignac. ›Du bist verstimmt, unruhig; deine Heiterkeit ist nicht echt. Ja, dir fehlt etwas zum Glück, und das zermartert dir die Seele! Es ist auch wirklich traurig, mit der Frau, die man liebt, weder staatlich noch kirchlich verheiratet zu sein.‹ – ›Hast du den Mut, mein Lieber, anzuhören, was ich dir zu sagen habe, und wirst du verstehen, wie sehr man einem anderen zugetan sein muß, um die Indiskretion zu begehen, derer ich mich jetzt schuldig machen werde?‹ sagte Rastignac zu ihm in jenem Ton, der einem Peitschenhieb ähnelt. ›Was?‹ sagte Godefroid und erbleichte. ›Deine Freude betrübte mich, und ich habe nicht den Mut, wenn ich alle diese Vorbereitungen, dieses blühende Glück sehe, ein solches Geheimnis für mich zu behalten.‹ – ›So sage doch, worum es sich handelt.‹ – ›Schwöre mir bei deiner Ehre, daß du darüber schweigen wirst wie ein Grab!‹ – ›Wie ein Grab.‹ – ›Daß, selbst wenn ein dir Nahestehender mit dieser Sache zu tun hätte, er nichts davon erfahren würde!‹ – ›Er erfährt nichts.‹ – ›Nun also: Nucingen ist heute nacht nach Brüssel abgereist: Wenn man nicht liquidieren kann, muß man die Koffer packen. Delphine hat gleich heute morgen beim Gericht die Gütertrennung beantragt. Du kannst dein Vermögen noch retten.‹ – ›Wie?‹ fragte Godefroid, der fühlte, wie ihm das Blut in den Adern erstarrte. ›Schreibe ganz einfach dem Baron einen um vierzehn Tage zurückdatierten Brief, in dem du ihn beauftragst, dein gesamtes Kapital in Aktien anzulegen‹ (und er nannte ihm die Firma Claparon). ›Du hast vierzehn Tage, einen – ja vielleicht drei Monate, um sie über dem jetzigen Wert zu verkaufen, sie werden noch steigen.‹ – ›Aber d'Aiglemont, der mit uns frühstückte, d'Aiglemont, der bei Nucingen eine Million hat!‹ – ›Höre, ich weiß nicht, ob genug dieser Aktien vorhanden sind, um ihn zu decken, und da ich ja nicht sein Freund bin, kann ich das Geheimnis Nucingens nicht preisgeben, du darfst ihm nichts davon sagen. Wenn du ein Wort sagst, bist du mir für die Folgen verantwortlich.‹ Godefroid verharrte zehn Minuten völlig regungslos. ›Nimmst du an, ja oder nein?‹ sagte Rastignac unbarmherzig. Godefroid griff zu Tinte und Feder und schrieb und unterzeichnete den Brief, den Rastignac ihm diktierte. ›Mein armer Vetter!‹ rief er aus. ›Jeder muß zuerst an sich denken‹, sagte Rastignac, ›und bleibt dennoch ein Verlierer‹, fügte er hinzu, als er Godefroid verließ. Hört nun, welchen Anblick die Börse damals bot, als Rastignac in Paris seine Pläne zu verwirklichen suchte. Ich habe einen Freund aus der Provinz, einen dummen Jungen, der mich, als wir zwischen vier und fünf an der Börse vorüberkamen, fragte, weshalb die Leute so in Gruppen beisammenständen, was sie einander wohl zu sagen hätten und was so ein Auf- und Abwandeln für einen Sinn habe, nachdem der Kurs der Staatspapiere unwiderleglich festgesetzt sei. ›Mein Freund‹, erwiderte ich ihm, ›sie haben gespeist, und jetzt verdauen sie; währenddessen klatschen sie über den lieben Nachbarn, ohne dies alles wäre der Handel in Paris nicht mehr gewährleistet. Hier werden die großen Geschäfte eingeleitet, und es gibt bestimmte Leute, Palma zum Beispiel, deren überlegene Herrschaft jener von Sinard an der Königlichen Akademie der Wissenschaften gleichkommt. Er sagt: Es geschehe die Spekulation! ... Und die Spekulation ward.«

»Welch ein Mann, Freunde«, sagte Blondet, »dieser Jude, der nicht nur eine Universitäts-, sondern auch eine Universalbildung besitzt! Bei ihm schließt die Vielseitigkeit nicht die Tiefe aus; was er weiß, weiß er genau; auf seinen Spürsinn in Geschäftsdingen ist Verlaß. Er ist der Großreferendar der wichtigsten Pariser Börsenspekulanten, die sich erst auf ein Geschäft einlassen, wenn Palma es geprüft hat. Er hört ernsthaft zu, prüft, überlegt und sagt zu seinem Gegenüber, das, da es ihn so aufmerksam sieht, schon vermeint, ihn an der Nase herumgeführt zu haben: ›Das paßt mir nicht.‹ Was ich am sonderbarsten finde, ist, daß er zehn Jahre lang der Teilhaber von Werbrust gewesen ist, ohne daß jemals eine Unstimmigkeit zwischen ihnen aufgekommen wäre.«

»Das ist nur zwischen sehr starken oder sehr schwachen Menschen so; in allen anderen Fällen wird jedes Vorkommnis zum Streitobjekt, und man geht bald in Feindschaft auseinander«, sagte Couture.

»Ihr begreift«, fuhr Bixiou fort, »daß Nucingen mit der notwendigen Sachkenntnis und mit geschickter Hand in die Reihen der Börsenleute eine Granate lanciert hatte, die gegen vier Uhr zum Platzen kam. ›Haben Sie schon von der schlimmen Nachricht gehört?‹ sagte du Tillet zu Werbrust, indem er ihn in einen Winkel zog. ›Nucingen ist in Brüssel, seine Frau hat beim Gericht die Gütertrennung beantragt.‹ – ›Sind Sie sein Kompagnon bei der Liquidation?‹ fragte Werbrust lächelnd. ›Lassen Sie die Späße, Werbrust‹, sagte du Tillet. ›Sie kennen die Leute, die Papiere von ihm haben; hören Sie zu, wir können da ein Geschäft machen! Die Aktien unserer neuen Gesellschaft bringen zwanzig Prozent, Ende des Quartals werden sie fünfundzwanzig bringen. Sie wissen, weshalb, man verteilt eine glänzende Dividende.‹ – ›Sie sind ein Schlauberger!‹ sagte Werbrust. ›Nur zu, reden Sie weiter! Sie sind ein Teufel mit langen, spitzen Krallen und wühlen damit im Butterfaß herum!‹ – ›Aber lassen Sie mich doch ausreden, oder wir haben keine Zeit mehr zum Handeln! Soeben, als ich die Neuigkeit erfuhr, kam mir ein Gedanke, und ich habe tatsächlich Madame de Nucingen in Tränen gesehen, sie hat Angst um ihr Vermögen.‹ – ›Arme Kleine!‹ sagte Werbrust ironisch. ›Nun, und?‹ fragte der ehemalig elsässische Jude, als du Tillet schwieg. ›Nun – bei mir liegen tausend Aktien zu je tausend Francs, die Nucingen mir übergeben hat, damit ich sie anlege, verstehen Sie!‹ – ›Gut!‹ – ›Kaufen wir zu zehn oder zwanzig Prozent Rabatt für eine Million Papiere des Hauses Nucingen; wir werden an dieser Million eine schöne Prämie gewinnen, denn wir sind dann gleichzeitig Gläubiger und Schuldner; das wird eine Verwirrung geben! Aber wir müssen schlau vorgehen, die Aktienbesitzer könnten glauben, wir handelten im Interesse Nucingens.‹ Nun begriff Werbrust den Streich, der zu spielen war, und drückte du Tillet die Hand mit dem Blick einer Frau, die ihrer Nachbarin einen Schabernack spielt. ›Wissen Sie schon das Neueste?‹ Mit dieser Frage trat Martin Falleix an sie heran. ›Das Haus Nucingen stellt seine Zahlungen ein!‹ – ›Pah!‹ erwiderte Werbrust; ›das müssen Sie doch nicht herumerzählen, lassen Sie die Leute, die seine Papiere haben, nur weitermachen!‹ – ›Kennen Sie die Ursache des Zusammenbruchs?‹ fragte Claparon dazwischentretend. ›Du weißt gar nichts‹, sagte du Tillet zu ihm, ›es gibt nicht den geringsten Zusammenbruch, sondern es wird bis auf den letzten Sou ausgezahlt werden. Nucingen wird von vorn anfangen und kann von mir Stammkapital bekommen, soviel er möchte. Ich kenne die Ursache der Zahlungseinstellung: Er hat seine ganzen Barmittel zugunsten Mexikos verwendet, das ihm Metall zurückschickt, spanische Kanonen, die so schlecht gegossen sind, daß sich in der Masse Goldsachen finden, Uhren, Kirchensilber, all die Trümmer, welche die spanische Zerstörungswut in Westindien hinterlassen hat. Die Rücksendung dieser Wertsachen verzögert sich. Der liebe Baron ist in Verlegenheit, das ist alles.‹ – ›Es ist wahr‹, sagte Werbrust, ›ich nehme seine Papiere mit zwanzig Prozent Diskont.‹ Die Neuigkeit verbreitete sich nun so schnell wie ein Feuer im Strohschober. Es verlauteten die widersprüchlichsten Dinge. Aber man hatte infolge der zwei vorangegangenen Liquidationen immerhin ein solches Vertrauen zum Hause Nucingen, daß jedermann die Nucingen-Papiere behielt. ›Palma muß uns in die Hand spielen‹, sagte Werbrust. Palma war das Orakel für die Firma Keller, die mit Nucingen-Papieren vollgepfropft war. Ein warnendes Wort von ihm würde genügen. Werbrust erreichte von Palma die Zusage, daß er die Sache an die große Glocke bringen wolle. Am anderen Morgen war die Börse im Alarmzustand. Die Kellers gaben, dem Rat Palmas folgend, ihre Papiere mit zehn Prozent Nachlaß ab, und ihnen folgte die ganze Börse; denn man wußte, daß sie ausgesprochen pfiffig waren. Taillefer gab daraufhin dreihunderttausend Francs zu zwanzig Prozent ab, Martin Falleix zweihunderttausend zu fünfzehn Prozent. Gigonnet erriet den Streich! Er schürte das Feuer, um sich mit Nucingen-Papieren zu versehen und an die zwei oder drei Prozent beim Wiederverkauf an Werbrust zu gewinnen. Er erblickte in einem Winkel der Börse den armen Matifat, der bei Nucingen dreihunderttausend Francs hatte. Der zitternde Drogist sah nicht ohne Erbleichen den schrecklichen Gigonnet, den Halsabschneider aus seinem früheren Stadtviertel, der auf ihn zukam, um ihm das Herz aus dem Leib zu reißen. ›Es geht schlecht, die Krise zeichnet sich ab. Nucingen trifft Maßnahmen! Aber das braucht Sie ja nicht zu kümmern, Matifat, Sie haben sich ja vom Geschäft zurückgezogen.‹ – ›Da täuschen Sie sich, Gigonnet, ich bin mit dreihunderttausend Francs belastet, mit denen ich auf spanische Renten rechnete.‹ – ›Sie sind gerettet; spanische Renten hätten Ihnen alles genommen, während ich Ihnen für Ihre Nucingen-Papiere etwas geben werde, so etwa fünfzig Prozent.‹ – ›Lieber möchte ich die Liquidation sehen‹, erwiderte Matifat. ›Ein Bankier hat nie weniger als fünfzig Prozent gegeben! Ja, wenn es sich nur um zehn Prozent Verlust handelte‹, sagte der frühere Drogist. ›Nun, geben Sie sie zu fünfzehn?‹ fragte Gigonnet. ›Sie scheinen es sehr eilig zu haben!‹ sagte Matifat. ›Guten Abend‹, sagte Gigonnet. ›Wollen Sie sie zu zwölf?‹ – ›Abgemacht‹, sagte Gigonnet. Zwei Millionen wurden am selben Abend bei Nucingen von du Tillet zurückgekauft und ausgeglichen, zugunsten der drei unvermuteten Verbündeten, die am andern Tag ihre Prämie kassierten. Die alte, hübsche, kleine Baronne d'Aldrigger saß mit ihren zwei Töchtern und Godefroid beim Frühstück, als Rastignac kam und mit dem Gebaren eines Diplomaten die Unterhaltung auf die finanzielle Krise lenkte. Der Baron Nucingen hege große Zuneigung zur Familie d'Aldrigger, er habe dafür Sorge getragen, im Fall eines Unglücks das Konto der Baronne mit seinen besten Wertpapieren zu decken, mit Aktien von Bleigruben; zu ihrer eigenen Sicherheit aber müsse die Baronne ihn ersuchen, ihr Vermögen derart anzulegen. ›Der arme Nucingen‹, sagte die Baronne. ›Was ist denn nur mit ihm?‹ – ›Er ist in Belgien; seine Frau verlangt die Gütertrennung; aber er ist fort, um bei einigen Bankhäusern Hilfe zu suchen!‹ – ›Mein Gott, das erinnert mich an meinen armen Mann! Lieber Monsieur de Rastignac, wie weh muß Ihnen das tun, der Sie dem Hause so eng verbunden sind.‹ – ›Vorausgesetzt, daß alle Mißhelligkeiten beigelegt werden, werden seine Freunde später ihren Lohn bekommen; er wird sich da schon herausziehen, er ist ein geschickter Mann.‹ – ›Ein Ehrenmann vor allem!‹ sagte die Baronne.

Nach einem Monat war die Liquidation der Passiva des Hauses Nucingen abgeschlossen, lediglich durch Briefe, mit denen ein jeder die Anlage seines Kapitals in designierten

Wertpapieren verlangte, und ohne jede andere Formalität von seiten der Bankhäuser als den Umtausch der Nucingen-Papiere gegen Aktien, die im Kurs stiegen. Während du Tillet, Werbrust, Claparon, Gigonnet und noch ein paar andere vermeintliche Schlauberger gegen ein Prozent Prämie Nucingen-Papiere aus dem Ausland zurücknahmen, denn sie gewannen noch dabei, wenn sie diese gegen hoch im Kurs stehende Aktien tauschten, war der Aufruhr an der Pariser Börse um so größer, als niemand mehr etwas zu fürchten hatte. Man schwatzte über Nucingen, man prüfte, verurteilte, verleumdete ihn! Sein Luxus, seine vielen Unternehmungen! Wenn ein Mann so vieles will, richtet er sich zugrunde und so weiter. Als das Geschrei am lautesten war, staunten manche Leute nicht wenig, Briefe aus Genf, Basel, Mailand, Neapel, Genua, Marseille und London zu erhalten, in denen ihre Korrespondenten nicht ohne Verwunderung mitteilten, daß man ihnen für Nucingen-Papiere, deren Sturz ihnen ihre Pariser Firma gemeldet hatte, ein Prozent Prämie biete. ›Es geht etwas vor!‹ sagten die Börsenspekulanten. Das Gericht hatte zwischen Nucingen und seiner Gattin die Gütertrennung verfügt. Die Sachlage verwirrte sich noch viel mehr: Die Zeitungen verkündeten die Rückkehr des Barons de Nucingen, der in Belgien gewesen war, um sich dort mit einem bekannten Großindustriellen betreffs der Ausbeutung alter Steinkohlenbergwerke, der Schächte in den Wäldern von Bossut, die zur Zeit nicht befahren wurden, ins Einvernehmen zu setzen. Der Baron erschien wieder an der Börse, und ohne sich auch nur die Mühe zu machen, die Verleumdungen, die über sein Haus in Umlauf gewesen waren, zu widerlegen – er hielt einen Widerruf in der Zeitung unter seiner Würde –, kaufte er für zwei Millionen einen herrlichen Grundbesitz vor den Toren von Paris. Sechs Wochen später verkündete die Zeitung von Bordeaux das Einlaufen zweier für das Haus Nucingen bestimmter Dampfer mit einer Metalladung im Wert von sieben Millionen. Palma, Werbrust und du Tillet begriffen, daß der Streich glücklich zu Ende geführt war, aber sie waren die einzigen, die das begriffen. Diese Anfänger verfolgten die großartige Inszenierung dieses Finanzcoups, erkannten, daß er seit elf Monaten vorbereitet gewesen war, und feierten Nucingen als den größten Finanzmann Europas. Rastignac begriff nichts davon, aber er hatte vierhunderttausend Francs dabei gewonnen, die Nucingen ihn den Pariser Schafen hatte abscheren lassen und mit denen dieser die Mitgift seiner beiden Schwestern bestritt. D'Aiglemont, von seinem Vetter Beaudenord gewarnt, flehte Rastignac an, ihm gegen zehn Prozent seiner Million dazu zu verhelfen, daß diese Million in Kanalaktien angelegt werde; dieser Kanal ist noch heute zu bauen, denn Nucingen hat die Regierung in dieser Angelegenheit so glänzend betrogen, daß die Konzessionäre des Kanals sehr daran interessiert sind, ihn nicht zu beenden. Charles Grandet beschwor den Geliebten Delphines, daß er ihm sein Geld gegen Aktien eintausche. Kurz, Rastignac hat zehn Tage lang die Rolle Laws gespielt, den die hübschesten Herzoginnen um Aktien bestürmten, und heute kann der Bursche vierzigtausend Livres Rente haben, die von den Bleigrubenaktien stammen.«

»Wenn alle Welt gewinnt, wer verliert denn da eigentlich?« fragte Finot.

»Schluß der Geschichte!« fuhr Bixiou fort. »Verführt von der Pseudodividende, die sie einige Monate nach dem Umtausch ihrer Bargelder in Aktien kassierten, behielten der Marquis d'Aiglemont und Beaudenord – ich nenne euch als Beispiel nur diese beiden – ihre Papiere; sie hatten drei Prozent mehr, als ihr Kapital betragen hatte, und sangen Loblieder auf Nucingen, ja verteidigten ihn sogar, als er der Zahlungseinstellung verdächtigt wurde. Godefroid heiratete seine liebe Isaure und erhielt für hunderttausend Francs Minenaktien. Anläßlich der Vermählung gaben die Nucingens einen Ball, dessen Pracht alle Erwartungen überstieg. Delphine überreichte der jungen Braut einen bezaubernden Rubinschmuck. Isaure tanzte nicht mehr als junges Mädchen, sondern als glückliche Frau. Die kleine Baronne war mehr denn je Sennerin. Malvina, die Frau aus ›Saht ihr schon in Barcelona?‹, erhielt inmitten der Ballfreuden von du Tillet den trockenen Rat, Madame Desroches zu werden. Desroches, angetrieben von Nucingen und Rastignac, versuchte, das Geschäft in Gang zu bringen, als er aber hörte, daß die Mitgift aus Bleigrubenaktien bestände, brach er die Beziehungen ab und wandte sich wieder den Matifats zu. In der Rue du Cherche-Midi fand der Anwalt die verdammten Kanalaktien vor, die Gigonnet dem Matifat anstelle von Bargeld aufgeschwatzt hatte. Da siehst du, daß auch bei Desroches, der zwei Eisen im Feuer hatte, Nucingen beide Male das Geld einstrich! Die Katastrophe ließ nicht lange auf sich warten. Die Gesellschaft Claparon ließ sich auf zu viele Geschäfte ein, und diese gerieten ins Stokken; sie bot keine Zinsen und keine Dividende mehr, obwohl ihre Unternehmungen glänzend waren. Dieses Unglück traf mit den Ereignissen von 1827 zusammen. 1829 war Claparon zu bekannt, um noch weiterhin der Strohmann der beiden Kolosse sein zu können, und er stürzte von seinem hohen Sockel zu Boden. Von zwölfhundertfünfzig Francs sanken die Aktien auf vierhundert, obgleich sie eigentlich sechshundert Francs wert waren. Nucingen, der ihren wahren Wert kannte, kaufte zurück. Die kleine Baronne d'Aldrigger hatte ihre Grubenaktien, die nichts einbrachten, verkauft, und Godefroid verkaufte diejenigen seiner Frau aus dem gleichen Grund. Beaudenord hatte wie die Baronne die Grubenaktien gegen Aktien der Gesellschaft Claparon getauscht. Ihre Schulden zwangen sie, bei tiefster Baisse zu verkaufen. Von dem, was ihnen siebenhunderttausend Francs bedeutete, erhielten sie zweihundertdreißigtausend Francs. Sie beglichen ihre Außenstände, und der Rest wurde vorsichtig bei fünfundsiebzig zu etwa drei Prozent angelegt. Godefroid, der einst glückliche Junggeselle, der so sorglos dahingelebt hatte, sah sich nun mit einer jungen Frau belastet, die so dumm war wie eine Gans, und er war außerstande, sein Mißgeschick zu ertragen, nachdem er sechs Monate lang der Wandlung des geliebten Wesens zu ebengenanntem Geflügel beigewohnt hatte; überdies hat er eine bettelarme Schwiegermutter am Hals, die von schönen Kleidern träumt. Die beiden Familien haben sich zusammengetan, um überhaupt existieren zu können. Godefroid war genötigt, alle seine inzwischen aufgegebenen Konnexionen wieder aufzufrischen, um eine Stelle für tausend Taler im Finanzministerium zu bekommen. Die Freunde? ... sind gerade immer zur Badekur abgereist! Die Verwandten? ... versichern erstaunt: ›Wie, mein Lieber? Natürlich dürfen Sie auf mich rechnen! Armer Kerl!‹ Eine Viertelstunde später ist alles vergessen. Beaudenord verdankte seine Anstellung Nucingen und Vandenesse. Die ganze so ehrenhafte und so unglückliche Familie wohnt heute Rue du Mont-Thabor im vierten Stock. Die Urenkelin der Adolphus, Malvina, besitzt nichts, sie gibt Klavierstunden, um ihrem Schwager nicht zur Last zu fallen. Schwarz, groß, dürr und welk, gleicht sie einer beim Antiquitätenhändler Passalacqua entsprungenen Mumie, die durch Paris irrt. Im Jahre 1830 verlor Beaudenord seine Stellung, und seine Frau schenkte ihm ein viertes Kind. Acht Familienmitglieder und zwei Dienstboten (Wirth und seine Frau)! Geld: achttausend Livres Rente. Die Gruben geben heute so beträchtliche Dividenden, daß die Aktie zu tausend Francs tausend Francs Rente bringt. Rastignac und Madame de Nucingen haben die von Godefroid und der Baronne verkauften Aktien erworben. Nucingen wurde von der Julirevolution zum Pair von Frankreich und Großoffizier der Ehrenlegion ernannt. Obwohl er nach 1830 nicht liquidiert hat, besitzt er, wie man sagt, ein Vermögen von sechzehn bis achtzehn Millionen. Da er die Juliordonnanzen voraussah, hatte er alle seine Werte verkauft und wagemutig neu angelegt, als die drei Prozent auf fünfundvierzig standen; den Hof ließ er in dem Glauben, daß es aus Ergebenheit geschehe, und nahm währenddessen zusammen mit du Tillet dem Halunken Philipp Brideau drei Millionen ab! Unlängst gewahrte unser Baron, als er die Rue de Rivoli hinunterschritt, um sich in den Bois de Boulogne zu begeben, unter den Arkaden die Baronne d'Aldrigger. Die kleine Alte trug einen grünen, rosagefütterten Kapuzenmantel, ein geblümtes Kleid, eine Mantille, kurz, sie war mehr denn je die kokette Sennerin, denn sie konnte die Ursachen ihres Elends ebensowenig begreifen wie ehedem die Ursachen ihres Reichtums. Sie lehnte sich auf die arme Malvina, die – ein Muster heldenmütiger Entsagung – die alte Mutter zu sein schien, während die Baronne das junge Mädchen war; und Wirth folgte ihnen mit dem Regenschirm. ›Da sehen Sie diese Leute‹, sagte der Baron zu Monsieur Cointet, einem Minister, mit dem er spazierenging, ›denen es mir nicht geglückt ist, ein Vermögen zu beschaffen. Der Zwischenfall ist ja wohl wieder beigelegt, geben Sie doch dem armen Beaudenord wieder eine Anstellung.‹ Beaudenord wurde dank Nucingens Fürsorge wieder im Ministerium angestellt; und die d'Aldriggers preisen ihn als Heros der Freundschaft, da er noch heute die kleine Sennerin und ihre Töchter auf seine Bälle lädt. Keinem auf der ganzen Welt ist es möglich zu beweisen, wie dieser Mann dreimal und ohne jede Gewaltanwendung die wider seinen Willen durch ihn reich gewordene Menge hat bestehlen wollen. Keiner kann ihm einen Vorwurf machen. Wer da sagen wollte, das höhere Bankwesen sei oftmals eine Halsabschneiderei, beginge die empörendste Verleumdung. Wenn die Effekten steigen und fallen, wenn die Kapitalien zunehmen und abnehmen, so ist diese Ebbe und Flut eine Folge atmosphärischer Einflüsse, die mit dem Mond in Beziehung stehen, und selbst der große Arago könnte über dieses bedeutsame Phänomen keine wissenschaftliche Theorie aufstellen. Lediglich eine finanzielle Wahrheit spricht aus dem Ganzen, eine Lehre, die ich noch nirgends aufgeschrieben fand ...«

»Welche?«

»Der Schuldner ist stärker als der Gläubiger.«

»Oh«, sagte Blondet, »ich erblicke in dem Gesagten die Paraphrase eines Ausspruchs Montesquieus, in dem er den ›Geist der Gesetze‹ zusammengefaßt hat.«

»Welchen?« fragte Finot.

»Die Gesetze sind Spinnennetze, aus denen die großen Fliegen sich herausarbeiten, in denen die kleinen aber hängenbleiben.«

»Wozu soll das denn führen?« fragte Finot Blondet. »Zur absoluten Regierung, der einzigen, die der Vergewaltigung des Gesetzes durch den Geist Einhalt gebieten kann. Ja, die Willkür rettet das Volk, indem sie der Gerechtigkeit zu Hilfe kommt, denn das Gnadenrecht zeigt niemals seine Kehrseite: Der König, der den betrügerischen Bankrotteur begnadigen kann, gibt dem gerupften Opfer nichts zurück. Die Gesetzmäßigkeit tötet die Gesellschaft von heute.«

»Mach das einmal den Wählern begreiflich!« sagte Bixiou. »Es gibt jemanden, der das übernommen hat.«

»Wer?«

»Die Zeit. Wie der Bischof von Léon gesagt hat: ›Wenn die Freiheit alt ist, dann ist die Königswürde ewig‹; jedes Volk, das gesunden Geistes ist, wird unter dieser oder jener Form darauf zurückkommen.«

»Sieh an, es waren Leute nebenan«, sagte Finot, der uns hinausgehen hörte.

»Es sind immer Leute nebenan!« erwiderte Bixiou, der wohl betrunken war.

Paris, November 1837

Anmerkungen

Das Haus zur ›Ballspielenden Katze‹

Die Erzählung ›La Maison du Chat-qui-pelote‹ (Das Haus zur ›Ballspielenden Katze‹) erschien erstmalig im April 1830 mit dem Titel ›Gloire et Malheur‹ (Ruhm und Unglück) in der ersten Ausgabe der ›Scènes de la Vie privée‹ (Szenen aus dem Privatleben), in den nachfolgenden Neuauflagen 1832, 1835, 1839 und in der vorliegenden Form 1842 in Band I der ›Scènes de la Vie privée‹ der ›Comédie humaine‹ (Menschliche Komödie).

5 *Marie de Montheau:* Enkeltochter von Joséphine Delannoy (1783–1854), die zeitlebens mit der Familie Balzac freundschaftlich verbunden war und Honoré de Balzac mehrfach in selbstloser Weise materiell unterstützte. Die Mutter Marie de Montheaus, Camille Delannoy, war eine enge Freundin von Laure de Surville (1800–1871), der Schwester Balzacs.

10 *Caracallafrisur:* nach einer Büste des römischen Kaisers Caracalla (188–217) gestaltetes schulterlanges, dichtgelocktes Haar.

David, Louis (1748–1825): französischer Maler, Haupt der neoklassizistischen Schule.

11 *ein Instrument, dessen starres Metall ...:* Gemeint ist eine Klistierspritze.

12 *... dieser naiven Erfindung unserer Väter einen furchtbaren Namen eingebracht:* Anspielung auf die während der Französischen Revolution eingeführte Guillotine.

14 *wie wohl Humboldt in Amerika ...:* Anspielung auf eine Episode, die Alexander von Humboldt (1769–1859) nach seiner Südamerikareise in seinem von 1805 bis

1832 erschienenen umfassenden Reisebericht ›Voyage aux régions équinoxiales du nouveau continent, fait en 1799–1804‹ (Reise in die Äquinoktialgegenden des Neuen Kontinents, unternommen im Jahre 1799 bis 1804) schildert.

14 *Cuvier,* Georges, Baron (1769–1832): Begründer der modernen Paläontologie und vergleichenden Anatomie, verteidigte die metaphysische Auffassung von der Unabänderlichkeit der biologischen Arten.

15 *Regime des Maximums:* Die am 4. Mai und am 29. September 1793 erlassenen Gesetze vom Maximum, die die Preise der Grundnahrungsmittel und die Löhne festschrieben, sollten dem Konvent die Kontrolle der Wirtschaft und die Absicherung der Versorgung (Requirierung gehorteter Lebensmittel) ermöglichen. Sie führten aber zu Unruhen, massiven Aufkäufen und verschärften das mit einer durch die Entwertung der Assignaten rasch ansteigenden Inflation einhergehende finanzielle und ökonomische Chaos. Die Gesetze wurden am 24. Dezember 1794 aufgehoben.

20 *Le Ragois,* Claude (gest. um 1685): Verfasser einer Geschichte Frankreichs in Fragen und Antworten.

21 *Boston:* Kartenspiel zu viert mit französischen Whistkarten, das während des amerikanischen Freiheitskampfes erfunden wurde und dessen Ausdrücke aus dem politischen Wortschatz dieser Zeit stammten.

Whist: aus England stammendes Kartenspiel mit 52 Karten und meist vier Spielern.

Tricktrack: beliebtes Brettspiel zwischen zwei Personen, das mit zwei Würfeln und je fünfzehn weißen und schwarzen Steinen gespielt wurde.

22 *›Hippolyte, Comte de Douglas‹:* 1690 erschienener Roman von Marie Catherine d'Aulnoy (1650–1705).

›Comte de Comminges‹: Gemeint ist der 1735 erschienene sentimentale Roman ›Mémoires du comte de Com-

minges‹ (Erinnerungen des Grafen von Comminges) der Marquise de Tencin (1682–1749).

24 *Astrallampe:* um 1800 entstandene verbesserte Form der 1783 von Argand (1755–1803) entwickelten Öllampe mit doppelter Luftzufuhr.

25 *Girodet,* Anne-Louis Girodet de Roucy, gen. Girodet-Trioson (1767–1824): französischer neoklassizistischer Maler.

27 *Thebais:* Gebiet in Oberägypten; nach der Überlieferung Einöde, in die sich die ersten christlichen Eremiten zurückzogen; hier im übertragenen Sinn gebraucht.

28 *Salon:* alljährliche Pariser Kunstausstellung von Werken lebender Künstler.

33 *Tellierpapier:* von dem französischen Kanzler Michel Le Tellier (1603–1685) eingeführtes Formatpapier (44 x 34 cm) für die Staatshaushaltsbücher.

34 *Varieté:* Gemeint ist das Théâtre des Variétés, ein 1807 eröffnetes Pariser Theater, in dem Vaudevilles, Komödien und Buffoopern aufgeführt wurden.

›Cendrillon‹: Das Vaudeville ›La Chatte merveilleuse ou La petite Cendrillon‹ (Die wundersame Katze oder Das Aschenputtel) von Marc-Antoine-Madeleine Désaugiers (1772–1827) und Michel-Joseph Gentil (1769–1846) wurde im November 1810 im Théâtre des Variétés uraufgeführt.

39 *Céladon:* Held aus dem Schäferroman ›L'Astrée‹ von Honoré d'Urfé (1567–1625), der zum Sinnbild eines schwärmerischen, treuen Verliebten wurde.

43 *Joseph Vernet* (1714–1789): französischer Landschaftsmaler.

Lekain, Henri Louis Cain, gen. Lekain (1728–1778): berühmter französischer Tragöde.

Noverre, Jean-Georges (1727–1810): berühmter französischer Tänzer, Ballettmeister an der Pariser Opéra-Comique, galt als der Reformator des Balletts.

43 *Chevalier de Saint-Georges* (1745–1799): einer der Modekönige im Paris des Ancien régime, hervorragender Fechter und Violinvirtuose sowie Opernkomponist; kämpfte 1792 in den Revolutionstruppen gegen die preußischen Invasoren.
Philidor, François-André Danican-Philidor (1726 bis 1795): französischer Opernkomponist und berühmter Schachspieler seiner Zeit.

44 *›Geist des Christentums‹:* 1802; Hauptwerk des französischen Schriftstellers und Staatsmanns François-René de Chateaubriand (1768–1848), eine Apologie des Christentums, die er der Aufklärung entgegensetzt.

45 *Ehrenlegion:* von Bonaparte 1802 gestifteter Orden als Auszeichnung für militärische und zivile Verdienste; der Orden hatte fünf Klassen: Großkreuz, Großoffizier, Kommandeur, Offizier, Ritter.
Dupont, Jean (geb. 1736): französischer Kaufmann und Bankier, der unter Napoleon I. und Ludwig XVIII. Karriere machte; die Anspielung bezieht sich auf den Einmarsch Napoleons in Wien nach der Kapitulation der Österreicher in Ulm (1805).

48 *bene sit!:* lat., Das mag gut sein.

58 *›Français‹:* Théâtre-Français oder Comédie-Française; 1680 auf Anordnung Ludwigs XIV. gegründetes Nationaltheater, dessen Repertoire die klassische französische Dramatik umfaßt.

60 *Schlacht von Marengo:* Bonaparte errang einen entscheidenden Sieg über die Österreicher am 14. Juni 1800 in der Nähe des italienischen Dorfes Marengo.

61 *Baron de La Hontan* (1666–1715): französischer Schriftsteller, der während seines Aufenthalts als Soldat in Kanada (1683–1693) Exkursionen ins Landesinnere unternahm und darüber ausführliche Reisebeschreibungen veröffentlichte.

66 *Faubourg Saint-Germain:* Stadtviertel von Paris, wo im

19. Jahrhundert die vornehme Gesellschaft, vor allem die Hocharistokratie, wohnte.

68 *Bois de Boulogne:* waldreiche Promenade der vornehmen Gesellschaft von Paris, im Westen der Hauptstadt gelegen.

75 *Messalina,* Valeria (um 25–48): Gemahlin des römischen Kaisers Claudius, berüchtigt wegen ihres ausschweifenden Lebenswandels und ihrer Grausamkeit.

Der Pfarrer von Tours

›Le Curé de Tours‹ (Der Pfarrer von Tours) erschien zum ersten Mal 1832 im dritten Band der zweiten Auflage der ›Scènes de la Vie privée‹ (Szenen aus dem Privatleben) unter dem Titel ›Les Célibataires‹ (Die Unverheirateten), darauf in der ersten Ausgabe der ›Scènes de la Vie de province‹ (Szenen aus dem Provinzleben) und wurde 1843 unter dem Titel ›Le Curé de Tours‹ als zweiter Teil der ›Célibataires‹ in Band II der ›Scènes de la Vie de province‹ der ›Comédie humaine‹ (Menschliche Komödie) aufgenommen.

79 *David:* Pierre-Jean David d'Angers (1788–1856), französischer Bildhauer, schuf unter anderem eine bekannte Büste Balzacs.

83 *Schreckensherrschaft:* Gemeint ist jene Periode der Französischen Revolution (2. 6. 1793–27. 7. 1794), in der die revolutionär-demokratische Diktatur der Jakobiner herrschte und die politische Gewalt durch Konventsausschüsse, das Revolutionstribunal und die örtlichen Revolutionskomitees ausgeübt wurde.

Restauration: Periode der französischen Geschichte, in der die Bourbonenherrschaft erneuert wurde (1814, 1815–1830).

hoc erat in votis: lat., Das war immer mein Wunsch. (Horaz, Satiren, II, 6, 1).

84 *Als Napoleon den katholischen Gottesdienst wieder zuließ ...:* Während der Französischen Revolution wurden die meisten katholischen Kirchen geschlossen, die Kirchengüter enteignet, Mönchsorden aufgehoben. Ein Dekret der Konstituante vom 27. November 1790 verlangte von allen Priestern den Treueeid auf die Verfassung. Den eidverweigernden Priestern wurde die Ausübung ihres Amtes verboten. 1794 wurde der ›Kult des Höchsten Wesens‹ als Staatsreligion eingeführt, der den katholischen Gottesdienst ersetzen sollte, und unter dem Direktorium die Trennung von Kirche und Staat offiziell vollzogen. Erst das 1801 von Napoleon mit dem Vatikan geschlossene Konkordat stellte die Rechte des Klerus wieder her und machte die katholische Kirche zu einem Bündnispartner des Bonapartismus.

85 *Schwarze Bande:* unter der Restauration Bezeichnung für Spekulanten, die alte Gebäude aufkauften, abrissen und zum Materialwert verschleuderten.

Boulle, André-Charles (1642–1732): französischer Architekt, Maler und Bildhauer, wurde besonders durch seine prunkvollen Kunsttischlerarbeiten berühmt, mit den von ihm erfundenen Schildpatt-, Perlmutt- und Bronzeeinlagen in Holz.

86 *Aubusson:* wegen ihrer Teppichmanufaktur berühmt gewordene Kleinstadt an der Creuse.

87 *›(La) Quotidienne‹:* 1792 gegen die Revolution gegründete royalistische Zeitung, die zwischen 1793 und 1815 zeitweise ihr Erscheinen einstellte. Unter der Restauration war sie das Organ der Ultra-Royalisten und extremen Rechten. Die Zeitung fand besonders in klerikalen Kreisen der Provinz großen Zuspruch. Nach der Juli-Revolution 1830 rückte sie politisch mehr zur Mitte.

88 *Gargantua, Pantagruel, Badbec:* Gestalten aus dem Roman ›Gargantua‹ (1534) und ›Pantagruel‹ (1532) des

französischen Schriftstellers François Rabelais (um 1494–1553).

90 *Pairswürde:* Titel der Mitglieder in der Pairskammer, die von 1814 bis 1848 mit der Abgeordnetenkammer und dem König die gesetzgebende Gewalt bildete.

92 *Valentin,* Jean de Boullongne, gen. le Valentin (1594–1632): französischer Maler.

Lebrun, auch Le Brun, Charles (1619–1690): bekannter französischer Maler seiner Zeit, leitete die künstlerische Ausgestaltung des Schlosses von Versailles.

108 *Sixtus V.:* Felice Peretti (1521–1590), Papst von 1585 bis 1590; griff nachhaltig in das politische Zeitgeschehen ein, unterstützte die Guisen in ihrem Machtkampf gegen die Hugenotten.

›Pfründenregister‹: von den Diözesen und Klöstern geführte Aufstellung aller ihnen zugehörigen Pfründe, oft mit einem Einkommensverzeichnis und der Bevölkerungsanzahl der einzelnen Gemeinden gekoppelt.

111 *Ludwig XVII.* (1785–1795): Louis-Charles de Normandie, der Sohn Ludwigs XVI. und Marie-Antoinettes, wurde 1789 zum Dauphin ausgerufen und 1792 mit seinen Eltern im Temple inhaftiert, wo er nach dreijähriger Gefangenschaft starb. Die während der Restauration verbreiteten Gerüchte, Ludwig XVII. habe seine Haft überlebt, erhielten durch das Auftauchen zahlreicher angeblicher Dauphins – der berühmteste von ihnen war der deutsche Uhrmacher Karl Naundorff (1787–1845) – ständig neue Nahrung, gelten aber als reine Hypothese.

116 *Statue des Steinernen Gastes:* Grabfigur des von Don Juan ermordeten Komturs, die von dem Mörder geladen als ›Steinerner Gast‹ bei einem Festmahl erscheint und den ruchlosen Verführer der Hölle überantwortet. Motiv aus dem häufig verarbeiteten Don-Juan-Stoff (Molières ›Dom Juan ou le festin de pierre‹, Mozarts ›Don Giovanni‹).

122 *Touraine:* Landschaft am Unterlauf der Loire.

124 *Sterne,* Lawrence (1713–1768): irisch-englischer Schriftsteller, berühmt durch seinen Roman ›Das Leben und die Ansichten Tristram Shandys‹ (1759–1767). Balzac bezieht sich im vorliegenden Text auf die Theorie, daß im Namen das Wesen eines Menschen vorgeprägt sei.

›Neue Héloïse‹: ›Julie ou la Nouvelle Héloïse‹ (Julie oder Die neue Héloïse, 1761), Briefroman von Jean-Jacques Rousseau (1712–1778).

125 *Voltaire,* eigtl. François-Marie Arouet (1694–1778): französischer Dichter, Schriftsteller, Historiker und Philosoph; Hauptvertreter der französischen Aufklärung.

130 *città dolente:* ital., Stadt der Schmerzen; aus Dantes ›Göttlicher Komödie‹ (Hölle, 3. Gesang).

140 *Rat der Zehn:* 1310 eingerichtete höchste richterliche Institution in Venedig, die aus dem Dogen, beisitzenden Räten und zehn gewählten Patriziern bestand.

Synedrion: Hoher Rat, oberste Regierungsbehörde der Juden bis zum Untergang des zweiten jüdischen Staates (70 u. Z.).

Montesquieu, Charles de Secondat, Baron de (1689 bis 1755): französischer Schriftsteller und Rechtsphilosoph; entwickelte in seinem Hauptwerk ›L'Ésprit des lois‹ (Der Geist der Gesetze, 1748) eine bürgerlich-liberale Staatsphilosophie, vertrat die Teilung der Gewalten und machte die geographischen und sozialen Verhältnisse für die Regierungsformen und die Gesetzgebung verantwortlich.

142 *Bicêtre:* 1290 erbautes Schloß bei Paris, diente im 17. und 18. Jahrhundert als Irren- und Armenhaus sowie als Gefängnis.

146 *Grande-Aumônerie:* Amt des Großalmoseniers von Frankreich, der bis 1790 als einer der ersten Beamten des Königreiches (zumeist ein hoher geistlicher Wür-

denträger) die für Almosen bestimmten Fonds zu verwalten hatte.

146 *Kongregation:* 1801 entstandene religiöse Vereinigung, die während des Konfliktes zwischen Napoleon I. und Papst Pius VII. die Verbindung der Katholiken zum Heiligen Stuhl aufrechterhielt. 1809 aufgelöst, konstituierte sie sich 1814 unter dem Jesuitenpater Ronsin neu und verfolgte zunächst soziale Aufgaben. Während der Regierungszeit Karls X. (1824–1830) vertrat sie die Interessen der reaktionären Ultraroyalisten.

148 *Boileau,* Nicolas, gen. Boileau-Despréaux (1636–1711): französischer Schriftsteller, Satiriker, einer der Schöpfer des literarischen Klassizismus.

152 *sub judice:* lat., unter dem Richter, d. h. juristisch noch unentschieden.

153 *Priester Johannes:* legendäre Gestalt des Mittelalters, herrschte, zum Christentum bekehrt, als Priester-König über einen imaginären Staat in Zentralasien und wurde im Volksmund Prêtre-Jean (Priester Johannes) genannt.

157 *Mirabeau,* Honoré-Gabriel Riqueti, Comte de (1749 bis 1791): führender Ideologe während der Französischen Revolution, Abgeordneter des Dritten Standes; konspirierte mit dem König, um die konstitutionelle Monarchie gegen die revolutionäre Volksbewegung zu sichern, und wurde des Verrats angeklagt.

159 *Ludwig XI.* (1423–1483): König von Frankreich (1461 bis 1483); umsichtiger, aber auch grausamer Herrscher, schuf durch die Vernichtung der großen Vasallenstaaten innerhalb des Reiches wichtige Voraussetzungen für den Absolutismus.

161 *Hildebrand* (1020–1085): nahm als Papst seit 1073 den Namen Gregor VII. an; erstrebte die absolute Oberherrschaft der katholischen Kirche, erließ das Zölibatsgesetz und das Investiturverbot (Investiturstreit mit Heinrich IV. von Deutschland).

162 *Alexander VI.:* Rodrigo Borgia (1431–1503), Papst (1492–1503); war aus persönlichem Ehrgeiz tief in die politischen Machtkämpfe Italiens verwickelt und wegen seines Lebenswandels und seiner Günstlingswirtschaft berüchtigt.

163 *Innozenz III.:* Giovanni Lotario, Conte di Segni (1160–1216), Papst (1198–1216); seine Herrschaft festigte und erweiterte den Einfluß der katholischen Kirche gewaltig. Neben innerkirchlichen Reformen setzte er die Vormachtstellung des Päpstlichen Stuhles gegenüber den europäischen Fürsten durch; er initiierte den 4. Kreuzzug und die Verfolgung der Waldenser und Albigenser.

Peter der Große (1672–1725): Zar seit 1682 mit seinem Bruder Iwan V. unter der Regentschaft ihrer Schwester Sofia, seit 1696 Alleinherrscher; suchte die ökonomische, militärische und kulturelle Rückständigkeit Rußlands durch umfassende Reformen und Öffnung nach Westeuropa zu überwinden; festigte das absolutistische System und begründete die spätere Großmachtstellung Rußlands.

Das Bankhaus Nucingen

›La Maison Nucingen‹ (Das Bankhaus Nucingen) wurde erstmalig in der Zeitschrift ›La Presse‹ veröffentlicht und erschien 1838 in einer zweibändigen Ausgabe zusammen mit anderen Werken Balzacs. 1844 wurde ›La Maison Nucingen‹ in Band III der ›Scènes de la Vie parisienne‹ (Szenen aus dem Pariser Leben) der ›Comédie humaine‹ (Menschliche Komödie) eingegliedert.

165 *Zulma Carraud,* geb. Tourangin (1796–1887): aufrichtige und großherzige Freundin Balzacs, die dem Schriftsteller aufgeschlossen und kritisch zur Seite stand.

›César Birotteau‹: Roman von Honoré de Balzac (1838).

167 *Véry:* das ›Café Véry‹, ein Pariser Restaurant im Palais-Royal, das von 1805 bis 1845 der Familie Véry gehörte.

Henri Monniers Prudhomme: Henri-Bonaventure Monnier (1799–1877), französischer Buchillustrator und Schriftsteller, stellte in seiner Leitfigur Joseph Prudhomme den typischen Untertanen der Julimonarchie, den bornierten, selbstgefälligen Spießer dar.

condottieri: ital., (Heer)führer.

Jean Bart (1650–1702): Korsar der königlichen französischen Marine, 1694 von Ludwig XIV. in den Adelsstand erhoben und 1697 zum Offizier ernannt.

168 *›Gustave‹:* ›Gustav III. oder Der Maskenball‹ (1833); Oper von Daniel-François-Esprit Auber (1782–1871) nach einem Text von Eugène Scribe (1791–1861).

169 *Funambules:* Théâtre des Funambules, ein Pariser Vaudeville-Theater.

Diderot, Denis (1713–1784): französischer Philosoph der Aufklärung, Inspirator und Herausgeber der Encyclopédie (1751), Essayist, Romancier, Dramatiker, Kunst- und Literaturkritiker, Propagandist der französischen Aufklärungsphilosophie. Die Anspielung bezieht sich auf sein Werk ›Rameaus Neffe‹ (1821), eine Satire in Dialogform.

170 *Quartier Latin:* Studentenviertel in Paris.

171 *Joséphine:* Marie-Josèphe Tascher de La Pagerie (1763 bis 1814); heiratete 1779 den Vicomte de Beauharnais, der 1794 guillotiniert wurde, und 1796 General Bonaparte; wurde 1804 zur Kaiserin gekrönt und 1809 von Napoleon verstoßen.

173 *Murat,* Joachim (1767–1815): Marschall von Frankreich; machte eine steile militärische Karriere unter Napoleon I., dessen Schwager er war; wurde zum Grand-Duc de Berg (1806) und zum König von Neapel

(1808–1815) ernannt; schloß einen Separatfrieden mit den Alliierten und suchte während der ›Hundert Tage‹ wieder Anschluß an Napoleon; am 13. Oktober 1815 standrechtlich erschossen.

173 *Royer-Collard,* Pierre-Paul (1763–1845): französischer Politiker und Philosoph; einer der Wortführer der ›Doctrinaires‹ (Anhänger einer konstitutionellen Monarchie nach englischem Muster).

174 ›*Kritik der reinen Vernunft*‹: 1781 entstandenes Werk von Immanuel Kant (1724–1804).

Heinrich II. (1519–1559): König von Frankreich von 1547 bis 1559.

coup de Jarnac: frz., überraschender, entscheidender Schlag.

Richelieu, Louis-François-Armand de Vignerot du Plessis, Duc de (1696–1788): Marschall von Frankreich, Großneffe des Kardinals; war berühmt wegen seiner militärischen Tapferkeit und vor allem wegen seiner vielen Liebesabenteuer. In der seinerzeit aufsehenerregenden Affäre mit Thérèse de La Popelinière (um 1713–1756), der Gattin des reichen und angesehenen Generalsteuerpächters Alexandre-Joseph Le Riche de La Popelinière (1692–1762), besuchte er die Geliebte vom Nachbarhaus aus durch eine geheime Tür in der Kaminwand. Als die La Popelinière von ihrem Gatten mit einer Rente als Abfindung verstoßen wurde, setzte ihr der Maréchal de Richelieu einen jährlichen Zuschuß von 12000 Livres aus.

Louis(dor): alte französische Goldmünze seit der Zeit Ludwigs XIII., nach dem Namen der französischen Könige (Louis) genannt.

Agnès Sorel (1422–1450): Favoritin Karls VII.

175 *Karl VII.* (1403–1461): König von Frankreich von 1422 bis 1461.

Jacques Cœur (1395–1456): reicher französischer Kaufmann, von Karl VII. geadelt und zum Finanzminister berufen; von Neidern wegen Münzfälschung, Vergiftung der Agnès Sorel und des Hochverrats angeklagt, wurde sein Vermögen konfisziert und Jacques Cœur aus Frankreich verbannt; lebte bis zu seinem Tod auf der Insel Chios. Ludwig XI. hob das Urteil 1463 auf.

Fénelon, François de Salignac de La Mothe-Fénelon (1651–1715): pädagogischer und religiöser Schriftsteller, Erzbischof von Cambrai, Verfasser des Fürstenerziehungsromans ›Die Abenteuer des Telemach‹ (1699). Wegen seines liberalen Geistes, der ihm die Ungnade der Kirche und des Königs eintrug, war er ein Vorläufer der Aufklärungsbewegung im 18. Jahrhundert.

178 *Quartier Poissonnière:* Pariser Stadtviertel in der Nähe des Boulevard Poissonnière, in dem sich neben den Markthallen auch die Pariser Börse befand.

Schlacht bei Waterloo: In der Nähe des belgischen Dorfes Waterloo unterlag Napoleon am 18. 6. 1815 gegen die Engländer unter Wellington und Preußen unter Blücher. Diese Schlacht besiegelte den Untergang Napoleons I.

Palais-Royal: 1633 für den Kardinal Richelieu erbauter Palast, späterer Wohnsitz der Prinzen des Hauses Orléans; wurde mit Beginn der Restauration ein Zentrum öffentlichen Glücksspiels.

179 *Ouvrard,* Gabriel-Julien (1770–1846): französischer Bankier der Republik, des Kaiserreichs und der Restauration; Heereslieferant Napoleons, man verdächtigte ihn betrügerischer Geschäftspraktiken.

180 *Cousin,* Victor (1792–1867): französischer Philosoph und Staatsmann; Vertreter eines eklektischen Spiritualismus.

Necker, Jacques (1732–1804): aus Genf stammender Diplomat und Finanzmann, der als Bankier in Paris zum Finanzminister berufen (1777–1781, 1788–1789), den Staatshaushalt zu sanieren und die Wirtschaftskrise durch Teilreformen (Besteuerung der oberen Stände) aufzuhalten trachtete; vom konservativen Adel zum Rücktritt gezwungen, löste seine zweite Entlassung den Sturm auf die Bastille aus.

180 *Samuel Bernard* (1651–1739): bedeutender Finanzmann unter Ludwig XIV. und Ludwig XV.

Brüder Pâris: Söhne eines Gastwirts aus Savoyen, die in der Pariser Finanzwelt des 18. Jahrhunderts Karriere machten. Antoine Pâris (1668–1733); Claude Pâris-la Montagne (1670–1745); Joseph Pâris-Duverney (1684–1770) galt als einer der fähigsten Köpfe im Finanzwesen und war Regierungsberater und einer der Gegner des Lawschen Systems; Jean Pâris-Montmartel (1690–1766) war seit 1730 königlicher Schatzmeister, Staatsrat, Hofbankier und Generalkontrolleur der Finanzen.

Law, John Law of Lauriston (1671–1729): schottischer Bankier und Ökonom; gründete 1716 eine staatlich privilegierte Bank (ab 1718 Staatsbank), die Papiergeld ohne Golddeckung ausgab, um die Staatsschulden zu begleichen, und 1717 die ›Compagnie d'Occident‹, eine Handelsgesellschaft zur Ausbeutung der französischen Kolonien; wurde Generalkontrolleur der Finanzen, inspirierte Aktienspekulationen in gewaltigem Ausmaß, die 1720 durch übersteigerte Banknotenausgabe zur Inflation, zu einem bodenlosen Sturz der Aktien- und Banknotenkurse und zum völligen Zusammenbruch seiner Unternehmungen führten; das Königreich wurde dadurch in eine tiefe Finanzkrise gestürzt.

Bouret, Étienne-Michel (1710–1777): Generalsteuerpächter unter Ludwig XV.

Beaujon, Nicolas (1718–1786): französischer Finanzmann, Generalsteuerpächter unter Ludwig XV.

181 *Karl V.* (1500–1558): König von Spanien von 1516 bis 1556, deutscher Kaiser von 1519 bis 1556.

Fugger: Berühmtes Augsburger Bankiersgeschlecht, das

im 15./16. Jahrhundert im Welthandel und als Geldgeber der Habsburger große Macht und Einfluß besaß; 1503 von Karl V. in den Reichsgrafenstand erhoben. 1803 erhielten die Fugger-Babenhausen den Fürstentitel.

Gothaischer Kalender: genealogisches und statistisches Jahrbuch, das von 1763 bis 1944 in deutscher und französischer Sprache erschien.

Ludwig XIII. (1601–1643): König von Frankreich von 1610 bis 1643.

183 *La Fontaine,* Jean de (1621–1695): bedeutendster französischer Fabeldichter.

Jeannots Messer: sprichwörtlich für eine Sache, die allmählich solche Veränderungen erlitten hat, daß sie nur noch dem Namen nach die alte ist.

184 *improper:* engl., unpassend, ungeeignet.

185 *Stendhal,* eigtl. Henri Beyle (1783–1842): französischer Schriftsteller, einer der Hauptvertreter des bürgerlich-kritischen Realismus in Frankreich.

186 *Walter Scott* (1771–1832): schottischer Dichter und Schriftsteller, Begründer des historischen Romans; übte durch seine Romane einen entscheidenden Einfluß auf die romantische Literatur in Europa aus. Die Anspielung bezieht sich auf seinen Roman ›Das Herz von Midlothian‹ (1818); die schöne Effie Deans wird fälschlich des Mordes an ihrem unehelichen Kind angeklagt.

Tuilerien: in einem großen Park gelegenes ehemaliges Stadtschloß der französischen Könige in Paris, Residenz Napoleons und der nachfolgenden Herrscher Frankreichs.

›Themistokles‹: Marmorstatue des französischen Bildhauers Philippe-Joseph-Henri Lemaire (1798–1880).

tigre: engl., livrierter Diener; frz., Tiger.

groom: engl., Stallknecht, Bursche.

Franconi, Adolphe (1738–1836): eröffnete 1783 in Paris

eine Reitbahn; seine Söhne gründeten den berühmten ›Cirque Olympique‹.

187 *Grammont-Klub:* Der als ›Cercle de l'Union‹ 1829 von Talleyrand nach englischem Vorbild ins Leben gerufene Klub galt neben dem ›Jockey-Klub‹ als einer der elegantesten von Paris und bestand bis zum Ausbruch des ersten Weltkrieges.

188 *Turcaret:* Titelheld einer Komödie (1709) von Alain-René Lesage (1668–1747); ein emporgekommener Lakai wird von seinem Diener hereingelegt, der nun seinerseits die Stelle des ruinierten Finanzmannes einnimmt.

189 *Ludwig XIV.* (1638–1715): König von Frankreich (1643 bis 1715), unter dessen Regierung der Absolutismus vollendet und Frankreich zum politischen und kulturellen Mittelpunkt des spätfeudalen Europa wurde.

191 *Théâtre-Italien:* Das 1804 neugegründete Theater führte italienische Opern mit italienischen Sängern auf und hatte in den letzten Jahren der Restauration seine Glanzzeit.

Tilbury: leichter zweirädriger und zweisitziger Wagen mit Klappverdeck.

Kabriolett: leichter zwei- oder vierrädriger Einspänner mit verstellbarem Verdeck, zweisitzig ohne Kutschbock.

192 *›Rocher-de-Cancale‹:* berühmtes Pariser Restaurant in der Rue Montorgueil.

Madeleine: die Église de la Madeleine, eine der heiligen Magdalena geweihte Kirche in Paris auf der Place de la Madeleine.

193 *Parny,* Évariste-Désiré de Forges, Vicomte de (1753 bis 1814): französischer Dichter, Verfasser von Liebesgedichten.

La Vallière, Louise de La Baume Le Blanc, Duchesse de (1644–1710): Mätresse Ludwigs XIV.

194 *Mademoiselle Mars,* Anne Boutet, gen. Mademoiselle Mars (1779–1847): französische Schauspielerin, Interpretin der romantischen Dramen.

Marcel (gest. 1759): berühmter Pariser Tänzer und Tanzmeister.

196 *die dreihundert Ziegen des Sancho:* Anspielung auf die Gestalt des Sancho Pansa aus dem Roman ›Don Quijote‹ (1605–1616) von Miguel de Cervantes Saavedra (1547 bis 1616).

›Clarissa‹: Titelgestalt des Romans ›Clarissa Harlowe‹ (1747/48) von Samuel Richardson (1689–1761).

Jean-Jacques Rousseau (1712–1778): französischer Schriftsteller und Philosoph der Aufklärung; wurde durch seine sozial- und kulturkritischen Schriften zum Wegbereiter der Französischen Revolution.

198 *›Saht ihr schon in Barcelona?‹:* Anfangszeile des mehrfach vertonten Gedichts ›Die Andalusierin‹ von Alfred de Musset (1810–1857).

199 *Ninon:* Anne Lenclos, gen. Ninon de Lenclos (1620–1705); schöne geistvolle Kurtisane, deren Salon Mittelpunkt eines Freidenkerkreises war und von bedeutenden Persönlichkeiten ihrer Zeit besucht wurde.

201 *Jardin des Plantes:* 1640 eröffneter botanischer Garten von Paris, der u. a. auch ein Naturkundemuseum und einen Tierpark umfaßt.

203 *Frieden von Amiens:* 1802, Friedensvertrag zwischen Frankreich und England; Ende der zweiten antifranzösischen Koalition (England, Rußland, Österreich).

Damals ossianisierte man alles ...: nach dem sagenhaften keltischen Sänger Ossian (3. Jahrhundert), unter dessen Namen der schottische Dichter James Macpherson (1736–1796) eine seinerzeit hochberühmte Gedichtsammlung veröffentlichte.

Kaiserreich: das Erste Kaiserreich unter Napoleon I. von 1804 bis 1814.

›Er wollt nach Syrien ziehen‹: Beginn einer bonapartistischen Romanze, die unter der Restauration als aufrührerisch galt.

203 *›Dies irae‹ … ›Dies illa‹ … ›In favilla‹:* lat., Tag des Zorns … jener Tag … zu Asche; Hymnus auf das Jüngste Gericht, Teil der Totenmesse.

204 *Robert Macaire:* Held des erfolgreichen Schauspiels ›L'Auberge des Adrets‹ (1823) von Antier, Saint-Amand und Paulyanthe; wurde als gewissenloser Gauner und Profitmacher zum Prototyp einer ganzen Epoche.

205 *Bouffons:* die Pariser Opéra-Comique; 1801 neugegründet, war sie zwischen 1830 und 1870 eines der bedeutendsten Musikzentren Europas.

Caleb: Anspielung auf die Gestalt des Caleb Balderston, einen alten treuen Diener in dem Roman ›Die Braut von Lammermoor‹ (1819) von Walter Scott.

211 *›Der Misanthrop‹:* 1666, Verskomödie von Molière (1622 bis 1673).

Plaine des Sablons: frz., Sandebene; im 18. Jahrhundert Truppenübungsplatz in der Nähe von Paris.

Interlaken: lat., zwischen den Seen; Kurort im Kanton Bern.

Candide: Titelheld des Romans ›Candide ou l'optimisme‹ (Candide oder Der Optimismus, 1758) von Voltaire, dessen Erfahrungen die Leibniz-These von der ›besten aller Welten‹ in Frage stellt.

›Symbolik‹: Gemeint ist das 1810–1812 entstandene Werk ›Symbolik und Mythologie der alten Völker‹ des deutschen Altertumsforschers Friedrich Creuzer (1771–1858).

212 *Bouillotte:* französisches Glücksspiel mit Karten.

214 *Heiratet nicht als Unteroffizier …:* François-Joseph Lefebvre (1755–1820), der sich in den Revolutionskriegen auszeichnete und unter Napoleon Marschall von Frankreich und Duc de Danzig wurde, heiratete als

Sergeant eine Pariser Wäscherin, die als ›Madame Sans-Gêne‹ bekannt wurde.

215 *Natoire,* Charles-Joseph (1700–1777): französischer Maler des Rokoko, bekannt geworden durch die Ausgestaltung der Räume in der ersten Etage des Schlosses von Versailles.

216 *Régence:* Die Regentschaft des Duc d'Orléans während der Minderjährigkeit Ludwig XV. von 1715 bis 1723 war von Ausschweifung und Sittenlosigkeit gekennzeichnet.

219 *Brüder Rothschild:* bedeutendste europäische Bankiersdynastie des 19. Jahrhunderts; Söhne von Mayer Anselm Rothschild (1743–1812), Bankier aus Frankfurt am Main. Anselm (1773–1855) wurde 1813 Leiter des Stammhauses in Frankfurt, 1820 bayrischer Konsul und Hofbankier; Salomon (1774–1855) Bankier in Wien; Nathan (1777–1836) Begründer eines Londoner Bankhauses; Karl (1788–1855) Bankier in Neapel. Jakob (James) (1792–1868) bedeutender Pariser Bankier, österreichischer Generalkonsul in Paris, wurde 1832 Großoffizier der Ehrenlegion.

220 *Bagno:* Gefängnis der Galeerensträflinge in Toulon.

221 *die Rolle des Mississippi im Lawschen System:* Die 1717 gegründete ›Compagnie d'Occident‹ wurde auch ›Mississippi-Gesellschaft‹ genannt. (Vgl. Anmerkung zu S. 180)

222 *in aere publico:* lat., in der Öffentlichkeit.

223 *Ihr seid Goldschmied, Monsieur Josse?:* sprichwörtlich gewordenes Zitat aus der Komödie ›L'Amour médecin‹ (Die Liebe als Arzt, 1665) von Molière (1622 bis 1673).

226 *die Affäre von Lyon:* die Aufstände der Canuts, der Seidenweber von Lyon, 1831 und 1834; die ersten Arbeitererhebungen in Frankreich.

Julirevolution: Nach den restriktiven Juliordonnanzen von 1830 kam es zur Revolution (27.–29. Juli 1830), die zum endgültigen Sturz der Bourbonen und zur Herrschaft der Finanzbourgeoisie führte.

227 *Abbé Terray,* Joseph-Marie (1715–1778): französischer Kleriker und Staatsmann, Generalkontrolleur der Finanzen 1769.

Richard-Lenoir, François Richard, gen. Richard-Lenoir (1765–1839): französischer Industrieller; richtete in Frankreich die erste Baumwollspinnerei ein; ging nach der von England erzwungenen Aufhebung der Einfuhrzölle (April 1814) durch die Konkurrenz der billigen englischen Baumwolle bankrott.

Foy, Maximilien (1775–1825): französischer General im Kaiserreich, 1819 und 1824 liberaler Abgeordneter; sein Leichenbegängnis wurde zu einer Manifestation der Opposition.

228 *Fouché,* Joseph, Duc d'Otrante (1759–1820): Polizeiminister unter dem Direktorium, dem Konsulat, dem Ersten Kaiserreich und der Restauration. Die ihm zugeschriebene Bemerkung: ›Das ist mehr als ein Verbrechen, das ist ein Fehler.‹ bezog sich auf die von Napoleon angeordnete Erschießung des Duc d'Enghien (1804).

229 *... und verfertigt jene Strickmützen:* Gemeint sind die roten Mützen, auch Freiheits-, Jakobiner- oder Phrygische Mützen genannt, die ursprünglich die Kopfbedekkung der Marseiller Galeerensträflinge waren und nach deren Befreiung 1792 zum Symbol der Französischen Revolution wurden.

Affäre von Saint-Merri: Anläßlich der Beisetzung des bonapartistischen Generals Maximilien Lamarque (1770–1832), der als Wortführer der bürgerlich-liberalen Opposition große Popularität besaß, kam es in Paris am 5. Juni 1832 zu republikanischen Aufständen, die von der Nationalgarde blutig niedergeschlagen wurden. Die Kämpfe um die letzte Barrikade der Aufständischen vor der Kirche Saint-Merri dauerten die ganze Nacht über an, im Morgengrauen des 6. Juni wurden die letzten der etwa 130 Republikaner niedergemetzelt.

230 *Glücksspiel:* Das zunächst nur höfischen Kreisen in Versailles vorbehaltene Glücksspiel wurde 1775 – hoch besteuert – allgemein zugelassen. Neben dem Palais-Royal gab es in Paris noch weitere elf Spielhäuser, wo vor allem das ›Trente-et-quarante‹ und das ›Biribi‹ gespielt wurden. Trotz der Forderung der revolutionären Volksvertreter, das Glücksspiel wegen Unmoralität zu verbieten, trotz einer Pressekampagne Marats gegen die Konventsmitglieder, die das Glücksspiel pflegten (Talleyrand, Bailly, Mirabeau u. a.), wurden erst Ende 1793 die öffentlichen Spielhäuser in Paris (zu dieser Zeit etwa 3000) offiziell verboten. Bis zu ihrer Wiederzulassung 1799 wurde das Glücksspiel heimlich betrieben.

Lotterie: Seit 1539 in Frankreich in verschiedenen Formen zugelassen, diente der durch die Lotterien eingespielte Gewinn zunächst hauptsächlich wohltätigen Zwecken (Bau von Kirchen, Waisenhäusern usw.). Die nach dem Grundprinzip des heutigen Zahlenlotto entwickelte Genuesische Lotterie wurde 1757 durch die Italiener Calzabigi (nach 1714–nach 1767) und Casanova (1725–1798) in Paris eingeführt. 1776 ließ Ludwig XVI. alle Lotteriebüros zugunsten der ›Königlich-Französischen Lotterie‹ (Nutznießung des Gewinns durch die Krone) schließen. Die Lotterie wurde durch ein Dekret des Konvents vom 15. November 1793 verboten und unter dem Direktorium als Staatslotterie (›Loterie de France‹) bereits am 30. September 1797 wiederzugelassen.

231 *Richelieu,* Armand-Jean du Plessis, Cardinal de (1585–1642): erster Minister unter Ludwig XIII. und Begründer des königlichen Absolutismus.

Mazarin, Jules, eigtl. Giulio Mazarini (1602–1661):

französischer Staatsmann, 1642 Nachfolger Richelieus; führte dessen Politik der Festigung des Absolutismus fort und zerschlug die feudalpartikularistische Adelsopposition der Fronde.

231 *Potjomkin,* Grigori Alexandrowitsch, Fürst (1739 bis 1791): russischer Staatsmann, Generalfeldmarschall; hatte als Günstling Katharinas II. großen Einfluß auf die Politik Rußlands.

Robert Lindet (1746–1825): französischer Advokat, schuf als Konventsmitglied mit seinem Bericht über die Verbrechen des Königs die Voraussetzung für die Anklage gegen Ludwig XVI.; vertrat als Mitglied des Wohlfahrtsausschusses gemäßigte Positionen; Finanzminister während des Direktoriums; 1816 als Königsmörder exiliert.

Assignaten: zunächst Anleihescheine auf die beschlagnahmten Ländereien des Klerus, seit 1790 als Papiergeld in Umlauf, später durch Inflation entwertet.

Ludwig XVI. (1754–1793): König von Frankreich (1774–1792); unter seiner Herrschaft erreichte die Krise des Ancien régime ihren Höhepunkt und führte 1789 zur Revolution. Mit der Thronbesteigung Ludwigs XVI. verbanden sich Hoffnungen auf eine Reformierung des Systems, die mit der Berufung aufgeklärter Minister (Turgot, Necker) auch berechtigt waren. Ludwig XVI. versuchte mit Hilfe ausländischer Feudalmächte die Revolution niederzuschlagen, die Enthüllung seines Landesverrats hatte 1792 seine Absetzung und 1793 seine Hinrichtung zur Folge.

233 *Wenn er einen Fürsten von Wagram gehabt hätte ...:* Anspielung auf Louis-Alexandre Berthier (1753–1815), Prince de Neuchâtel und Wagram, Generalstabschef und Vertrauter Bonapartes; huldigte nach Napoleons Sturz Ludwig XVIII.

Santon: Berg bei Austerlitz.

gleich dem Friedensfürsten: Manuel Godoy y Alvarez de

Faria, Herzog von Alcudia (1767–1851); spanischer Premierminister, Günstling Karls IV. und Favorit der Königin, erlangte im Baseler Frieden (1795) günstige Bedingungen für Spanien und wurde zum ›Friedensfürsten‹ ernannt.

234 *Père-Lachaise:* 1804 eröffneter Friedhof von Paris, benannt nach dem Beichtvater Ludwigs XIV.

235 *Acis und Galatea:* Liebespaar in der griechischen Mythologie; Acis wird von dem erzürnten Zyklopen Polyphem, der seine Liebe zu Galatea verschmäht sieht, mit einem Felsen zerschmettert, sein Blut von Galatea in den Fluß Acis verwandelt.

247 *Arago,* François (1786–1853): französischer Astronom und Physiker.

Inhalt